バタフライ

17歳のシリア難民少女が
リオ五輪で泳ぐまで

Butterfly

From Refugee to Olympian, My Story of Rescue,
Hope and Triumph

YUSRA MARDINI
ユスラ・マルディニ

土屋京子 訳

朝日新聞出版

ヨーロッパ諸国を通過。夕暮れのトウモロコシ畑にしゃがんで身を隠す。
2015年、セルビアとハンガリーの国境。(Hien Lam Duc/Agence VU)

セルビアとハンガリーの国境付近で線路を歩く。
先頭がユスラ。2015年。(Hien Lam Duc/Agence VU)

左から右へ、イドリース、ムスタファー、ユスラ、ブロンディ。
2015年。(Hien Lam Duc/Agence VU)

左から右へ、ハリール、サラ、ブロンディ、ナビーフ、ユスラ、マージド。
2015年。(Hien Lam Duc/Agence VU)

マルディニ一家。左から、サラ（長女）、ユスラ（次女）、メルヴァト（母）、一家の友人カロリーヌ、シャヒド（三女）、イッザト（父）。2015年。
（Hien Lam Duc/Agence VU）

ベルリン・オリンピアパークのスイミングクラブ「ヴァッサーフロインデ・シュパンダウ04」のプール。トレーニング中のユスラに話しかけるコーチ、スヴェン・シュパネクレブス。2016年3月。（Alexander Hassenstein/Getty Images for IOC）

2016年リオデジャネイロ・オリンピック開会式で入場行進する難民五輪選手団。
マラカナン・スタジアム。(Reuters with permission of the IOC)

難民五輪選手団。ブラジル、リオデジャネイロのキリスト像の前にて。
2016年。(Kai Pfaffenbach/Reuters)

上写真・2016年
リオ・オリンピックで泳ぐ。
(Benjamin Loyseau/
©UNHCR with permission of the IOC)。
下写真・国連「グローバル・ゴールズ賞」
授賞式で「ガール賞」を受賞し、
スピーチするユスラ。
2016年9月。
(Markisz/UN032947/UNICEF)

上写真・ニューヨークの国連総会で
スピーチしたあと、オバマ大統領と
会談するユスラ。2016年。
(Pete Souza/Obama Presidential Library)。
下写真・ドイツのバンビ・メディア賞
授賞式にて。「声なきヒーロー賞」を
受賞したユスラとサラ。
2016年9月、ベルリン。
(Joerg Carstensen/picture alliance)

フランシスコ法王に謁見し、ドイツのバンビ・メディア賞の
「ミレニアム賞」を贈呈するユスラ。2016年11月。(Vatican Media)

ヨルダンのラーニア王妃とユスラ。国連「2016年グローバル・ゴールズ賞」授賞式の
ディナーにて。ニューヨーク。(Michael Loccisano/Getty Images for Global Goals)

シリアから持ち出すことのできた数少ない写真より、ユスラの幼少期。

バタフライ

17歳のシリア難民少女がリオ五輪で泳ぐまで　目次

contents

第一部 芽生え

1

2

第二部

春

3

4

第三部

爆弾

5

6

第四部

海

第五部

罠

第六部

夢

第七部

嵐

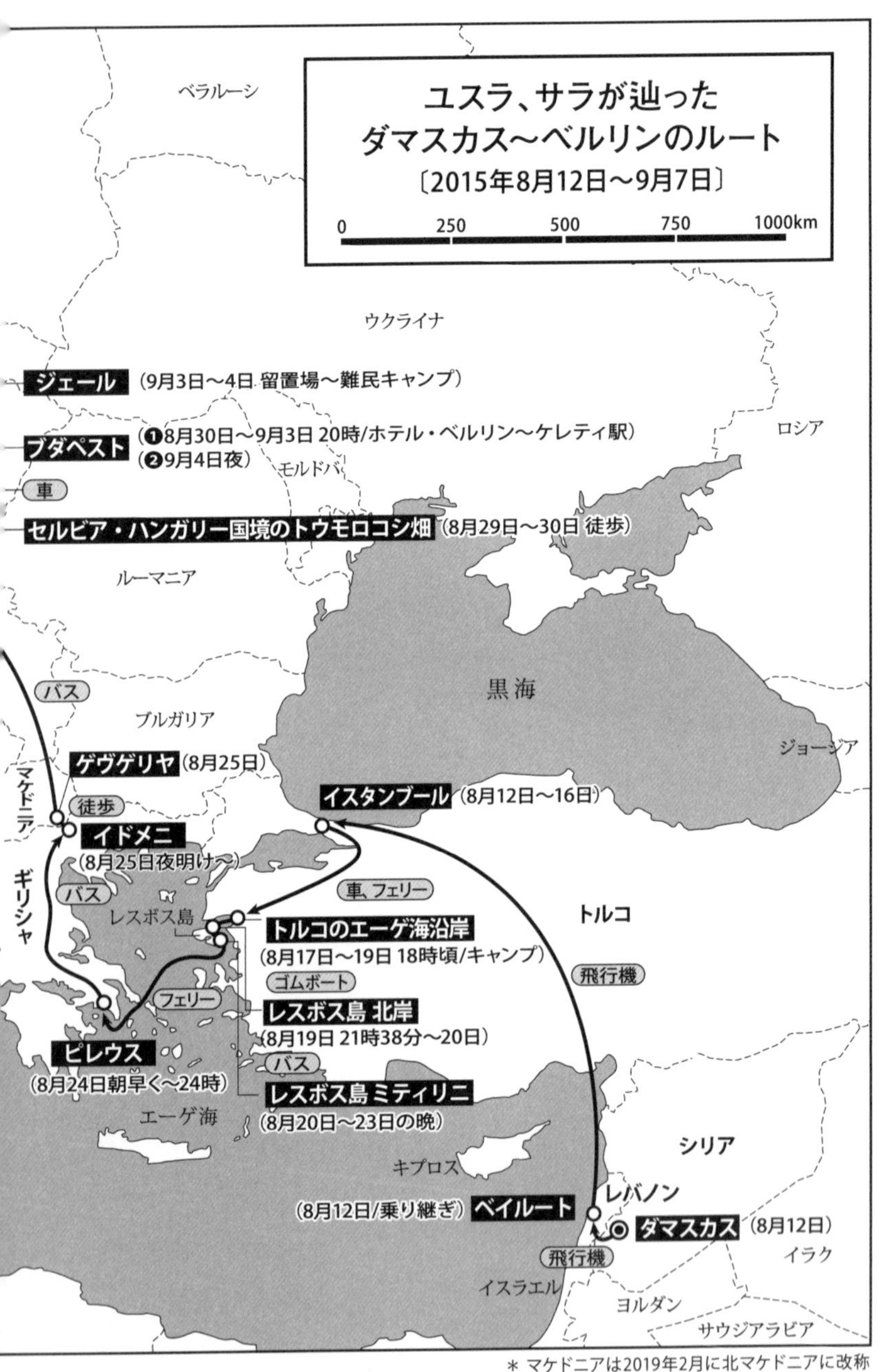

＊ マケドニアは2019年2月に北マケドニアに改称

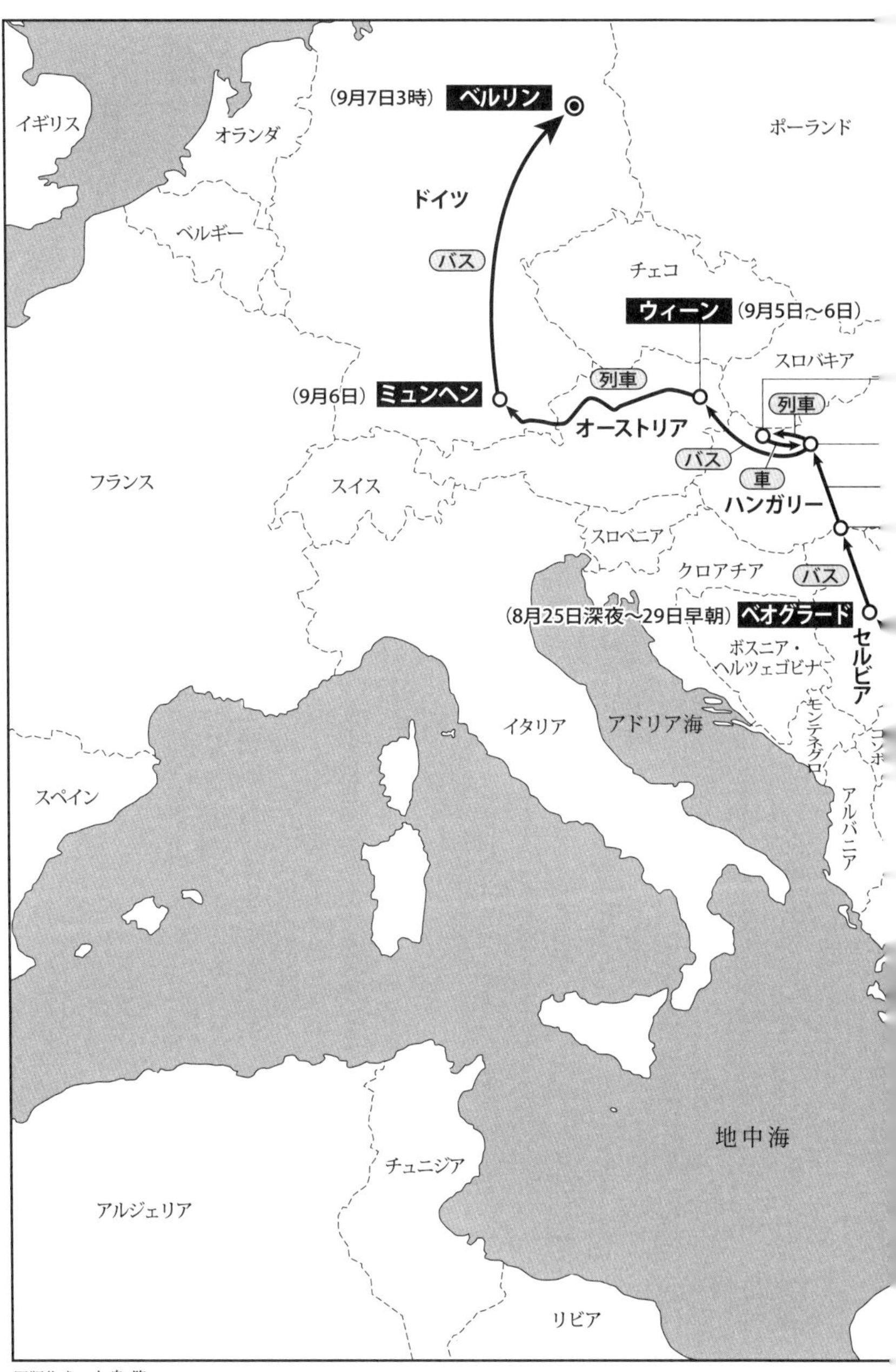

(9月7日3時) ベルリン
イギリス
オランダ
ポーランド
ドイツ
ベルギー
バス
チェコ
ウィーン (9月5日〜6日)
スロバキア
列車
(9月6日) ミュンヘン
列車
オーストリア
バス
車
フランス
スイス
ハンガリー
スロベニア
クロアチア
バス
(8月25日深夜〜29日早朝) ベオグラード
セルビア
ボスニア・
ヘルツェゴビナ
モンテネグロ
イタリア
アドリア海
スペイン
アルバニア
地中海
チュニジア
アルジェリア
リビア

図版作成：上泉 隆

本書に登場する主な人々

【マルディニ一家】

ユスラ…筆者

サラ…三歳上のユスラの姉で、水泳選手

イッザト…ユスラの父。
水泳コーチでユスラとサラも
幼少期から指導した

メルヴァト…ユスラの母親。毎日プールで
ユスラたちのトレーニングを見守る

シャヒド…十歳下のユスラの妹

【シリアの人々】

ラーミー…ユスラより七歳年上の
ハンサムな競泳仲間。イスタンブールを経て
ベルギーで競泳生活を続け、ユスラ同様
難民選手としてリオ五輪に出場する

リーン…ユスラ、サラにメイク道具や
ドレスを貸し、夜遊びを教えた友だち

**【ユスラ、サラと
一緒にシリアを出発した一行】**

ナビーフ…ユスラと同年代のはとこ
（ユスラの父とナビーフの父がいとこどうし）

マージド…ナビーフの叔父（二〇代後半）。
一行のお金の管理をする

ムハンナド…ユスラの父の友人（四〇代前半）。
エーゲ海を渡る途中のボートで、
リーダー的存在に。故障したボートの負荷を
軽くするため最初に海に入った。
セルビア・ベオグラードで一行から離れ、
単独でドイツに到着する

アフマド…ナビーフの叔母さんの夫。
海路を嫌がり、イスタンブールで
一行から離れた

ブロンディ…ムハンナドの友人。
イスタンブールから一行に加わる

【ベルリンまでの道のりで出会う人々】

ココ…西欧風の服装をしている若い女性。
　レバノン系シリア人

ウム・ムクタダー…イラク人女性。
　幼い二人の子ども（娘と病気の息子）の母親

バーセムとアイハム…
　若い兄弟で、アイハムはエーゲ海上の
　ボートから沿岸警備隊に電話をかける

アブドゥッラー…
　手首にダイヤモンドの刺青（タトゥー）のある男

アフマド…ラタキア出身のシリア人。
　姉妹を連れている。バッシャールの友人

バッシャール…ユスラと同じくらいの
　年齢の男の子。アフマドの友人

ザーヘル…大家族を連れている男性

カマル…ザーヘルの赤ちゃん

〈お母ちゃん〉…ザーヘルの母親

イドリース…年配の男性

ムスタファー…幼い男の子。イドリースの息子

ビッグ・マン、モーグリ、ポニーテール…
　エーゲ海を渡るボートを手配する密航業者

スティーヴン、ルートヴィヒ、シュテファン…
　ベルギーの公共放送ＶＲＴで
　ニュース番組を作っているジャーナリスト一行。
　セルビア・ベオグラードの公園で
　ユスラに声をかけ、インタビューをした

ラムとマグダレーナ…
　フォト・ジャーナリストの男女。
　ハンガリー国境手前のセルビアで出会い、
　ユスラ一行に同行取材する

ハリール…ブダペストのケレティ駅から
　ユスラ一行に加わる

【ベルリンで出会う人々】

スヴェン…ユスラの水泳コーチで、
　ユスラとサラの生活を献身的にサポートした

レナーテ（レニ）、ラッセ…
　スイミングクラブの一六歳以上の
　グループのコーチ

エリーゼ、メッテ…
　スイミングクラブで仲良くなった友人たち

わたしはぎらぎら光る海に飛びこむ。

「ユスラ！　ちょっと、どういうつもり!?」

姉の声を無視して水にもぐる。荒い波音の下で、心臓の鼓動(こどう)が耳に響く。救命胴衣が胸の上までずり上がる。水面に顔を出す。ボートの上から声が降ってくる。必死で祈る人たちの声。

わたしはロープにつかまって岸のほうを見る。ヨーロッパが見えている。太陽が島に向かって刻々と落ちていく。風が出てきた。ボートが大波に持ちあげられて回転するたびに、悲鳴や絶叫があがる。アフガン人が必死でエンジンのスターター・ロープを引く。咳(せ)きこむような音は出すものの、エンジンはかからない。エンジン停止。ボートは荒れ狂う海にぽつんと一隻(いっせき)、なすすべもなく波にもてあそばれる。

ボートにぎっしり乗りこんだ人たちのあいだから男の子の顔がのぞく。にこにこ笑っている。遊びと思っているのだ。この海で無念にも命を落とした人々のことを、この子は知らない。赤ちゃんを抱いた母親たち、老人や女の人たち、若くて強い男の人たち。岸にたどりつけなかった何千という人たち。何時間も漂流したあげくに力つきて海に沈んでいった人たち。わたしはぎゅっと目を閉じて、わきあがるパニックと戦う。泳ぐのだ。わたしは泳げる。わたしはこの男の子を救うことができる。

母の顔、父の顔、妹の顔がうかぶ。勝利の歓び、敗北の苦さ、ばつの悪い場面。記憶がおぼろにうかんでは消えていく。できれば思い出したくない記憶も。父がわたしを水に放りこむ。男の人が首にメダルをかけてくれる。戦車の砲身がこっちを向く。ガラスが割れて歩道に飛び散る。屋根を突き破って砲弾が飛びこんでくる——。

はっとして目を開ける。すぐ横に姉の険しい顔がある。姉が見あげる視線の先に、荒れ狂う大波が立ちあがる。ロープが両手に食いこむ。海の水に服ごと引かれそうになる。重さで両腕が痛い。とにかく手を放しちゃだめ。死んじゃだめ。

また一つ波が立ちあがり、黒々とした海が背後からボートに迫る。身がまえると同時にボートが持ちあげられ、波間に急降下し、もまれて回転する。海はプールとはちがう。プールサイドもないし、底もない。海ははてしなく大きく、凶暴で、予測不能だ。波は大軍のように次々と容赦なく襲ってくる。

日はぐんぐん落ちていき、もうすぐ島にかかりそうだ。むこう岸がますます遠く見える。沈む夕陽に照らされて海の水が濃い紫色にぎらつき、波頭がクリーム色に光って見える。どうしてこんなことになってしまったんだろう？　いつの間にわたしたちの命はこんなに軽くなってしまったのか。危険を冒して、大枚はたいて、こんな小さなボートにこんなにたくさんの人が乗りこんで、いちかばちかで海に乗り出すなんて。ほかに方法はなかったのか。爆弾の降ってくる国から逃れる方法は、これしかなかったのだろうか？

大波がうねり、押し寄せる。波頭が砕けて、頭がボートの船腹に打ちつけられる。塩水が目にしみる、口にも鼻にも流れこむ。風が吹きつけて、ほつれた髪が顔に貼りつく。からだがだんだん冷えてくる。つま先が、ふくらはぎが、太ももが冷たくなっていく。両足の感覚が薄れていく。

「ユスラ！　ボートに上がりなさい！」

わたしはロープを握る手にいっそう力を込める。姉ひとりにやらせるわけにはいかない。わたしたちがいるのに、みんなを死なせるわけにはいかない。わたしたちはマルディニの血を引く者。わたしたちは水泳選手なのだ。

第一部

芽生え

The Spark

1

水泳一家に生まれて

わたしは歩くより先に泳いでいた。父イッザトは水泳のコーチで、わたしをいきなり水に入れた。当時のわたしはアームリング（腕にはめる子供用の浮き輪）をつけるにも小さすぎたので、父はプールの端にあるオーバーフロー用の溝（みぞ）にはまっているプラスチック製の格子（こうし）をはずして、底にたまっている浅い水にわたしを放りこんだ。

「ほら、こういうふうに足を動かしてごらん」と言って、父は両手で水をかくしぐさをしてみせる。わたしは両足をバタバタさせて、水を蹴（け）る動作をおぼえる。でも、そのうちに疲れてしまい、ぬるい水にひたひたと洗われる心地よさも手伝って、そのまま眠ってしまうことも多かった。父はわたしの居眠りには気づかない。姉のサラに向かって大声で指示を飛ばすのに忙しいのだ。姉もわたしも、自分から進んで泳ぎたいと言ったわけではない。いつから泳ぐようになったのかさえ、おぼえていない。泳ぐのがあたりまえだったし、気がついたときには泳いでいた。

わたしはかわいい子供だった。色白で、大きな茶色い瞳（ひとみ）で、こげ茶の長い髪で、小柄（こがら）で引き締まった体格をしていた。そして、ものすごく内気で、めったにしゃべらない子供だった。とにかく母メルヴァトがそばにいないとだめで、母がトイレに行くと、終わるまでトイレの前で待っているような子供だった。ほかの大人から話しかけられても、その人を見あげるだけで、一言もしゃべらなかった。

週末はたいていダマスカス市内に住んでいる祖父母の家へ行った。祖母ユスラ（わたしはこの祖母の名前をもらった）は、わたしにとって第二のお母さんみたいなもので、わたしはいつも祖母のアバーヤ（足首まで隠れる丈の長いアラビアの民族衣装）の陰に隠れていた。祖父のアブー・バッサームがお菓子を見せてなんとか笑わせようとしても絶対につられないので、祖父はわたしを「怖がりやさん」と呼んでからかった。

姉のサラはわたしより三歳上で、まるっきり逆の性格だった。とにかく口の回る子供で、周囲の大人に誰彼かまわず話しかけ、お店に行けば知らない人にも話しかけ、自分で勝手に作った言葉でしゃべりまくる。お茶会で人が集まったりすると、姉は祖母のソファの上に立って、まるで演説でもするみたいに両腕を振り回してわけのわからない言葉で熱弁をふるい、お茶会のじゃまをした。母に何をしゃべっているのと聞かれた姉は、英語をしゃべっているのだと答えた。

うちは大家族で、父と母のきょうだいは合わせて一一人もいた。だから、いつも身近にいとこたちがいた。わたしたちはシリアの首都ダマスカスの南にあるセット・ゼイナブという町に住んでいた。父の兄ガッサーン一家はわたしたちの向かいに住んでいたので、伯父の子供つまりいとこたちが毎日のようにうちに遊びにきていた。

水泳はマルディニ一族のお家芸のようなもので、父はわたしたちにも当然のように水泳への情熱を期待した。父のきょうだいは全員が若いころは水泳選手だった。父は十代のころシリアの代表選手だったけど、兵役のせいで水泳選手をやめざるをえなかった。サラが生まれたとき、父は水泳コーチとしてふたたびプールにもどった。父は、自分ならばきっとできる、という信念の持ち主だ。ある日、まだわたしが生まれる前、父は赤ちゃんだったサラをプールに放りこんだ。コーチとしての自分の腕前を周囲に示すために、赤ん坊にさえ水泳を教えることができるところを見せようとしたのだ。母は恐ろしくて声も出せず、父がサラを水から上げるまで黙って見ているしかできなかったという。

二〇〇二年、わたしが四歳の冬に、父はダマスカスのティシュリーン・スポーツセンターでコーチの職を得た。ティシュリーン・スポーツセンターにはシリアのオリンピック委員会の本部がある。父はわたしとサラを水泳の強化チームに登録した。そして、自分は七歳になるサラのコーチに専念することにして、わたしを別のコーチに託した。不気味（ぶきみ）な感じの漂うオリンピック・プールで、わたしは週三回トレーニングすることになった。プールの明かりは建物の三方の壁の下半分をぐるりと囲む低い窓からさしこむ光で、ガラス窓の上のほうは固定式の金属製ブラインドがまぶしい日の光をさえぎっている。壁には、スコアボードの横にバッシャール・アル＝アサド大統領の大きな肖像画がかかっていた。

父のスパルタ教育

プールの中はいつもすごく寒かった。でも、すぐにいい逃げ道が見つかった。小柄で恥ずかしがり屋で顔がかわいかったわたしに、新しいコーチが大甘だったのだ。コーチはわたしの言いなりだった。

「寒いの……」。わたしは小さな声で訴えて、あどけない大きな瞳でコーチを見あげる。

「おや、どうした？」。コーチが言う。「寒いのかい？　それじゃ、タオルにくるまって、外の日なたで座っておいで。え？　こんどはなあに、ハビブティ（アラビア語で『愛しい人』の意味）？　おなかもすいたの？　じゃあ、ケーキを食べるかい？」

　それから四カ月というもの、わたしはたっぷり甘やかされて、ほとんどプールにはいらなかった。でも、父の目はごまかせない。ある日、トレーニングのあと、わたしは父のそばを通りすぎようとした。プールには誰もいなくなり、父は次のクラスの準備をしているところだった。いつものように母がわたしたちを迎えにきていて、プールサイドの椅子に座って静かに待っていた。父は、母のところへ行こうとするわたしの姿を見とがめた。

「ユスラ」。父から声がかかる。「こっちへ来なさい」

　わたしは肩にはおったタオルをぎゅっと握りしめて、急いで父のところへ行く。手の届く距離まで近づいたとたん、父はわたしのタオルをはぎ取り、わたしを持ち上げてプールに放りこんだ。わたしは必死で水の上に顔を出し、息を吸った。パニックになって、手足をめちゃくちゃに動かす。日なたぼっこしながらケーキばかり食べていた四カ月のつけは、ごまかしきれるものではなかった。とくに、父の目は。わたしは泳ぎをすっかり忘れていた。父の怒り狂った声がプールの空間にガンガン響く。わたしはなんとかプールサイドに泳ぎつき、そこにつかまったまま、うつむいていた。

「いったい、どういうことだ⁉」。父がどなる。「いままで何をやってた⁉」

わたしはプールから出て立ちあがり、おそるおそる父の目を見た。それがまずかった。父は怒りで顔を真っ赤にしながら、ずんずんと数歩でわたしの前まで来た。わたしは足もとのタイルに視線を落としたまま、どんな罰が下るのかと身がまえる。

父は腰をかがめて、わたしに顔を近づけた。

「なんだ、このざまは？」。父がどなる。「あのコーチは何をやってたんだ？」

父はわたしの両肩を思いっきり突き飛ばした。わたしはすっ飛んで背中からプールに落ちた。すぐに水面に浮かびあがったけど、塩素で鼻がツーンとする。ショックで目を大きく見開いたまま、わたしは釣りあげられた魚みたいに水をはね飛ばし、両腕で水をたたき、バシャバシャと水をかいてプールサイドまでもどり、そこにつかまった。波立つプールの水を見つめたまま、顔を上げることもできない。

「出ろ！」。父がどなる。「さっさと水から上がれ！」

わたしはのろのろとプールから上がり、少しだけ父から離れる。父が次にどう出るか。父の顔には、これを一日じゅうでも続けてやるぞという決意がみなぎっていた。三度め、四度め……。二〇回もくりかえしたころには、わたしはふたたび泳げるようになっていた。また父が近づいてくる。わたしは救いを求めて母のほうを見る。母は身じろぎもせず座ったまま、プールサイドから父とわたしを見つめている。母の表情からは何も読み取れない。母は何も言わない。プールは父の王国なのだ。

「兄さん！　頭でもおかしくなったのか？」

そっと盗み見ると、声の主は父のいちばん下の弟、フッサーム叔父さんだった。助かった。

「兄さん、何やってんだよ!?」。フッサーム叔父が声をあげながら大股で近づいてくる。

わたしは父の顔を見る。まだ怒りで真っ赤だけど、どなりまくっていたところにとつぜん割ってはいられて、とまどった表情になっている。いまがチャンスだ！　わたしは小走りに母のところまで逃げて、母が座っている椅子の下にすべりこみ、母の長いスカートの陰に隠れた。プールサイドでは言いあいが続いているけど、これだけ離れれば、ひと安心だ。母が椅子の上でかすかに姿勢を変える。父の怒りがおさまるまで、ここに隠れていればだいじょうぶ。

その一件があって以降、父はわたしから目を離さなくなった。もう他人まかせで甘やかされるようなことがないように、というわけだ。わたしはマルディニの娘だ。好きであろうとなかろうと、泳ぐのだ。父はわたしに空気で膨らませたアームリングをつけ、サラの年齢グループが練習しているプールに放りこんだ。

サラたちが練習しているあいだ、わたしはプールの端っこにぷかぷかと浮かんでいる。年上の子たちは容赦ない。わたしのすぐ脇を通りすぎるついでに、わたしを水に沈めていく。そのうちに、わたしも沈められる前に相手を手で払いのけるか、わざと水中に深く沈んで頭の上を泳いでいく連中をやりすごすようになった。父はわたしのアームリングの空気を少しずつ抜いていって、やがてわたしは泳げるようになった。

その年の夏、ガッサーン伯父の一家はダマスカスの中心から南西へ八キロほど離れた郊外のダーライヤへ引っ越した。両親も伯父といっしょに引っ越すことに決め、わたしたち一家は大きな家に移った。その家は、ダーライヤと西隣のモアダミーエの町を分けるまっすぐな長い幹線道路ぞいに立っていた。

　サラとわたしは家の正面のいちばん大きな部屋をもらった。その部屋は外壁がすべてガラスでできていて、一日じゅう日の光があふれていた。両親の部屋はわたしたちの部屋より小さくて、部屋の中央に巨大な白いアンティークのベッドがあった。ベッドは祖父母からのプレゼントだ。サラとわたしはそのベッドに母の化粧品で落書きをしてめちゃめちゃにしてしまった。それ以外にわたしたちが好きだった遊びといえば、母の服を床に山のように積み上げて、その上に座って女王さま気分に浸る遊びだ。わたしはバルコニーから外を見るのも好きだった。人や車がたくさん行きかう通りを眺めたり、家々の屋根の上にたくさんのモスクの尖塔がそびえる風景を眺めるのが楽しかった。

　両親はとくに厳格なイスラム教徒ではないけど、大切なことはひととおり教わった。両親はわたしたちに手本を示してくれたし、良きイスラム教徒として何よりも大切なことは他者を尊重することだと教えてくれた。年長者を尊重し、女性を尊重し、異なる文化や宗教を持つ人たちを尊重すること。母親を敬うこと。父親を敬うこと。父親が自分の水泳コーチならば、なおのこと。

　父は二つの役割を分けて演じようとした。プールではわたしたちに「コーチ」と呼ばせ、家では「お父さん」と呼ばせる。でも、実質的には、家でも父は「コーチ」だった。トレーニングは二四時間休みなし。わたしはイスラム教の週末が始まる金曜日が憂鬱だった。毎週、父はわたしと姉がリビングのソファでリラックスしているときを狙ったかのように大股でリビングルームにはいってきて手をたたき、「さあ、二人とも！　トレーニング・チューブを持っておいで。肩の筋トレをするぞ」と言う。

わたしたちはのろのろとゴム製の長いトレーニング・チューブを取りにいく。父はそのトレーニング・チューブをリビングルームの窓枠に通して、わたしたちに筋トレをさせる。

父のトレーニング・メニューの中でいちばん楽しかったのは、テレビでスポーツ中継を見る時間だった。わたしたちは水泳の世界選手権、陸上の世界選手権、テニスの四大大会、サッカーのUEFAチャンピオンズリーグの試合をぜんぶ見た。わたしはFCバルセロナの熱烈なファンになった。父はテレビを見ている時間も一秒たりとも無駄にしなかった。水泳を見れば、選手のテクニックをすごく細かいレベルで指摘する。サッカーを見れば、個々の選手のプレースタイルを賞賛する。テニスの試合では、相手をねじ伏せて勝った選手をほめたたえ、プレッシャーに負けて自滅した選手に軽蔑のコメントをする。姉とわたしは黙ってテレビの前に座り、うなずく。

マイケル・フェルプスの栄光

六歳の夏、わたしたちは二〇〇四年アテネ・オリンピック競泳の終盤のレースを見ていた。男子一〇〇メートルバタフライ決勝。

「第四レーンを見てろ」。父が言う。「アメリカのマイケル・フェルプスだ」

リビングルームを張りつめた沈黙が支配する。スタートの電子音が鳴り、八人の選手が矢のようにプールに飛びこむ。水中カメラがフェルプスをとらえる。腰が上下にうねり、長い足としなやかな足首が水を後方へ押しやる。選手たちが白い水しぶきをあげて水面に浮上する。フェルプスはライバルのイアン・クロッカーより一メートル近く遅れている。だめか。

フェルプスの巨大な背中がぐいっとせり上がり、巨体が水面を切り裂く。ターンでからだがくるりと回転する。水しぶきが飛ぶ。ふたたび水面に浮上する。まだ遅れている。これでは追いつけない。残り四〇メートル。三〇メートル。残り二五メートルになったところで、フェルプスのスピードが倍になった。クロッカーとの距離が縮まっていく。

わたしは目をみはる。ワン、ツー、ワン、ツー。行け！　行け！　息を詰めて画面を見つめる。あと少し。三メートル、二メートル、一メートル。フェルプスとクロッカーが同時にタッチ板をたたく。フェルプスの勝ちだ！　フェルプスがクロッカーから金メダルをかすめ取った。一〇〇分の四秒差。

わたしは魅入(みい)られたようにテレビ画面を見つめている。父は立ちあがって、ガッツポーズを見せ、姉とわたしをふりかえって言った。

「見たか？」

テレビ画面では、フェルプスがゴーグルを引きちぎるようにはずしてスコアボードを見つめたあと、両手を高くあげて勝利を喜んでいる。わたしはテレビ画面を見つめながら考えた。フェルプスの表情。あの歓喜ですべてが報われたのだろうか？　それまでの苦労や犠牲のすべてが、あの栄光の瞬間に報われたのだろうか？

わたしは自分から望んで水泳選手になったわけではない。でも、あの瞬間を境(さかい)に、わたしは本気になった。腹の底から熱い思いがわきあがり、わたしは両手をきつく握りしめた。どんなに苦しくたって、かまわない。わたしもフェルプスみたいに頂点をめざす。オリンピックを。金メダルを。すべてを賭(か)けて。

2

女子水泳選手を阻むイスラムの伝統

父の目標は、姉とわたしを最高の競泳選手に育てることだった。最高の。世界最高の。史上最高の。そのためには、父はなんだってやる意気ごみだった。父の目標はとほうもなく高く、わたしたちはそれにこたえることを期待された。アテネ・オリンピックでフェルプスが奇跡の勝利をおさめた数週間後、わたしは小学校に入学した。学校はダマスカス西部のマッゼ地区にあり、同じ敷地に中学校も立っていた。小学校へ行くには、たくさん並ぶ建物のあいだをのぼっていく。坂道の下から見あげると、道は長いはしごのように見えた。新学期が始まってまもないある晩、父はわたしを座らせて、言った。

「ユスラ、あしたからおまえは競泳の選手だ。これからは、毎日二時間トレーニングする。おまえとサラは、ダマスカスのユース・チームにはいる。いいな」

わたしはうなずく。これは命令であって、わたしの意見は聞かれていない。興奮と不安とで胃がよじれそうだった。水泳の世界でこれからのぼっていかなければならないステップを思うと、校舎の並ぶ坂道の風景が重なった。とりあえず、わたしはダマスカスのユース・チームにはいった。次のステップは、シリアの代表チームだ。シリア代表として国際大会で泳ぐ。その先に、オリンピックがある。

わたしはサラといっしょに厳しいトレーニング・メニューをこなすようになった。まるで兵士さながらの毎日だった。学校は朝早い時間に始まり、昼には終わる。でも、わたしたちはそれで終わりではない。毎日、学校が終わる時間に父が校門で待っていて、わたしたちをプールに連れていく。学校が終わったあと、泳ぎたくない日もあったけど、父ににらみされると黙るしかなかった。プールに向かう車の中では、音楽は禁止、水泳と関係のないおしゃべりもいっさい禁止だった。父は泳ぎのテクニックや訓練の内容について話しつづけ、しまいにはサラもわたしも父の話をぜんぶ暗記してしまったほどだった。母も毎日プールに来て、観客席からわたしたちのトレーニングを見守った。

ある日、トレーニングの前に、父ともう一人のコーチがサラの肩のストレッチを始めた。サラが床にひざまずいてひじを曲げた姿勢をとり、そのひじを父とコーチが頭の後方へ引っぱる。わたしたちはこのストレッチが大きらいだった。すごく痛いのだ。でも、肩まわりが柔軟になり、動きがよくなる。このストレッチをするときはぜったいにからだを動かさないように、と、父からくりかえし言われていた。でも、このときは、父ともう一人のコーチがサラのひじを後ろへ引いた瞬間、サラが顔をしかめ、からだを引いて、「痛いっ!」と声をあげた。あまり痛がるので、両親はサラを医者に連れていった。X線検査の結果、鎖骨(さこつ)が折れているとわかった。サラは何週間かトレーニングを休むことになったけど、そんなことくらいで父はひるまない。少しくらいのけがで娘たちの競泳キャリアをあきらめる父ではなかった。骨折が治るが早いか、サラはトレーニングに復帰させられた。父はサラを甘やかさなかった。休んだあいだの遅れを取りもどすために、一段とがんばるよう言いわたした。

　七歳の夏、わたしは初めて競泳の強化合宿に参加した。とはいっても、遠くへ出かけたわけではない。学校が夏休みのあいだ、全国から水泳の得意な子供たちがダマスカスに集まってきて強化合宿をするのだ。わたしたちは、ほかの参加者たちといっしょにティシュリーン・プールに隣接する選手用の宿泊施設に泊まった。一〇歳になっていたサラは、シリア代表チームのティーンエージャーの選手たちと連れだって行動した。恥ずかしがり屋のわたしは、いつも姉にくっついていた。そのうちに、年上の選手たちがいろいろと声をかけてくれるようになって、わたしもうちとけていった。年上の選手たちの一人でイハーブという名の男の子は、わたしをからかって「ちびネズミ」と呼んだ。

　ラーミーと知りあったのも、この強化合宿だった。ラーミーはアレッポ在住だったけど、たびたびトレーニングのためにダマスカスへやってきた。ラーミーは一四歳で、わたしより七歳も年上だったにもかかわらず、わたしたちは生涯の友になった。強化合宿ではわたしがいちばん年下だったので、ラーミーはいつもわたしに親切にしてくれた。ラーミーはハンサムで、気のよさそうな顔に黒い髪と黒い瞳をしていた。ラーミーとわたしが仲良くしているのを、ほかの女の子たちはみんなうらやましがった。

　強化合宿には、わたしたちより年上の女子選手はあまりいなかった。女の子の多くは、思春期を迎えると水泳をやめてしまうのだ。選手として将来が見えないからやめてしまう子もいれば、大学進学を機にやめてしまう子もいた。もっと大きいのは、ヒジャーブの問題だ。イスラム教徒の女性は、年ごろになるとヒジャーブの習慣を守って慎（つつし）み深い服装をして髪をスカーフで隠すようになる人が少なくない。ヒジャーブという言葉は、髪をおおう布そのものをさす場合にも使われるし、もっと広い意味でイスラム教徒の女性の慎み深い服装をさす場合にも使われる。シリアではヒジャーブが強制されているわけではないし、とくに都市部ではヒジャーブに従わないイスラム女性も多い。肌の露出が多くないかぎり、敬虔（けいけん）なイスラム教徒として、どちらを選んでもまったく問題はない。ただし、その「露出度」が、水泳の場合にはイスラムの伝統とぶつかってしまう。水着でトレーニングするとなると、ヒジャーブを守るのはむずかしい。水泳をするときにヒジャーブがありえないのは、言うまでもない。

　女子の水泳について、理解のない人が多い。水泳というスポーツがどれほど厳しい練習に専念しなければならないものかということをわかってくれない人が多いのだ。みんな、水着だけを見て問題にする。近所の人たちや同級生の親たちのなかには、わたしの母に向かって、ああいうことは感心しない、と意見を言う人もいた。一定の年齢を過ぎたら、若い女性が水着を着ることは不適切である、と言う人もいた。母はそんな人たちを無視した。わたしが九歳の夏には、母は自分も水泳を習うとまで言いだした。母はヒジャーブを守っていて髪を布でおおっているから、ティシュリーン・プールで水泳を習うことはできないので、別のプールへ行き、女性限定の夏のトレーニング・コースを受けた。父は水泳を習うという母を応援し、やがて自分で母に水泳を教えるようになった。

　父は他人の意見などまったく意に介さなかった。何であろうと娘たちの水泳の邪魔はさせない、という姿勢だった。父のトレーニング・メニューは成果をあげはじめていた。父の目標は短距離でも長距離でもいいタイムを出させることで、わたしたちはバタフライと自由形でタイムを縮めつづけていた。サラは一二歳の女の子としては目をみはるほど筋肉のついたからだになっていた。サラの前途は有望で、シリア代表チームのコーチから声がかかった。父は大喜びだった。ただし、シリア代表にはいるということは、サラが父の娘ではあっても教え子ではなくなるということだ。わたしはあいかわらず父の娘であり、しかも父の教え子だった。

ある日、サラがシリア代表チームにはいってまもないころ、父はわたしの所属するトレーニング・グループを連れて、代表チームが筋トレをしているジムへ見学に行った。わたしたちはまだウエイト・トレーニングを始める年齢ではなかったので、父の説明を聞きながらトレーニングを見学した。プルダウン式のマシンのそばで話を聞いていたとき、わたしと同じトレーニング・グループの女の子がいきなり近くのマシンのバーを握って、ぐいっと下に引いた。ところが、思ったより重かったので、その子は手を放した。バーがすごい勢いで跳ねあがって、わたしの目のすぐ下に当たった。わたしは悲鳴をあげた。

「いったい何の騒ぎだ、ユスラ?」。父が言う。

わたしの頰を血が一すじ流れ落ちる。父は、目から涙があふれそうになっているわたしのあごをつかんで上を向かせ、頰をチェックしたあと、「どうってことはない。大げさだぞ」と言った。

父はわたしたちのグループを連れてプールにもどり、トレーニングを再開した。わたしはスターティング・ブロックの横に立ったまま、ショックで泣きじゃくっていた。トレーニングが始まった。しかたない。わたしもプールにはいる。傷に塩素がしみて、ものすごく痛い。わたしはプールの端にしがみついていた。そのうちに、わたしと同じグループの子の父親が助け舟を出してくれて、わたしを医者へ連れていくよう父に意見してくれた。父は不機嫌な顔を見せた。他人の口出しに腹が立ったのだろう。父が手を振って合図したので、わたしは水から上がった。トレーニングが終わったあと、父はわたしを車に乗せて救急病院へ連れていった。医者が頬の上部に開いた傷を縫ってくれた。

それ以来、わたしはけがをひどく恐れるようになった。痛みそのものが怖いのではなく、それでも練習を休ませてもらえないことが恐ろしかったのだ。でも、自分では防ぎようのないことだって起こる。たとえば、中耳炎。頭の中で風船がふくらんでいくみたいな激痛だった。学校は休ませてもらえたけど、水泳は休ませてもらえない。父は医者の言うことなど信用しない。とくに、プールを休めと言うような医者の診断は。あるとき、それまで感じたことのない激痛に襲われて泣き叫ぶわたしを母が医者へ連れていったことがあった。女医さんが頭を横に振って、「鼓膜に穴があいていますね。水泳はとても無理です。少なくとも一週間はやめておいてください」と言った。

わたしは母の顔を見る。母は眉をひそめ、ため息をつく。

「お父さんに言ってくれる?」。わたしは母に頼む。「わたし言えないよ、やだ」

プールまでの道々、わたしはずっと泣いていた。医者の診断を聞いた父がなんと言うかと思うと、身が縮んだ。父はプールで待っていた。

「で、診断は?」

母が診断結果を伝えると、父は激怒した。

「何を寝ぼけたことを! 丸々一週間も休めだと? セカンド・オピニオンをもらってこい」

わたしたちは車にもどり、母はわたしを別の医者に連れていった。こんどの医者は、どこも悪いところはないと言い、鼓膜に穴などあいていないし、水泳を休む必要もない、と言った。父は満足した。わたしは痛みをこらえて水泳のトレーニングを続けた。それから少したった日の朝、サラといっしょにスクールバスを待っていたわたしは、とつぜん前のめりに倒れた。そして、そのまま三〇秒ほど気を失っていた。バルコニーにいてわたしが倒れるところを見た父が、家から走り出てきた。父はわたしを車に乗せて医者へ連れていった。医者は首をひねって、耳の病気が関係しているかもしれない、と言った。あるいは目が悪いのかもしれない、とも言った。わたしは眼科に連れていかれ、近視であることが判明した。その日から、わたしはメガネやコンタクトレンズを使うようになった。それでも、ときどき気絶する症状はおさまらなかった。同じころ、首に赤くてかゆい湿疹ができた。医者の診断は、乾癬だった。水泳のさまたげにならないかぎり、父は気にしなかった。

　父はサラのコーチではなくなったけど、それでもサラのようすを鋭い目で観察していた。パンアラブ競技大会が近づいていた。父はサラがシリア代表チームのメンバーとしてカイロへ行けるよう願っていた。カイロ大会では、大会史上初めて近代五種競技が採用されることになった。シリア代表チームでは、近代五種の男女混合リレーに出場する女子選手がまだ決まっていなかった。コーチ陣からサラに打診があった。近代五種のうちのクロスカントリー競走（四キロ）と自由形競泳（三〇〇メートル）とピストルの標的射撃（二五メートル）に出てみないか、という話だった。

殊勲（しゅくん）のサラ、アサドの宮殿へ

その夏、サラはティシュリーン・スポーツセンターで長距離走とピストルの標的射撃の練習を積んだ。わたしも二度ほど姉の練習についていった。姉が使っているピストルを撃たせてもらったこともあった。ピストルは重くて冷たくて扱いにくい感じで、あまり好きになれなかった。サラはコーチ陣の期待にこたえて腕をあげた。一一月になり、サラはシリア代表チームの一員としてカイロへ旅立った。そして、長距離走を好タイムで走り、射撃では正確に的（まと）を撃ちぬき、水泳はすごい勢いで泳いだ。サラたちのリレーチームは銀メダルを獲得し、シリアはメダル獲得数で五位にはいった。代表チームが帰国したとき、父はわれを忘れるほど興奮しまくっていた。

「たぶん大統領に面会できるぞ！」。父はサラに言った。

翌週、代表チームのコーチ陣が選手たちを集めた。決定だ、アサド大統領がメダルを獲得した選手全員と面会することになった、という。サラは選手たちのなかで最年少だった。その日、サラは学校から休みを認められ、当日の試験も受けずにすみ、しかも満点をもらった。大統領宮殿からもどってきたサラは目を輝かせていた。

「で、どうだったの？」。母がたずねる。

「長い列に並んで待ったあと、大統領に挨拶（あいさつ）した」。サラが満面の笑みで答える。「本物の大統領だったよ。ウソみたい」

「何か声をかけてくれた？」。母が聞く。

「いちばん年下なのによくやった、って」。サラが答える。「これからもがんばりなさい、って。また勝ったら、またいつか面会できるから、って。感じのいいふつうの人だったよ」

両親はすごく誇らしそうだった。大統領と面会なんて、わたしたち一家にとってはものすごく大きな名誉だ。サラが大統領といっしょに写っている集合写真が学校に飾られた。父は同じ写真を大きく引き伸ばして額に入れ、家のリビングルームのいちばんいい場所に飾った。

それから数週間後、母はわたしとサラを座らせて、お腹に赤ちゃんができたのよ、と言った。わたしは動揺した。自分はもう末っ子ではなくなる、うちでいちばん小さくていちばんかわいい子ではなくなってしまう、と思ったのだ。わたしは黙ったまま、ちょっとだけ笑った。三月、わたしが一〇歳になった月に、母は女の子を産んだ。すごく大きくて青い瞳をした、天使のような赤ちゃんだった。母は赤ちゃんに「シャヒド」という名前をつけた。「ハチミツ」という意味だ。わたしたちはみんな赤ちゃんに夢中になった。生まれてみると、わたしも妹ができてすごく嬉しい気持ちになった。

父がわたしたちの水泳のことばかり考えていた一方で、母はもっぱらわたしたちの勉強を心配した。サラもわたしも英語が得意だったので、母は英語の勉強がもっと進むように家庭教師を雇ってくれた。父はわたしたちにアメリカのポップスを聴かせた。わたしたちはマイケル・ジャクソンの大ファンになり、歌詞をまるで試験勉強でもするみたいに熱心におぼえた。わたしたちはいつもヘッドフォンで音楽を聴いていた。学校へ行く途中も、プールへ行く途中も、ダマスカスにある祖母の家からダーライヤの家にもどる車の中でも。ときどき、わたしはサラに「その英語、どういう意味？　どう書くの？」と聞いたりした。サラは両親に読まれないように英語で秘密の日記を書いていた。

その夏、トレーニングの合間に、サラとわたしは父と並んでテレビの前に座り、二〇〇八年の北京（ペキン）オリンピックを観戦した。母も赤ちゃんのシャヒドを抱いてテレビを見るために部屋に出たりはいったりしていた。今回はフェルプスのおかげでオリンピックの注目が水泳に集まっていた。わたしはフェルプスが次々に金メダルを獲得してメダル獲得数の新記録に迫るのを、ただただ夢中で見ていた。世界じゅうがフェルプスの活躍に熱狂していた。アラビアのメディアはフェルプスを「オリンピックの新たなる伝説」と呼んだ。史上最高のオリンピック選手、と。

わたしたちは男子一〇〇メートルバタフライの決勝を心待ちにしていた。セルビアの競泳選手ミロラド・チャビッチがフェルプスの七個目の金メダル獲得を阻（はば）むと宣言したので、緊張感はいやがうえにも高まっていた。選手たちがスターティング・ブロックに立つ。イアン・クロッカーもいる。カメラが一列に並んだ選手たちの姿を映し出す。わたしは選手たちの首や腕の筋肉をチェックする。すごい、フェルプスは山のような体型だ。わが家のリビングの空気は、緊張でビリビリしそうだった。父はひとこともしゃべるなと言った。

スタート音が鳴り、選手たちがいっせいに飛びこんだ。水面に頭が出る。チャビッチとクロッカーが先頭だ。水を切り裂き、水を蹴散（けち）らして、ぐんぐん進む。五〇メートルを折り返した時点でフェルプスは七位。わたしは息を詰めて、フェルプスがピッチを上げるのを待つ。あと三〇メートル。あと二〇。フェルプスがクロッカーをとらえる。まだチャビッチが先頭だ。ワン、ツー、ワン、ツー。行け！　行け！

フェルプスは間に合うのか？　がんばれ。ギアを上げろ。ラストスパートだ。残り一五メートルになったところで、フェルプスがパワー全開にして差を縮めはじめた。チャビッチと横一線に並ぶ。二人同時にタッチ板をたたく。わたしは思わず悲鳴をあげる。信じられない。フェルプスが金メダル。一〇〇分の一秒差。フェルプスが大声で吼え、太い両腕で水面をたたく。

父は立ちあがっていた。

「見たか？　おまえたち、いまのを見たか？　あれこそがオリンピック選手だ」

サラとわたしは顔を見あわせて笑う。

「でも、どうやったら、あんなになれるの？」。わたしは聞く。「どうやったらオリンピックに行けるの？」

「努力だ」。そう言って、父はテレビ画面に向きなおった。「神の思し召しがあれば、いつかあの場所に立てる。オリンピックに行きたいと思わないような者は、本物のアスリートではない」

しばらくのあいだ、サラはシリア代表チームの若きスター選手だった。バタフライの短距離でも自由形の長距離でも好タイムを出していた。ところが、北京オリンピックが終わって秋になったころから、サラは伸び悩んだ。タイムも良かったり悪かったりで、シリア代表チームのコーチたちはサラにあまり目をかけなくなった。毎週のようにサラの担当コーチが変わった。

父が指導するトレーニング・グループでは、わたしともう一人のキャロルという女の子がいちばんいいタイムを出していた。わたしたち二人は父にしてみれば自慢の教え子であり、一方でシリア代表チームの選手たちは、サラも含めて、父から見ればライバルだ。父はサラとキャロルの一対一のレースを組んだ。種目は一〇〇メートルバタフライ。

父はわたしたちチーム全員にレースを観戦させた。コーチ陣、選手たち、サラのチームメイトたちもレースを見守った。プールでは、父は「父」でなく「コーチ」だ。サラとキャロルがスターティング・ブロックに立った時点で、サラは父の娘ではなくなっていた。サラは父の教え子のライバルなのだ。わたしは何も考えないようにして、じっと見ていた。どっちを応援すればいいのか、わからなかった。

スタート音が鳴り、二人が飛びこむ。先に水面に頭を出したのはキャロルだった。そのあとにサラが続く。五〇メートルをターンした時点で、サラはからだ一つぶん遅れていた。サラも必死で泳いでいるけど、キャロルは最後の二五メートルで一段とピッチを上げて、サラに五秒もの差をつけてゴールした。父は勝利のガッツポーズを見せ、チームのコーチ陣に笑顔を向ける。自分の指導するスター選手が勝ったからだ。

帰りの車の中は、気まずい沈黙に支配されていた。サラはヘッドフォンをつけたまま、かたくなに窓の外を見ている。家に帰ったとたん、父は「父」にもどり、サラに食ってかかった。

「おまえ、あれはなんだ！」。父がどなる。「気がゆるんでいるから、ああいうことになるのだ。すっかり遅くなっていたじゃないか」

サラが父をにらみかえす。目が怒りに燃えている。

「いいかげんにしろ」。父が言う。「今後はトレーニングのあとで友だちの家に遊びに行くことを禁止する。バスケットボールも禁止だ。おまえをたたきなおしてやる。これからは、俺がコーチをする。俺のグループにもどすからな」

サラはわっと泣きだし、乱暴にヘッドフォンをかぶると、立ちあがって部屋から出ていった。わたしは知らんぷりをした。しばらく泣けば、サラは落ち着くだろう。

それ以降、サラはわたしやキャロルといっしょに父のもとでトレーニングするようになった。

それから数カ月がたったある日、サラが右肩をつかんでプールから上がった。

「もう無理」。サラが父に訴える。「肩が動かない」

母がサラを医者に連れていった。サラはトレーニングを四週間休むよう指示され、筋肉用の塗り薬をもらった。父は不満顔だった。一カ月後、サラはプールにもどってきたけど、練習を休んでいたということは、タイムがますます落ちたということだ。休む前のレベルにもどすのに二カ月かかった。


翌二〇〇九年の春になって、サラは反対側の肩も故障した。医者は懸念を隠さなかった。サラは今回もトレーニングを一カ月休むことになった。母はサラを助けようとした。水泳をおぼえたあと、母はダマスカスから車で一時間ほど南へ行ったダルアという町の近くにある温泉施設でアクアビクスを教えるようになっていた。母はマッサージ・セラピーもできるようになっていたので、新しい手技を使ってサラの肩を治療しようとしたのだった。


まもなく、サラはトレーニングに復帰した。そして、それまで以上にがんばって、以前のスピードを取りもどそうと努力した。わたしには何もうちあけないけど、サラがもう以前のように水泳を楽しんでいないことは、わたしにもわかった。サラは水泳以外のことに関心を向けはじめていた。トレーニングが終わったあと、サラはよくどこかへ出かけるようになった。初夏のころには、化粧をするようになった。たぶん男の子たちと遊んでいたのだと思う。父はカンカンに怒っていたけど、サラは父を無視した。家の中はしょっちゅう大げんかやどなりあいになった。

「妹を見てみろ！」。父がどなる。「どうして、妹のようにできんのだ？」

そんな言葉で何も解決するはずがなかった。父がどなればどなるほど、姉はますます反抗的な態度に出た。姉は父にどなり返し、面と向かって父を罵倒した。姉と父の対決は、わたしを震えあがらせた。サラが父を激怒させる場面を見たら、わたしはとても反抗する気にはなれなかった。わたしは父に叱られないように立ち回った。父の怒りがわたしに向かないよう従順にトレーニングにはげみ、メダルが取れるよう努力した。学校でも、一番の成績を取ろうとがんばった。当時のわたしは負けず嫌いが強すぎて、クラスでほかの子がわたしよりいい成績を取っただけでも首の乾癬が真っ赤になって痒みが出るほどだった。サラはそんなわたしをガツンと殴り、「あんたバカじゃない？」と言った。

その夏、サラとわたしは競泳大会に出るために、シリア北西部の海岸にあるラタキアという町へ行った。ラタキアはシリアのリゾート地で、観光客は長いビーチをのんびり散歩し、レストランのテラス席で食事をし、遊園地でジェットコースターに乗る。でも、サラとわたしがラタキアへ行ったのは、海で泳ぐためだった。近くの島から海岸に向けて五キロの距離を泳ぐオープンウオーター・スイミングの大会があったのだ。

波打ちぎわに立って見るかぎり、海は穏やかで、きらきらと太陽の光を反射していた。レースでは五〇人の選手がいっせいにスタートした。誰もが岸に向かって最短コースを泳ごうとするので、レースは激しいものになった。海に泳ぎだしてみると、不安が襲ってきた。海で泳ぐのは、プールで泳ぐのとはまるでちがう。海の水は得体が知れず、深さもわからない。プールサイドもないし、疲れたからといって休める場所もない。コースから外れて迷子になるのも怖かったし、コースを示すブイやボートが見えるように顔を上げて泳がなくてはならないのも勝手がちがった。

一時間以上泳いでようやく岸に着いたときには、ほっとした。

海での競泳からまもなく、サラは両肩とも動かせなくなった。バタフライのストロークをひとかきすることさえできなくなった。サラは医師から理学療法士を紹介され、本格的なマッサージ治療を受けることになった。水泳のトレーニングは、また一カ月の中断となった。二〇一〇年の初めごろにはサラはふたたび泳げるようになったものの、以前のレベルにはもどらなかった。わたしたちは同じ部屋で寝起きしていたけど、サラはわたしとあまり口をきかなくなった。わたしはサラのことが心配だったけど、家ではあいかわらず口げんかが続き、それ以外の時間はおたがい自分の殻に閉じこもるようになっていた。みじめな気分のときも、自分ひとりで耐えるしかない。姉とわたしの生活は、完全に別々になった。泳ぐときも別々、学校でも別々、友だちも別々だった。

サラに行動を改めさせようとする父の努力は空回りしていた。サラは学校でも素行が悪く、成績も下がって、先生たちから目をつけられるようになった。水泳のトレーニングが終わると、サラはどこかへ姿を消し、バスケットボールをやったり友だちの家でだらだら過ごすようになった。サラの親友の多くは男の子だった。家でのどなりあいはますますひどくなった。父がほんのささいなことを指摘しただけで、サラは爆発した。食事中に父から体重が増えているんじゃないかと言われただけで、あるいは父が学校の成績について何か言いかけただけで、あるいはトレーニング中の泳ぎについて何か言われただけで、サラは乱暴に音をたてて席を立ち、怒って出ていってしまう。

「なんだ、食わんのか?」。父がサラの背中に向かってどなる。

「いらない」。サラが肩越しに言い返す。

子供部屋のドアが乱暴に閉まる音が響いて、わたしは身を縮める。そして、食卓でうつむいたまま、皿の上の料理をフォークでこねまわす。黙って父の言うとおりにしていれば、面倒なことにはならない。わたしが競泳選手としてがんばれば、父は満足なのだ。事実、わたしのタイムはぐんぐん伸びていた。バタフライは速く力強く泳げるようになっていた。その年の秋、一二歳のわたしはシリア代表チームに選ばれた。コーチたちは、そのうちヨルダンやエジプトで開かれる大会に遠征できるよ、と言ってくれた。初めての国際大会。大きな一歩だ。わたしはいまやシリアを代表する競泳選手だった。オリンピックの夢に向けて、階段を一段のぼったことになる。サラが成績不振で父親に反抗する一方で、わたしは父のご自慢の競泳選手として記録をのばしていた。

第二部

春

The Spring

3

アラブの春――広がる抗議運動

男たちがこぶしを突き上げ、カメラに向かってシュプレヒコールをくりかえす。国旗に火が付けられ、建物から煙が上がり、人々が走って逃げていく。二〇一一年三月。リビアが炎上している。わたしはサラを見る。サラは肩をすくめ、チャンネルを変える。父がリビングルームにはいってきた。

「チャンネルをもどしてくれ」。父が言う。

サラは言われたとおりにする。父がソファに腰をおろす。わたしたちは黙ったままテレビ画面の暴力的な光景を見つめる。いまは父の時間だ。毎晩きっかり二時間、父はテレビのチャンネルを独占する。ニュースを見おわると、父はリモコンをわたしたちに返してくれる。ここ数週間、わたしたちはチュニジアの革命を見、エジプトの革命を見てきた。こんどはリビアだ。なぜだかわからないけど、リビアはそれまでとはちがう感じがした。自分の国にもっと近いような。

「なんかイケてない?」。サラが小さい声で言う。「ヤバそうだけど。でも、イケてる」

父が鋭い目つきでサラをにらむ。

「本気で言ってるのか？」。父が言う。「あんなことは、ここではぜったいに起こらん。いいか？　こんなことがシリアで起こるはずがない」

シリアは安定したまともな国だ、と、父はわたしたちに言う。国民は冷静で、おとなしい。問題を起こすようなことは考えられない。失業者もいないし、暮らし向きもいいし、みんな仕事があって、満足していて、それなりの暮らしを営んでいる。父はテレビ画面で抗議行動をしている人たちのほうを手で示して、「こんな連中とはちがう」と言った。

テレビにはリビアの指導者ムアンマル・アル＝カッザーフィー（カダフィ大佐）が映っている。薄茶色の丈の長い服を着て、同じ色のターバンを巻いて、リビア国営放送で演説している。支持者たちに向けて、蜂起をくわだてた者たちをやっつけろ、と呼びかけている。

「砂漠の端から端まで、何百万の同胞に呼びかける」と、カダフィ大佐は両腕を激しく振りまわして演説する。「何百万の国民が力を合わせ、リビアから不良分子を駆逐するのだ。一インチごと、一軒ごと、路地の一本ごとに、国民一人ひとりが、この国から汚れた不純分子がいなくなるまで！」

サラがクスクス笑う。父がまた鋭い目つきでサラをにらむ。

「何よ？」。サラが言う。「べつに、この状況を笑ってるわけじゃないし。ただ、この人が笑えるだけ。リビアの訛り、笑える」

父は首を振って、テレビ画面に視線をもどす。

「いまこそ行動すべきときだ！」。カダフィ大佐が熱弁をふるっている。「いまこそ進撃すべきときだ！　勝利をつかむべきときだ！　あともどりは許されない。前線へ！　革命だ！　革命だ！」

カダフィ大佐は演台をバンバンたたき、こぶしを突き上げたあと、画面から退場した。父はテレビを消して、黙ったまま部屋から出ていった。数日後、家の前の通りに立ってスクールバスを待っていたとき、サラが「カダフィが殺される夢を見た」と言った。そんな話は聞きたくない、と、わたしは言う。バスが来て、わたしたちは乗りこむ。バスの中では、生徒たちがみんな携帯を見つめてクスクス笑っている。

「なんなの？」。席に座りながらサラが聞く。

前の席の男の子がふりかえって、にやにや笑いながら「ゼンガ、ゼンガ」と言う。

「何、それ？」。わたしが聞くと、男の子は自分の携帯を見せてくれた。YouTubeのビデオだ。誰かがテレビ放送されたカダフィ大佐の演説をダンスソングとリミックスしたらしい。画面の下のほうでは、裸に近い女がからだをくねらせて踊っている。リビアの独裁者は、すっかり笑い者だ。歌がコーラスの部分にさしかかると、バスに乗っている生徒全員が笑いだす。「ゼンガ、ゼンガ」――「路地」を意味する「ジンカ」のリビア訛りだ。学校に着いてみると、誰もがこの歌を知っていた。けれど、ジョークはすぐに飽(あ)きられる。一週間後、スクールバスの中はひっそりと静かだった。みんな二人ずつ並んで席に座り、声をひそめてしゃべっている。親友のリーンが乗ってきて、わたしのとなりに座る。わたしが笑顔を向けると、リーンは目を大きく見開いて身を乗り出してきた。

「ダルアのこと、聞いてないの？」。リーンが小声で言う。

「ううん」。わたしは答える。

どきっとした。母はダルアから車でわずか三〇分のところで働いている。それに、ダルアの町そのものがダマスカス郊外に住んでいるわたしたちのところからそう遠くない。一〇〇キロぐらいしか離れていないのだ。

「なんか子供だって話よ。男の子たちらしい」。リーンが話を続ける。「壁に落書きしたんだって。それで逮捕されたんだって」

「どういうこと？」。わたしは聞く。「何を書いたの？」

リーンは周囲を見まわし、わたしの耳もとに口を寄せてささやく。

「アッシャアブ・ユリード・イスカート・アンニザーム」

わたしは驚きのあまり、リーンの顔をぽかんと見つめる。アッシャアブ・ユリード・イスカート・アンニザーム。体制打倒（「アラブの春」のスローガン）。でも、父は、この国では国民の蜂起なんかありえないと言わなかったか？　わたしは黙ったままリーンの言葉を頭の中で反芻（はんすう）し、自分なりに理解しようとする。そして、リーンの耳に顔を近づけて、小声で言う。

「それって、チュニジアと同じじゃない？　エジプトも？」

リーンがうなずく。

「で、いま、リビアで起こってる」。リーンが言う。

わたしはバスの窓から外を見る。職場へ行く人たちが車を走らせ、店はシャッターを開けはじめている。つまり、人々はこの国でも体制の変化を求めている、ということ？　チュニジア、エジプト、リビアに続いて、シリアでも？　いやな胸騒ぎがした。こんなことしたって、何もいい結果にはならないのに。学校で、先生たちはダルアのことは何ひとつ言わない。母も、父も、国営テレビのニュースキャスターも、何も言わない。わたしの情報源はスクールバスの中の会話だけ。数日後、リーンがまた情報をくれた。ダルアでの抗議行動が暴動に発展したという。しかも、抗議行動はアレッポ、ホムス、バニヤースなどシリア全土の都市に広がっているという。

「ダマスカスでも、デモ行進があるらしいわよ」。リーンが言う。

わたしはびっくりした。家ではあいかわらず誰も何も言わない。父はいつもどおり夜のニュースを見ている。父はアルジャジーラやアラビーヤなど外国の二四時間ニュースチャンネルもよく見る。でも、父がニュースを見て何か言うことはない。抗議行動が全国に広がりつつあることについて何かコメントするにしても、わたしたち子供が相手ではないだろう。それは、わかる。わたしたちのため、わたしたちを守るためなのだ。それに、どのみち、ティーンエージャーの娘二人を相手に何を話すというのか。現状に満足しているかどうか？　娘たちの感想をたずねたってしかたないだろう。母はもう少しオープンだった。母はダルアのはずれにある温泉施設で働いていたので、そこで情報を仕入れてきた。三月下旬のある日、母は真っ青な顔で震えながら仕事先から帰ってきた。どうしたの、と聞くと、母は答えるのをためらった。わたしに怖い思いをさせたくないのだ。

「きょう、温泉施設でね」。母がようやく口を開く。「町のほうから爆発の音や銃声が聞こえたのよ。施設では窓を閉めたんだけど、それでも音が聞こえたの」

わたしは自分の指の爪を見つめたまま聞いている。胃がきゅっと縮むような気がした。聞かなければよかったと思った。

「ここ一カ月くらい、お客さんが減ってきているの」。母が続ける。「いまごろ温泉に来ようっていう人なんかいないのよ。危険すぎるもの」

もう聞きたくない、と思った。だから、父がリビングルームにはいってきて母が話しかけの口をつぐんだときは、ほっとした。父が腰をおろしてテレビをつける。父のあとからとことこ歩いてきたシャヒドを母が抱きあげて、台所へひっこむ。わたしたちは黙りこんだまま座っていた。テレビのニュースキャスターは、あいかわらずダルアについて何も伝えない。

その翌日、クラスメイトのイマーンがダマスカスを離れることになったと言う。イマーンの両親はダルアの出身なので、一家でダルアにもどって町がどうなっているのか見にいくことにしたのだという。何もかもがあっという間に進んで、翌週にはイマーンはみんなに別れを告げて引っ越していった。それっきり、イマーンからは連絡がない。どうなったのか、いまだに消息もわからない。こんなふうにして消息不明になる人がぼつぼつ出はじめた。ある日、イマーンが引っ越していってまもないころ、母がいつもより早い時刻に温泉施設から帰ってきた。サラとわたしはトレーニングに出かける準備をしているところだった。家に帰ってきて腰をおろした母は、震えていた。

「どうした？」。父が声をかける。

「きょうもすごい音で」。母が口を開く。「一日じゅう砲撃の音が聞こえてたわ。今週になってから、毎日。ものすごく大きな爆発音がして、窓ガラスが揺れたわ。そのあと、午後になったら軍隊が来て、施設から退避せよ、と言ったの」

父が眉を上げる。

「それじゃ、もう施設には行かないのか？」。父が聞く。

「ええ」。母が答える。「行かないと思うわ。温泉施設はしばらく閉鎖されると思う」

母はわたしとサラに目をくれたあと、父のほうにそっと視線をもどして、言葉を続ける。

「あのね、施設で働いている同僚たちからすごく恐ろしい話を……」

サラはソファから立ちあがり、わたしの腕を引っぱって子供部屋へ引きあげる。母がダルアで働かなくなってからは、わたしが得る情報はますます少なくなった。母は、こんどはダーライヤの北に隣接するカファル・スーセ地区に新しくオープンしたスポーツ・スタジアムにマッサージ師として勤めることになった。わたしは怪(あや)しげなニュースをスクールバスの中で仕入れるだけ。リーンの話によれば、ダルアはまわりを包囲されて攻撃を受けているという。ホムスで抗議行動が大きくなっていることも、抗議行動がダマスカス中心部やラタキアまで広がっていることも、リーンから聞いた。五月末にダーライヤで抗議行動が広がったときには、原因はハムザという男の子に関係あるらしいという話もリーンから聞いた。わたしの知っている人たちはみんな、どちらの側にもつかず、じっと事態を静観(せいかん)していた。

ダーライヤも、もはや安全ではなくなった。毎週金曜日の午後、祈りを終えた人々がモスクからあふれ出て、通りを埋める。ときどき、パン、パン、と銃声が聞こえることもあった。わたしたちは金曜日の夜の外食をやめて、家で国営テレビを見るようになった。ニュースキャスターは、暴力行為はテロリストによるものだ、と報じた。わたしたちはテレビを見て、この不安定な状況が早くおさまるよう祈りながら待つしかなかった。

そうやって待つあいだも、わたしは泳ぎつづけていた。泳ぐことが何よりの気晴らしだった。プールの中にいるあいだは、ほかのことは気にならない。わたしはタイムを伸ばし、記録を更新し、シリア代表としてメダルを取りつづけていた。コーチたちからは、この調子ならヨルダン、エジプト、レバノンなどアラブ諸国の国際大会にシリア代表として出場できるぞ、と言われていた。七月、サラとわたしは午前三時に起きて、上海(シャンハイ)で開かれた世界水泳選手権を見た。五〇メートル自由形では、スウェーデンの競泳選手テレーズ・アルシャマーが金メダルを取った。わたしは大好きなサッカーチームを応援しているときみたいに興奮し、金切り(かなき)声をあげて部屋の中で跳(は)ねまわった。アルシャマーはわたしの新しいヒーローになった。

「見た？　ユスラもあの子みたいになれるよ、きっと」。サラが言う。

母が目をこすりながらリビングルームにはいってきて、シャヒドが起きちゃうからもう少し静かにしてちょうだい、と言う。わたしはテレビ画面を指さす。画面ではアルシャマーが笑顔でほかの選手たちと抱きあっている。

「お母さん、見て！」。わたしは言う。「わたしもあんなふうになれるよ」

母はあくびをしながら、にっこり笑う。

「そうね、わかってるわ、ハビブティ」

「でもね、わたしたち、シリアにいたら、どうやって世界水泳に行けるの？」。わたしは言う。

母がため息をつく。

「とにかく、静かにしてちょうだい」

アルシャマーの姿を見ながら、わたしはもどかしい気持ちになる。母はわかっていないのだ。わたしは泳ぎたい。競泳選手としてキャリアを追求したい。でも、シリア国内がこんなことになって、暴動や抗議行動があちこちで起こっているような状況では、わたしの夢はどんどん遠のいてしまう。将来が見通せない。オリンピックへの道が見えなくなりそう。

その夏も、いつものようにシリア全国から水泳の強化合宿に選手たちが集まってきた。わたしもほかの選手たちといっしょにティシュリーン・プール近くの合宿所にはいった。知り合いの選手の多くは、ラーミーのようにアレッポから来ていた。わたしはラーミーに「アレッポの状況はどうなっているの？」と聞いてみる。ラーミーは表情を曇(くも)らせたけど、アレッポの状況もだいたいダマスカスと同じようなものだと言う。抗議行動は起こっているけど、ダルアのような暴動はない、と。強化合宿が終わって家に帰った数日後、父がリビングルームでアルジャジーラを見ていた。わたしが部屋にはいっていっても、父はテレビから目を離さない。わたしは父とならんで腰をおろし、テレビを見る。画面では、男たちが両手を大きく振って、自動小銃を空に向けて発砲している。

「何があったの？」。わたしは聞く。

「トリポリが陥落(かんらく)した」。父が言う。「カダフィ政権が倒れた」

わたしはテレビ画面を見つめる。父はじっと無言のままテレビを見ている。

まもなく、わたしたちの周辺にも不穏な状況が迫(せま)ってきた。わたしたちが住んでいる地区の西に隣接するモアダミーエ地区でも大規模な抗議行動が起こった。わたしたちが学校へ行ったりプールへ行ったり祖母の家へ行ったりするときに使うダマスカスへの幹線(かんせん)道路にも緊張が漂いはじめた。わたしたちは家にこもってテレビを見ている時間が多くなった。一〇月のある朝、スクールバスの中で、リーンから聞いた。カダフィが恐ろしい殺され方をしたという。わたしはバスの窓から外を見つめ、何もかもが一時停止になって、巻き戻されて、もとどおりになればいいのに、と思った。

自爆テロで四〇人の一般人が犠牲に

わたしは現実から目をそらし、水泳と学校と日常生活に集中しようとした。でも、ふつうの生活は不可能になりつつあった。一二月には、カファル・スーセで自爆テロがあって四〇人が犠牲になった。カファル・スーセは母が働いている地区だ。犠牲になったのはふつうの人たちで、たまたまその場に居合わせただけの人々だ。これはショックだった。そのとき初めて、危険を身近なものとして感じた。運の悪いときに運の悪いところに居合わせたら、それだけで殺されてしまう可能性がある、ということ。わたしたちの両親は、ほかの家庭と同じように、門限を夜七時にした。わたしたちは家に帰り、ブラインドを閉めて、テレビをつけた。

年が明けてまもなく、また水泳の強化合宿があった。参加選手が少なくなっていた。年上の選手の多くが姿を見せなかった。友だちのラーミーも来なかった。みんなにたずねてみたら、トルコにいるお兄さんのもとへ行ったという。みんなの話ではすぐにもどってくるだろうということだったけど、そのうちにフェイスブックで、ラーミーがイスタンブールでガラタサライ・スイミングクラブにはいって練習を始めたと知った。つまり、すぐには帰ってきそうもないということ。

暴動は日ごとに深刻になっていった。二〇一二年一月には、ダマスカスのあちこちに土嚢（どのう）が積みあげられるようになった。土嚢の陰（かげ）に武装した兵士が立って警戒にあたり、通りかかる車を一台ずつ止めて検問する。ＩＤカードをチェックし、どこから来たのか、どこへ行くのか、問いただす。車内検査がおこなわれることも少なくなかった。検問を通過するのに三〇分近くかかることもざらだった。ダーライヤからダマスカスに通じる幹線道路には、たくさんの検問所ができた。わたしたちは幹線道路を避けてオリーブ果樹園の中を通る裏道を使うようになった。けれど、どの道を通っても、たいてい臨時の検問にひっかかった。早春のある晩、母がサラとわたしをプールに迎えにきた。わたしたちはシャヒドを真ん中にして車の後部座席に座っていた。母は幹線道路を通ってダーライヤの家に帰ろうとした。見ると、対向車線をたくさんの車が引き返してくる。母はため息をついて、「道路が封鎖されたみたいね」と言う。

母はUターンをし、脇道を抜けてダーライヤに帰ろうとした。通りはいつもとちがって真っ暗で、人気がない。どの店も早くに店じまいしたらしい。通りには人影もなく、ほかの車も走っていない。母はゆっくりと進んでいく。前方、通りの右側に、土嚢の山が見えた。検問所の陰から兵士がゆっくりと歩いて出てくる。狙撃用ライフルを持っている。母は車を止め、窓を開ける。

「IDは?」。兵士が言う。

母はバッグの中を探って、財布から白いプラスチックのIDカードを出す。兵士はそれを受け取り、後部座席に座っているわたしたちをのぞきこむ。

「娘さんたち?」。兵士が言う。

母は前方の道路に視線を向けたまま、うなずく。

「行き先は?」。兵士が聞く。

「家です」。母が答える。「ダーライヤとモアダミーエのあいだの幹線道路ぞいに自宅がありますので」

「いままでどこにいた？」。兵士が聞く。

「わたしは仕事先からもどるところです。娘たちは水泳の練習から帰るところです」

兵士はふたたび車の後部座席をのぞく。そして車の後ろに回り、トランクを開ける。そのあと、わたしの横のドアを開け、懐中電灯でわたしたちの足もとを照らす。それからこんどは運転席側に回り、母に車から降りるよう命じる。わたしはどきっとした。ものすごく恐ろしかった。母が車から降りる。サラとわたしは車の窓から首を突き出して、どうなるのか見守る。兵士は母のボディーチェックをしたあと、わたしたちを通してくれた。車にもどった母は、ハアハアと息を荒くしていた。家に帰り着くまで、誰も口を開かなかった。

翌朝、わたしたちはスクールバスに乗っていた。マッゼに向かう幹線道路ぞいに、また新しく土嚢の山ができていた。兵士が旗を振ってスクールバスを止める。バスが路肩に寄って停車する。四人の兵士がバスに乗りこんでくる。前のほうの座席に座っている生徒たちが緊張して息をのむ。先頭の兵士は狙撃用ライフルを誇示するように掲げている。兵士たちはバスの中を歩きまわり、わたしたちの通学かばんの中身を検め、バスの手荷物棚を捜索し、座席の下を一つ一つチェックする。わたしたちの列まで兵士たちが来た。サラとわたしは兵士たちと目を合わせないようにまっすぐ前を見たままでいる。兵士たちが後方へ進んで行く。後ろの席に座っている低学年の女の子が小さな泣き声をあげる。そのうちにようやく兵士たちはバスから降りていき、バスのエンジンがかかった。

「五〇人の子供を乗せたバスに何を隠してるって言うのよ、まったく」。バスが動きだし、サラがつぶやいた。

このことがあってから、母はわたしたちに予備の着替えを祖母の家に置いておくように言った。何かが起こって家に帰れなくなった場合に備えて、ということだ。ときどき、水泳のトレーニングから帰るとちゅうでダーライヤの方角から銃声が聞こえてきて、家に帰るのをあきらめてダマスカス市内へ逆もどりすることがあった。検問所で兵士に追い返されてダマスカスにもどることもあった。金曜日の状況はどんどん悪くなっていた。ダーライヤで犠牲者が出るたびに葬式があり、それをきっかけにさらに大規模な抗議行動が起こった。週末になると、わたしたちは家の中にこもるか、でなければダマスカス市内の祖母の家へ行って過ごした。夜中に外の通りで銃声がして目がさめることもあった。父は爆風や流れ弾(だま)を心配して、わたしたちの部屋の窓側へ大きな木製のたんすを移動させた。初夏になるころには、ダーライヤから人が逃げ出しはじめていた。通りを歩く人も少なくなり、スクールバスを利用する生徒も少なくなった。不気味(ぶきみ)な雰囲気だった。

わたしには自分の周囲で起こっていることがよく理解できなかった。テレビは何も伝えない。両親は友人や親戚や隣人たちから情報を仕入れていたけど、わたしたちには何も話してくれなかった。わたしのフェイスブックのニュースフィードは、ジョークやゴシップや失恋話など、ごくふつうのティーンエージャーが読む記事ばかり。五月末の土曜日の夜、サラとシャヒドとわたしは子供部屋で眠っていた。

「アッラーフ・アクバル!(神は偉大なり!)」。下の通りから男の叫び声が聞こえた。

続いて銃声。近い——。わたしはハッとして目を開ける。

「アッラーフ・アクバル!」。何人もの男たちが声をそろえて叫んでいる。「アッラーフ・アクバル!」

わたしはサラのベッドに目をやる。サラは壁のほうを向き、こちらに背中を見せて寝ている。

「サラ?」。声をかけてみる。

サラは動かない。

「じっとしてなよ」。サラが壁のほうを向いたまま言う。

外は静かになった。わたしは恐怖で固まったまま時が過ぎるのを待つ。遠くでヒューンと風を切るような金属音が聞こえ、続いて低い爆発音が響く。一瞬、部屋の中が明るくなる。父が子供部屋のドアを勢いよく開けた。

「来い!」。父が叫ぶ。「起きて、窓から離れろ!」

わたしはシーツをはねのけてベッドから飛び出す。サラも同じく飛び出して、わたしたちは二人いっしょに廊下(ろうか)へ走り出る。

「俺たちの部屋ならガラスがないから、そっちへ行け」。父が言う。

サラと父とわたしは、両親の巨大なベッドにもぐりこむ。母とシャヒドもいっしょだ。わたしはシーツを顔の上まで引きあげて、外の恐ろしい音を聞かないようにした。みんな、ろくに眠れなかった。

翌日、何もなかったかのように一日が始まった。いつものように水泳に集中する。わたしは厳しいトレーニングを重ねて、国際大会に出られるレベルにまでなっていた。次の国際大会は七月だ。わたしはロシア東部のヤクーツクで開かれる国際スポーツ大会「アジアの子供たち」の出場選手としてエントリーされていた。わくわくしたし、世界に挑(いど)む意気ごみも十分だった。大会にはシリアの代表チームが全員参加することになっていた。サラはまだ肩の故障が治っていなくて、代表チームには選ばれなかった。

　七月初旬の金曜日、ロシアへ向かう数日前のこと、わたしたちはダマスカス市内の祖母の家を訪ねたあと、車に乗って家に帰ろうとしていた。父は検問を避けて裏道を通ったけど、田舎道にも兵士たちが待ちかまえていた。

「セキュリティが強化されたようだな」。ハンドルを握る父がつぶやく。車は検問の列に並んだ。

　わたしたちの車はオリーブ園のあいだを通って南へ進んでいく。道路は閑散としている。家の前の幹線道路にはいる曲がり角に近づいたとき、近くの建物から人が出てきた。両腕を振りまわして何か叫んでいる。父はその人を無視して左折し、自宅に面した長いまっすぐな道路にはいった。助手席に座っている母がハッと息をのんだ。父が車を止め、エンジンを切る。わたしは首を伸ばして前方を見た。行く手に三台の茶色い戦車が横一線に並んでいる。父はそのまま待つ。丸一分ものあいだ、何も起こらなかった。と、そのうちに左端の戦車がゆっくりと向きを変え、もうもうと黒煙をあげながら脇道へ姿を消した。右端の戦車も同じように向きを変えて、右側の脇道へ姿を消した。

「通してくれるのかな」。父がつぶやく。

　わたしたちは中央の戦車が動くのを待った。そのとき、戦車の砲身がくるりと回ってこっちを向いた。

「たいへん」。母が父の腕をつかんだ。

　脇道から一人の兵士が姿を見せ、狙撃ライフルを空に向けて発砲した。銃声が周囲の建物にこだまする。兵士はあいているほうの腕を大きく振りながら、こっちに向かって叫んだ。

「もどれ！　逃げろ！」

父はためらった。兵士が車にライフルを向ける。父はギアを乱暴にバックに入れ、急発進して後方に下がった。前方の歩道にパンパンパンと銃弾が跳ねかえる。母が悲鳴をあげる。父が右へ急ハンドルを切る。タイヤがきしみ、車がスリップしながら向きを変える。父はハンドルをもどし、ギアを前進に入れなおす。車はまた急発進し、速度をあげながら角を曲がってさっきの脇道にもどった。父が急ブレーキを踏んで車を止める。母がハアハアとあえいでいる。

「お父さん？」。わたしは声をかけた。

シャヒドが泣きだす。

「どういうこと？」。サラが聞く。

誰かが車の窓をノックした。わたしは悲鳴をあげた。男の人が車の中をのぞいている。父が窓を開けた。

「アルハムドゥリッラー（神よ感謝します）」。男の人が言った。「無事でよかった」

男の人は後部座席をのぞきこんだ。わたしたちは震えながら男の人の顔を見る。

「ヤー・アッラー（おお、神さま）」。男の人は言った。「美しいご家族をお連れですね。戦車を見ましたか？」

「もちろん」。父が答えた。「いったいどうなっているんですか？　わたしたちは家に帰りたいんです」

何本か通りをへだてたあたりで銃声が響く。

「とにかく、中へおはいりなさい。うちへどうぞ」。男の人は言う。

父は運転席のドアを開け、わたしたちのほうをふりかえる。

「さ、みんな、早く。行くぞ」

わたしは恐怖にひきつったまま車から転げ出るようにして外に出る。この見知らぬ男の人がいい人である保証はない。道路を横切ろうとしたとき、爆発の音がした。戦車がうちの前の道路で砲弾を発射したのだ。ほかに選択肢はない。わたしたちは知らない人の家になだれこみ、階段をあがった。そこは広々としたアパートの部屋だった。男の人は大きなソファを身振りで示して、お座りなさいと言う。シャヒドはソファによじのぼり、わたしの横に座った。わたしが抱き寄せると、シャヒドはわたしの肩にくっついてきた。見知らぬ男の人は、窓に近づかないようにしながら部屋の中をうろうろ歩きまわっている。

「あんなところで何をしていたのです?」。男の人が聞く。

「家に帰ろうとしていたんです」。父が答える。「あの道路のつきあたりに住んでいるので。ダマスカス市内で親戚の家を訪ねた帰りだったんです」

「市内にとどまるべきでしたよ」。男の人が言った。「何も聞いていないのですか?」

「いや」。父が答えた。「何のニュースも見ていません。何が起こっているのですか?」

「戦闘(せんとう)ですよ」。男の人が言った。「反政府勢力がカファル・スーセの外務省近くにある検問所を攻撃したんです。軍が反撃して、反抗勢力をそこのモスクで食い止めた。そして、こんどはこっちに向かって攻撃を始めた、というわけです」

「どういう意味ですか?」。父が聞く。

また通りで戦車砲の音がした。遠くでズンと音が響く。

「連中はわれわれに向けて砲弾を発射しているのです」。男の人が言う。「つまり、反政府勢力に対して。山の上から」

父が警戒のまなざしで相手を見る。

「どうしてそんなにいろいろ知っているんです？」

男の人は笑顔を見せた。「わたしはダーライヤの市長なんです」

数ブロック離れたところで、また何発も銃声が響く。市長は窓の端へ近づいて、ブラインドのすきまから外をのぞく。市長の話によれば、反政府勢力はダーライヤを拠点にしてダマスカスに侵攻しようとしているのだという。政府側はこの地区から武装勢力を一掃しようとしていて、戦闘は一晩じゅう続くかもしれない、という話だった。わたしたちはじっと座ったまま待った。一時間ばかりたっただろうか。通りはしだいに静かになり、銃声も遠くなった。母が父を見る。

「ここを出ましょう。わたしの母の家にもどったほうがいいわ」

父は顔をしかめる。シャヒドはわたしの肩にもたれてすやすや眠っている。シャヒドが小さすぎていま起こっている事態を理解できないのが救いだ。じっと床を見つめていたサラが顔を上げた。

「おばあちゃんの家にもどろうよ。ね？」

父はわたしの顔を見て、それからシャヒドの顔を見る。

「いや、もう静まった。戦車はいなくなったはずだ。家に帰ろう」

市長はまたブラインドをつまんで外をのぞく。通りは静まりかえっている。母はそっとシャヒドを起こし、抱きあげる。シャヒドは両腕で母の首に抱きつき、母の肩に頭を預ける。サラとわたしも立ちあがる。父は市長のほうを向き、片手を胸に当てて、感謝を伝えた。

「アッラー・ユサッルマク（どういたしまして）」。市長が言った。「神様のご加護がありますように」

わたしたちはそっと建物から出て通りを横切り、車に向かう。通りには動く物影はない。砲撃のズンと響く音や何かが壊れる音は、さっきより遠くなっている。北の方角、カファル・スーセのほうらしい。わたしたちは車に乗りこみ、できるだけ音をたてずにドアを閉める。父がエンジンをかけ、そろそろとうちの前の幹線道路に出る。車が左折する。わたしは後部座席から首を伸ばして、フロントガラスの先へ目をこらす。戦車はいない。車もいない。兵士の姿もない。でも、道路は見るかげもなく破壊しつくされていた。からみあったケーブル、へし折られた木の柱、こっぱみじんに吹き飛んだ街路樹。電柱が小枝のように道路に散らばり、電線が垂れさがって火花を散らしている。店のショーウィンドーや家の窓は粉々に割れ、歩道にガラスの破片がつもっている。父はがれきのあいだをそろそろと進んでいき、それ以上先へ進めなくなったところで車を止めた。兵士が一人、姿を見せた。こちらに向けて狙撃ライフルを構えている。

「おい、何を考えてるんだ？」。兵士が叫ぶ。声が破壊された通りにこだまする。

兵士は小走りに車に近づいてくる。母が父の腕にすがる。

「ここで何をしている？」。兵士が父に話しかけ、後部座席に一瞥をくれる。「家族づれなのか？ ここから離れろ！」

「もどって！」。母が言う。「母の家に行きましょう。早く、イッザト、早く行って！」

父は動かない。

「家を離れるつもりはない」。父は言う。

「じゃ、とにかく、ここから離れてください！」。母は取り乱して涙声になっている。

父がギアをバックに入れ、アクセルをぐっと踏みこんだ。母が悲鳴をあげる。父は急ハンドルを切り、車の向きを変えた。車はタイヤをきしませながらさっきの脇道をもどり、市長の家を通りこして、オリーブ園にはいった。母は大泣きしている。サラは真っ青な顔で、ドアの上のグリップハンドルを握りしめている。サラとわたしのあいだに座ったシャヒドは、黙って前を見ている。わたしはシャヒドの肩を抱いて支える。車は人気のない通りを、左右にハンドルを切りながら走る。カファル・スーセにはいったところで父は車を止めた。あたりは静まりかえっている。遠くでかすかに爆音が聞こえるのは、戦闘がどこか遠くへ移ったからだろう。父はわたしたちを車に残して、一人で歩いてダーライヤへもどると言う。

運転席に座って車のキーを探す母の肩は震えていた。わたしたちは後部座席にそのまま座っていた。あまりのショックに言葉も出ない。母はそろそろと慎重(しんちょう)に運転して、真っ暗なダマスカス市内にある祖母の家にもどった。祖母が玄関に出てきて、わたしたちを一人ひとり抱きしめてくれた。わたしたちは疲れはてて、リビングルームのソファに倒れこんだ。母のすすり泣く声を聞きながら、わたしは眠りに落ちた。

4

恐ろしい混乱へ落ちていく祖国

数日後、ロシアで開かれる国際スポーツ大会「アジアの子供たち」に向けて出発したとき、ダーライヤにある自宅の周辺ではまだ戦闘が続いていた。ロシアへ出発する前に自宅にもどることができなかったので、わたしの荷物は衣類を入れた小さなバッグ一つだけだった。でも、それほど心配はしていなかった。シリアにもどるころには何もかも正常にもどっているだろう、と思っていた。

わたしはシリア代表チームの一員としてヤクーツクまで飛んだ。プールで泳いでいれば気がまぎれたし、チームメイトはいまでは第二の家族のような存在で、いっしょにいれば心強かった。家の前に戦車が三台並んでいたあの悪夢の光景を頭の中から払いのけて、目の前の大会に集中しようと思った。

わたしたちが競う相手は、ロシア、中央アジア、極東、そして中東の国々から来た若い選手たちだ。わたしはいい泳ぎができて、同じ年齢グループのリレーチームは自由形の四×一〇〇メートルリレーと四×二〇〇メートルリレーでカザフスタンやロシアのライバルをおさえて銅メダルを獲得した。銅メダル二個！　早く父に知らせてあげたかった。どんなに喜んでくれるだろう。

わたしは宿舎から父に電話した。ところが、父の電話がつながらない。それで、母に電話してみた。

　銅メダル二個の報告をすると、母は「よかったわね、ハビブティ」と言うけど、どことなく上の空で、気の抜けた声だ。

「そっちはどうなってるの？　もうダーライヤにもどった？」。わたしは聞く。

「それがね」。母が答える。「ちょっと予定が変更になって」

　祖母の家に居候を続けるのは狭すぎるので、母は叔母が持っている空き家を使わせてもらえないかと頼んだのだという。叔母の持っている家はヤルムーク・キャンプの中にあった。ヤルムーク・キャンプはダマスカス市内で何世代も昔からパレスチナ難民が住みついている地区だ。両親はここなら少しは平穏だろうと考えたのだけど、数日後にはヤルムーク・キャンプでも抗議行動が起こり、それが暴動にまで発展した。ある夜など、戦闘があまりに激しかったので母たちは叔母の家までたどりつくことができず、祖母の家に逆もどりしなければならなかったという。

「なんだって？」。母の説明を聞いて、心がざわついた。わたしはロシア遠征でメダルが取れて大喜びし、そのあいだにシリアでは何もかももとどおりになっているだろうと思っていたのだ。

「なんで誰もわたしに言ってくれなかったの？」

「いいのよ、ユスラ。あなたを心配させたくなかったの」。母が言う。「もう少し落ち着いたら、家に帰るわ」

　けれども、わたしがロシアからもどったあとも、事態は何ひとつ「落ち着き」などしなかった。ダーライヤの道路には重砲や戦車が配置され、ダマスカスの南側の地域はどこもかしこも立入禁止になっていた。結局、母とサラとシャヒドとわたしは、七月末までずっと祖母の家のリビングルームに居候することになった。当時はイスラム教の「聖なる月」ラマダンにあたっていて、わたしたちは昼間のあいだ飲食をしない。父はダマスカスの祖母の家とダーライヤの自宅とを行ったり来たりして、自宅が略奪(りゃくだつ)にあわないように見張っていた。ほぼ毎晩、父は日没後に祖母の家にやってきてラマダンの断食明けの食事を家族といっしょに食べ、そのあとまた何カ所もの検問を抜けてダマスカスの郊外へ出ていく。ダーライヤの家に着いたら、わたしたちに電話をかけて無事に着いたことを知らせてくる約束になっていた。

　自宅にもどった父は、サラがアサド大統領といっしょに写っている写真を隠した。反政府勢力にこの写真を見つけられたら自宅が破壊されるか、もっと悪いことになる恐れがあると考えたからだ。ダマスカスへもどってくるときには、父はわたしたちが獲得したたくさんのメダルを検問所で見せ、自分の娘二人はシリア代表の競泳選手なのだ、とアピールするようにした。八月初旬のある夜、父から無事に自宅に着いたという電話がかかってこなかった。わたしたちは心配で青くなりながら、祖母の家のリビングで父からの連絡を待った。サラが何度も何度も父の携帯に電話をかけたけど、父は出ない。サラは叔父のフッサームに電話をして、父と連絡がつかなくなっていることを伝えた。フッサーム叔父がわたしたちの家まで行って父の安否を確かめてくれることになった。フッサーム叔父からサラに電話がかかってきたのは、夜も遅くなってからだった。サラは電話を切ったあと、目を大きく見開いた顔でわたしたちを見た。

「お父さんは生きてるって。でも、ひどく殴(なぐ)られたらしいの。叔父さんがお父さんを自分の家に連れて帰ってきた、って。わたしたちの家は危険すぎるから」

わたしは口をポカンとあけて姉の言葉を聞いていた。

「それじゃ、もう二度と家には帰れないの？」

母もサラも下を向いて床を見つめている。二人だって、なんと答えていいのかわからないのだ。

ロープで吊るされ殴られた父

翌日、フッサーム叔父が祖母の家に迎えにきて、わたしたちは父のようすを見にいった。父はひどく痛めつけられたようで、ソファに横になり、腰を押さえていた。襲ってきた相手が何者なのかわからない、と、父は話した。家にはいろうとしたところで男たちの集団につかまり、ダーライヤのどこかにある建物に連れて行かれたのだという。男たちは父の足首をロープで縛って上下さかさまに吊るしたうえで父を殴った。それから何時間もたったあとで人ちがいとわかり、父は床に下ろされた。そして、通りに放り出された。父は自力で家まで這ってもどったと言った。フッサーム叔父が見つけたとき、父は自宅にはいってすぐのところに倒れていたという。わたしは恐怖で縮みあがった。

「どこかほかに住む場所を探さなくちゃならんな」。父は顔をしかめながらソファの上で寝返りを打った。「ダーライヤにはもう住めん。危険すぎる。ダマスカスへ行こう」

わたしはめまいに襲われた。

「でも、わたしたちの持ち物はどうなるの？」。わたしは言う。

父は首を横に振る。

「いちばんだいじな書類だけは持ち出せたから。いま家にもどるのは無理だ」

それ以来、わたしは自分の家を見ていない。反政府勢力が掌握する地域にも、はいっていない。その後、わたしたちの住んでいた建物は戦闘で全壊したといううわさを聞いたけど、たしかなことはわからない。わたしたちは何もかも失った。子供のころの写真も、おもちゃも、小さかったわたしたちのために母が手作りしてくれた服も、家族旅行の思い出の品も。生まれてからこれまでの思い出がすべてがれきの下に埋まってしまった。わたしの手もとに残されたものといえば、ロシアでのアジア子供オリンピックに持っていった衣類だけだった。

わたしたちはサルヒーエに引っ越した。ダマスカス中心部の旧市街に近い地区だ。両親は長期滞在型の部屋を契約した。ダマスカスの伝統的な住宅を区切って、いくつかの貸し部屋に改造した建物だ。ここに入居しているほかの人たちも、ダーライヤなどダマスカス郊外での戦闘から逃れてきた人たちばかりだ。わたしたちが借りたのは一階にあるものすごく広い部屋二つで、天井が高く、古めかしいドアと窓がついていた。廊下に出ると、金属の手すりのついた長い階段があって、上の階にほかの人たちが借りている部屋へ行けるようになっていた。新しい家で何よりよかったのは、ダマスカス旧市街にあって、祖母の家からすぐ近くだったことだ。あたりの通りは、ほっとするほど静かでふつうだった。

こんな状況になっても、わたしはダマスカスに住めることがうれしかった。わたしはダマスカスを誇りに思っている。ダマスカスは世界最古の都の一つで、何世紀も昔からアラブ世界の文化や貿易の中心として栄えてきた。ダマスカスは多くの帝国における主要都市だった。ペルシア帝国の時代、古代ギリシャ・ローマの時代、イスラム帝国ウマイヤ朝の時代、モンゴル帝国の時代、オスマン帝国の時代、そしてフランスの委任統治領だった時代。しかし、わたしにとっても、ほかの多くの人々にとっても、心に残っているダマスカスといえば、ジャスミンの都だ。緑のつるに白い星形の花をつけるジャスミンは、ダマスカス旧市街の壁という壁をおおっている。狭い路地では頭の上でジャスミンのつるが絡(から)みあって、天国のような香りを漂わせる緑の屋根を作っていた。

旧市街の穏やかな美しさは、ダーライヤの状況とは天と地のちがいだった。わたしたちが離れたあと、ダーライヤでの戦闘はいっそう激しくなったと聞いた。何百人もの人たちが殺され、その中にはわたしたちの近所に住んでいた人たちも含まれていた。その後消息(しょうそく)がとだえた知人友人もたくさんいる。恐ろしい話をいっぱい聞いたけど、わたしたちにできることは何もない。手遅れにならないうちにダーライヤを脱出できてよかった、と思った。わたしたちだって犠牲者になっていたかもしれないのだ。でも状況の変化があまりに急激すぎて、あれこれ感慨(かんがい)にふけっている余裕はなかった。

ダーライヤと同じく学校のあるマッゼ地区も安全ではなくなったので、学校も転校するしかなかった。九月、わたしは新しい家の近くにあるダールッサラーム学校で九年生になった。学校では誰も内戦の話はしなかった。変化といえば、誰が宗教のどの派に属するか、ということを人々が以前より問題視するようになったこと。わたしはスンニ派だけど、そのことが何か問題になったことは、それまで一度もなかった。誰がアラウィ派で、誰がキリスト教徒であろうと、関係なかった。ところが、内戦が始まってからは、宗派のちがいが重視されるようになった。子供たちのあいだにも、親や祖父母など上の世代から、そんな空気がしのびこんできた。みんな、現在のひどい状況をひきおこした犯人探しをしはじめたのだ。

　九月末のある日、ミラから電話がかかってきた。ミラはヨルダンの競泳選手で、わたしの友だちだ。ミラはヨルダンの競泳エリートが集まっている「オーソドックス・クラブ」に所属していた。オーソドックス・クラブは以前ダマスカスへ親善試合に来たことがあって、その試合でサラとわたしがメダルをほとんど独占するくらいに勝ちまくったので、むこうのクラブのコーチたちが父に注目するようになった。ミラの話では、オーソドックス・クラブが新しいコーチを探していて、父に来ないかといっている、ということだった。わたしは父にその話を伝えた。数週間後、父がヨルダンで水泳コーチに採用された、と聞いた。翌年からヨルダンへ行くことになるという。わたしはよかったと思った。父にとって、すばらしいチャンスだ。

「いい経験になるだろうな」。父は言った。「それに、お金がはいるのも、ありがたい。この騒乱が終わるまで、ダマスカスのあちこちで家を借りるしかないだろうから」

　父について家族がヨルダンへ行く、という話は出なかった。どっちにしても、わたしは行く気なんかなかった。わたしにはわたしの人生がある。生まれ育った街を愛しているし、祖国を愛している。シリアでは、まだそれほど事態が悪化しているようには見えなかった。少なくとも、わたしには。少なくとも、その時点では。でも、父がヨルダンへ行くという現実をよく考えてみるうちに、不安になってきた。父のためにはすばらしいチャンスだと思えたけど、父がいなくなるのは心細かった。父はわたしの水泳の師であり、コーチであり、わたしのために何がベストなのかを知りつくしている。

　ある晩、父のヨルダン行きが決まってまもないころ、わたしはトレーニングの時間に少し遅れてプールに着いた。サラやほかの競泳選手たちが建物の外に立っていた。泣いている子も多い。

「どうしたの？」。わたしは声をかけた。

サラがわたしのほうを向いた。血の気の引いた顔で呆然としている。

「イハーブのことなんだけど」。サラが口を開く。「死んじゃったんだって」

「イハーブが？」。わたしは言う。「ウソでしょ。夏にはここに来てたじゃない」

最後にイハーブの顔を見た数カ月前のことを思い出した。わたしがロシアへ発つ直前だった。あのときもイハーブはわたしが小柄なことをからかい、あいかわらずわたしを「ちびネズミ」と呼んでいた。サラの話では、イハーブの兄弟のムハンマドも死んだという。うわさレベルの話はいろいろあったけど、ほんとうに何が起こったのかは誰にもわからなかった。わたしはよろよろとその場を離れた。涙が止まらない。ショックだった。そのうちに状況が落ち着くだろうと思って待っているのに、友だちの中からまで犠牲者が出るなんて。みんなトレーニングをする気分ではなかった。年上の男の子たちの何人かは、そのままイハーブ兄弟の葬式に行った。サラとわたしは家に帰った。アパートに帰ってから、わたしは考えつづけた。なぜ、戦いなんかするんだろう？　なぜ殺しあいなんかするのだろう？

ソファで泣いているわたしを見て、父が声をかけてきた。

「イハーブのことは聞いたよ」。父がわたしの肩に手を置く。「いまはもっといい場所へ行ったんだ」

わたしは涙に濡れた顔で父を見あげ、なんとか息を整えようとする。

「死ななきゃならないようなこと、何もしてないのに」。わたしはしゃくりあげながら言う。

「そうだな」。父が言う。「死ぬことはなかった。だが、思いどおりにならないことが起こるのが、この世だ。人は死ぬときには死ぬ。おまえも覚悟をしておきなさい」

シリア内戦

父の言うとおりだった。人が死んでいく。たくさんの人が。毎晩、テレビのニュースをつけると、画面の下にその日のシリア全国の死者数がテロップで流れる。ふだんは、その数字は一五〇前後だけど、悪い日には一〇〇〇人近くになることもある。一〇〇〇人もの命が一日で消えてしまうなんて。しばらくのあいだ、わたしの周囲は誰も彼もが政治の話ばかりしていた。兄弟どうしで体制派と反体制派に分かれて家族がばらばらになった例も見た。たくさんの若者たちが体制派や反体制派の軍に志願して出ていき、それっきり帰らなかった。わたしはまだ子供だったけど、祖国が恐ろしい混乱へ落ちていこうとしていることくらいは理解できた。

わたしは打ちのめされた。こんなこと、望みはしなかった。国が崩壊(ほうかい)してもいいなんて、思ったこともなかったのに。時間を逆もどりさせることができるなら、何だってしただろう。わたしは毎日のように希望をつなぎ、神に祈り、状況がふたたび平穏にもどりますように、と願った。けれども、殺しあいはひどくなるばかりだった。学校の生徒たちが無差別の空爆で犠牲になった話を聞いた。わたしと同じ年ごろの子供たちが夜ベッドで寝ているあいだに爆弾の破片に当たって死んだ話も聞いた。初めのころは、次は自分じゃないかと思うと恐ろしくて、そんなことで頭がいっぱいだった。でも、自分では気づかないうちに、死は日常のことになっていった。

イハーブが死んだあと、サラはトレーニングをサボりはじめた。そして、秋が少し深まったある日を境に、プールにまったく姿を見せなくなった。別れの挨拶もなしに、ぷっつりと水泳をやめてしまったのだ。父はヨルダンでの仕事の準備に忙しくて、何も言わなかった。

「ねえ、どうして練習に来ないの?」。ある晩、トレーニングに出かける前に、わたしはサラに言った。

ソファに座っていたサラが顔をあげる。

「もう練習したくないから」。サラは言う。

「それって、どういう意味?」。わたしは追及する。

サラはため息をついて、目玉をぐるりと回す。

「だからね、肩が問題なわけよ。わかるでしょ? 肩の故障のせいで、タイムが遅くなった。年下の子たちもぐんぐん伸びてきてるし。もうわたしは終わり、ってこと」

わたしは姉の顔をまじまじと見つめながら、水泳のない人生を想像してみた。時間があり余るだろう。来る日も来る日も。毎年毎年。死ぬまでずっと。競技会も強化合宿もない日々が延々と続く将来を想像してみる。結婚して、家庭を持って、子供を育てて……。わたしは身震いした。

サラはわたしの考えを読んだようだった。

「わたしの心配はしてくれなくていいから」。サラはにっと笑った。「退屈なんかしないってば」

サラは新しく手に入れた自由な時間を使って、こんどの住まいに近い旧市街を探索しはじめた。わたしはほとんどサラと顔を合わせることがなくなった。サラは毎晩のようにスーク・ハミーディーエを歩きまわった。ここは高いドーム屋根のついた市場で、いくらでも時間をつぶせる場所だ。市場は衣類や宝石やアンティークや小物を買い求める人たちでいつもにぎわっていた。スークへ行かないときは、サラはわたしの学校の近くにあるカフェに入りびたり、友だちとおしゃべりしたり歌を歌ったりダンスを踊ったりしていた。サラがいちばん仲良くしていたのは男の子七人のグループで、サラ自身は髪を頭の上でおだんごにして、いつもワイド・ジーンズとだぶだぶのセーターを着ていたから、男友だちに混じって座っていると、女の子に見えなかったかもしれない。父はこんなサラを苦々しく思っていた。サラとわたしは子供部屋こそ共有していたけど、それ以外に共通するものは何もなかった。わたしは水泳にうちこみ、サラは友だちづきあいに忙しかった。でも、サラもわたしも、なんとかして内戦から目をそらせようと必死だったのだ。たまに話をするときには、母や父にわからないように英語で話した。

「お姉ちゃんがうらやましいな」。ある夜、ベッドにはいる直前に、わたしは言った。

「どういう意味よ?」。サラが言う。

「だって、お姉ちゃんは他人がどう思うかなんて、ちっとも気にしないから」。わたしは言う。

「お姉ちゃんって、変人だよね。これをしたらどうなるかなんて、ぜんぜん考えないんだもの。わたしは無理。いつも、どうなるだろう?って心配しちゃう」

「そうね。あんたって安全ピンみたいなヤツだから」。姉はそう言って、わたしの太ももにズシンとパンチを入れる。

「ていうか、お父さんの言うこと、もうちょっと聞いたほうがいいんじゃない?」。わたしは言う。「そうしたら、あんなにしょっちゅうキレることもなくなるんじゃない?」

「ふん、バカバカしい」。姉は言う。「おまえは女なんだからああしろとか、こうしろとか。何もわかってないくせに」

　わたしは肩をすくめてベッドにはいった。

　アパートの賃貸契約が一一月末に切れた。父は契約更新を申し入れたけど、家主が拒否した。もっと高い家賃を払ってもいいから入居したいという人がほかにたくさんいるのだ、と。郊外での内戦を逃れて、多くの人たちがダマスカスに流入していた。住宅不足は金もうけの絶好のチャンスだった。父はふたたび不動産屋を訪ね、ダマスカス市内の静かで安全な地区に適当な家賃で借りられるアパートを探して歩いた。けれども、選択肢は限られていた。ダマスカスは人があふれていたのだ。不動産屋はこちらの足もとを見て、とんでもない額の手数料をふっかけてくる。しかも、それに輪をかけて強欲なのが家主だった。家主はどんなに条件の悪い物件をどんなに高い家賃で出しても借り手はつくと知っているのだ。

　けっきょく、父はダマスカス中心部の南側にあたるバラームケ地区で、じめじめした家具ひとつない地下室を借りることにした。父は六カ月の賃貸契約を結び、手入れもされていなかった地下の倉庫を人の住める空間に模様替えする作業にとりかかった。水道管を取りかえ、電線を張りかえ、じめじめした壁にペンキを塗り、家具を新しく買いそろえ、父としてはできるだけのことをしてくれたけど、それでも、初めて地下室に足を踏み入れたとき、わたしはがっくりきた。自然の光がはいるのは中庭に向かって開く地下室の入口のドアだけで、冬だったので、もちろんドアはぴったり閉められていた。地下室の裏側へ行ってみるとサラがいて、クモの巣がいっぱい張った暗くてぞっとするトイレをのぞいて顔をしかめていた。わたしは「それがどうしたの」という強気の顔を装って、サラのあとについてキッチンを通り、その先の少し奥まったアルコーブをのぞいた。アルコーブにはシングルベッドが二台置いてあった。これが、きょうからわたしたちの寝室になるのだ。アルコーブとキッチンのあいだにはドアがない。つまり、わたしたちの服にはいつも料理のにおいがしみこむ、ということ。翌日、プールへ行くと、コーチがくんくんとあたりを嗅ぎまわって、なぜ揚げナスのにおいがするのかと聞いた。わたしは真っ赤になって更衣室へ急いだ。

ある晩、地下室に引っ越して数日後のこと、入口のドアをノックするただならぬ音が響いた。父がドアを開けると、はいってきたのは制服を着た兵士の一隊だった。父はわたしとサラに、シャヒドを連れて子供部屋へ下がっていなさい、と言った。わたしたちはソファから立ちあがり、ぞろぞろとキッチンの奥へ向かった。少し遅れて、動揺したようすの母もアルコーブへはいってきた。母の話では、兵士たちはとなりの公安部から来たらしい。わたしたちのIDを確認しにきたのだという。兵士たちは、わたしたちが何者なのか、どこから引っ越してきたのか、職業は何か、などと質問した。そのとき以来、兵士たちは一日おきにやってくるようになった。ときには夜遅くにやってくることもあった。そして部屋に何時間もいすわって、父と話をしていった。

四〇〇メートル自由形でシリア新記録

地下の家でたった一つだけ便利だったのは、プールまで歩いていけるようになったことだった。当時、わたしは次の国際大会に向けて調整にはげんでいた。イスタンブールで開かれる世界短水路選手権にエントリーされていたのだ。わたしにとってはこれまでで最大の国際大会であり、これ以上ないくらいに興奮していた。世界選手権にシリア代表として出場するなんて、すごく名誉なことだ。これでオリンピックに向けてまた一歩前進することになる。それから数週間、わたしは一心にトレーニングに取り組んだ。集中できていたし、タイムは出ていたし、自信もあった。わたしはシリア代表チームの一員として一二月初めにトルコへ飛び、出場したレースでいい成績をあげ、四〇〇メートル自由形ではシリア新記録を出した。

けれども、数週間後に父がヨルダンへ行ってしまうと、勝利の高揚感もしぼんでしまった。空港で手を振って父を見送ったときは、涙が出そうだった。一方で、少しほっとする気持ちもあった。父とサラが何かにつけて口論して、家の中の緊張が耐えがたかったのだ。わたし自身は、父についてヨルダンへ行きたいという気持ちはこれっぽっちもなかった。それに、わたしたちはみんな、この時点でも、いずれはシリア国内の状況が落ち着くだろうと思っていた。いずれ暴力衝突はおさまるだろう、そうすればもとどおりの生活を続けられるようになるだろう、と。

わたしは水泳に全力を注いでいた。次の目標は、夏に中国で開催されるアジアユースゲームズだ。イスタンブールの大会でいい成績をおさめたから、当然次の試合も出場選手に選ばれるにちがいないと思っていた。それから数週間、わたしはこれまでなかったほど集中して厳しいトレーニングをこなした。ここが実力の見せどころだと、はりきっていた。二〇一三年一月のある日、トレーニングのあとでチームメイトのネルミーンがやってきた。満面の笑みをうかべている。

「いいこと教えてあげようか？　わたし、中国へ行くことになったんだ。アジアゲームズに」

わたしは凍りついた。

「なんて？」。顔をしかめたわたしをネルミーンがのぞきこむ。

「あら、ユスラったら、もしかして……？」

　わたしはバッグをひっつかみ、ネルミーンに背中を向けて、大股でコーチのところへ行った。

「アジアゲームズにネルミーンが出るって、ほんとうですか？」。わたしは必死に涙をこらえて言った。

　コーチがむずかしい顔になる。

「そう、ネルミーンが行くことになる」。コーチは言った。

　わたしはコーチをにらみつけた。のどの奥に怒りがこみあげる。

「でも、わたしのほうが速いじゃないですか」。わたしは言う。「一対一でレースをさせてください。いますぐ」

　コーチは首を横に振る。

「今回はきみの番じゃないんだよ、ユスラ。きみはトルコの大会に出ただろう？」

「どういうことですか？」。わたしはどなっていた。「いつから順番制になったんですか？　タイムのいいほうが行くにきまってるじゃないですか。レースをさせてください」

　コーチは腕組みをする。

「ネルミーンを行かせる。議論はおしまいだ。きみはきみで出番があっただろう」

　わたしはくるりと向きを変えて、プールから走り出た。一〇分後、わたしは怒りの涙に濡れた顔で家の地下室への階段をドカドカ下りていった。母が「どうしたの？」と聞いたけど、わたしは「ほっといて」と答えた。いまはとても話す気になれない。腹立たしすぎて。わたしはベッドに身を投げ出して泣きじゃくった。ネルミーンが中国へ行くなんて、ありえない。ネルミーンのことは好きだし、いい選手だとも思うけど、わたしのほうが速い。わたしは父から教えられたのだ、水泳は自分ひとりの戦いだと。他人がどう戦うかではなくて、自分がどう戦うかなのだ。厳しい世界だし、わたしは誰を傷つけるつもりもないけど、これはスポーツだ。肝心なのは、仲良くすることではなくて、勝つことだ。わたしには目標がある。達成しなければならない目標がある。

でも、実力をちゃんと評価してもらえなければ、目標達成は不可能だ。彼らから見たら、わたしなんてほんの小娘なのだ。父がいなければ、誰もわたしの味方をしてくれる人はいない。父がいたら、水泳連盟全体を敵に回してでも、レースで決着をつけさせてくれただろう。でも、父はヨルダンへ行ってしまった。父がいなければ、何を言っても無駄だ。わたしは疲労と混乱の果てに眠りについた。翌日もわたしはプールへ行き、いつものようにトレーニングをした。でも、何かが欠けていた。心がからっぽなのだ。コーチに何か直されるたびに、反抗してこのまま出て行ってやろうか、いまここで水泳をやめてやろうか、とさえ思った。からだは動いていても、わたしは魂を失った抜け殻のようなものだった。

二月末のある夜、プールでのトレーニングが終わったところへサラが迎えにきた。母がわたしたち二人を車で拾って、祖母の家へ送りとどけてくれることになっていた。スタジアムにそって続く道を姉と二人並んで歩いていたとき、風を切るようなヒューンという音が頭上の空気を切り裂いた。サラがわたしの肩をドンと押してコンクリートの道に突き倒した。わたしは両手で頭を抱えて身がまえた。迫撃砲弾が前方の道路に着弾した。地面が揺れ、割れたガラスが雨のように歩道に降り注ぐ。わたしは息を切らしながら顔を上げた。爆風で選手宿舎の窓がぜんぶ吹き飛んでいた。サラに腕をつかまれて、わたしはなんとか立ちあがった。サラもわたしも、わなわな震えていた。息もまともにできなかった。

「見て！」。サラが大声で叫んで道路の先を指さす。

前方で、母の車が乱暴にバックし、切り返して方向転換しようとしている。頭の上をまた砲弾が飛んでいく音がした。こんどはさっきより音が小さい。

「走って！」。サラが叫ぶ。

わたしたちは割れたガラスを踏みながら選手宿舎の脇を全速力で走り抜けた。車に追いつき、乱暴にドアを開け、飛び乗る。

「待って、お母さん……」。わたしは息を切らしながら言う。「友だちがまだプールに……」

「待つなんて、冗談じゃないわ」。母はアクセルを思いっきり踏みこんだ。また上空でヒューンと風を切る音が聞こえた。車がスピードを上げて走りだす。わたしは後ろをふりかえった。後ろの窓を通して、砲弾がわたしの世界をずたずたに破壊するのが見えた。

第三部

爆弾

The Bomb

5

「もう二度とあのプールには行かない」

「わたし、水泳やめた」

静かな地下のキッチンで、自分の心臓の鼓動がドクドク響く。いますぐ出かけても、トレーニングには間に合わないだろう。生まれて初めて、そんなのどうでもいいや、と思った。料理をかきまぜていた母が顔を上げる。

「なんですって？」。母が言う。「どうしてそんなことを言えるの？　水泳やめたって、どういうこと？」

「宿舎に爆弾が落ちたの、見たでしょ？」。わたしは言う。「わたし、死んでたかもしれないんだよ？」

母は心配そうにおでこにしわを寄せて、わたしの肩に手を置く。

「何もかも捨てるつもりなの？　あれだけがんばってきたのに？　こんなに努力したのに？」

わたしは首を横に振る。宿舎に落ちた爆弾。あんな近くに落ちるなんて。爆風で、建物の中にいたアスリートが一人犠牲になっていた。ホムスのサッカーチーム「ワスバ」に所属するユーセフ・スレイマーンという二六歳のストライカーだ。一階の部屋にいたとき、外の道路に迫撃砲弾が落ちて、窓ガラスが飛び散った。ユーセフはガラスの破片で首を切り、運ばれた先の病院で死亡した。あとには妻と生後六カ月の子供が残された。マスコミが報じた写真では、チームの選手たちが宿舎のロビーで放心し悲しみにうちひしがれたようすで座っていた。わたしも宿舎の部屋には何度も泊まったことがある。あの日、わたしかサラかほかの競泳選手の仲間が犠牲になっていても不思議はなかった。

「本気だから」。わたしは母に言う。「もう二度とあのプールには行かない」

母の表情が険しくなる。母は煮立ちはじめた鍋に向かい、「まずお父さんと話をしなさい」と言った。

わたしはアルコーブにひっこみ、ひとつ深呼吸をして、父に電話をかけた。水泳をやめるつもりでいること、コーチがアジアゲームズにわたしを出してくれないこと、わたしじゃなくてネルミーンが出場するのだと言われたこと、を話す。こんなのフェアじゃない、コーチは誰がいちばん速く泳げるかなんてどうでもよくて、一対一のレースさえさせてくれないの、と、わたしは父に訴えた。それに、どっちにしたって水泳を続けることに意味はない、だってシリアでは女性の競泳選手に将来なんかないのだから、と。

「まあ落ち着け」。父が言う。「もういちどよく考えてごらん。ここでやめたら、復帰するのはかなり難しいぞ」

でも、わたしの心に迷いはなかった。もうプールにもどるつもりはない。わたしはちがう方向から攻めてみた。ティシュリーンの選手宿舎に爆弾が落ちた話をする。あのサッカー選手じゃなくてわたしが犠牲になっていても不思議はない状況だった。水泳のために命を賭(か)けるなんて、割に合わなくない？　電話のむこうで父が沈黙している。

「こっちへ来るか？　ヨルダンへ？」。父が言う。

「それは、いや」。わたしは言う。「ここを離れたくない。学校もあるし、友だちだっているし。ここがわたしの家なんだもの、ここにいたい」

　父のため息が聞こえる。

「おまえがそういう気持ちなら、無理に泳ぎを続けろとは言えんな」。父が言う。「おまえが決めることだ」

　わたしは電話を切って、ベッドにからだを投げ出した。ヘッドフォンをつけて、トレーニングに汗を流しているはずの二時間、自分だけの世界に引きこもる。次の日も、わたしはプールに行かなかった。その次の日も。コーチにやめるという挨拶(あいさつ)もしなかった。競泳選手の仲間たちにも、何も言わないまま。べつにたいしたことじゃないでしょ、みたいな感じで、わたしはふっとプールから姿を消したのだった。経験したことのない長い日々が始まった。することがなくて、わたしは家のまわりでぶらぶらと放課後の時間をつぶした。

　母はわたしのことを心配し、考えなおしてほしいと思っているようだった。ほかの形で水泳にかかわることだってできるんじゃないの、と、母は言う。たとえば、コーチになるとか。でも、わたしはコーチなんかしたくない。競泳選手として戦いたいのだ。オリンピックをめざして。金メダルをとるために。けれど、父という後ろ盾(だて)なしには、その夢はかなわない。サラはわたしに味方してくれた。サラはわかっている。誰かの後ろ盾がなければ努力を重ねても結果は望めない、ということを。

そのうちに母もあきらめた。わたしにかかわりつづける時間もエネルギーもなかったのだ。三人の娘たちを抱えて、母は「母親」と「父親」の両方の役割をはたし、そのうえに、いまもカファル・スーセのスポーツ・クラブでマッサージ師兼トレーナーとしてフルタイムで働いていた。カファル・スーセは緊迫した区域で、市街戦もしょっちゅうあった。でも、母としては、ほかに選択肢がなかった。うちにはお金が必要なのだ。父は給料の一部をヨルダンから送金してくれるけど、シリア国内ではインフレが進んでいて、送金だけでは足りなかった。内戦のせいでシリアの通貨が弱くなり、何もかも値段が上がっていた。母の給料で買えるものも、週ごとに少なくなっていた。

サラも家計を助けるために仕事を見つけ、いくらか家にお金を入れていた。サラはティシュリーン・プールにもどって、幼児クラスの水泳コーチをするようになった。週に何日か、わたしもいやいやながらサラについて夜のプールへ行き、単に楽しみのため、そして健康のために泳いでいた。わたしはコーチたちと鉢合(はちあ)わせしないよう気をつけた。競泳選手の友だちとは、プール以外の場所でときどき会う機会があった。わたしが黙って水泳をやめたことについて、誰も理由をたずねない。どういうことか、みんなわかっているのだ。ある日とつぜんプールに来なくなる女子選手なんて、いくらでもいた。

三月末のある日の放課後、サラとシャヒドとわたしは地下室の家にいた。サラはそろそろティシュリーン・プールへ仕事に出かけるところで、荷物をまとめながら、わたしに「いっしょに行く？」と声をかけてきた。わたしが答える前に、家の上空で空気を切り裂くヒューンという音が聞こえた。わたしたちはハッとして身がまえた。ドーンと大きな音がして、外の通りが揺れた。壁も揺れた。数秒後、また別の爆弾が落ちた。わたしはおびえてサラを見る。サラが片手を上げた。遠くで銃声が聞こえる。

「わかった。ちょっと待とう」。サラが言う。

シャヒドはわたしにくっついてソファの上で縮こまっている。ヒューンという音が聞こえるたびに身を固くして震(ふる)えているのが伝わってくる。まだたったの五歳なのに、この子は迫撃砲の音を知っていて、迫撃砲と空爆と戦車砲の音を聞き分ける。わたしたちは爆発音に耳をそばだてる。近い音もあるし、遠い音もある。頭の上をヒューンと爆弾が飛んでいく。わたしたちは身がまえる。砲弾がすぐ外の道路に落ちる。また四方の壁が揺れて、天井からしっくいの破片がパラパラ降ってくる。すごく近い。うちから道路をはさんで向かいの病院を狙っているのだろうか？　また砲弾が落ちる。すぐ近く。となりの建物がやられた。ガラスが割れ、石の壁が崩れて、かんぬきをかけた地下の入口の扉にガラガラと落ちてくる。

「もう無理。お母さんに電話する」。サラが携帯を取り出した。

「お母さん、帰ってきて。外で壁が崩れてるの。ドアに石がボコボコ当たってる。生き埋めになっちゃうかも。外に出られなくなっちゃうよ」

少し間があく。

「ううん、外には出られない」。サラが答える。「通りで銃声がしてるもん。どうすればいい？」

シャヒドが泣きじゃくりはじめた。わたしはシャヒドを抱き寄せる。

「わかった。うん、わかった」。サラが電話に向かって言う。「気をつけてね。じゃあね。うん、わたしも愛してる」

サラが電話を切って、わたしを見る。

「お母さん、帰ってくるって」

わたしはホッとため息をつく。母なら、どうすればいいかわかるだろう。砲撃は続いている。わたしたちは黙りこんだままじっと待つ。ソファの上で身を寄せあって、爆弾が炸裂するたびに縮みあがりながら。それ以外にどうすることもできない。地下室を離れることは、地下室にじっとしているのと同じくらい危険に思われた。わたしは砲弾が飛びかう中を帰ってくる母のことを思った。もしとちゅうで母の身に何か起こったら……？　そんな考えを頭の中からむりやり追い出して、シャヒドをぎゅっと抱きしめる。サラは両手で頭を抱えたまま床をじっと見つめている。

三〇分ほどたったころ、迫撃砲の攻撃が止まり、かわりに銃声が聞こえはじめた。銃声は近い。すぐ外の通りだ。わたしは爪が手のひらに食いこむほどぎゅっと手を握り、つま先を縮め、母が無事でありますように、と心の中で祈る。ヤー・アッラー、どうか母をわたしたちのところへ帰してください――。ようやくドアが開いて、母がよろめくように階段を下りてきた。シャヒドが飛びあがって母に駆け寄り、腰に抱きつく。母はわたしを見て、それからサラを見る。うつろで遠い目をしている。口を開いても、言葉が出ない。母はふたたび口を閉じる。

「お母さん？」。わたしは声をかける。

母はソファのところまでそろそろと歩いてきて、腰をおろした。シャヒドが母の膝によじのぼる。母はまた口を開け、口を閉じる。そして、大きく見開いた悲しそうな目でわたしたちを見つめて、首を横に振る。けがはしていないけど、母は口をきくことができなかった。わたしは不安で胸が痛くなる。みんな黙って座ったまま、遠くで響く迫撃砲の音を聞きながら、母が落ち着きをとりもどすのを待つ。母が口をきけるようになるまで、一時間以上かかった。

「わたし、走ったの……」。母がようやく、とぎれとぎれに話しはじめた。「バラームケ橋を……走って渡って……銃撃が続いていて……」

「車はどこに置いてきたの?」。サラが聞く。

「カファル・スーセ」。母が答える。「交差点のところ」

母はごくんとつばを飲みこんだあと、深く息をついた。両目にみるみる涙がたまる。

「軍がいて、カファル・スーセから先は車は通行禁止だって言われて……交差点を渡るのもだめだ、って。でも、わたし、言ったの。娘たちのところに帰らなくちゃならないんです、娘たちだけで家にいるんです、って。兵隊たちが止めようとしたけど、わたし、車を降りて歩きだしたの。ここに住んでることを証明するために書類を見せろって言われて……道路は人影もなくて、土嚢(どのう)の陰(かげ)から兵士たちが見張っていて……怖かった……」

母はもういちど深く息をつく。涙がひとすじ頬(ほお)を流れ落ちる。母はつばをぐっと飲みこみ、手の甲(こう)で涙をぬぐう。誰が誰に向かって銃を撃っているのか、どこから撃ってくるのか、何もわからなかった……誰かが止まれと命令して、どこへ行くのかと聞いた……家のほうに向かって指をさすことしかできなかった……。

「怖くて怖くて、自分でも何を言っているのかわからなかった」。そう言って、母はふたたびシャヒドを抱きしめる。「そしたら、兵士の中の親切な人がほかの兵士たちに撃つなと言って、わたしに走って橋を渡りなさいって言ったの。わたし、全力で走ったわ。とにかく、あなたたちのところにもどらなくては、と思って。ドアの外にすごくたくさん人だかりがしてて……あなたたちに何かあったのかと……」

わたしはなんとか息を整えようとしている母を見つめる。だんだんと、わかってきた。母は家にもどってくるとちゅうで殺されたりけがを負わされたりしても不思議ではない状況をくぐりぬけてきたのだ。母が無事だったことを、わたしは神様に感謝した。わたしたち全員が無事でいられたことも。家の外の通りはもう静かになっていて、ときおり遠くで銃声が聞こえるだけだ。ぐったり疲れきったわたしたちは、ありあわせのもので食事をし、ベッドにはいった。目をつむりながら、この地下室にもそう長くは暮らせないだろうと思った。ある意味、それはほっとする。こんな惨めな地下室の生活がいつまでも続くなんて、耐えられない。

翌朝のテレビニュースは、攻撃はテロリストのしわざだと非難していた。家の近くの施設がいくつも標的にされた。ダマスカス大学。近所の学校。国営通信社のオフィス。民間から三人の犠牲者が出ていた。そのうちの一人は女子学生だった。もうこの地下室からは引っ越さなくては危ないとわかっていたけど、引越し先を見つけるのは簡単ではなさそうだ。母は、どこか空いているアパートがないか友人たちに聞いてみる、と言った。攻撃があった日からあと、地下室の周囲の警戒が厳しくなった。その夜、また公安部の兵士たちが家に来た。次の夜も、またその次の夜も。二四時間、わたしたちが家にいるかどうか把握しておこうとしているようだ。外の通りにも、検問所があちこち増えた。その週の木曜日、また大学が迫撃砲で攻撃されて、学生が一五人犠牲になった。緊張感が異様に高まっていたので、母はその週末、わたしたちを祖母の家に預けた。

母の友人がムハージリーン地区にあるアパートを紹介してくれた。祖母の家まで歩いていける距離だ。わたしはその話を聞いてうれしくなった。ムハージリーンはダマスカスの中でもわたしの好きな地区だ。「ムハージリーン」は「移民」という意味で、二〇〇年前にギリシャのイスラム教徒がこの地区に移住してきたのが地名の由来だ。ムハージリーン地区は大統領宮殿の西側にそびえるカシオン山の斜面に造られた住宅地で、裕福で、美しく、何よりも静かだった。家々は丘の斜面の整然と区画された土地に立っていて、わたしたちが住むことになったアパートは坂のいちばん上の五番街にあった。アパートの部屋は美しくて広く、天井が高くて、大きなバルコニーに出るとダマスカスの街全体を見晴らすことができた。

引っ越したとたんに、わたしたちの生活は変わった。危険も切迫した空気も消えてなくなった。まるで、誰かが窓を開け放ったような感じ。自然の光がはいらない地下の部屋で四カ月を過ごしたわたしたちに、神様はバルコニーを与えてくださったのだ。引っ越した日の夜、わたしはバルコニーに出て、夕闇の迫る空に輝きはじめた星たちをうっとり眺めた。お祈りの時間を告げる声が昔ながらの街並みに響く。ため息。天国みたい。

アパートの家賃は安くなかった。お金はこれまで以上に逼迫していた。母とサラが働いていて、父もヨルダンから送金してくれていたけど、シリアの通貨は価値が下がっていた。いまは安全な場所にいられるけど、それだっていつまで続くかわからない。この先に何が起こるか、予想がつかない。母は緊急時にそなえてお金を蓄えておくようにしていた。住宅難のせいで、賃貸料はどんどん上がっている。来年になったら、このアパートに住みつづけることはできないかもしれない。それどころか、また引っ越すことも、下手をすれば食べ物を手に入れることだって、できなくなるかもしれない。用心して暮らさなければ。わたしたちは楽しみのためにショッピングに出かけるのをやめた。

　毎晩のように、わたしはバルコニーに出て過ごした。日記を書いたり、空をめぐる星たちを眺めたり。木曜の夜は、イスラム教徒にとって週末の始まりだ。毎週木曜日の夜、バルコニーの下の通りからにぎやかな声が聞こえた。サラとわたしは夜ふかしして、何をやっているのか見てみることにした。毎週、夜中の一二時ごろになると、きれいな女の子が向かいのアパートにはいっていく。サラと同じくらいの年齢に見えた。その子はものすごく大きな黒い瞳（ひとみ）の美人で、黒髪を長く伸ばし、浅黒い肌をしていた。いつもハイヒールをはいて、ドレスを着て、ド派手なメイクをしている。わたしたちはうらやましさに胸を焦（こ）がしながら、その子の姿に見とれた。

「すごいね」。サラが小声で言う。「あの子の親、よっぽどさばけてるのかな。あんなかっこうで出かけること、親は承知してるのかな？」

　女の子がドアの鍵をあける。

「そうにちがいないよ」。わたしも小声で返す。「だって、あの子、こそこそしてないもん」

わたしたちの声が聞こえたらしく、女の子がふりかえってバルコニーを見あげた。そして顔をしかめ、再びドアのほうに向きなおって、アパートの中へはいっていった。

「あの子、知ってる」。サラが小声で言う。「この近くで見かけた」

　次の木曜日の深夜、わたしは笑い声で目をさました。ベッドの上で起きあがる。また、キャッキャと笑う声が聞こえる。バルコニーのほうからだ。ドアを開けてみると、サラと向かいのアパートの女の子がテーブルをはさんで腰をおろし、ネイルをド派手なピンクに塗っているところだった。女の子は顔を上げ、わたしに笑顔を見せた。わたしは眠くて、顔をしかめたままサラを見る。

「何してんの？」

「ネイル塗ってるの」。サラが楽しそうに女の子を指さす。「この子、リーンっていうの」

内戦のなか、木曜日の夜遊び

わたしは黙ったまましばらく二人を眺め、肩をすくめて、ベッドにもどった。その日以来、リーンとサラは何をするにもいっしょの大親友になった。次の木曜日の夜、サラは向かいのリーンと連れだって夜遊びにいくと宣言した。ひと悶着あるかと思ったけど、母は「一二時までには帰ってきなさいよ」と言っただけだった。びっくりした。父なら、ぜったいにこんなことは許さないだろう。その夜、遅くなって帰ってきたサラは、別人かと思うくらい変身していた。髪を頭の上でおだんごにまとめてワイド・ジーンズにフード付きパーカーを着ているいつものスタイルはどこに消えたのか、リーンから借りたドレスを着て、きゃしゃなサンダルをつっかけている。ネイルはくちびると同じ真っ赤な色に塗られ、目は濃いアイシャドウでふちどりされている。長い黒髪もまっすぐに下ろしている。

「うわっ……何、そのかっこう……」。わたしは言った。

「来週はユスラもいっしょにおいでよ」。サラが上きげんで言う。「リーンがおもしろいことといっぱい教えてくれるよ」

次の木曜日、サラとわたしは早めの時間に向かいのリーンの家へ行った。リーンの部屋にはメイク用品の店が開けそうなくらい大量の化粧品がそろっていて、わたしたちに使い方を教えたくてうずうずしてるみたいだった。わたしたちは音楽を聴きながら何時間も迷って服を選び、メイクを完璧に仕上げた。夜の八時ごろになって、リーンの女友だちが車で迎えにきた。わたしたち四人は完璧にキメたファッションで、車の窓を全開にし、大音量で音楽を鳴らして、夜中じゅうダマスカスの街を車で走りまわった。あんなに楽しい遊びは初めてだった。

木曜日の夜遊びは毎週の行事になった。母が心臓発作を起こさないように、わたしたちはリーンの家で着替えやメイクをした。三人とも、一度着たドレスは二度と着なかった。わたしたちは車で走りまわるか、でなければ「マールキー」と呼ばれるおしゃれな地区のカフェでおしゃべりしながらコーヒーを飲んだり、街の中をこれ見よがしに歩きまわったりした。マールキーの通りはいつも若者たちでごったがえしていて、みんなうわさ話をしたり、いちゃついたり、最近の片思いの話やティーンエージャー向けのドラマの話題などで盛りあがっていた。いとこや学校の友だちと顔を合わせたり、プールの競泳仲間とばったり出会うこともあった。ときどき、仲間の誰かの誕生日だったりすると、レストランを貸し切りにして一晩じゅう踊りまくった。サラもわたしも、最高にハッピーな気分だった。わたしたちといっしょに遊んでいた子たちは、ダーライヤ出身の子たちではない。ダマスカスの中心から少し南へ下ったバラームケ地区の子たちさえいない。ここに集まっている若者たちは、迫撃砲や戦車で日常が破壊された経験とは無縁な子たちばかりだった。わたしたちも、そんなことなんかなかったような顔で遊びまくった。わたしたちがこれまでどんな目に遭って家を失ったのかなど、たずねる子は一人もいない。話すのは、今夜どこへ遊びに繰り出そうか、ということだけだった。

わたしたちが浮かれ騒いでいるあいだも、内戦の嵐は続いていた。五月初めの日曜日、わたしは祖母の家に泊まっていた。夜も遅い時刻で、わたしはベッドに腰をおろして、いつものようにどこか遠くから聞こえてくる低い爆発音を聞いていた。と、いきなり、目に見えない力に押されて、わたしのからだが横に吹っ飛んだ。家全体がガタガタ揺れた。数秒後、パーン!と何か炸裂する音がして、そのあと聞いたこともないほどすさまじい爆発音が響いた。

「うわっ、何?」。わたしは思わず声を出し、ベッドシーツをつかんだ。自分が何か病気になったのか、それともまた気絶の発作が起こるのか、と思った。ドアが開いて、母が部屋に駆けこんできた。

「そっちでも感じた?」。母が言う。

「うん。わたしだけかと思った」。わたしは答える。

「そうじゃないのよ」と母が言う。「空を見てごらんなさい」

わたしは立って窓ぎわへ行った。ブラインドを上げて夜空を見ると、カシオン山の背後が一面に夕陽のように赤く染まっている。真っ赤な噴煙と火花が空の星に届きそうな高さまで上がり、まるでカシオン山に火がついたみたいな明るさだ。

母とわたしはリビングルームへ行った。すでに祖母と伯父のアドナーンがテレビの前にいた。国営通信は、カシオン山の反対側のジュムラーヤにある兵器開発施設が外国軍によって空爆された、と伝えていた。わたしの目はテレビ画面に釘づけになった。視聴者が撮影した爆発の映像が流れている。真っ暗な山の斜面からオレンジ色の炎が上がって、そのうちに巨大な火の玉がキノコのように夜空に立ちのぼり、それが消えたあと火花と灰が雨のように降り注ぐ。こんなに大きな爆発を見たのは初めてだ。アメリカの映画で見たよりすごい爆発だった。

祖母が息をのむ。「神様、お守りください」

兵器開発施設への空爆はあまりにも大規模で、破壊があまりにもすさまじくて、ほかの戦闘などかすんでしまうくらいだった。迫撃砲でさえ、取るに足らないものに思えたほどだった。

ある日、わたしはアパートを出て、マールキーへ向かう坂道を下っていた。そのとき、背後の道に爆弾が落ちる音がした。地面が揺れ、わたしは近くの薬局の玄関口に逃げこんだ。窓ガラスが粉々に割れて、雨のように歩道に降ってくる。わたしは薬局の玄関から首を伸ばし、歩いてきた道をふりかえった。二分前だったら、死んでいただろう。でも、それほど切迫した危機感はなかった。わたしはその場で五分ほどじっとしていただけで、また歩きだした。そして、何もなかったかのように友だちと会った。家に帰ってから、わたしは爆弾のことを母に話した。母が顔色を変えた。

「なんですって？」。母の声が高くなる。「ユスラ、どうかしてるわよ。それでも家にもどってこなかったの？」

わたしは肩をすくめる。

「だって、お母さん、何も起こらなかったんだもの。わたし、友だちに会いたかったし」

母はため息をつく。その手の無差別攻撃から子供たちを守るためにできることなど、母にだってありはしないのだ。母はとても忙しかった。仕事に出かけ、料理をし、家事をこなし、シャヒドの世話も焼かなければならない。ときには母から外出を禁じられることもあったけど、父がいないので、母一人ではわたしたちにまで目が行き届かなかった。それでも母はできるだけの努力をしていた。姉やわたしがどこにいるか、誰といっしょにいるか、いつも報告しなさいと言った。でも、何もかもがあまりに混乱していたので、母がわたしたちに目配りするといっても限界があった。一方で、サラとわたしはこれまででいちばん仲良くなっていた。わたしたちはあえて将来の話はせず、いまのアパートに住めなくなったらどうなるかも考えないようにしていた。怖くてしかたないときは、自分なりの方法で対処する。わたしは自分の殻に引きこもり、問題から逃げ、忘れてしまおうとするタイプだった。サラもわたしも夏には重要な試験が控えていた。サラは高校の卒業試験、わたしは第九学年の修了試験。試験のことを真剣に考えようとはしたけど、学校に行きたくなくてサボってしまう日もあった。母はわたしたちに勉強しなさいと言うけど、こんなに何もかもがめちゃくちゃでは、将来のことを真剣に考えるのは難しい。

「ユスラ、勉強しなくていいの？」。出かけようとするわたしに母が声をかける。

「勉強はしてますよ」。わたしはにっこり笑いながら、靴をはく。

「出かけるなら、せめてシャヒドをいっしょに連れていって」。母が言う。

　シャヒドは期待を込めたまなざしでわたしを見あげる。

「いいよ、じゃ行こう」

　わたしはシャヒドを連れて街に出て、アイスクリームを買ってあげる。わたしたちのお気に入りの場所の一つに、旧市街の「バクダーシュ」という店があった。バクダーシュは一〇〇年以上も昔から続いている店で、名物の「ブーザ」アイスクリームはアラブ世界では有名だ。ブーザはふつうのアイスクリームとはちがう。植物から採れるマスティックという樹脂を混ぜて作るアイスクリームで、チューインガムのような粘り気がある。ブーザ・アイスクリームはゆっくりと溶け、溶かしたモッツァレラ・チーズのように伸びる。バクダーシュの店では、アイスクリームを作るところを見るのも楽しい。シャヒドは、シェフが深いボウル状のフリーザーにミルクとマスティックのペーストを入れるところを夢中で見つめる。シェフはボウルの中身をかきまぜ、冷たい金属板の上に広げて、杵(きね)のような長い棒でリズミカルにつく。すると、ブーザがだんだん凍ってまとまり、アイスクリームになるのだ。シェフはブーザを小さなステンレスの器に入れ、上から細かく刻んだピスタチオ・ナッツを散らしてくれる。シャヒドはブーザを食べながら、わたしの顔を見あげてにっこり笑う。みんながシャヒドを甘やかした。内戦の中、父親がいない家庭で育ち、しょっちゅう引越しを強(し)いられる環境で育たなければならないシャヒドを、家族は不憫(ふびん)に思っていた。

わたしたちは誰もがその日その日を生きていくだけで精いっぱいで、ほかのことを考える余裕はなかった。その夏の試験は、あまりいい成績ではなかった。でも、そんなことはどうでもいいような気がした。わたしたちは浮かれ騒ぎに逃避(とうひ)していた。その年の秋、わたしは商業科の高校に入学した。高校を卒業するまで、あと三年。大学へ進学したい気持ちもぼんやりとはあったけど、まだずっと先のことのような気がしていた。それまでに何が起こるかわからない。サラは高校を卒業してダマスカス大学の法学部に入学したものの、講義には出なかった。勉強なんかしてる場合じゃないと思っていたのだ。サラは家計を助けるためにフルタイムで水泳のコーチやライフガードとして働いた。毎日が戦いだったから、わたしたちは楽しめるときは思いきり楽しんだ。冬になるころには、わたしたちは着飾って出かけることにすっかり慣れ、母の目も恐れなくなっていた。わたしたちがリーンのアパートへ行くのではなく、リーンがうちへ来てメイクや着替えをすることもあった。ある木曜日、母がいつもより早い時間に帰宅したので、わたしとリーンとサラが大きなバースデー・パーティーに出かけようとしたところで鉢合わせしてしまった。ものすごくヒールの高い靴をはいているわたしの姿に、母は目をみはった。

「そんなものはいて、どこへ行くの？」。母が言う。「そんな靴じゃ坂道を下りることもできないでしょうに」

「だいじょうぶよ、お母さん」。わたしはハイヒールでふらつきながら答える。

「それに、その顔はなんですか」。母が言う。「そんなかっこうを誰かに見られたらどうするの？うちの家族がなんと思われるか」

わたしはふくれっ面をする。

「落ち着いてよ、お母さん。べつにホットパンツやミニスカートをはいてるわけじゃないんだから」

「あたりまえでしょう」。母が言う。「そんなの、とんでもないことです。あなたのからだは、あなたの唯一の財産なのですからね」

「メルヴァトおばさま、心配しなくてもだいじょうぶよ」。リーンが甘い声で言う。「わたしたちがちゃんと気をつけますから」

母はリーンには笑顔を見せ、「わかっていますよ、ハビブティ」と言う。

でも、わたしのほうに向きなおったとたん厳しい表情になる。

「まあ、あなたたち次第ですけどね」。母は言う。「天国に行けるかどうかはあなたたちの問題で、わたしは痛くもかゆくもありませんからね」

わたしは目玉をぐるりと回し、足もとをぐらつかせながら玄関を出る。でも、サラもわたしも限界はわきまえていた。わたしたちのせいで母が友人たちから非難されたりするような服装をするつもりはなかった。大人は母のようにものわかりのいい人ばかりではない。わたしが水泳をやめ、もうすぐ一六歳になろうとしていたので、母は折にふれて「ヒジャーブ」の問題を持ち出した。押しつけがましくはないけど、頭にベールをかぶる気はないの?と聞いてくることはあった。わたしは肩をすくめるだけ。サラは髪を隠していないし、ヒジャーブを着ていない。わたしもヒジャーブを着なければいけないとは思わなかった。わたしたちにとって、ヒジャーブを着ることと良きイスラム教徒であることとは、イコールではない。自分もいつか、たぶん結婚したときとかに、ベールをかぶるようになるのかな、と、ぼんやり思ったりはしていたけど。母はわたしたちに強制するつもりはいっさいない、と、はっきり言っていた。ヒジャーブは要するに自分の選択なのだ。

二〇一四年のある春の晩、サラとわたしはバルコニーに腰をおろして、暮れゆく空を眺めていた。眼下では街の灯りが見る者をいざなうように揺れている。わたしはため息をつき、街で暮らしている人々のことを思う。仕事をし、日々の暮らしにいそしみ、愛しあい、空から爆弾が降ってくる日常の中でなんとか正気を保とうとしている人々のことを。バルコニーに母が出てきた。青白く引きつった顔をしている。

「困ったことになったわ」。母が口を開く。

わたしたちは二人とも椅子の上で座りなおす。

「何?」。サラが言う。「まさか、アパートのこと?」

母がサラの腕に手を置く。

「そうなのよ」。母が言う。「家主さんが自分の妹の家族をこのアパートに住まわせたいんだって」

わたしはどっと落ちこんで、息が止まりそうになる。このアパートは、わたしたちにとって安心できる特別な場所だった。死や破壊から逃れることのできる場所だった。頭の中をいろんな思いが駆けめぐる。ここを追い出されたら、どこへ行けばいいの？

「そんなの、いやだ」。わたしは言う。「何か打つ手があるはず。もっと家賃を払うって言ってみたら？」

母は悲しそうに首を横に振る。

「考えられることは、ぜんぶやってみたのよ。でも、だめだったの。家主さんは、四月までにはここを出ていってほしい、って。どこかほかに住む場所を探すしかないわ。残念だけど」

胸の中にパニックの嵐がわきおこる。世界が崩れていく。この三年で、もう四回目だ。現実はどんどん厳しくなっていた。

6

出国の誘い

サラとわたしは春の雨に濡(ぬ)れる窓の外を眺めている。新しく引っ越したアパートは前に住んでいたアパートから歩いてほんの二〇分だけど、引越しを境に楽しかった日々は終わってしまった。友だちからは遠くなり、戦闘地域には近くなった。急に寒さが身にしみるような気がした。サラはため息をついて、シリアから出たいと言う。けさからもう三度目だ。サラの友だちは、次々にシリアを出てレバノンやトルコへ行こうとしていた。ヨーロッパへ行く子たちもいた。サラがこの話を口にするたびに、わたしは不安になった。内戦がとうぶん終わりそうもないと認めること、戦闘におびえずにすむ日々を手に入れるには祖国を離れるしかないと認めることは、敗北のような気がした。母が部屋にはいってきた。シャヒドが母のスカートにしがみついている。昔のわたしそっくりだ。

「わたし、このアパート、好きじゃない」。わたしは言う。「バルコニーがないんだもの」

「そうね、ハビブティ」。母が言う。「わたしも前のアパートのほうがよかったわ。でも、しかたがないのよ」

母がシャヒドをそっと前へ押し出す。シャヒドは大きな青い目でわたしたちを見あげる。

「出かけるなら、シャヒドを連れていってね」

わたしたちはとぼとぼと雨の中を出かける。シャヒドがとことこついて歩く。マールキーで、昔なじみの競泳仲間に会った。その子たちから、北のほうのなんとかいう場所に爆弾が落ちて競泳仲間がまた一人犠牲になったと聞いた。わたしたちは暗い気分で時間をつぶす。内戦。死。迫撃砲——。どれもあたりまえの日常になってしまった。ダーライヤを離れたときは、あんなにショックだったのに、いまではあれは同じユスラという名の別人に起こったできごとのような気がする。最近は、砲撃の音が聞こえたら五秒くらいじっとしてようすを見て、そのあとは、またそれまでの続きにもどるだけ。あれ?と思うのは、銃声がやんだときか、あるいは上空を飛ぶジェット機の音が聞こえなくなったときくらいのものだ。

夏が来るころには、マールキーのカフェでのおしゃべりは、最近あの子を見かけなくなったね、というような話題ばかりになった。わたしは学校での親友ハディールやアラーといっしょに、シリアからいなくなった友だちのリストを作った。なかには、それっきり消息不明になった子もいた。かと思うと、数週間後にドイツ、ベルギー、スウェーデン、フランスなどへ行ったことが判明する子もいた。どのケースも、詳しいことはよくわからなかった。どうやってその国にたどりついたのか、はっきりとした情報が得られることもなかった。

秋になって、サラの大親友ハーラが学生ビザでドイツへ出国するのに成功した。ハーラからサラに届いたメールには、いまハノーヴァーにいる、と書いてあった。ドイツは勉強するにはいい環境よ、と、ハーラは書いてきた。サラはドイツ行きにすっかり心を奪われた。ハノーヴァー。ドイツ。勉強に最適な環境。将来を夢見ることのできる環境――。

「わたし、シリアを出ることにしたから」。ある晩、夕食の席でサラが言った。

わたしは目玉をぐるりと回す。ここ数カ月というもの、サラはそんな話ばかりしている。サラは鋭い目つきでわたしをにらむ。

「何よ？　わたし、本気だから。ドイツへ行くんだ」

「お父さんがなんと言うかしら？」。母が口をはさむ。

「友だち、みんなシリアを出るって言ってるよ、お母さん」。サラが言う。「わたし、行くしかないし」

わたしは自分のお皿に視線を落としたまま、もしほんとうにサラがヨーロッパへ行ってしまったらどうなるのだろう、と考える。わたしもいっしょに行くことになるのだろうか？　どうする、わたし？　行きたい？　よくわからない。シリアを離れる決断は、ものすごく重大なことに思われた。

「お金を工面してくれるのはお父さんですからね」。母がサラに言う。「お父さんの考えしだいですよ」

サラがため息をつく。シリアを出ることについて、サラはすでに父と話をしていたけど、父はもうしばらくようすを見るように、と言っていた。父が許してくれなければ、シリアを離れるのは無理だ。旅費を捻出してくれるのは父だから。出国の話は、おあずけになった。サラはあいかわらずハノーヴァー行きを夢見てシリア脱出計画を練っている。

プールにもどる

一〇月初旬の木曜日の夜、わたしはマールキーへ出かけて、競泳のシリア代表チームの友人たちと会った。友人たちは興奮していた。ドバイで開かれた競泳ワールドカップから帰国したばかりだったのだ。友人たちは二〇〇メートル自由形のリレーで銅メダルを獲得した。話をしながら、昔のチームメイトが表彰式の写真を見せてくれた。輝くメダルを首にかけた友人の誇らしげな笑顔。急に涙があふれそうになった。このとき初めて、わたしは自分が捨てたものの大きさを悟った。腹の底にズンと喪失感が襲ってきた。水泳への情熱、あれほどの努力、勝利への渇望——あらゆる感情が一気に押し寄せてくる。わたしは席を立った。ぐずぐずしている場合ではない。プールにもどらなくては。興奮の武者震いが背すじを駆けぬける。わたしは急いで家にもどり、母とサラの前で宣言した。わたし、水泳のトレーニングを再開する、と。母はため息をついた。

「だって、プールは危ないでしょう?」。母が言う。

「前ほどじゃないよ」。わたしは言う。「それに、危なくてもいいんだ。わたし、一生ダラダラ過ごすわけにはいかないもん。何かしないと」

「意味ないじゃん」。サラが言う。「どっちにしたって、あんたの年齢じゃ、もう無理でしょ。やるだけ無駄。先の展望もないのに」

わたしは姉をにらみつけ、母をすがるような目で見る。母は肩をすくめ、お父さんと相談してみなさい、と言う。翌日、わたしは父に電話をして、水泳のトレーニングを再開することにしたと伝える。ほかの誰が理解してくれなくても父だけは味方になってくれるだろうと思っていたけど、父はわたしが期待したほど喜んではくれなかった。

「泳ぎたいというのは、わかる」。父は言った。「ただし、父さんは力になれないぞ。やめるときも自分ひとりで決めたんだから、練習を再開するのも自分ひとりでやりなさい」

わたしは電話を切った。がっかりなんて、しないから。ますます決意が固くなった。ぜったいにカムバックしてみせる。泳いで、速くなって、もういちどトップにもどってみせる。家族が応援してくれても、くれなくても。今回は、誰かに言われてやるのではない。一〇〇パーセント自分が選んだ道なのだ。わたしは競泳選手の道を選んだのだ。

次の週、練習に現れたわたしを見て、コーチの何人かが物言いたげな顔をした。でも、誰も何も言わない。なんと言われようと、わたしはプールにもどる。一年あまりのブランクは、スピードが如実に物語っていた。同じグループで練習している小さなかわいい女の子たちのほうが、わたしより速く泳ぐのだ。それは、むしろわたしの闘争心に火をつけた。わたしは友だちと遊びまわるのをやめ、毎日学校が終わったあと、二時間のトレーニングに汗を流した。そのあと、ジムに行って、もう一時間トレーニングする。毎回トレーニングを終えて家に帰る道々、わたしは自分にとって水泳がどれほど大きな意味を持つものか、じっくり考えた。ティーンエージャーの遊びなんて、いま楽しまなくたっていい。三〇歳になって、競泳選手としてのキャリアが終わったあとで楽しめばいいのだ。トレーニングがきつすぎて青い顔で家に帰りつく日もあった。夕ごはんを食べて、そのままベッドに倒れこむ、という毎日だった。母は心配そうな顔で、あまりがんばりすぎないようにね、と言う。けれど、いまは弱音を吐いている場合ではない。水泳をやめる前のレベルに復帰しなくてはならないのだ。

二〇一五年三月、わたしは一七歳になった。サラはいっさい力になってくれなかった。

サラがレストラン一軒を貸し切りにしてバースデー・パーティーを開いてくれた。それはもしかしたら、水泳なんかやめてまた楽しくやろう、という思いが込められていたのかもしれない。あるいは、何の助け舟も出してくれなかったことへの罪ほろぼしのつもりだったのか。どっちにしても、パーティーはめちゃくちゃ楽しかった。リーンが箱いっぱいのドレスやメイク用品を持って家まで来てくれて、わたしたちは華やかな行事に招待された映画スターのようにドレスアップした。以前と同じように。生涯最高に高いヒールをはいてゆらりゆらりと通りへ出ていくわたしを見て、母が眉をひそめる。わたしはとびきりの笑顔で母に手を振って、坂道を下りていく。レストランへ向かう道々、すれちがう男の人がわたしたちをじろじろ眺めた。目の前を通りすぎるわたしたちを見て倒れそうになる男の人もいた。わたしたちは笑いまくり、踊りまくり、バースデーを祝った。内戦のことなんか、すっかり忘れて。あとになってふりかえると、ダマスカスで陽気に遊んだ夜は、あのときが最後だったかもしれない。

トレーニング、学校、トレーニング、の日々が続く。わたしはなるべく波風立てないように高校の残り二年をやりすごそうとするけど、いつも内戦で計画が狂ったり気が散ったりする。街のかなりの範囲で停電が発生して、長時間にわたって真っ暗闇が続くこともあった。地域によっては、一日に四時間から六時間しか電気が使えないところもあった。ダマスカス市民のなかには、大型の自動車用バッテリーを使ったり、お金に余裕があればディーゼル発電機を使って停電を乗り切る人たちもいた。そのうちにみんな慣れて、停電さえふつうの日常になった。

死は無差別に、いつ降ってくるともしれないものだった。真っ昼間の車で混雑する道路に、何の前ぶれもなく空から爆弾が落ちてくる。倒れたら、ほこりを払って立ちあがり、また歩きだすだけ。春になるころ、ティシュリーン・スタジアム周辺のバラームケ地区でふたたび砲撃が激しくなった。この一帯には目標物がいっぱいある。大学、国営通信社、病院、学校、ティシュリーン・スタジアム。母はわたしのことが心配で、気が気ではなかった。週に何度か、夜プールへ向かうわたしの携帯に母から着信がある。会話はいつも同じ。

「早く帰っていらっしゃい」。母が言う。

「なんで？　これから水泳のトレーニングなのに」。わたしが言う。

「いいから、とにかく帰っていらっしゃい、いますぐに」。母が言う。

急いで家に帰ると、母が待っていて、どこそこにまた迫撃砲だのロケット弾だのが落ちた、というニュースを口にする。母がわたしを守ろうとしてくれるのはありがたいけど、心の奥底で、母もわたしもわかっていた。この状況では、ダマスカスのどこにいようと、身の安全など保証されないのだ。プールで泳いでいようと、道を歩いていようと、家でベッドにはいっていようと、死ぬときは死ぬ。自宅にいて死んだ人の話は、いやというほど聞いた。火事で死ぬ、爆弾が落ちて死ぬ、あるいは爆弾の破片が飛んできて死ぬ。

プールに爆弾が飛びこむ

トレーニングを再開してからあと、ティシュリーン・プールの周辺に迫撃砲の砲弾が落ちる炸裂音を何度も聞いた。ある晩、わたしはプールで泳いでいた。限界まで自分を追いこむ。ほてった顔にプールの水が冷たい。一息入れたいと思う自分の心を叱咤する。あと一本、あとひとかき、あと数メートル。手を伸ばしてプールの端をつかみ、二、三秒だけ息をつく。そのとき、耳をつんざくすさまじい音が響き、わたしは両肩をすくめた。一瞬の沈黙。と思ったら、プールで泳いでいた子たちがいっせいに悲鳴をあげ、他人を押しのけてわれ先にプールサイドへ殺到しはじめた。

「上がれ！　みんな、プールから上がれ！」。コーチが顔色を変えて腕を振り、みんなを出口へ誘導する。

何が起こったのか、見届ける余裕もなかった。頭の中が真っ白になったまま、わたしも水から上がった。選手たちがショックとパニックでわなわな震えながらわたしを押しのけて出口へ走っていく。わたしも出口まで来たところで、後ろをふりかえった。天井を見あげると、ギザギザの穴が開いていて、そこからちらりと空が見えた。下のプールを見ると、底にゆらゆらと光るものがある。長さ一メートルくらいの緑色をした細長い円筒で、先が円錐形にとがっている。RPG(対戦車擲弾)の不発弾だった。わたしは爆弾から目をそらすことができなかった。どういうわけか、その爆弾はプールの屋根を突き破り、爆発しないままプールの底に着弾したのだった。数メートルでも方向がずれていたら、タイルに当たって、半径一〇メートル以内にいた人間は死んでいただろう。そのことが理解できるまでに、数秒かかった。助かったのは、幸運だった。今回もまた。

わたしはくるりと向きを変え、ほかの選手たちのあとから通路を走って、地下のジムに逃げこんだ。外の通りでは、まだ爆発音が続いている。わたしたちは、じっと待つ。コーチは心配そうな顔でうろうろ歩きまわっている。地下のジムにいると、爆弾攻撃の音はくぐもって聞こえた。だいじょうぶ、と、わたしは自分に言い聞かせる。震える手で、わたしは母にメールを打ち、起こったことを伝えた。母は心配のあまり取り乱し、攻撃がやむのを待ってプールまでわたしを迎えにきた。

「お願いよ、ユスラ。こんなこと、危険すぎるわ」。ようやく静かになった通りを家へもどりながら、母が言う。「水泳なんて、やめてちょうだい。プールに近づかなければ、それだけ安全じゃないの」

わたしは首を横に振る。水泳は、やめない。水泳を続けるには、方法はただ一つ。プールに爆弾が落ちてこない国へ行くしかない。

「やめる気はないから」。わたしは言う。「水泳はわたしの命だもの。こうなったらヨーロッパへ行くしかないよ」

母はため息をつき、少しのあいだ窓の外を見つめていた。そのあと、母は覚悟を決めたみたいに車のハンドルをぎゅっと握りなおし、背すじをのばした。

「もういちどお父さんと話してみるわ」。母は言った。

一人、また一人と友人や隣人たちが国を出ていく。きょうだいそろって姿を消した子たちもいるし、友だちどうしのグループで国を出ていった子たちもいる。一家そろって見かけなくなった例もある。大半はレバノンやトルコに観光ビザで入国して、ビザが切れたあと不法滞在になる、というパターンだ。ヨーロッパまでたどりつく人たちもいた。わたしと同年輩の男の子たちのほとんどは、出国を計画しているか、あるいはすでに出国していた。男子は一八歳になると徴兵(ちょうへい)される。学生か、あるいは男の兄弟がいない者は、徴兵を免除(めんじょ)される。シリアではありきたりの日常だけど、いまの状況では、徴兵されればかならず殺すか殺されるかの運命が待っている。

サラの出国計画

サラは頭の中ですっかり出国計画を練りあげていた。ハノーヴァーへ行って親友のハーラと合流する、というのがサラの夢だ。サラはハノーヴァーで勉強を続け、新しい人生を始め、将来を切りひらくつもりでいた。父はまだ決心がつかないようだった。旅行は危険だと言うときもあるし、そうかと思うと、姉とわたしの二人がヨルダンに来られるよう手配してやろう、と言うときもある。ヨーロッパへ行くのも悪くないかもしれない、と言うこともある。けれど、そのためにはお金が問題だ。計画は宙ぶらりんのままだった。

初夏のある晩、サラとわたしはリーンの家へ向かっていた。サラは、また友だちのグループが出国することになった、翌週にはシリアを離れるらしい、と言う。友人たちが出国するたびに、サラにもいっしょに来ないか、面倒はみてあげるから、と声がかかる。サラだって行きたいのはやまやまだけど、父の同意がなければどうしようもない。

「友だちみんながいっしょに行こうって言うんだもん、もう頭がどうかなりそう」。サラが言う。「ユスラは行きたくないって言うし。それに——」

わたしはびっくりしてサラを見た。

「どういう意味？　もちろん、わたしだって行きたいよ。ヨーロッパへ行けば、水泳が続けられるし。競泳選手はみんなシリアを出て行こうとしてる。スウェーデンへ行くとか、ロシアへ行くとか、ドイツへ行くとか」

サラが眉をひそめる。

「あんたも行く気あるの？」

わたし自身、自分の答えにびっくりしていた。うん、わたしも行きたい。空から死が降ってくるような毎日にさよならしたい。将来を夢見ることのできる日々を取りもどしたい。恐怖におびえることなく水泳にうちこめる場所へ。とにかく、わたしみたいな子が水泳を続けることのできる場所へ。目的もなく暮らして、掃除して、料理して、子育てして——そんな生活に意味があるとは思えなかった。わたしは競泳選手だ。競泳選手として力を発揮したい。それを実現するには、シリアを離れるしかなかった。

「わかった」。サラが言う。「じゃ、お父さんを説得するの手伝って。わたしたちが二人で行くって言えば、お父さんだってその気になるかも」

頭の中でいろんな考えが渦巻く。父を説得するのがいちばんの難題だ。父はダマスカスで暮らしていないから、どれほど数多くの子供たちがシリアを出て行こうとしているか、実感がないのだ。ダマスカスの状況がどれほどひどいことになっているか、父にわかってもらわなければならない。いちばんいいのは、父が信頼している人が出国しようとしているのを見つけて、その人といっしょに出国するから認めて、と父を説得することだ。急にその気になった自分を見て、わたし自身がいちばん驚いていた。ダマスカスを離れる、シリアを離れる、祖国を離れる――いつの間に、こんな話になってしまったのだろう？　四年にわたる内戦のいろんな場面が頭をよぎる。戦車。爆弾。迫撃砲。銃声。もし内戦があした終結するなら、わたしはシリアを離れたりしない。内戦さえ終わってくれれば。

ひとつだけ、はっきりしていることがある。シリアを離れるなら、水泳で実力を証明しなくてはならない、ということ。わたしがシリアから出国することが無駄ではないのだと、みんなにわかってもらわなくてはならない。競泳選手が次々にシリアから出て行き、プールは人が少なくなっていた。みんな、さよならの挨拶もなしに姿を消す。フェイスブックを見て、あの子がトルコにいる、あの子がフランスにいる、ドイツにいる、ということを初めて知るのだ。六月なかばのある日、ラマダンが始まる直前、競泳仲間のローズからメールが届いた。いまトルコにいるという。母親をダマスカスに残したまま、いとこと二人でシリアを出国したという。わたしはすごく驚いた。ローズの母親は、ローズを溺愛していた。ローズは一人っ子で、母親にとっては何にも代えがたい存在なのだ。しかも、ローズはまだ一五歳だ。状況がよほど絶望的であると判断しないかぎり、ローズの母親が大切な一人娘をトルコへ行かせるなど考えられないことだった。ローズの話を伝えれば、父もこちらの状況がどれほど深刻か理解してくれるかもしれない。わたしは父に電話をし、あのローズの母親が娘をトルコへ出国させたのよ、と伝えた。電話のむこうで沈黙があった。

「ローズが?」。父がようやく口を開く。「ほんとうか? あの母親がローズを一人で行かせたのか?」

「そう。いとこといっしょに」。わたしは言う。

「なんでローズの母親は俺に何も言わなかったんだろう?」。父がつぶやく。「おまえもローズといっしょに出国すればよかったのに」

「え? なんて?」。わたしは聞き返す。「お父さん、ローズといっしょならわたしを出国させてくれたの?」

「ああ」。父が答える。「もしほかに誰か出国を計画している話を聞いたら、知らせてくれ。父さんが知っていて信頼できる人が。そうしたら、おまえをいっしょに出国させてやろう」

心臓がバクバクする。

「サラもいっしょに?」。興奮のあまり声がうわずりそうになるのを抑えて、わたしはたずねる。

「ああ。サラも出国したいのなら」

わたしは電話を切り、深呼吸する。はてしない可能性と冒険の夢で、胸がいっぱいになる。シリアを離れる旅が現実にどういうことなのか、わたしは何もわかっていなかった。聞いたことがあるのは、ボートに乗るとか国境を越えるとか漠然（ばくぜん）とした話ばかりだった。それよりも、わたしはドイツで水泳にうちこむ自分の姿を思い描いた。爆弾の落ちてこないところで。将来を夢見ることのできる環境で。

父は出国の手段をいろいろ検討し、ローズの母親にも電話をかけて詳しい話を聞いたようだった。母と父はこの件について相談しはじめた。風向きが変わった。母も父もシリアを離れることがわたしとサラにとって最善だと考えるようになった。両親はヨーロッパの法的状況についてサラとわたしに説明した。わたしはまだ一八歳になっていないから、わたしが先にヨーロッパへ行って当局に申請すれば、母とシャヒドが合法的に、安全に、飛行機でヨーロッパへ渡ってわたしと合流できる、という話だった。母も父もサラとわたしをいっしょに出国させるという点では考えが同じだった。しかも、なるべく急いだほうがいい、とも考えていた。わたしは来年の三月に一八歳になる。その前にドイツにたどりついて、家族統合の申請をしなくてはならない。とにかく、父が信頼できる同行者を見つけることが先決だった。

イスラムの聖なる断食月ラマダンが始まっていた。サラは仕事に駆けずりまわっている。ラマダン明けに三日間続くイードの祭りにそなえてお金を貯（た）めているのだ。イードの祭りでは、年上の子が年下のきょうだいにお小遣いをあげる習慣だ。サラは朝から晩まで働いていた。水泳コーチを二コマやり、ライフガードのシフトもこなしていた。ラマダンのあいだは、毎晩衣料品店でも働いていた。日没後は、街の通りはどこも断食明けの食事をする人たちであふれかえる。イード直前の七月なかばの夜、サラはいつもより遅く仕事から帰ってきた。子供部屋に駆けこんできたサラは、踊りながら「やったぜ！」と言う。

「やったって、何を？」。わたしは聞く。

「見つけたのよ、出国する手を。ナビーフよ」。サラが言う。

ナビーフは、わたしたちのはとこだ。ナビーフの父親がわたしたちの父といとこどうしで、ナビーフはわたしと同じくらいの歳だった。子供のころ、ダマスカスに一族が集まった機会にナビーフと顔を合わせたこともあった。通っている学校もおたがい遠くはなく、マールキーでもよく顔を合わせた。ナビーフはひげを短く刈りこみ、黒い瞳で、前髪を立たせてジェルで固めていた。要するに、どこにでもいそうなクレージーなティーンエージャーだった。

「ナビーフ？　はとこのあのナビーフのこと？」。わたしは聞く。

「そう」。サラが言う。「今夜、通りでばったり会ったんだ。ドイツへ行くんだって。叔父さんについていってもらうみたい。もうすぐ一八歳になるから、急いで出国しないといけないんだって。戦争に行きたくないから。わたしたち親戚だから、いっしょに行けるんじゃない？　ナビーフのこと、お父さんにメールしといた」

興奮が腹の底にガツンときた。わたしは立ちあがり、サラを抱きしめる。これで決まりだ。サラが話をつけてくれた。親戚の誰かといっしょに行けるなら、完璧だ。父が「ノー」と言うはずがない。そのあと数日のあいだ、いろいろな議論が続いた。父はナビーフの父親と話をし、そのあとわたしに電話してきて、決心に変わりはないかと確かめた。父はわたしたちの出国に同意した。なんだか信じられない気持ちだった。その晩、母はわたしたち二人を座らせて話をした。母は物思いに沈んだ悲しそうな顔をしていた。

「お父さんがね、わたしもあなたたち二人といっしょにヨーロッパへ行きたいか、と聞いてきたんだけど」。母が言う。

サラが顔をしかめ、首を横に振る。

「ありえないよ」。サラが言う。「シャヒドはどうするの？　まだたったの七歳じゃない。どうやって海を渡るのよ？」

「でも、あなたたち二人と離れ離れになるのも心配で」。母が言う。「それに、シャヒドだって、あなたたちがいなくなればさみしがるわ。わたしだって、もちろん、さみしいし」

わたしの心は乱れた。わたしだって母と離れ離れになりたくはないけど、シャヒドを危なっかしいボートに乗せるのは気が進まない。危険すぎる。シャヒドは泳げないのだ。

「だいじょうぶだよ」。わたしは言う。「ドイツに着いたらすぐにお母さんたちを呼び寄せられるように申請するから」

母は涙をこらえて一分ほど黙ったままでいた。

「泣かないで」。わたしは言う。「そんなに長くはかからないよ。またみんないっしょになれるから」

母は深いため息をついて、テーブルごしにわたしの手を握った。

「わかったわ。とにかくだいじなのは、あなたたち二人を出国させることだものね。わたしたちは、あとから合流するわ」

何もかもがすごい速さで動きはじめた。父はナビーフの叔父マージドに電話をかけた。マージドがわたしたちといっしょに行くことになる。ナビーフに付き添ってシリアを出国する大人が必要であり、若いマージドがその役目を引き受けてくれることになったのだった。わたしも一族の集まりで一度か二度くらいマージドに会ったことがあった。マージドはまじめで少し神経質な二〇代後半の男性で、黒髪を短く切り、繊細な顔だちをしていた。

　マージドはすでに計画を立てていた。先にシリアを出国した人たちがこれから出国しようとする人たち向けにアップしたウェブサイトを見つけて、アドバイスをあれこれ読んでいたのだ。現時点でシリアから出国するには、安くはないけど、飛行機を使う方法がいちばん安全で信頼できる、とマージドは言う。この時点では、シリア人がトルコに入国するにはビザが不要だった。お金さえ出せば、イスタンブールまでの航空券は問題なく手にはいる。片道だけの航空券で出国することを禁じる法律もなかった。シリアを出国するだけならば、何も違法なことはない。危険なのは、トルコから先だ。トルコにはいったら密航業者と連絡を取り、ボートに乗ってギリシャの島々のどこかに漂着する。ギリシャに着けば、ヨーロッパにはいったことになる。そこからドイツまでの二五〇〇キロはバスか自動車か列車を使う。なんなら歩いたっていい、とさえわたしは思っていた。

　マージドとナビーフについてわたしも旅行代理店へ行った。父が出してくれたお金で、わたしたちはベイルート経由イスタンブール行きのフライトを予約した。出発はこんどの水曜日、八月一二日。これは夢ではない。ほんとうに実現しようとしているのだ。父が電話してきて、計画を話しあう。父は、旅行の要所要所で受け取れるようにウエスタンユニオンの国際送金サービスを使ってお金を送る、と言った。

「金を受け取ったら、隠しておくんだぞ」。父が電話で言う。「よくよく気をつけろ。金を持ってることを誰にも知られんように。誰にも金を見せるなよ」

どういうことが起ころうとしているのか、考える暇もなかった。シリアで過ごした最後の週は、毎晩友だちとのお別れ会で忙しかった。お別れは、正真正銘のさよならだ。みんな、もう二度と会えないだろうと思っていた。少なくとも、何年も長いあいだ。内戦が終わる日がいつか来るなんて、想像できなかった。それに、旅のとちゅうでわたしの身に何が起こるかだって、わからない。それは、ダマスカスに残る側の人間についても、同じこと。わたしたちは泣かずにいようとしたけど、ちょっとしたきっかけですぐに涙があふれそうになった。わたしはいつも最後の挨拶もそこそこに席を立って、店を出た。いちばんつらかったのは、大の親友ハディールやアラーたちとの別れだった。ハディールたちは、仲良しグループ全員で撮った写真を額に入れて贈ってくれた。写真には、みんなの字でいちばん楽しかった思い出が書きこんである。わたしはその写真を家に残してシリアを離れた。きっといつかシリアに帰って取りにいこう、という願いをかけて。祖母はわたしたちのアパートにお別れに来てくれた。いとこや叔父や叔母たちも次々にアパートを訪ねてきた。

母はわたしたちのために暖かい衣類やバッグや旅行用のブーツを買ってくれた。サラとわたしはそれぞれに大きなリュックを買い、貴重品用として小さなバッグも買った。携帯には位置情報追跡アプリをダウンロードした。携帯の電源を切っていてもＧＰＳで居場所がわかるアプリだ。こうしておけば、母や父はいつでもわたしたちの居場所がわかる。あと、近い親戚全員で「WhatsApp（ワッツアップ）」上にグループを作って、簡単に連絡を取りあえるようにした。サラとわたしは持っていくものを選ぶのに家じゅうひっくり返した。持っていけるものは、ほんとうに少しだけだ。サラは大切にしていたアンティークやアクセサリー類を大きな箱に入れて、友だちに預けた。けっきょく、持ち物はわずかな衣類と携帯とパスポートだけになった。

飛行機に乗る日の朝、母に電話がかかってきた。マージドからで、わたしたちの乗る便が三時間遅れになるという。わたしはどっと落ちこんだ。別れの挨拶をかわす時間はただでさえつらいのに、それが三時間も長引くなんて。わたしはさっさと出発してしまいたかった。みんなピリピリ神経質になっている。飛行機に乗り遅れることだけは避けたい。マージドとナビーフは、念のため早めの時間に空港へ行っておくと言う。わたしは母に「わたしもマージドたちといっしょに行くから、お母さんはサラといっしょにあとから来て」と言った。

マージドとナビーフの乗ったタクシーがわたしを迎えにきた。思っていたより大きなタクシーで、車というよりミニバンみたいだ。しかも、人がいっぱい乗っている。後ろの座席には、マージドやナビーフと並んで、見たことのない男の人が座っていた。助手席にも知らない人が乗っている。わたしはリュックをトランクに放りこんで、ミニバンに乗りこむ。後部座席に座っている男の人は四〇代前半という感じで、父に似た茶目(ちゃめ)っ気(け)のある顔をしていた。

「ムハンナドといいます」と、その人は言った。「きみのお父さんとは昔からの友だちだよ。近所に住んでいたんでね。わたしもいっしょにトルコまで行くよ」

わたしは笑顔でうなずいた。その人は話し方まで父にちょっと似ていた。タクシーが走りだしたら、みんな無口になった。タクシーは旧市街の道を右へ左へ折れながら進んでいく。わたしは真夏のダマスカス市街を車の窓からじっと見つめる。古びたモスク。店やカフェ。クラクションを鳴らす車の列。これまで百万回も見た景色を、目にしっかりと焼きつける。車はなじみの場所を通過していく。わたしが勉強した場所、笑いころげた場所、勝利した場所、敗北した場所――。車はプールの横を通りすぎる。どれだけの時間ここで汗を流し、屈辱や勝利を味わったことだろう。そのうちに家が少なくなり、空港へ続く道路にはいった。ふりかえると、カシオン山がダマスカスの街を見おろすようにそびえている。空港に着いたタクシーから、わたしは最初に降りた。ほかの人たちを見ると、みんな頬の涙を手でぬぐいながら降りてくる。びっくりした。大人の男の人が泣くのを初めて見た。

空港のターミナルにはいったところで、わたしはもう一人の見知らぬ人のことをナビーフにたずねた。ナビーフの話では、その人はアフマドという名で、ナビーフの叔母さんの夫だという。その人もシリアを離れようとしているのだった。

「こんなにたくさんの人たちといっしょだとは知らなかった」。わたしは言う。

ナビーフは肩をすくめる。

「みんなシリアから出たがってるんだよ」

全員が空港に到着するまでに、それから三時間あった。わたしはどっちつかずの状態に飽き飽きしたけど、家に残って別れに涙しつづけるという状況にならずにすんでよかったと思っていた。何もかも現実のような気がしない。ようやくサラと母とシャヒドが空港ターミナルに到着した。母は両手を広げてわたしのところまで歩いてきた。必死に涙をこらえている。

「さよならね、ハビブティ」。母はそう言って、わたしを一分間もぎゅっと抱きしめた。

わたしはシャヒドを見る。シャヒドはくるくる動く大きな目でわたしを見あげている。

「いつ帰ってくるの？」。シャヒドが言う。

わたしはシャヒドを抱きよせて、頭のてっぺんにキスをする。

「ううん、ハビブティ、こんどは帰ってこないのよ」。わたしは妹にやさしく言ってきかせる。

わたしはシャヒドを抱きしめていた腕をほどく。とうとうシャヒドもこれから何が起きようとしているのか理解したようだ。今回は、競泳の大会に出発するときとは事情がちがう、と。それに気づいて、シャヒドは泣きだした。

「やだよぉ」。シャヒドがサラの腰にしがみつく。涙が頬を伝う。

「行かないで。行っちゃやだー」。シャヒドは小さなからだを震わせて泣く。

「い……行、か、な、い、で……」。言葉がとぎれとぎれになる。わたしも胸がつぶれそうだ。

サラがシャヒドをそっと押しやって、腰をかがめ、シャヒドの両肩に手を置く。

「よく聞いてね」。サラが言う。シャヒドは頬の涙をぬぐって、サラの顔を見る。

「またすぐに、いっしょになれるから」。サラが言う。「シャヒドがわたしたちのところへ来られるようにしてあげるからね。シャヒドと、わたしと、お母さんと、ユスラと。こことは別の国で。ほんの二、三日よ。ほんの二、三週間待つだけだから、ね」

サラはシャヒドを抱きしめたあと、何も言わずにセキュリティ・ゲートに向かって歩きだした。母がわたしを見る。青白い顔で、目をいっぱいに見開いて涙をこらえている。わたしはもういちど母を抱きしめたあと、歩きだした。サラがシャヒドに約束した言葉が、耳の奥で響いている。こんど会えるのは、いつになるだろう？　どうかこの場で妹と約束した言葉がうそになりませんように、と祈る。

第四部

海

The Sea

7

陸づたいに歩くか、海を渡るか

シリアの領空を出たとたんに、わたしたちは屈辱を味わうことになった。ベイルートに到着してイスタンブール行きの乗り継ぎ便を待つあいだ、食事ができる場所も座れる場所もない。床に座りこんだわたしたちを、レバノン人たちが汚いものでも見るような目で眺めて通りすぎていく。まるでお金も着るものも家もない浮浪者を見るような目。アラブ世界のクズと見下されているような気分になった。ベイルートからイスタンブールに向かう二時間のフライトのあいだに、侮辱はもう一段あからさまになった。飛行機が降下を始めたところで、レバノン人キャビンアテンダントのアナウンスが流れる。

「お客様にご注意申し上げます。機内に備えつけの救命胴衣を持ち出されますと、犯罪になります。本機を降りられる際に、セキュリティ・スタッフがお荷物をチェックさせていただきます」

何を言われているのか、一瞬理解できなかった。わたしはサラを見る。サラはショックに目を見開いている。サラもわたしもあきれて口もきけず、あまりの屈辱に怒りも忘れていた。

少なくとも、イスタンブールには友だちがいた。わたしは競泳仲間だったラーミーに連絡を取った。ラーミーはシリアに紛争が起こって以来ずっとお兄さんとイスタンブールの街で暮らしている。ラーミーはわたしがイスタンブールにいるあいだに会ってくれることになった。でも、ここから先の旅に関して力になってもらうことはできなかった。旅の手配については、アフマドがツアーガイドとして働いていた縁で知りあった友人を頼ることになった。イスタンブール在住のシリア人だ。アフマドはわたしたちがイスタンブールに向かっていることを友人に知らせ、この友人が当面の滞在先を手配してくれた。アフマドの友人は空港まで迎えにきて、自分の車でわたしたちをアパートへ運んでくれた。わたしたちはそのアパートで寝た。翌八月一三日の朝、ふたたびアフマドの友人がやってきた。わたしたちは一部屋に集まって、この先のことを相談する。

アフマドの友人の話では、選択肢は二つあるという。ヨーロッパまで、海を渡っていくか、陸づたいに歩いていくか。歩くほうが費用は少なくてすむ。密入国業者にお金を払って北のトルコとブルガリアの国境手前まで自動車で運んでもらい、そこから先は歩く。ブルガリア国境まで、二日ほど歩くという。ただし、国境を越えるのは容易ではない。ブルガリアは、ギリシャが南方のトルコ国境に設けたのと同じような巨大な有刺鉄線のフェンスを、トルコとの国境に建設中なのだという。ブルガリア側へ国境を越えるには、そのフェンスを迂回して山の中を歩かなければならない。国境を越えるルートは、ブルガリア警察が昼も夜もパトロールしている。噂によれば、ブルガリア警察は越境者をつかまえると女でも子供でも病弱者でも容赦なく殴りつけるという。殴って腕の骨を折り、ひどくすれば足の骨も折り、這って動くことしかできなくなった人を森の中に放置するのだという。運がよければ、携帯やお金やパスポートを没収されるだけですむ場合もある——恐ろしい話をするアフマドの友人を、わたしは恐怖に震えながら見つめた。そんなルートを通るなんて、とんでもない。

第二の方法は、密航業者のボートでトルコの海岸から出航して海を渡り、ギリシャの島のどこかにたどりつく、というルート。そのためには、まずイスタンブールにいるあいだに密航業者と連絡を取り、ギリシャまでの移動手段を確保する必要がある。イスタンブールから海岸——どこかイズミルあたりの海岸——までバスで移動し、そこからボートに乗るところまでを密航業者に手配してもらう。海を渡るルートのほうがお金がかかる。一人一五〇〇ドル。

わたしたちの意見は二つに割れた。アフマドは、海を渡るのにそんな大金を払うのは気に入らない、と言う。それに、シリア人の多くの例にもれず、アフマドは海で溺れることを恐れていた。ほかの三人、マージドとナビーフとムハンナドも、海を渡ることについてはあまり気が進まないようだ。ちゃんと泳げるのは、サラとわたしだけ。ほかのみんなは、せいぜい何分か立ち泳ぎするのがやっとで、救命胴衣をつけていなければ、とうてい助からないだろう。しかも、その救命胴衣さえ、インチキの製品が出回っていて、濡れるとかえって重くなって水中に沈んでしまうものがあるという。いろんな噂がささやかれていて、みんな海をすごく怖がっていた。

「わたしたちがいっしょなんだから、溺れる心配はないよ」。サラが言う。

わたしはちらっとサラを見る。

「マジで」。サラは言う。「わたしたち、水泳選手なんだから。わたしはライフガードだし。みんなを溺れ死にさせるようなことはないから」

部屋のすみに座りこんで携帯を見つめていたナビーフがサラの言葉を聞いて顔を上げ、マージドを見る。

「わたしたち、女だから」。サラが続ける。「山の中をこそこそ逃げまわるなんて無理。警察に追われて、足の骨を折られるなんて、まっぴら。わたしたち泳げるんだから、海のルートで行こうよ」

サラがわたしを見る。わたしは頭の中で最悪のケースを想定してみる。海はプールとはちがう。泳げる人間でも、海で死ぬことはある。もし、けがをしたら？　何かで頭を打って気絶したら？　けんか、襲撃、事故——何だって起こりうる。でも、ほかに選択肢があるとも思えない。歩いての国境越えは恐ろしすぎる。それに、わたしたちは泳げるのだ。わたしは神を信じることにした。神と、サラを。

ナビーフとマージドはサラを見てうなずいた。ムハンナドは肩をすくめただけだった。とうとうアフマドもため息まじりに同意する。

「わかったよ」。と言いながら、アフマドの口調はぜんぜん納得していない。「ボートで海を渡ることにしよう。泳げる二人に助けてもらうよ、よろしくな」

アフマドの友だちがソファから立ちあがる。これから密航業者と連絡を取るから、この先の旅程について密航業者から連絡があるだろう、と言う。わたしたちは、イスタンブールでオフィスを構えている仲介業者にお金を払うことになる。わたしたちがギリシャに着いたころに仲介業者が電話をかけてきて、無事に到着したかどうか確認する。わたしたちが無事ヨーロッパに着いたのを確認したら、仲介業者から密航業者にお金が渡る、という仕組みだ。

お金の管理はマージドがしてくれることになった。マージドは父に電話をかけ、計画を説明してわたしたち二人ぶんの送金を手配してもらい、ウエスタンユニオンの支店に足を運んで現金を引き出してきた。アパートにもどってきたマージドは、腹に巻いたベルトに入れた米ドルの札束をテーブルに並べ、山分けしはじめた。わたしは目をみはる。こんな多額のお金を目にするのは、生まれて初めてだ。マージドは数えた札束をまたベルトにしまいこみ、仲介業者に渡すまでこのお金は自分が管理しておく、と言った。そのあと、マージドはわたしたち一人ひとりに額面五〇〇ユーロの紙幣を一枚と、トルコのお金で二〇〇リラをくれた。

「小遣いだ」。マージドはものすごく真剣な顔で言う。「ちゃんとしまっておけよ」

わたしはお札に目を落とす。こんなにたくさんのお金を持たせてもらうのは生まれて初めてだ。サラはフンと鼻を鳴らして笑い、ピンク色のユーロ札をマージドの顔の前でひらひらと振った。

「ねえ、これでパーティーできそうじゃない?」。サラが言う。

ナビーフとわたしはクスッと笑った。マージドは眉をしかめただけで、何も言わなかった。

翌日の八月一四日、サラとわたしは一日じゅうイスタンブールの旧市街を歩きまわった。イスタンブールは、いい街だ。アンティークがいっぱい並ぶマーケットもすてきだし、人混みも、ドーム屋根や尖塔がそびえる空の景色も、故郷を思い出させてくれる。わたしたちは「アクサライ地区」へ行った。ここは「リトル・シリア」と呼ばれている地区で、内戦が始まって以来たくさんのシリア人が住みつくようになっている。

通りを歩くと、シリア訛りのアラビア語が聞こえてくる。店の上のほうへ目をやると、見慣れたアラブ文字でシリア料理とかケバブ・レストランとか書いてある。ダマスカスやアレッポやホムスから来た店らしい。パン屋の前を通ると、蜜を塗った上にミントグリーンのピスタチオをまぶしたパンを積みあげて売っている。食料や雑貨を売っている店には、「ザアタル」スパイスが山のように積まれ、マテ茶やカルダモン・コーヒーのびんが並んでいる。あたりの壁や街灯（がいとう）の柱には、アラビア語で書かれた貸しアパートの宣伝がベタベタ貼ってある。

これほど多くのシリア難民がトルコに滞在することになった理由は、言うまでもなく、トルコがいちばん手近な脱出ルートだからだ。この時点で、トルコとシリアの長い陸路の国境はまだ開かれており、シリア人はトルコへ入国するのにビザがいらなかった。わたしがトルコを通過した時点で、すでにトルコには二〇〇万人のシリア人が居住していた。国境ぞいの難民キャンプに住んでいる人たちもいたけど、大半は都市部で新しい暮らしを始めていた。そういう人たちは、シリアの内戦からは逃れることができても、暮らしは苦しい。トルコ政府はシリア難民に一時保護を与えるだけで、就労は認めていないからだ。不法就労者は搾取（さくしゅ）され、正当な賃金を支払ってもらえないことが多い。

トルコ在住のシリア難民の多くは、シリア内戦の初期に国を離れ、ほんの数週間でまたシリアにもどるつもりでいた人たちだ。けれど、それから四年たった現在、彼らの多くは金銭の蓄（たくわ）えが底をついて、将来を真剣に考えなおさなければならない状況になっている。いつまでも他人からの施し（ほどこし）に頼って生きたい人なんて、いない。とくに若いシリア難民たちは勉強し、お金を稼ぎ、家族を持ちたいと望んでいる。そういう若い人たちは、ヨーロッパに行けばもっと明るい未来があると考えている。お金の工面（くめん）がつくのなら、そういう人たちは危険を冒（おか）しても海を渡ろうとする。

その晩遅く、サラとわたしはシーシャ・カフェでラーミーと会った。「シーシャ」は水タバコのことで、フレーバーつきのタバコの葉に焼けた炭をのせて熱し、水を通してパイプで吸う。四年ぶりに会うラーミーは、少し歳をとって太ったように見えた。ラーミーはテーブルをはさんで向かいに座った。テーブルの上ではタバコの葉にのせた炭が赤や黒に焼けている。

「水泳、続けてるの？」。わたしは聞く。

「ガラタサライでトレーニングしてるよ」。ラーミーが炭に息を吹きかける。炭から赤い火の粉が上がる。「でも、競技会には出してもらえないんだ。ここの決まりでね。競技会はトルコ人しか出られないんだ」

ラーミーはシーシャのパイプを手に取り、新しいプラスチック製の吸い口を包装から出してパイプの先に取り付ける。そして、水をぶくぶく泡だてながら何度か深く吸いこみ、薄くて白い煙を吐き出す。

「じゃあ、ラーミーはここで何やってるのよ？」。わたしは聞く。「ていうか、いつまでここでこんなふうにして暮らすつもりなの？」

ラーミーは眉をひそめ、わたしの表情を読み取ろうとする。

「マジな話」。わたしは言う。「ここにいても、将来はないよ。わたしたちといっしょにヨーロッパへ行こうよ」

「無理」。ラーミーはパイプを吸う。さっきより大きな泡がたち、濃くて大きなタバコの煙がラーミーの口から吐き出される。

「ここでいいんだ」。ラーミーは言う。「もうトルコ語もおぼえたし、友だちもできたし。兄さんがお金の面倒を見てくれるし。ここにいれば水泳ができる」

わたしは顔をしかめてラーミーを見る。

「たしかに、トレーニングはできるかもしれない。けど、ラーミーの夢はどうなるの？　競技会に出ないでトレーニングだけなんて、いつまで続けるつもり？　それじゃ先がないでしょ？」

ラーミーはテーブルに視線を落として、じっと聞いている。

「それに、ラーミーはこんなところで終わる選手じゃないよ」。わたしはたたみかける。「競技会に出してもらえたら、いいところまでいけるのに。ヨーロッパなら競技会に出してもらえるんだよ？」

ラーミーは椅子(いす)の上で姿勢を変え、水タバコのパイプをわたしに差し出す。わたしはパイプを吸う。炭が赤く燃え、ぶくぶくと水が泡だつ。わたしはサラの顔にタバコの煙を吹きかける。携帯で写真をスワイプしていたサラが顔を上げる。

「わたしたちといっしょにヨーロッパへ行こうよ」。わたしはもういちどくりかえす。「いっしょにがんばろうよ。ヨーロッパなら水泳ができる。本気でトレーニングしたら、また速くなれるよ、トップクラスにもどれるよ」

「考えとく」。ラーミーはそう言って、ジュースを飲みほす。「ユスラが先に行きなよ。そんで、むこうに着いたら、どんな感じか知らせて。そしたら、俺も気が変わるかも」

密航業者と接触する

ラーミーと会った八月一四日の午後、マージドが密航業者と電話で話をした。トルコの海岸に向かうバスが二日後の一六日にイスタンブールから出るという。そのバスに乗るかどうか、二四時間以内に返事しなくてはならない。あらためて相談していた席で、アフマドがいきなり、自分はブルガリア国境を越えるルートで行く、と言いだした。小さなゴムボートで海を渡るのはどうも怖すぎる、それよりは山道を歩きとおすほうが見込みがありそうに思える、というのだ。翌一五日の朝、わたしたちが目をさましたときには、アフマドはもう出発したあとだった。それっきり、アフマドには会っていない。ずっとあとになってドイツに着いてから聞いた話では、アフマドはブルガリア国境で追い返され、けっきょくシリアにもどったという。

当時、わたしたちはアフマドの離脱を話題にしなかった。わたしたちの決心はついていた。マージドは密航業者に電話して、イズミルまでのバスとギリシャへ渡るボートに五人ぶんの席を予約した。電話のむこうの男は、八月一六日の晩に街の中央にある広場で待っているように、と指示してきた。そして、各自自分の救命胴衣を持参するように、と言う。それが決まりなのだ。救命胴衣のない者は、バスに乗れない、ボートに乗れない、ヨーロッパへ行けない、というルールだ。

一六日の朝、わたしたちは早く起きた。マージドの話では、アクサライ地区のマルタ市場に救命胴衣を売っている店があるという。男三人が店にはいって買い物をしているあいだ、サラとわたしは店の外の石畳(いしだたみ)の歩道で待った。最初に店から出てきたのはナビーフで、にこにこ笑いながら手にバカでかいビニール袋を提げている。ナビーフは袋を開けてわたしたちに中身を見せた。袋の中には分厚(ぶあつ)いカーキ色の品物が二個。写真で見た救命胴衣みたいにオレンジ色じゃないのが意外だった。

「これは軍用なんだ」。ナビーフが説明する。

「つまり、ニセモノじゃなさそうってこと？」。わたしは聞く。

ナビーフは肩をすくめる。次に店から出てきたのはムハンナドだ。わたしたちの背後に誰か知っている人を見つけたらしく、ムハンナドは顔をパッと輝かせ、両腕を広げてその人に近づいていく。ふりかえると、細縁メガネをかけたダークブロンドの髪の男性が立っていた。その人はムハンナドとがっちり抱きあい、わたしたちから離れて何やら真剣に会話を始めた。

「あの人、誰？」

「ムハンナドの友だちさ。ダマスカス出身らしい」。マージドが大きなビニール袋二個を持てあましぎみに持ち替えながら答える。「少し前からイスタンブールにいたらしいんだけど、トルコを出る気になったんだって。俺たちといっしょにギリシャへ行くそうだ」

わたしは肩をすくめ、それ以上の質問はしなかった。その人についてはけっきょく詳しいことはあまりわからず、ほんとうの名前さえ聞かずじまいだった。わたしたちはクスクス笑いながら、その人にこっそり「ブロンディ」というあだ名をつけた。わたしたち四人は、海を渡るにあたってほかに買っておいたほうがいいものがないか話しあいながら、人混みの中を歩く。ムハンナドとブロンディは少し離れて後ろのほうをついてくる。

「あれ、どう？　携帯を入れとくのに」。ナビーフが家庭雑貨にまじって並んでいる密閉式のフリーザーバッグを見つける。「携帯が水に濡れないようにするのにいいんじゃない？」

マージドがフリーザーバッグのパッケージを手に取ってチェックする。見たところ、大きくてじょうぶそうな袋だ。携帯だけじゃなくてパスポートやお金も入れておけそう。マージドはみんなに一個ずつフリーザーバッグを買う。サラがわたしの腕を引っぱって、通りのはずれにある携帯やアクセサリを売る小さな店にはいる。トルコのSIMカードを買うのだ。そうすれば、母に写真やメッセージを送れるから。サラがSIMカードを選んで店主と値引き交渉をしているあいだ、わたしは母がいまどうしているだろう、母もわたしたちのことを考えているのだろうか、と思った。そして、アパートにもどったらすぐ母にメールしようと思った。

アパートにもどって、サラとわたしは荷物をまとめなおす。マージドはわたしたちに例の密閉バッグを一枚ずつくれて、貴重品を入れておくように、と言う。そして、万が一仲間と離れ離れになった場合にそなえて、貴重品はいつも肌身(はだみ)離さず持っているように、と言う。わたしたちは部屋のドアを閉めて、貴重品の袋を考えられるいちばん安全な場所に隠した。ブラの中だ。

その晩、わたしたちが指定された広場に着くころには、太陽が建物の上に沈みかけていた。集まっている人たちのようすから、この広場でまちがいないとわかった。人々はグループごとに石畳の広場にたたずんだり座ったりして、おしゃべりしている。ほとんどの人がアラビア語を話していて、シリア訛(なま)りのアラビア語もたくさん聞こえる。指定された時間になったけど、何も起こりそうにないので、わたしたちも石畳に腰をおろして待つことにする。みんなリラックスした感じで、意外にも警官の姿は一人も見なかった。

太陽が沈むにつれて、人が増えてきた。空にかかった薄い雲がオレンジ色に輝き、やがて赤い色に染まる。しだいに濃くなっていく夕闇(ゆうやみ)の中、親子や祖父母連れの家族があちこちで身を寄せあっている。近くでは若い男たちが二、三人ずつ連れ立ってぶらぶら歩き、ひっきりなしにタバコを吹かしている。わたしは携帯をチェックする。もう九時過ぎだ。約束の時刻を二時間も過ぎているのに、密航業者は現れない。わたしは人混みをもういちど見まわす。夕闇はぐんぐん濃くなっていく。視線の先に女性三人のグループがいた。髪をヒジャーブでおおい、くるぶしまで隠れる丈（たけ）の長いアバーヤを着ている。その中の一人は、ショールに包んだ小さな赤ちゃんを抱いている。三人はわたしたちから数メートル離れた石畳に腰をおろし、小声で話しあっては、さっきからわたしたちのほうを見ている。

わたしはサラをそっとつつく。

「わかってる」。サラが笑いながら言う。「気の毒なおばちゃんたちね。『あんな不良娘たちといっしょに行くの？』とか言ってんだよ、きっと」

ちょうどそのとき、肩をいからせた男が人だかりを乱暴に分けて進んできた。ジーンズに黒いTシャツを着て、もじゃもじゃの真っ黒なひげを生やし、おでこの上にブランド物のサングラスを乗っけている。男はわたしたちの前まで来て足を大きく開いて立ち、手をたたいた。

「オーケイ、ヤッラー（さあ！）。行くぞ」

周囲で聞こえていたしゃべり声が小さくなる。

「ヤッラー」。男がもういちど声を出す。みんなが男に注目し、あたりがしんと静かになった。

「もうすぐバスが来る。その前に、全員救命胴衣を持っているかチェックする」

アラビア語だけど、聞きなれないアクセントだ。クルド人か、あるいはイラク北部の人間か。サラがにやっと笑って、立ちあがりながら親指を立ててボスの男を指さす。

「ちょっと、大きくて強そうな男じゃない、ん？」。サラがささやく。「見て、あの筋肉。ビッグ・マンだ」

わたしはクスッと笑った。そのとき、サラの笑顔がこわばった。顔を上げて見ると、ビッグ・マンがこっちを見ている。わたしは目をそらし、下を向く。

「何がおかしい?」。ビッグ・マンが言う。

「べつに」。サラが言う。「笑っちゃいけないって決まりがあるんですか?」

ビッグ・マンはわたしからサラへ目を移し、ぼさぼさ髪をたばねてフード付きのトレーナーとスウェットパンツにウォーキングブーツという姿のサラをジロリと見た。人混みの中からもう少し若い男が二人現れた。一人は背が高く、長い黒髪をポニーテールにたばねている。もう一人のほうは背が低く、カールした茶色の髪を肩まで伸ばしている。この男はほかの二人より肌が色白で、ガリガリに痩せている。二人とも、何日もベッドで寝たことがなく、満足な食事もしていないような感じに見えた。

「来たぞ」。背の低いほうの男が親指で肩の後方を指さす。男の背後に目をやると、六台のおんぼろバスがガタガタと広場へはいってくるところだった。バスは広場に集まっている人々の脇に並んで停まった。

「ねえ、あの背の低いほうの男、『ジャングル・ブック』のモーグリそっくりじゃない?」。サラがわたしの耳にささやく。

わたしは笑いをこらえて鼻を鳴らす。

「オー、ハイ!」。モーグリがわたしたちに気づいて声をかけてきた。ビッグ・マンと同じアクセントだ。

「オー、ハイ!」。サラがモーグリの口調をまねて返事する。

「ちょっと！　やめなさいよ」。わたしは小声でサラを止める。

「なんでぇ？」。サラが大きな声を出す。

「しーっ！」。わたしは言う。「軽はずみなこと、しないでよ。みんなを見なよ、あの三人を怖がってるじゃない」

「わたし怖くないもん」。サラは声を小さくする気などない。

　密航業者たちは忙しくてわたしたちを相手にする暇がなかったらしい。ポニーテールの男がバスの扉のほうへ大股で歩いていく。人々がそわそわしはじめた。他人を押しのけてバスに近づこうとする人たちもいる。いい席を取ろうとしているのだ。ビッグ・マンとポニーテールが人々をバスのほうへ追いたてる。バスの中は暗く、暑く、古いカーペットみたいなカビ臭いにおいがした。バスの窓はぜんぶ閉めきられ、カーテンがしっかり閉じられている。わたしたちは座席の上の荷物棚にリュックを押しこむ。バスのエンジンがかかり、みんなあわてて席に座る。ビッグ・マンが通路の前方に姿を見せた。

「いいか、みんな、携帯を切れ」。エンジンの音が響くなか、ビッグ・マンが声をはりあげる。「これからは通話も禁止、メールも禁止、インターネットもＧＰＳも禁止だ。ちゃんと携帯を切ったか、これからチェックして回る。あと、カーテンは開けるな」

　サラもわたしも携帯の電源をオフにする。わたしは携帯にダウンロードした位置情報追跡アプリのことを考える。あのアプリは携帯が電源オフになっていても位置情報を送りつづける。母や父がわたしたちの居場所を知ることができると思うと、安心だった。地図上でわたしたちが少しずつ動いていくのを確かめることもできるかもしれない。真っ暗闇の中でバスが動きだすと、車内はまた静かになった。マージドとはとこのナビーフは、わたしたちの前の席に座っている。わたしたちのグループの残り二人、ムハンナドと彼の友人のブロンディは、通路をへだてた反対側に座っている。乗客のほとんどは、すぐに眠ってしまった。わたしは黙ったまま席に座り、このバスに乗っている人たちはどんな苦難をくぐりぬけて来たのだろう、決死の覚悟で海を渡るルートを選ぶまでにどんな恐ろしい目に遭ってきたんだろう、などと考える。

そのうちに、後ろの席に座っている若い女性がとなりの人と小声で話すのが聞こえてきた。聞くともなく聞いていると、その人はレバノン系シリア人のようだった。しばらくベイルートで暮らしていたけど、ヨーロッパへ移住することにしたのだという。その女性のとなりに座っているのはもう少し年上の女性で、ヒジャーブで髪をおおっていて、自分はイラク人であり、子供二人を連れてドイツにいる夫のところへ行くのだ、と話している。

わたしは首を伸ばして、通路ごしに後ろのほうの座席を見た。幼い男の子ともう少し年上の女の子が通路をへだてた反対側の席で眠っている。子供たちを眺めていたら、後ろの席に座っている若いほうの女性と目が合った。短く刈りあげた髪に、西欧風の服装をしている。その人はわたしににっこり笑いかけ、自分はココという名前だ、と自己紹介した。人見知りのわたしは、何を言えばいいのか少しのあいだ迷ったあげく、「このバス、とちゅうでどこかに停まるんでしょうか？」と聞いた。

「ううん」。ココが座席のすきまから小声で教えてくれる。「誰かが密航業者にたずねてるのを聞いたんだけど、どこにも停まらない、トイレ休憩もなし、水飲みも食事もなしって言ってたわ。目的地までノンストップだって」

「そうなの。ありがとう」。わたしは言う。

それで会話がとぎれた感じになったので、わたしは前を向き、背もたれにからだを預けて、トレーナーのフードを顔の下まで引っぱりおろした。二、三時間ほど眠っただろうか。とつぜんバスが停止して、エンジンが切れた。動きが止まったので、わたしは目がさめた。ほかの乗客たちもぞもぞ動いたり、伸びをしたり、小声で話したりしている。どこか前のほうで赤ちゃんの泣き声がする。

サラはわたしの肩に頭をもたせかけて熟睡している。前の席のナビーフは目をさましている。ナビーフがカーテンを少し引いて、外をのぞく。わたしも同じようにしてみる。到着したのかな？　ぜんぜんわからないけど。このときになって初めて、わたしはこの密航がいかに他人まかせかを痛感した。窓の外でオレンジ色の光が点滅している。ビーッ、ビーッという音がして、船に積むコンテナを載せた巨大なトラックがバスのすぐ脇、わたしの座っている側をバックしていくのが見える。トラックが見えなくなったところで、バスが前進しはじめ、さっきのとよく似たトラックと横並びに停止した。と思ったら、バスはバックしはじめ、さっきのトラックがいなくなったスペースにはいった。わたしは左のほうへ目を向ける。通路をはさんで反対側の席で、ムハンナドもカーテンを引いて外を見ている。最初に見たトラックがわたしたちのバスの左隣にピタリと停まる。わたしたちのバスはトラックに囲まれて、隠された形になる。

「おい！　カーテンを閉めろ！」。ビッグ・マンが通路の前方からどなる。

わたしはカーテンをもどして座席にからだを沈め、いま見たのは何だったんだろう、と考える。そのうちに、ガチャガチャと低い金属音が聞こえた。そのあと、またたくさんの車がバックして、わたしたちのバスの周囲に停まるのが聞こえた。と思ったら、バスの下のほうからブルブルと震動が上がってきて、そのうちもっと大きくて低いエンジンの音が響いた。まもなく、かすかな揺れが伝わってきた。

もしかして、フェリー？　フェリーに乗るという話は聞いてなかったけど。わたしはサラを見る。サラはまだ熟睡している。わたしは前の座席の背もたれの上から手を伸ばして、ナビーフの肩をたたく。ヘッドレストの上からナビーフの顔がのぞく。

「これ、何？」。わたしは口の動きだけで聞く。

ナビーフは肩をすくめる。通路の先にビッグ・マンが立って、わたしたちをじっと見ている。ナビーフが前に向きなおる。二〇分後、フェリーのエンジン音が低くなった。そのあと、またビーッ、ビーッ、という音と車がバックする音が聞こえた。バスがエンジンをかけ、ゆっくりと船から下りる。わたしは緊張で眠るどころではなかった。約一時間後、バスがふたたび停車した。わたしはそっと外をのぞく。マツの木立が見える。ここにちがいない。

ビッグ・マンがまた通路の先頭に姿を見せて、ここから先は歩きだと言った。バスの下のトランクから自分たちが乗るボートを出して、密航業者たちについてくるように、と言う。

「しゃべるな。タバコもダメだ。あかりをつけるな。大きい音も出すな」。ビッグ・マンが言う。

「みんな、かたまって歩け。勝手に列を離れるな」

サラは目をこすり、両腕を頭の上に伸ばしてストレッチしたあと、通路に立って、頭の上の荷物棚からわたしのリュックを下ろしてくれる。

「このあとすぐボートに乗るんだって？」。サラが言う。「だったら、靴かえといたほうがいいよ。

ビーサンにはきかえよう。重いブーツはいたままボートに乗りたくないでしょ?」

わたしたちはウォーキングブーツを脱いでビーチサンダルにはきかえ、ほかの乗客たちに続いてバスを降りた。降りたところは、くねくねと曲がる山道だった。わたしたちの前や後ろに停車したバスからも、人が次々に降りてくる。みんな同じ方向へ向かうようだ。マージドはわたしにその場で待っててと言ったあと、ほかの男たちと一緒にバスのトランクに群がる人混みに分け入っていった。空を見あげると、何百という星が輝いている。ダマスカスでは見たことがないほどたくさんの星。道路の左手側は急なのぼり斜面になっていて、反対側は深い森へと落ちこんでいく急な下り斜面になっている。マツの木立のあいだから見える水平線がぼんやりとオレンジ色に染まりはじめている。もうすぐ夜明けだ。八月一七日。

広場で見た小さい赤ちゃんを連れた女の人がすぐそばに立っている。二、三人ずつかたまって前を通りすぎていく人々をいちいち確かめるように見ている。二人一組になった人たちは、大きな長方形の段ボールにはいった荷物を運んでいく。赤ちゃんを連れた女の人がほっと安心した表情になる。ハート形の顔をした男の人が人混みの中から現れた。男の人は箱を地面におろし、女の人の腕の中から赤ちゃんをそっと抱きあげる。近くで見ると、赤ちゃんはさっきよりもっと小さく見えた。生後二、三カ月くらいだろうか。小さな両腕を動かしているけど、丸くて白い顔はまだぎゅっと目を閉じたまま眠っている。そのとき、赤ちゃんが目をあけた。大きな目。薄いブルーの瞳(ひとみ)が二つのお月様みたいに輝いている。赤ちゃんをのぞきこんでいたわたしが顔を上げると、ビッグ・マンも赤ちゃんを見ていた。

「下り坂だ、ゆっくり行けよ」。ビッグ・マンが赤ちゃんを抱いた男の人にそっと声をかける。

男の人はびっくりしたようにビッグ・マンを見る。ビッグ・マンは咳ばらいをし、たくましい肩を後ろへぐるりと回したあと、列になって木立の中へ下りていく人たちに行き先を指示しているモーグリのほうへ大股で歩いていった。

8

「泳げば、タダにしてくれる？」

「泳いで渡れそうじゃない？」。サラが言う。

「バカなこと言わないでよ」。わたしは言う。

わたしたちは海を見おろす大きな岩の上に立っている。真昼の陽ざしが焼けつくように暑い。はるか下のほうで、エーゲ海が不気味に輝いている。目を射るまぶしい光に照らされた海面は、金色に波立っている。その先に、緑と茶色の輪郭がぼんやりと見える。島だ。ギリシャ。ヨーロッパ——。手が届きそうなくらい近い。

「泳げるよ。フィン付ければ」。サラが言う。

「フィンって、なんだ？」。密航業者のなかでいちばん小柄なモーグリが話しかけてきた。森にはいっておしっこをして、もどってきたところだ。「あの島まで泳げるってのか？」

わたしはパニックで胸が苦しくなる。

「ううん」。あわててサラの言葉を否定する。「ただのジョークよ」

サラがモーグリのほうを向く。

「もし泳げたら、どうなるの？」。サラが言う。「わたしたちが泳げば、ボートに乗る人数は少なくなるよね。そしたら、わたしたちの費用、タダにしてくれる？」

「頭イカれてんじゃねえの」。モーグリはそう言ってくるりと向きを変え、前かがみになってマツの木陰へ下りていく。

岩の上は耐えがたい暑さだ。わたしたちもモーグリのあとについて急な斜面を下り、木々のあいだを縫ってキャンプへもどる。頭の上では、マツの木にとまったセミが電動ノコギリみたいな声で鳴いている。わたしたちは縦一列になって歩く。岩やとげのある茂みに気をつけて。ひっかき傷だらけになった自分の足を見おろしながら、わたしは思う。ダマスカスで母にキスしてさよならを言ってから、まだ一週間もたっていない。わたしたちが食べ物もなしにギャングたちから言われるまま森の中で野宿していると知ったら、母はなんと言うだろう？

森の中の空き地には、何百人もの人が座りこんで、密航のボートが出るのを待っている。みんな朝からずっと密航業者が「さあ出発だ」と言うのを待っている。モーグリについていくと、密航業者のビッグ・マンとポニーテールがマツの木陰でのんびりしていた。二人のそばに男が三人と六歳くらいの小さな男の子がいる。男の子は、投げ出した両足のあいだに松ぼっくりを積みあげては崩して遊んでいる。

「この二人、泳いでむこうまで渡れるそうですよ」。モーグリが言う。「水泳の選手なんだそうで」

ビッグ・マンがこっちを見て、眉をクイッと上げる。そんなはずなかろう、という顔だ。それはそうだろう。ここから対岸のギリシャまで、一〇キロもあるのだ。とはいっても、べつにビッグ・マンはわたしたちの無事を気にかけているわけではない。むしろメンツの問題だろう。自分の助けなしにヨーロッパに渡れる者がいるかもしれない、ということが気に食わないのだ。わたしだって、半信半疑だけど。

「一〇キロは泳ぐには遠いぞ」。密航業者たちのそばにいる三人のうち年長とおぼしき男が、男の子を守るように頭に手を乗せて言う。顔にひどく心配そうな深いしわが刻まれている。男はビッグ・マンを見る。ビッグ・マンはわたしたちを見て、クッと笑う。

「よし、じゃあ、こうしよう」。ビッグ・マンが言う。「ボートを出すから、おまえたちはボートの横について泳げばいい。ほんとうにこっちからむこうまで泳ぎきったら、タダにしてやろう」

みんなの視線がサラに集中する。

「いいわよ」。サラが応じる。「ただし、わたしたちが泳ぎきったら、グループ全員をタダにしてよね。ボートに乗ってる仲間たちも。わたしたち、あと四人いるんだけど」

ビッグ・マンの笑顔が凍りつく。ビッグ・マンはサラをまじまじと見つめて本気かどうか思案しているようだったけど、そのうちに肩をすくめて、「ま、いいか」と言う。

わたしは胃が縮む思いでサラの腕をつかむ。本気なの？　ウェットスーツもなしで？　ふつうの服を着たままで？　フィンなしで一〇キロは長い。泳いで渡るなんて、どうかしてる。サラはわたしが考えていることがわかったようだ。

「ただし、泳ぐなら水着とかフィンとかいるけどね」。サラが言う。

ビッグ・マンが笑って、手を払うようなしぐさをした。わたしはほっと息をつく。ひとまず、この件は終わりだ。

地面に腰をおろしていた男たちのうちの若い二人がわたしたちをじろじろ見ている。二人ともそっくりの目をしている。年上のほうは人のよさそうな丸顔で、りっぱな頬ひげと口ひげを生やしている。若いほうの男はハンサムで、濃い眉をしている。その男がわたしに笑いかけた。歯並びの完璧な白い歯を見せびらかすように。

「俺、アイハム」。若い男は右手を胸に当てて言う。「こっちは兄貴のバーセム」

「わたしはユスラ。こちらは姉のサラ」。わたしも名乗る。

「俺、あんたのこと知ってるよ」。アイハムが言う。「あんた、ダマスカスから来たんだろ?」

「え、わたし、あなたのことは知らないけど」。わたしは警戒する。

ここはマールキーのカフェではない。わたしはサラの腕をつかむ。

「ね、みんなのところへ行こうよ」

わたしたちは、小さなグループごとに空き地に腰をおろしている人々のあいだを縫って進んでいく。マツ林のこのあたり一帯はビッグ・マンの縄張りだけど、ビッグ・マンはトルコのエーゲ海沿岸を根城にしている何百という密航業者の一人にすぎない。密航業者はおいしい仕事だ。毎日のように何千人もの難民を小さなゴムボートに乗せてギリシャへ送り出している。密航業者どうしのあいだで争いを起こさないようにすることが、誰もの利益にかなう。わたしたちのキャンプから海岸ぞいに数百メートル南へ行ったところには、アフガン人の密航業者が仕切る別のキャンプがある。アフガン人の密航業者はビッグ・マンたちと融通しあって、海が穏やかでトルコの沿岸警備艇が出ていないタイミングを見はからいながら交代でボートを出発させる。警察はそれほど恐れる必要はない。トルコ当局が密航者をつかまえることもたまにはあるけど、海岸ぞいにはいい隠れ場所が無数にあるので、密航を完全に抑えこむのは無理な話だ。

　キャンプの反対側までいくと、ナビーフとマージドが大きなシェルターの端のほうで横になっていた。シェルターは木々のあいだに毛布を張り渡した大きなもので、わたしが中で立てるほどの高さがあった。わたしはナビーフのとなりに腰をおろす。お腹がペコペコだ。イスタンブールを出発してから、スニッカーズを二個食べたきり。マージドに「何か食べ物ない？」と聞いたら、マージドは顔をしかめて首を横に振る。例の若い男二人、アイハムとバーセムもわたしたちについてきた。二人はシェルターの中に腰をおろし、二〇代半ばの黒いひげに濃い眉毛の男の人と話を始めた。その男の人の連れは女性二人で、二人ともヒジャーブを着ている。

　眉毛の濃い男の人はアフマドという名で、ラタキア出身のシリア人だと自己紹介した。わたしはラタキアの海岸ぞいに並ぶヤシの木や高層ホテルを思い出して笑顔になる。アフマドは連れの人たちを指さして、二人は自分の姉妹で、あとは友人だと言った。女の人たちは伏目がちに控えめな笑顔をうかべる。わたしと同じくらいの年の男の子のほうは、友だちのバッシャールだと言う。

　わたしたちは男の人たちとおしゃべりをして時間をつぶした。密航業者は、いまにも出航するようなことを言う。でも、時間ばかりが過ぎて、いっこうにボートは出ない。わたしはお腹が鳴るのを無視しようとした。たとえチョコレートが残っていたとしても、もう溶けたスニッカーズは食べたくないかな、と思う。チョコレートは、短期間ならいい。つまり、空腹感は忘れられるけどトイレには行かずにすむ、ということ。トイレができる場所も、どこにもなかった。わたしは足もとのボトルを見て、顔をしかめる。水もボトル半分しか残っていない。

ナビーフがわたしの考えていることを察して、立ちあがった。

「この近くには店とかぜんぜんないのかな？」。ナビーフが言う。「携帯も充電したいし。ちょっと行って、ビッグ・マンに聞いてくる」

ナビーフは密航業者たちに聞きにいき、すぐにもどってきた。ビッグ・マンの話では、斜面をのぼって道ぞいに行った先に店が一軒あるという。ナビーフはマージドの携帯を預かって、すぐにもどると言って出かけた。わたしもいっしょに行こうかと思ってサラを見ると、サラはマージドのポケットナイフで爪の手入れをしている。

「わっ、サラったら、見た目ヤバいよ」

「ヤバいって？」

「密航業者の奥さんみたいに見える」

「うるさい！」。サラがわたしの腕をドスッとたたく。

わたしが顔を上げたときには、ナビーフの姿はもう木立の奥に消えていた。

木々が地面に夕方の長い影を落とすようになったころ、ようやくナビーフがもどってきた。真っ赤な顔で汗まみれになって、パンパンにふくらんだレジ袋を三個提げている。ナビーフはシェルターにいたわたしたちの横にどさっと座りこんだ。わたしは待ってましたとばかりに袋の中をのぞく。ビニールにはいったよれよれのサンドイッチが六個とセサミスティックが五、六箱。残りの袋二つには水のボトルがいっぱいはいっている。

ナビーフはへとへとだった。店まで歩いて一時間以上もかかったという。おまけに、着いてみたら、そこは店ではなくてガソリンスタンドだったのだという。でも、マージドの携帯を充電できたのは、よかった。ナビーフはポケットから携帯を取り出してマージドに渡す。

「そんなふうに振りまわすなよ」。マージドがビッグ・マンとモーグリの座っているシェルターの端のあたりを気にして言う。「見られるとまずい」。ビッグ・マンとモーグリは、アイハムとバーセムの兄弟としゃべっている。

マージドは自分の腕で囲うようにして携帯を隠し、わたしの両親にメールを打って、みんな無事だけどまだトルコで足止めされている、と知らせる。わたしはサンドイッチの包みを破って、においをかぐ。ジメッとしたパンに白くてしょっぱいチーズとつぶれたトマトのスライスがはさんである。ごちそうではないけど、溶けたチョコレートバーよりよっぽどましだ。

サンドイッチを一口食べて顔を上げると、いっしょのバスに乗っていたイラク人の小さな女の子が目の前にいた。わたしからほんの三〇センチくらいのところに立って、大きな茶色い目がわたしのサンドイッチに釘づけになっている。九歳くらいかな。かわいい無邪気な顔をした肌の浅黒い子だ。明るいブルーのアバーヤを着て、頭に同じ色のヒジャーブをかぶっている。女の子は首をかしげて、お腹の前で両手の指を遠慮がちによじっている。

わたしはにっこり笑って、女の子にサンドイッチを差し出した。女の子はくるりと向きを変えて、一目散に数歩離れた場所にいる母親のところへ走ってもどる。母親はシェルターの少し奥まったところに座り、横に寝かせた小さな男の子の頭を抱いている。母親はわたしのほうを見てほほえんだ。女の子は、まだわたしのサンドイッチを見つめている。わたしは女の子に笑いかけて、セサミスティックを一箱あげた。女の子は箱を受けとって、困ったような顔で笑う。

「おじゃまして、ごめんなさいね」。母親が言う。

「いいえ、ぜんぜん」。わたしは答える。「わたし、ユスラっていいます」

「わたしはウム・ムクタダーと申します」。母親は女の子と横になっている男の子を指さして、「娘と息子です」と言う。

ウム・ムクタダーは男の子のひたいに落ちかかった豊かな黒髪をかきあげてやる。男の子は生気のない遠い目をしている。からだのぐあいがよくないようだ。わたしは男の子を指さして聞く。

「その子、だいじょうぶですか?」

「病気なんです」。ウム・ムクタダーが言う。「専門の医者にかからなければならないのですが、ヨーロッパのほうがいい治療が受けられるので。この子の父親と末の息子がドイツにいるんです」

ウム・ムクタダーは空き地にいるココ(同じバスに乗っていたレバノン系シリア人の若い女性)と、近くに腰をおろしている男の人たちのグループを身ぶりで示して、みんないっしょに旅をしている、と言う。ブダペストまで行って、そこで夫の弟で密入国業者をしているアリーと落ち合って、その先はアリーの手引きでドイツまで行くと言う。

最大の難関はハンガリー

みんな口をそろえたように、海を渡ったあとはハンガリーがいちばんの難関だと言う。ハンガリー国境は警備が厳しいから、国境を越えるには密入国業者を頼まなければならないかもしれない、という話だった。それに、ハンガリー人の多くはイスラム教徒を恐れている。ハンガリーは気をつけなければならない。

シェルターの奥のほうから、くぅくぅという声が聞こえた。見ると、赤ちゃんがいる。ハート形の顔をした男の人が奥さんといっしょに腰をおろしていて、奥さんのほうはわたしとあまり変わらない年齢に見える。二人のあいだに、ビニールの浮き輪にショールをかぶせた即席のベビーベッドがあって、ぷくぷくした色白の小さな足が浮き輪の上で動いているのが見える。若い母親は浮き輪ベッドに顔を近づけて、優しい声で赤ちゃんをあやす。わたしはサンドイッチの残りを口に放りこみ、もぐもぐしながら立ちあがって、赤ちゃんを見にいった。

「何カ月なんですか?」。わたしは浮き輪のベビーベッドを見おろしながらたずねる。

「四カ月半です」。男の人が答える。

男の人は、わたしをしげしげと見ている。男の人と奥さんのそばに二人の女性が腰をおろしている。イスタンブールの広場でサラとわたしをじろじろ見ていた人たちだ。二人のうち一人は年配で、六〇代半ばに見えた。もう一人は赤ちゃんの母親と同じくらい、一八歳くらいに見えた。いっしょにもう一人男の人がいて、なんとなくバスで見かけたような気がする。そのときようやく、その人たちが大家族のグループなのだと気がついた。

「かわいい赤ちゃんですね」。わたしは赤ちゃんに視線をもどして言う。

女の人たちの視線がわたしに集まる。わたしは顔が赤くなる。気まずい沈黙があり、何か言わなくてはと焦(あせ)って、わたしは自己紹介をした。ハート形の顔をした男性は、手を胸に当てて「ザーヘル」と名乗った。そして、連れを順番に指さして紹介した。男の人の奥さん、妹、母親、弟。

「その赤ちゃんは？」。わたしが聞く。

「カマルといいます」。ザーヘルが言う。

カマル――「月」という意味だ。わたしはあらためて赤ちゃんの顔を見る。足をもぞもぞ動かしながら、大きな薄いブルーの瞳でわたしを見あげている。カマルという名前、似合ってると思った。赤ちゃんの首に、赤いひもでプラスチック製の小さなＩＤケースが下がっている。

「それ、何ですか？」。わたしはたずねる。

「迷子札みたいなものです」。ザーヘルが言う。「名前とか、この子を発見した場合の連絡先とか」

ザーヘルはいったん言葉を切ったあと、「その、万が一の場合に……」と付け加えた。

わたしは頭の中にうかんだ光景を打ち消そうとした。この赤ちゃんが犠牲者の一人に数えられる光景。見知らぬ海岸に打ち上げられた身元不明の溺死体。

「わたしたちがいっしょに乗ってたら、万が一なんてことは起こりませんから」。考える前に言葉が口をついて出た。「わたしの姉とわたしは水泳の選手なんです」

女の人たちは目配せしあい、サラのほうを見た。サラはバッシャールとおしゃべりして笑いながら、手に長い枝を握って地面に何やら丸をいっぱい描いている。わたしは笑顔の外交を切り上げて、仲間たちのところへもどった。

空き地を囲む木立の先に太陽がぐんぐん沈んでいく。アイハムとバーセムの兄弟が、わたしたちのところへ来て腰をおろす。二人のほかにもう一人、手首にダイヤモンドの刺青をした男の人がいて、名前はアブドゥッラーだという。

「ふーん。あんたたちが、その有名な競泳姉妹ってわけか」。アブドゥッラーが言う。

わたしはアブドゥッラーと目が合って、顔が赤くなる。

「そう、わたしたちのこと」。サラが応じる。「泳ぎだったら、あんたたちの誰にも負けないよ」

アブドゥッラーが笑う。

「陸（おか）の上じゃ、そうはいかないだろ」

「やってみる？」。サラが挑発する。

わたしはまた顔が赤くなり、アブドゥッラーから目をそらす。少し離れたところで木の下に座っているカップルが目にはいった。薄暗がりの中で、思わずわたしはその二人を見つめる。二人は手を握りあい、口づけしあっている。わたしはどぎまぎした。バッシャールがわたしの視線に気づいた。

「俺の兄貴なんだ」。バッシャールが言う。そして、わたしの表情に気づいて、「あれは、兄貴の奥さん」と言う。

「ごめん、その……」。わたしは言葉につまる。

バッシャールが笑う。

「わかる。あの二人、いつもああなんだよ。二、三週間前に結婚したばっかりでさ」

「ロミオとジュリエットか」。サラがくすくす笑う。「なかなかのハネムーンだよね」

密航業者のモーグリとポニーテールが薄暗い木陰からぬっと姿を現して、わたしたちの会話に加わる。

「あんた、結婚してんのか?」。ポニーテールがわたしの横に腰をおろしながら聞く。

「いいえ」。わたしは強い口調で答え、また暗い表情になる。「わたし、競泳選手なんです」

シェルターの中の人たちが寝じたくを始める。ザーヘルの母親がその場を仕切ってくれて、わたしはほっとする。ザーヘルの母親はわたしたちを手招きし、シェルターの中でほかの女の人たちといっしょに寝ましょう、と誘ってくれる。

「はい、そうします、お母ちゃん」。サラが笑いながら言う。

わたしは茶化す気分ではなかった。日の名残が消えようとしているこの状況で、〈お母ちゃん〉がいてくれてよかったと思った。わたしたちの服装や何かは気に入らないかもしれないけど、〈お母ちゃん〉は知恵も常識もある。わたしは立ちあがり、シェルターの外に広がるざらついた夜の景色を眺めた。アフガン人のキャンプと合わせたら、この海岸だけで少なくとも一〇〇〇人の他人どうしが一夜を過ごすことになる。わたしは〈お母ちゃん〉やほかの女の人たちといっしょに寝ることにした。女の人たちの真ん中で、カマルが浮き輪のベビーベッドに寝ている。赤ちゃんによりそって、母親が横になっている。ウム・ムクタダーもすぐそばで、二人の子供たちと横になっている。男たちはわたしたちを囲むように外側で輪になって寝る。

〈お母ちゃん〉がわたしに寝袋を渡してくれた。レバノン系シリア人のココが寝袋の反対側をつかんだので、わたしたちは二人でいっしょに寝袋を使うことにした。寝袋にはいろうとするわたしに、サラやマージドやほかの仲間たちが、貴重品のはいったビニール袋を預ける。わたしは貴重品の袋を寝袋の足もと深くに押しこむ。サラはシェルターの端っこでバッシャールやほかの男たちとまだ起きている。男たちはタバコのあかりがもれないようにタバコの先端を手で囲って吸っている。わたしはサラの笑い声を聞きながら寝返りを打ち、硬い地面の上でなんとか寝心地のいい場所を探した。

よく眠れなかった。地面は硬いし、石ころや枝があってゴツゴツしている。周囲には他人の手や足が折り重なっているし。キャンプの地面は少し斜面になっているので、眠りに落ちるたびに斜面を転がりそうになる。八月一八日、東の空に夜明けの光がさしはじめたとき、ヘリコプターが飛んできた。頭の上で巨大な昆虫が羽を震わせるような爆音がして、わたしは目をさました。心臓がどきどきしたけど、シリアで無差別砲撃を経験したあとだったせいか、さほど差し迫った危険は感じなかった。危険というより、好奇心のほうが大きかった。

わたしはココを起こさないよう気をつけながら寝袋から這(は)い出した。シェルターの下から頭を出して見ると、木々の枝葉のあいだを通してさしこむ白い光の束(たば)があたりを動きまわっている。シェルターの毛布が風にあおられて、はためく。真上にヘリコプターがいた。拡声器の大音量で割れた声がトルコ語で何か叫んでいる。サラも顔をこすりながら出てきて、目をくらませるサーチライトを手びさしでさえぎりながら空を見あげる。風で髪がぺしゃんこにつぶされる。わたしたちはシェルターのすぐ外に立ちすくんだまま、なすすべもなく空を見あげる。拡声器からまた声が降ってくる。こんどはアラビア語だ。

「出てきなさい！　そこにいるのは、わかっている！」

わたしはサラを見る。逃げたほうがいいんだろうか？　サラもその場に固まったまま、頭上にそびえる木々のこずえをなめるように移動するサーチライトを見つめている。ビッグ・マンが走ってきた。表情は落ち着いているけど、手には小さなピストルを持っている。

「何なの？」。サラが聞く。

「何でもない、何でもない」。ビッグ・マンが言う。「気にするな。ここは俺たちがちゃんと仕切ってるから。座って待ってろ。すぐにいなくなるから」

ビッグ・マンの言うとおりだった。三〇秒もすると風の勢いが弱まり、ヘリコプターは上昇して内陸のほうへ去っていった。うるさい音も遠のいた。サラとわたしはヘリが完全に見えなくなるまで黙ってじっとしていた。そのあと、わたしは伸びをし、あくびをして、また寝袋にもぐりこんだ。ココはもぞもぞ動いて寝返りを打ったけど、また深く規則的な寝息が聞こえはじめた。わたしは毛布を張ったシェルターの天井を見つめたまま、眠れずにいろいろなことを考える。そのうちに、朝の光がキャンプにさしこんできた。

ザーヘルや〈お母ちゃん〉たち一家は夜明けとともにそっと寝床(ねどこ)を離れ、シェルターを出てお祈りをしにいく。わたしも起きたけど、べつにやることもない。午前中ずっとキャンプの中を歩きまわりながら、バーガーキングのことを考えないようにする。ぐうぐう鳴るお腹から気をそらすために、男の人たちとおしゃべりする。太陽が真上まで昇り、ザーヘル一家が二回目のお祈りをしていたところへ、ポニーテールが頭をひょいと下げてシェルターにはいってきた。密航のボートが用意できたという。誰が先に行くか、決めなくてはならない。お祈りをしていたザーヘルが立ちあがり、手をあげた。わたしは〈お母ちゃん〉から赤ちゃんのカマルへと目を向ける。この人たちは、こんな食べ物も建物もないところに長くはいられない。ザーヘルの一家が最初に行くのは当然と思われた。

次に手をあげたのはウム・ムクタダーだった。二人の幼い子供を連れたイラク人の母親だ。わたしはウム・ムクタダーの小さな息子に目をやる。青い顔をして、にこりとも笑わない。すぐに医者にかかったほうがよさそうだ。わたしがパチンと指を鳴らしただけでこの子がパッとドイツの医者のところへ行けたらいいのに、と思う。ポニーテールが二家族を見てうなずき、ほかに最初のボートに志願する者がいないかと見まわす。わたしは空き地をぐるっと見わたした。わたしたちのグループの男たちの姿がない。はとこのナビーフとマージドも姿が見えないし、ムハンナドとブロンディも、どこにいるのか。バーセムとアイハムはそわそわしながらわたしとサラを見ている。わたしは二人に向かって肩をすくめた。あとの四人がいなければ、行くわけにはいかない。

ココが立ちあがって、ボートに乗りたいと申し出た。刺青(タトゥー)のあるアブドゥッラーも立ちあがり、続いてバッシャールと三人の男たちが立ちあがった。これで一五人になる。ポニーテールは頭をひょいと下げてシェルターの外に出ると、ボートに乗ると申し出た人たちについてくるよう手招きして歩きはじめた。数分のあいだ、キャンプは上を下への大騒ぎになった。ボートに乗る人たちがなけなしの荷物をかきあつめ、キャンプに何を残していくか即断しなくてはならなかったからだ。みんな木の根もとに山のように衣類を残し、貴重品のはいった小さなビニール袋だけを持った。ザーヘルの奥さんが赤ちゃんのカマルをショールに包んで、肩によりかからせるように抱く。さよならを言う間もなく、一家は行ってしまった。わたしは赤ちゃんのために心の中で祈りの言葉をとなえる。

サラがさっと立ちあがった。

「ね、見にいこうよ！」。サラが言う。

耳が聞こえなくなりそうなセミの鳴き声を浴びながら、サラとわたしはマツ林の急斜面をのぼって、海岸に突き出した岩の上に出た。ここからだと海がよく見える。汗びっしょりになりながらわたしたちが岩の上に着いたとき、ちょうど小さな人影をいっぱい乗せた灰色のゴムボートが眼下の木々におおわれた海岸線から出てきた。エンジンがかかる音がして、ボートの船尾から白い煙が小さく上がる。海は鏡のように穏やかだ。容赦ない真昼の太陽に射りつけられながらボートが海へ出ていく後ろ姿を、わたしたちは黙ったまま見送る。わたしはまばゆい光に目を細めながら、ひたいの汗をぬぐう。

沈黙を破ったのはサラだった。

「海に出たあと、もし何かあったらどうするか、あんた、わかってるよね？」

わたしは黙っている。

「ユスラ、あんた、どうするか、わかってるよね？」

わたしはゴムボートが鏡のような水面に澪を引いてエンジンの音も快調にヨーロッパへ向かって行くのを見つめる。カマルの月のように大きな瞳、首にかけたＩＤカードのことを思った。

「どういう意味？」。わたしは聞く。

サラはわたしの両肩をつかんでふりむかせ、正面からわたしを見る。

「もし海に出てボートが沈んだら、あんた、泳ぐのよ」。サラが言う。「聞いてる？　ほかの人たちのことなんか考えずに、泳ぐの。あんたとわたしは泳げるんだから。わかった？　わたしたちは助かるんだからね」

わたしはまぶしい光の中で目を細めてサラの顔を見る。サラは本気の顔をしている。

「ユスラ、聞こえてんの？」

わたしはうなずいて向きを変え、マツ林の木陰へ下りていく。

9

笑っちゃうくらい小さなゴムボートに二四人

「悪いニュースだ」。シェルターにモーグリがやってきて、最後まで残っていたわたしたちの前にしゃがみこむ。「おまえらのボートがぶっ壊された」

わたしはがっくりきた。つまり、今夜もまた海を渡れないのか。このマツ林の中で、また一夜を過ごすことになるのか。密航業者がかわりのボートを見つけてくるまで、待つしかない。それがどのくらいかかるのか、誰にもわからない。あしたかもしれないし、あさってかもしれない。お腹がぐうぐうと抗議の音を出した。八月一八日の夜。ここへ来て、もう二日になる。

「こんなんじゃ飢え死にしちまうよ」。ムハンナドが言う。「いつまでここに置いとくつもりなんだ？　女や子供だっているんだぞ。あした渡してもらうか、でなけりゃ、俺たちはイスタンブールにもどる。手間賃は一銭も払わないからな」

そうだ、そうだ、という控えめな声がシェルターの下に残っている人たちのあいだからも上がる。話をしているあいだに、初めて見るイラク人の女性がグループに加わった。腕に赤ちゃんを抱き、幼い女の子と男の子が後ろにくっついている。ビッグ・マンがシェルターにはいってきたので、不満のつぶやきはやんだ。「あしたには出発する」。ビッグ・マンが断固(だんこ)とした口調で言う。

「ボートは手に入れる。ここにいる者全員、あした出発する」

わたしは周囲を見まわす。この日の午後にまた何隻(せき)かボートが出ていっていたので、キャンプは人がまばらになっていた。それでも、まだ二〇人以上は残っている。この全員がまとめて一隻のボートで出航するなんて、ありえない。ビッグ・マンはさっと手を振って、出ていってしまった。モーグリはわたしとサラをちらっと見たあと、くるりと向きを変えてマツ林の中へ消えた。

三〇分後、モーグリが細長いテント地の袋を抱えてもどってきた。

「プリンセスお二人のための宮殿(きゅうでん)をお持ちしましたよ」。モーグリはにやにや笑いながらテントをわたしの足もとに放り投げる。「きみのためさ、ハビブティ」

最初の日にビッグ・マンといっしょに腰をおろしているところを見かけた男の子と年配の男性が、テントを見に近づいてきた。年配の男性は男の子の父親で、イドリースという名前だった。イドリースが手を貸してくれて、わたしたちはシェルターのすぐ外にテントを張った。息子のムスタファーが真剣な目つきでわたしたちを見ている。その夜、わたしはサラと並んでテントの中で横になり、キャンバス地の天井を見つめていた。ダマスカスのにぎやかな旧市街の風景が思い出される。母とシャヒドが市場で買い物をしている光景がまぶたにうかぶ。ダマスカスの家族のもとに帰りたい……と思いながら、わたしは眠りに落ちた。

翌八月一九日の朝、空が明るくなると同時にわたしは起きた。キャンプの中を歩きまわる。お腹がぐうぐう鳴る。海に突き出した大岩の上まで一人で行ってみる。海が見たい。朝もやが晴れて、対岸の島の緑と茶色の丘が見えてきた。これまでよりずっと近くに見える。手を伸ばせば届きそうなくらいだ。

キャンプにもどると、ビッグ・マンが片腕をつかんでよろめくようにはいってきたところだった。血が出ている。アイハムが包帯がわりにTシャツを渡す。ビッグ・マンの話では、海岸でアフガン人の密航業者たちとけんかになったのだという。わたしたちが乗るボートを切り裂いたのは、おそらくその連中だろう。アフガン人の密航業者たちは、ビッグ・マンが取り決めを破って一度に多くのボートを出航させたのを怒っているらしい。

モーグリがキャンプに駆(か)けこんできて、あわててボスを手招(てまね)きする。ビッグ・マンは血のついたTシャツをアイハムに返して、モーグリについて海岸のほうへ下りていく。昼の一二時ごろ、ビッグ・マンとモーグリとポニーテールの三人がもどってきた。焼けつく暑さのなかで、三人とも真っ赤な顔に汗をかいている。

「ヤッラー」。ビッグ・マンが両足を大きく開き、手をたたいて声をあげた。イスタンブールの広場で見たのと同じだ。「出発だ。全員、俺についてこい。いますぐだ。救命胴衣をつけろ。急げ。時間がない」

空っぽの胃を恐怖と興奮が駆けぬける。いよいよだ。わたしはあわてて立ちあがり、テントへ荷物を取りにもどる。すでにサラがテントの入口のファスナーを開けて、わたしたちの荷物を持って出てくるところだった。サラはもういちどテントの中にひっこみ、救命胴衣のはいった袋を外へ放り出した。

「荷物はぜんぶ置いていけ」。背中からモーグリの声が聞こえた。「荷物を載せるスペースはないぞ」

　サラは肩をすくめ、リュックをその場に残したまま、モーグリのあとを追う。キャンプを出て左に曲がり、石だらけの急な小道を下って、海岸に向かう。わたしの持ち物は、身につけている服と、貴重品を入れたビニール袋だけだ。わたしはカーキ色の救命胴衣を着け、足もとを見る。ウォーキングブーツ。でも、ビーチサンダルにはきかえる時間はない。わたしはサラとモーグリのあとから坂道を滑り下り、石ころだらけの狭い海岸に出た。そこは両側に高い岩の壁があって、外からは目につきにくい場所だった。

　一人また一人と、グループになった人たちが小道から海岸へ下りてくる。イドリースは息子のムスタファーを肩車して下りてきた。そのあとから赤ん坊を抱えたイラク人女性が下りてくる。すぐ後ろに女の子と男の子が手をつないで続く。そのあとにソマリ族の女の人が下りてきた。見たことのない顔だ。それからバーセムとアイハムの兄弟が続き、アフガン人が二人続き、イラク人が二人現れ、見たことのないスーダン人が五人下りてきた。最後に下りてきたのは、ムハンナドとナビーフとブロンディとマージドだった。わたしは下りてくる人たちを数えた。わたしとサラを入れて、二四人。

　ビッグ・マンはその場にいなかったけど、ポニーテールがわたしたちを待っていた。ズボンの裾をまくりあげ、緑色の浅瀬に膝までつかって、腰をかがめて灰色のゴムボートをつかまえている。空気でふくらませたゴムボートがポニーテールの背後でぷかぷか波に揺られている。近くで見ると、笑っちゃうくらい小さなボートだ。長さが四メートルくらいしかない。観光客用のおもちゃみたいなものだ。ボートの側面は分厚いゴムチューブでできていて、左右のゴムチューブが船の先端で一つに合わさって舳先になっている。ゴムチューブの上側にはぐるりと細いロープが付いている。ボートの中に座席はなく、ただ平らな船底があるだけ。ボートの後部は膝の高さくらいのプラスチック板でできていて、そこに小さな白い船外機がついている。スターター・ロープを引っぱって始動させるタイプのエンジンだ。わたしたち全員が乗れるのかどうか、考える暇もなかった。

「早く、さ、早く」。ポニーテールがあいているほうの腕を振ってせきたてる。「早く乗って」

モーグリに腰を押されて、アイハムがつんのめるようにゴムボートに乗った。それをきっかけに、みんながわれ先にボートに殺到した。モーグリがスーダン人の男を脇へ押しのけて、わたしたちやほかの女性と子供をボートの先端に近いほうへ誘導する。赤ちゃんを抱いて身動きできないイラク人の母親にかわって、サラが女の子を抱きあげてボートに乗せてやる。

ボートが大きく揺れる。ポニーテールがなんとか揺れを抑えようとする。わたしは左右のゴムチューブが一つに合わさる舳先に腰をおろして、なるべく小さくからだを丸める。ボートには、ありえないくらいたくさんの人が乗った。そのせいで船体が異常に沈んで、船べりが海面すれすれだ。船べりのゴムチューブをちょっと押し下げただけで水がはいってきて、みんな水びたしになるだろう。

「みんな、できるだけじっとしてて」。ボートの後方で背中を丸めて座っているムハンナドが声をかける。ポニーテールとモーグリがボートを押して、海の水が肩くらいの深さになるところまで進める。そのあと、モーグリが船べりを押し下げて、ボートによじのぼった。海水がボートに流れこんだ。

「気をつけろ」。揺れるボートの上でムハンナドが声をかける。わたしの背後で舳先が下がり、水がはいってきて、ジーンズのお尻が濡れた。

わたしは子供たちを見る。何かがおかしい。このボートにこんなにたくさんの人が乗るのは無理だ。モーグリは混みあった人の手足を押しのけるようにしてボートの後部に立ち、エンジンのスターター・ロープを引く。反応なし。三度めで、ようやく咳きこむような音をたててエンジンがかかり、白い小さな煙があがった。ボートがゆっくりと岸を離れる。と思ったら、数秒もしないうちに、背後からはるかに強力なエンジンの音が聞こえた。肩ごしにふりかえると、白い高速のモーターボートがぐんぐん近づいてくる。

「まずい！」。モーグリが叫んでエンジンを切る。「みんな、ボートから下りろ。急げ！」

モーターボートは速度を落とし、わたしたちのゴムボートをぐるりと巻くようにして正面に回った。船首に赤いストライプ、片方の船腹に黒い文字。トルコの沿岸警備艇だ。モーターボートはわたしたちのボートをさえぎる形で停船した。ポニーテールが浅瀬から何か叫びながら、しぶきをあげて走ってくる。わたしは舳先から下りて、ほかの人たちといっしょにゴムボートを海岸へ引きもどす。ほとんどの人たちは、まだゴムボートに乗ったままだ。後方でモーターボートから拡声器の声が響く。

「わたしの子供たちは泳げないんです」。ゴムボートの上でイラク人の女性が叫ぶ。サラがボートの中へ手を伸ばしてイラク人女性の娘を抱き取り、水に濡れないところまで運んで下ろしてやる。イラク人女性の息子のほうは、ボートの上で泣き叫んでいる。サラは水の中を歩いてまたボートにもどり、男の子を抱きあげる。

前へ踏み出そうとしたわたしの右足が、いきなり後ろに引っぱられた。抜こうとしても、動かない。ブーツが海底の大きな岩のすきまにはさまってしまったようだ。男の人たちが先を争うようにボートの舳先から海に飛びおり、わたしを左右から乱暴に押しのけて岸のほうへ走っていく。

「ちょっと、気をつけてよ！」。わたしは叫ぶ。「足がはさまってるんだから。助けて！」

みんなパニックになっていて、わたしの声など聞こえないようだ。足が抜けない。誰かに後ろから突き飛ばされて、わたしは前につんのめった。とっさに両手を出したら、磯のとがった岩で手のひらをすりむいた。頭から肩まで水没して、鼻から海水がはいってきた。岩にはさまれたままの足首をひねったようで、鋭い痛みが走った。わたしは立ちあがり、ハアハアと息をつく。

モーグリとポニーテールがゴムボートを海から引き上げている。その先を走って逃げる人たちは、マツ林に姿を消そうとしている。サラを見ると、背中に女の子をおぶって、大泣きする男の子の手を引いている。サラも腰をかがめてマツ林の奥に消えた。

「待ってよ！」。わたしは激しい呼吸の合間に叫ぶ。

息が乱れる。両手で右足を引っぱる。でも、岩にがっちりはさまっていて抜けない。サラはふりむいてくれない。

「サラ！　待ってってば！」

みんなが逃げたあと、最後に二人の密航業者が左右からゴムボートをつかんで石ころだらけの坂を駆けあがっていく。あっという間に小さな入江には人がいなくなった。わたしは一人だけ取り残された。背後の海では沿岸警備隊のモーターボートがエンジンを吹かしている。パニックになって泣きじゃくりながら、わたしは水中に手を入れて、右足のブーツの靴ひもをほどこうとした。結び目をほどき、両手でブーツを押さえて、足を引き抜こうとする。でも、びくともしない。

「お願い、頼むから……」。わたしはうめき声をあげながらブーツのかかとをつかみ、足を引っぱる。

やっと緩んだ。足が靴から抜けた。助かった。わたしは荒い呼吸で泣きじゃくりながらブーツの右足を捨て、水を蹴立てて岸まで走り、ずぶ濡れの靴下だけになった片足を引きずりながら石だらけの急斜面を駆けのぼる。そしてマツ林を這うようにしてのぼり、右足をかばいながらキャンプへもどる。空き地の端のところでサラが待っている。わたしはふらつきながらキャンプにもどった。息が切れ、涙が止まらない。ぐったりとその場に座りこみ、両腕で膝を胸に抱きよせて、腕に顔を伏せる。過呼吸になっている。

「ユスラ?」。サラがわたしの前まで来て地面に膝をつく。「どうしたの? 何があったの?」

わたしはパニックで返事もできない。少し離れたところでイラク人の母親がわめいている。

「あんたら、みんな、あたしの子供なんぞ溺れりゃいいと思ったんだろう! もうあんなボートに乗るものか! あんたらみんな人殺しだよ。あたしに触らないでおくれ!」

わたしは母親の叫び声を頭の中から締め出して、呼吸を整えることに集中する。ようやく落ち着いてしゃべれるようになったころには、イラク人の親子は姿を消していた。無理もないと思う。みんな、神経が高ぶっている。ギリギリで、余裕がなくなっているのだ。誰だってキャンプを離れたい思いは同じだ。でも、さっきのボートを見てしまった。エンジンが不調なのも見てしまった。人の重さでボートが沈みかけるのも見てしまった。

その日の午後は、いやな予感の重苦しい空気に包まれていた。マージドはうろうろ落ち着かない。早く出発したいのだ。きょうボートで出航するか、でなければイスタンブールに帰る。ここでもう一夜を過ごすのがありえないことは、はっきりしている。ビッグ・マンがキャンプにもどってきて、大股で歩きまわっている。いらついているようだ。沿岸警備艇さえいなくなればいつでも出航できる、と、ビッグ・マンは言う。

わたしは使いものにならなくなった片足だけのブーツを脱ぎ、木の茂みに放り投げた。着ていたものは、午後の暑さですぐに乾いた。サラがわたしたちの衣類を地面に敷いてくれたので、わたしはその上に横になった。風が出てきた。マツのこずえを渡る風の音が心地よく、動揺がいくらかおさまった。わたしはうとうとと眠りかけた。

「よし、行くぞ！　みんな、行くぞ！」。ビッグ・マンのどなり声が聞こえた。

わたしは目を開き、ハッと起きあがる。ビッグ・マンが空き地に駆けこんできて、救命胴衣を着けろとどなっている。わたしのすぐ脇に立っているマージドが青い顔をしている。マージドはわざとのろのろとした動作でビニール袋から携帯を取り出し、何か打ちこんだあと、携帯の電源を切って袋にしまった。そして、片腕を救命胴衣につっこみながら、わたしを見おろす。わたしはまだぼんやりしたまま、あたりを見まわした。

「いま何時？」

「夕方の六時ごろ。起きろよ、ユスラ」。救命胴衣のベルトをウエストまわりで締めながらマージドが答える。「おまえの父さんと母さんにこれから出航するって伝えといたよ」

わたしはビーチサンダルをつっかけ、救命胴衣を着けた。今回は密航業者たちも急げとは言わなかった。わたしたちは黙ったまま、さっきと同じ道を海岸のほうへ下りていった。風が強くなって、おだんごに結っていた髪がほつれて、顔にまとわりつく。わたしは母のこと、父のこと、シャヒドのことを思った。いまごろ三人はどこにいるのだろう？　誰といっしょにいるのだろう？　何をしているのだろう？　またいつか三人に会えるだろうか？

木立がとぎれるところまで来ると、小道は急坂になって海岸へ下りていく。海を見たとたん、足がすくんだ。入江の中でさえ、緑色の海は激しく波だち、岩に当たって砕(くだ)けている。その先にはもっと暗い色をした海が広がり、白い牙(きば)のような波頭(なみがしら)が無数に見える。

前回と同じように、ポニーテールが浅瀬に立っている。腰まで海の水につかっているけど、今回は数秒ごとに波にあおられて足を踏んばらなくてはならず、背後に浮かんでいる小さなゴムボートはうねる波にもてあそばれて激しく揺れている。風が吹きつけて髪が後ろへ飛ばされ、ジーンズが足に貼(は)りつく。ボートに乗ろうとみんなが殺到して、ボートが転覆(てんぷく)しそうに大きく揺れた。

ポニーテールとモーグリがボートを引っぱって海へ出ていき、波頭が岩に砕けないていどの深さのところまで来た。イラク人の女性と子供たちがいなくなったぶんだけ、ボートが浮かんでいる。モーグリがボートによじのぼる。スターター・ロープを四、五回引くと、エンジンが震えて始動した。船首が上がり、ゴムボートは揺れながら入江を出る。

モーグリが船尾に座っていたアフガン人の一人を呼びよせる。二人は一分ばかりエンジンの上にかがみこんでいた。そのあと、ひとことの説明もなしに、モーグリが両足を船の外に垂らして船尾から海へ下りた。そしてそのまま、波をかきわけて下手くそなクロールで岸へもどっていった。わたしは口をあんぐり開けたまま、それを見ていた。自分たちでボートを操縦しなければならないなんて話は、聞いてない。わたしはサラの肩をたたく。サラがふりむく。わたしはさっきまでモーグリがいた場所を指さす。

「モーグリ、いっしょに来ないの？」。わたしはエンジンの音にかき消されないよう大声で言う。

サラは肩をすくめ、首を振る。

入江を出ると、はるかに大きな波が黒くのしかかってきた。次から次へと押し寄せる波は、夕陽を反射して金属的な光を放っている。ゴムボートは最初の大波に舳先から乗り上げ、波頭に持ち上げられ、波間（なみま）に向かって急降下した。壁のようにそそりたつ冷たい海水を背中からかぶって、わたしはびしょ濡れになった。海水はわたしの肩を越えてボートに流れこみ、ボートが次の波に乗り上げたところで船首から船尾に向かって流れていった。ボートはふたたび波間に急降下し、また舳先が海水に突っこみ、わたしは背中から海水をかぶる。

わたしは顔にかかった髪をかきあげ、メガネが波にさらわれないようにはずす。メガネなしでも、見えないことはない。ただ、細かい部分がちょっとぼやけるだけ。こんなことになるとは思っていなかった。ボートに乗っているのに、ずぶ濡れになるなんて。船尾で舵（かじ）を操（あやつ）るアフガン人が次の波を読みちがえ、ボートが真横から波をくらった。波頭がボートの下を横切り、乗っている人たちが右に傾く。みんなの中から最初に祈りの声があがったのは、このときだった。

「ヤー・アッラー！」。イドリースが声をあげた。「アッラーのほかに神はなし」

また一つ波を越えながら、わたしも口の中で祈りの言葉をとなえる。波の谷間に白いしぶきが上がり、背中と腕に海水をかぶる。風が吹きつけ、ぞっとする寒さだ。

エンジン停止

「至高なるわが主アッラーに栄えあれ」。ムハンナドが言う。

ほかの人たちも祈りに唱和し、ボートが波に持ち上げられるたびに祈りの言葉がくりかえされる。いまにも止まりそうなエンジンの音。ボートの乗客たちがとなえる祈りの言葉。アフガン人が一つずつ波を乗り切って、ボートは進んでいく。幼いムスタファーが命乞いの祈りをとなえる大人たちをおもしろそうに笑いながら見ている。

「アスタグフィル・アッラー。アッラーよ、許したまえ、アッラーよ、守りたまえ」。わたしはムスタファーの顔を見つめながらつぶやく。

海に出て一五分ほどたったところで、エンジンが咳きこむような音をたてて止まった。ボートのスピードが落ち、舳先が下がって水面に突っこむ。祈りの声が止まった。誰ひとり口を開かない。みんなの視線がアフガン人に集中する。アフガン人がエンジンのスターター・ロープを引く。全員が耳をすます。ボートは波にもてあそばれてくるくる回り、波に持ち上げられ、波間へ落ちていく。エンジンはうんともすんとも言わない。

大きな波が背後からせり上がってきて、ボートが船尾から持ち上げられた。ナビーフがボートの側面のチューブに張りわたされているロープをつかむ。わたしも同じようにつかまった。ボートは波頭を越えて、船尾から波間へ急降下し、くるくる回転して、アフガン人が背中から白い波をかぶる。ボートに水が流れこみ、足もとにかなりの量の水がたまった。みんなパニックになって、一段と大きな声で祈りの言葉をとなえはじめた。

「いらないものは海に捨てろ」。ムハンナドが立ちあがり、ゴムチューブにつかまりながら叫ぶ。

みんなが荷物や靴をボートの外に投げ捨てる。そして、両手でボートの底にたまった水をすくって、船べりから外へ捨てる。でも、そんなことでは追いつかない。ボートが波間へ突っこんでいくたびに、もっとたくさんの海水が流れこんでくる。ボートはくるくる回転し、横波を受けるたびに転覆しそうになる。このままエンジンが動かなければ、ボートが沈むのは確実だ。わたしは恐怖のまなざしでボートの下に逆巻く白い波を見つめる。この波の中に投げ出されたら、ほかの人たちは助からないだろう。

「なんとかしないと」。ムハンナドは祈りの声を聴きながらボートのまわりを必死の形相で見まわし、覚悟を決めた顔つきになった。

「アッラーのほかに力はなし」。ムハンナドはそう言い、腰をかがめてボートの周囲にめぐらされたロープをつかんだ。そして、片足を船べりのゴムチューブの外に出して、チューブにまたがった。それから上体を前に倒し、もう一方の足もチューブをまたいで船の外に出す。ロープにぎゅっとつかまったまま、ムハンナドはだんだんからだを下げていき、胸まで荒れる波につかった。目をカッと見開いて、真っ青な顔をしている。わたしは賞賛のまなざしでムハンナドを見る。この人は、泳げないのだ。わたしは自分の背後の水面を見おろす。ムハンナドが下りたおかげで、ゴムボートがさっきより少し高く浮いている。

サラが立ちあがった。そして、貴重品のはいったビニール袋をソマリ人の女性に預けると、ふりかえって海を見おろした。

「われらはアッラーに仕え、アッラーのもとへ帰る者なり」。サラが祈りの言葉をとなえる。そしてムハンナドと反対側の船べりのロープをつかむと、ゴムチューブをまたいで海の中に姿を消した。わたしは口をあんぐり開けたままサラを見る。

サラが海に下りたおかげで、ゴムボートはまた少し浮かんだようだった。ムハンナドのアイデアは功を奏している。それでも、ボートはまだまだ沈みすぎている。わたしはスターター・ロープを引っぱるアフガン人を見つめ、必死の祈り声に耳を傾ける。

胸がどきどきする。わたしは水泳選手だ。こんな場面でなすすべもなく泣いている場合ではない。わたしも力にならなくては。このボートに乗っている人たちの身に何かあったら、わたしは一生自分を許すことはできないだろう。周囲にいる人たちの顔を見まわす。幼いムスタファーは、まだ笑っている。まるでこれが面白い遊びだとでも思っているかのように。ナビーフは真っ青な顔で震えている。マージドは吐きそうな顔をしている。ソマリ人の女性はわたしのことをじっと見ている。

わたしは立ちあがり、メガネをマージドの膝に放った。そして、船べりのロープを握り、迫ってくる大波を見る。一瞬、怖くなって、ためらった。こんな海にはいったことは一度もないのだ。わたしは船べりから身を乗り出してサラを見る。サラは立ち泳ぎをしながら迫ってくる大波を見すえている。サラがわたしのほうを向いた。

「ダメよ、ユスラ!」。サラがどなる。「ボートに乗ってなさい!」

わたしは顔をしかめ、首を横に振る。

「聞こえないの?」。サラがどなる。「マジだから! 乗ってなさいってば!」

わたしはロープをつかみ、両足をゴムチューブの外に垂らして、波間へ下りていく。

10

「わたしは水泳選手なんだから」

必死に祈る人々の声をさえぎってサラがどなる。

「ユスラ！　ちょっと、どういうつもり⁉」

わたしは姉の声を無視する。大波にからだが持ち上げられ、落とされる。救命胴衣の肩のところが耳の横まで持ち上がる。海にはいってみたら、水は思ったほど冷たくなかった。少なくとも水面に近いところは。わたしは片方の手首にロープをしっかりと巻きつけ、指で握りしめる。

「ユスラ！」。また姉のどなり声が聞こえる。「ボートにもどりなさい！」

「もどらない！」。わたしはどなりかえす。「わたしだって泳げるよ。なんで海にはいっちゃいけないの？」

「だって、あんた、メガネしてないでしょ」。サラが言う。「目がまわって気絶したらどうするの。自分ではどうにもならないこと、わかってるでしょ。気絶したら、どうするの？　ロープから手が離れて――」

わたしはサラの言葉をさえぎる。

「そんなに危ないんなら、なんでサラは海にはいってるのよ?」。わたしはどなりかえす。「落ち着いてよ。わたしは水泳選手なんだから、だいじょうぶ」

わたしは一歩も引かない勢いでサラをにらむ。ここを動くものか! アフガン人がスターター・ロープを引く。何回かに一回は弱々しい音がするけど、エンジンはかからない。これは悪夢だ。悪夢にちがいない。悪夢なら、終わりがあるはず。わたしはロープを握る手にいっそう力を込める。

波と波の合間に、対岸の島が見える。ぼんやりかすんだ緑の丘のところどころに灰色の岩が散らばっている。こんなに近いのに。でも、こんなに近く見えていても、助からないときは助からないのだ。たぶん三〇分もあれば行ける距離だ。三〇分だけ、がんばろう。死んじゃだめ。心を強く持って。サラもいっしょだし。ほかの人たちは泳げないのだ。わたしたちなら、みんなを救うことができる。

ちっぽけなゴムボートは波に運ばれて持ち上がり、落とされ、流され、くるくる回る。アフガン人がスターター・ロープを引く。エンジンはもう弱々しい音さえたてなくなった。スーダン人の一人がムハンナドにならって海にはいる。これは効果があった。わたしたちの体重がなくなれば、それだけボートは浮く。でも、エンジンが動かなければ、波にもまれる中で、ボートの舵は役に立たない。波に持ち上げられるたびに、ゴムボートはバスタブに浮かべたおもちゃのようにくるくる回る。

また大波が押し寄せてきて、暗い海がせり上がる。ボートはくるりと回って、後ろ向きになった。次の波を下手な方向からかぶれば、転覆するだろう。

「ボートを回せ」。ムハンナドが叫ぶ。

わたしたちは立ち泳ぎをやめて、足で水を蹴り、ボートの舳先を左へ、めざす島の方向へ向ける。ボートは大波に真正面から乗り上げ、波頭から波間へと急降下する。

プールは海とはちがう。プールの水は無限ではないし、波も立たない。得体の知れない怖さもない。プールにはプールサイドがあるし、底もある。海の大波にもてあそばれて浮き沈みする感覚は、からだにまったくおぼえがなく、まるで自分が泳ぎを知らない人間になったような感じがする。

足で水を蹴り、水を押したりかいたりしても、何の役にも立たない。いくら水泳の心得があっても、この大波の中では、人間の泳ぐ力だけでゴムボートを動かすのは無理だ。エンジンが動いてくれなければ、ボートは進まない。

わたしは自分たちにできることだけを考える。何人かが海にはいれば、ボートを少しは軽くして浮かせることができる。まわりからボートを支えて、大波を正面から受けるようにボートの向きを修正して、転覆を防ぐことはできる。そして、ボートを正しい方向、めざす島の方向に保っておくこともできる。波にうまく乗れば、目ざす方向へ漂流することもできるかもしれない。サラとわたしは足で水を蹴り、水をかき、ボートを引っぱろうとするけど、ぜんぜんだめだ。どんなにがんばっても、ボートを思いどおりに動かすなんてできない。人間の力でボートを島に近づけようとしたって、たかが数メートルの話でしかない。

アイハムとバーセムは、わたしたちの頭のすぐ上で船べりのチューブに腰をおろしている。二人とも船べりからわたしたちを見おろし、賞賛のまなざしを注ぐ。

「ねえ、アイハム」。二〇分ほどたったころ、サラが声をかけた。「わたしのジョグパン、なんとかしてもらえない？　波で脱げそうになってるんだけど」

「俺、ナイフ持ってるよ」。アイハムが言う。「裾のとこ、切ってやるよ。足、こっちへ出して」

サラはくるりとからだを回して海のほうを向き、右の足を水面から上へ持ちあげた。ズボンがもものあたりまでずり下がって、下着が丸見えになっている。こんな状況にもかかわらず、バーセムとわたしは笑わずにはいられなかった。サラも笑っている。わたしはあいているほうの手を伸ばして、サラがこれ以上恥ずかしい思いをしなくてすむように、ジョグパンのウエストベルトを引っぱりあげてやった。

アイハムはサラの膝の下あたりを両手でつかんで、サラのふくらはぎを自分のももの上に引っぱりあげる。ボートの上では、ほかのみんなが首を伸ばして注目している。アイハムの後方で、二人のイラク人と一人のスーダン人の男たちが立ちあがり、ナイフを出して手伝おうと構えている。

「おっと、気をつけてくれよ」。アイハムが言う。「ボートを切らないようにな。それに、このジョグパンの下には生身の足があるんだから」

アイハムは援軍を追い払い、びしょ濡れの生地をサラの膝の上あたりでゴシゴシと切り落とす。サラが足を入れ替え、アイハムがもう一方の裾も切り落とす。左右の長さは不揃いだし、切り口はギザギザだけど、ジョグパンは軽くなり、ゴムの力でウエストはサラの腰におさまった。

「ちょっとは、まし？」。アイハムが声をかける。

「うん、まし」。サラはそう言って、前の位置にもどった。

アイハムが携帯を見つめる。電波受信のアンテナが立ったらしい。バーセムがポケットから紙切れを取り出して、アイハムに渡す。アイハムがすごい勢いでギリシャの沿岸警備隊の電話番号を打ちこみ、携帯を耳に押しあてる。待つあいだ、祈りの声がやんだ。みんな耳をそばだてている。

「溺れそうなんです」。アイハムが携帯に向かって英語で叫ぶ。「二〇人です。女性や子供もいます。小さな子がいます。エンジンが壊れて、ボートが沈みかけてるんです」

アイハムが相手の返事を聞くあいだ、少し沈黙がある。

「ちがう。そうじゃないんです」。アイハムが言う。「もどるのは無理です。モーターが壊れてるから。このままじゃ死んじゃいます。お願いです、助けにきてください」

アイハムは携帯を耳から離し、信じられないという顔で画面を見つめたあと、ふたたびものすごい勢いで別の番号を携帯に打ちこむ。でも、どこにもつながらない。

「ギリシャ人め、トルコにもどれって言うんだ。トルコの沿岸警備隊にも連絡がつかない」

ボートに乗っている人たちは誰もビッグ・マンやモーグリやポニーテールの携帯番号を知らなかったので、アイハムはイスタンブールの密航仲介業者に電話をする。仲介業者の男は、どうにもできないと言う。とうとう、アイハムは自分の両親に電話をかけた。

「父ちゃん？　落ち着いて聞いて。助けてほしいんだ。いま海の上なんだけど、ボートがぶっ壊れちゃって。フェイスブックの『遭難船救助』ってグループに記事をアップしてくれない？　現在地のデータを送るから」

わたしは母のことを思い、涙をこらえた。フェイスブックの投稿を見たら、母はどう思うだろう？　わたしたちが死んじゃったと思うだろうか？　それとも、わたしたちが泳ぎでみんなを助けるにちがいないと思うだろうか？

「うん、俺も愛してる」。アイハムが電話に話しかけている。「もう切るね。電池がなくなるから」

アイハムは携帯を切って、ポケットにしまう。誰ひとり口をきく者はいない。波がボートに打ち寄せる。アフガン人がスターター・ロープを引いても、エンジンはうんともすんとも言わない。みんな飢えと恐怖で弱りはじめている。ふたたび祈りが始まった。みんなが声を合わせて祈りの言葉をとなえる。

わたしは大波と戦う。波が襲ってくるたびに、崩れる波頭を食らって頭がボートの船べりにたたきつけられる。塩水が目にも鼻にも口にもはいってくる。波と波の谷間では、ジーンズが下へ引っぱられてからだが沈み、そのたびに救命胴衣が耳のあたりまで持ち上がって、ごわごわの生地で首すじがこすれる。

ボートの反対側からムハンナドの「もう無理だ」と言う声が聞こえた。こんどは誰かがかわって海にはいる番だ。イドリースが船べりから身を乗り出してムハンナドとスーダン人の男性をボートに引き上げる。二人が転げこんだ反動でボートが大きく揺れる。ムハンナドがボートの中で立ちあがってみんなを見まわし、ナビーフとマージドを指さす。

「こんどはおまえたちが海にはいる番だ」

マージドは立ちあがり、船べりから不安そうに海を眺める。

「けど、俺、泳げないんだよ」

「つべこべ言ってる場合じゃない」。ムハンナドが言う。「俺だって泳げないのは同じだ。とにかくロープにつかまってろ」

「俺、メガネなしじゃ何も見えないよ。死んじゃうよ」。マージドが言う。

「このままじゃ、そうなるだろうな」。ムハンナドが言う。「それこそ最悪の展開だ。でも、死んじまえば一巻の終わりだ。ちがうか？　もう心配することもなくなるさ」

マージドは腕組みをして、首を横に振る。ボートは人数が増えたぶんだけ沈みこんでいる。波が来るたびに、ボートが九〇度回転する。次の大波は真正面から襲ってきた。波頭を乗り越えたボートは波間に向かって落ちていき、大量の水が船底に流れこむ。パニックになった乗客たちが両手で水をすくい出す。

「向きがちがう！」。サラが叫ぶ。わたしたちは水を蹴ってボートの舳先を回し、対岸の島のほうへ向ける。

ナビーフが立ちあがり、船べりの外を見おろして、ひとつ大きく息を吸う。そして船べりのチューブにまたがり、海の中に下りていく。マージドはその場に立ちつくしたまま、吐きそうな顔をしている。しかし、マージドも口を真一文字に結んで、ナビーフと並んで海にはいった。一〇分後、二人がもう限界だと言うので、ブロンディが二人をボートに引き上げた。ムハンナドは必死の乗客たちを見まわし、次に海にはいる者を探す。アイハムとバーセムが顔を見合わせた。バーセムが立ちあがる。

「俺がはいるよ。俺のほうが重いから」

バーセムがわたしとサラのあいだに下りてくる。真っ青な顔で目を見開いて、両手でロープにしがみついている。

「つかまってれば、だいじょうぶよ」。サラが声をかける。

バーセムはなんとか笑おうとする。

「あんたらにできるんなら、俺にだってできるさ」と言って、バーセムはサラに投げキッスをしてみせる。

　わたしはロープを伝(つた)いながら、バランスを取るために、ボートの反対側へ移る。イドリースがわたしと並んで海にはいる。父親がいなくなったあとのすきまからムスタファーの顔がのぞく。大きくて真剣な目をしている。ムスタファーはわたしを指さし、次に自分の父親を指さし、それからボートの中にうずくまって祈りをとなえている大人たちを指さす。でも、誰もムスタファーを相手にしない。

　ムスタファーはまたわたしたちのほうをふりむき、両手を打ち合わせて何か大声をあげる。幼い顔に笑みが広がる。わたしはムスタファーに向かって舌を出す。しょっぱい水が口にはいってきた。わたしはゲッと顔をしかめる。ムスタファーはまた手をたたいて、おかしそうに笑う。わたしは寄り目をして、ほっぺたをふくらませて見せる。ムスタファーはまた指をさして、うれしそうに大笑いする。

　アフガン人がスターター・ロープを引く。わたしは島を眺め、わきあがる絶望感と戦う。対岸の島は、情けないほど遠く見える。エンジンはかからない。ゴムボートは漂流している。ボートにしがみついて耐える以外に、できることはほとんどない。ボートが波にもまれて回転するたびに、わたしたち四人がボートの舳先を島のほうへ向けなおす。

　祈りの声がいっそう大きくなる。ゴムボートはまた山のような大波に乗り上げ、右へ九〇度回転する。噴水のような水しぶきが上がり、海水がボートに流れこむ。わたしたちは足で水を蹴って、次の波にボートが真正面から乗るように向きを変えてやる。手のひらがロープですれて赤く痛くなってきた。手首にロープを斜めに巻きなおす。指先を見る。白くふやけてしわだらけになっている。

太陽がまた低くなった。刻々と島に向かって沈んでいく。太陽光線が目にはいって、まぶしい。海に出てから、もう一時間半くらいたっただろうか。たかだか一〇キロの海を渡るのに、一時間半。エンジンが止まらなかったら、とうに着いている時間だ。ボートの上から高く鋭い音が響いた。ムスタファーがゴムボートに備えつけてあった救難用ホイッスルを見つけて、思いっきり吹き鳴らしたのだ。わたしの横にいるイドリースが水の中から「やめろ、ムスタファー」と息子に呼びかける。でも、その声は疲れて弱々しい。

「こっちによこしな」。ムハンナドが手を伸ばして男の子から笛を取り上げようとする。

「やだ」。ムスタファーが言う。

ムスタファーは甲高(かんだか)い笑い声をあげて、両手で笛を握りしめ、からだを二つ折りにして抵抗する。ムハンナドが立ちあがってムスタファーの両肩をつかまえるけど、ムスタファーは身をよじってすりぬける。ムハンナドは肩をすくめ、腰をおろす。ムスタファーはにっこり笑って、得意げにホイッスルを吹き鳴らす。耳をつんざく音にみんな顔をしかめるけど、ふざけるムスタファーを止める余力のある者はいない。ムスタファーは、この危機的状況を理解していないのだ。遊ばせておくしかない。

ボートの上の人たちからいっせいに叫び声があがった。アフガン人が興奮してペルシア語で叫びながら、わたしの背後を指さしている。ふりかえると、三〇メートルくらい離れたところを別のゴムボートが白い波頭を分けて進んでくるのが見えた。

「おーい！　助けて！　こっち！」。わたしもみんなと声をあわせて叫び、片方の手首をロープからはずして腕を大きく振る。

ゴムボートはわたしたちのボートと同じダークグレーだけど、わたしたちのボートよりはるかに大きい。ゴムチューブに空気を入れて膨らませたボートに、鮮やかなオレンジ色の救命胴衣を着けた人たち四〇人ほどが内側を向いて乗っている。たくさんの人を乗せているにもかかわらず、そのボートは軽々と水に浮いて大波を乗り切り、次々に迫る波をものともせずぐんぐん進んでくる。舳先に白い波が砕ける。

わたしたちは一段と声をはりあげた。ムスタファーが笑いながら救難用ホイッスルを吹きまくる。むこうのボートの上で、わたしたちに近い側に座っている二人がこちらを指さしながら、舵をとっている人に何か叫んでいる。でも、むこうのボートはコースを変えることなく、まっすぐに波をかきわけて進んでいく。痛いほどの期待に満ちた数秒が過ぎ、モーターボートは行ってしまった。わたしたちは、あとに取り残された。ぽつんと。太陽は沈みかけていて、波のあいだに対岸の島が見える。気が狂いそうだ。

わたしはボートのロープをまたしっかりと両手首に巻きつける。信じられない。むこうのボートには、わたしたちを乗せる余裕があったのに。溺れそうになっているわたしたちを、どうして見捨てることができるのか。ショックはしだいに怒りへと変わり、熱く激しい怒りが腹の底からわいてくる。太陽の位置はますます低くなり、島の稜線にかかりそうだ。島がこんなに遠く見えるなんて。なのに、こんなに近く見えるなんて。

わたしはきつく目を閉じる。わたしたちは水泳選手だ。みんなを助けるのだ。わたしたちの力でボートを島に向け、転覆や沈没を防ぐのだ。風が強くなり、ますます寒くなってきた。足先、ふくらはぎ、太ももの筋肉がどんどん冷えていく。足の感覚が鈍くなってきた。一分でもいいから、この波が静まってほしい。

頭の中をいろいろな思いが駆けめぐる。もしかしたら、海流に乗ってむこう岸まで行けるかもしれない。もしかしたら、波が海岸まで運んでくれるかもしれない。もしかしたら、エンジンが復活するかもしれない。もしかしたら、むこう岸まで泳げるかもしれない。サラがなんて言ったっけ？　ほかの人たちのことは忘れて、とにかく泳げ、と。そうすれば、この状況から脱出できるかもしれない。サラとわたしは泳げる。わたしたちの最後の手段。ボートの周囲を伝ってサラのところまで行って、二人でこの波の中へ泳ぎ出すことだってできるかもしれない。ほかのみんなの運命は天にまかせて。みんなが泳げないのは、わたしのせいじゃない。でも、そんなことしたら、この先どうやって生きていけるの？

ムスタファーがまたボートの上からわたしを見ている。わたしは頬をすぼめて魚顔を作り、寄り目をしてみせる。ムスタファーが笑う。ボートに乗っているスーダン人の一人がわたしを見おろして、ほほえみかける。

「あなたはとても勇敢(ゆうかん)だ」

わたしは無理して笑顔を返し、「ぜったいむこう岸に着きましょうね」と答えて海原(うなばら)へ目を転じる。

うねる波は暗い紫色に変わり、白い波頭は沈む直前の夕陽を浴びてクリームがかった黄色に照り映えている。わたしは足を必死で動かす。放っておいてほしい、と思う。おしゃべりしている場合じゃないのだ。スーダン人の声が頭の中で反響する。とても勇敢だ……。

ボートの反対側でバーセムとサラが笑いあっている声が聞こえる。サラはこのボートを見捨てるつもりなんかないらしい。わたしのとなりでは、イドリースが険しい表情で黙りこくったままロープを握りしめている。そばにバーセムがいて気楽な話をしてくれたら、と思う。また前方からものすごい大波がせり上がってくる。このボートにつかまっているほうが、たぶん安全だろう——ボートの舳先を島に向けて修正しながら、自分に言い聞かせる。どんなに強い水泳選手でも、この波を自力で乗り切るのは無理だ。それに、わたしたちは水泳選手だ。みんなを救うと宣言したのだ。

夕陽の最後の赤い光が島のむこうに消えた。島の稜線が濃いピンク色に染まる。その上の空は茶色がかった黄色で、上空へいくにつれてパステルブルーへと変わっていく。空にうっすらと半月が現れた。

海の水が目にしみる。塩水のせいでまぶたがはれてきた。わたしは目をぎゅっと閉じて集中を保とうとする。目を閉じた赤い視界の中に、さまざまな場面がうかぶ。父にプールへ放りこまれたこと。ダーライヤの自宅前の道で戦車がわたしたちに砲身を向けたこと。爆弾が屋根を突き破ってプールに落下したこと。地下の部屋で身を寄せあって、外で石の建物がガラガラと崩れる音を聞いていたこと。

いま、ここで溺れたら、何もかもが無駄になってしまう。命も、勝利の歓喜も失ってしまう。

自分はいまダマスカスのベッドで夢を見ているのだ――わたしは頭の中で自分に言い聞かせる。ここにいるのは自分ではない。いま起こっていることは現実ではない……。また大きな波が来て持ち上げられ、わたしは目を開く。はるか上空で、暮れゆくダークブルーの空に明るい星がくっきりと輝いている。夕闇はぐんぐん濃くなり、藍色（あいいろ）の波はますます高くなる。わたしはまた目を閉じて、頭の中から何もかも追い出そうとする。

サメがいたらどうする？――頭の中の声が言う。恐怖が腹の底をえぐる。ボートの下の暗黒の海に巨大なサメが泳いでいたら？　大きな口。獰猛（どうもう）な筋肉。鋭い歯。海の底から見あげた自分の足を思い描いてみる。力なく波に揺られている二本の足。かっこうの獲物だ。わたしは目を開けて、頭の中の声を追い出そうとする。ほら、ボートの上にはムスタファーがいる。まだにこにこ笑っている。暗い波が次々に押し寄せる。わたしは目を細めて、真っ黒な海のかなたを見る。海は、いままさに消えようとする最後の日の光を受けて、ペンキを流したようにてらてらと光っている。

また声が聞こえてきた。この場所は墓場だ、と。おまえと同じような者たちがどれだけこの場所で溺れて死んでいったことか。若者、年寄り、母親、赤ん坊。波間に消えていった何千という命。おまえの下の海底にも、死体が沈んでいるにちがいない。埋葬もしてもらえず、愛する家族の待つ家にもどることもかなわず、身元さえ判明することがなく、単に死者数の一人として世の中から忘れ去られた者たちの変わりはてた姿が。

黙れ、と、わたしは声に言う。でも、声はしゃべるのをやめない。何時間も何時間もこうして苦しんだんだろうな、と、声はしゃべりつづける。海の上でなんとか生きのびようとがんばったんだろう……むなしく。水との戦いに疲れはてて沈んでいった人たち。むごい死を迎えた人たち。救いを求めても、誰もこたえてくれず……。溺れ死ぬのはきっと苦しいぞ、と、声はいう。意地悪な声が。さっさとあきらめたらどうだ？　終わりにしたほうが楽だぞ？

いいかげんにしてよ！と、わたしは頭の中の声をどなりつける。溺れるにしても、助かるにしても、この状態が永遠に続くはずはない。わたしは身震いした。冷たい水に洗われつづけた筋肉が痛む。海水を飲んだせいで胃が締めつけられるように痛む。涙で視界がぼやける。わたしは泣きたいのをこらえる。あと五分したら、きっとエンジンがかかる。あと五分したら、きっと痛みが消える。とにかく死んじゃだめ、あと五分だけ。自分の肉体を信じて。頭の中の声を封じこめて、からだを動かすのだ。

無視したら、頭の中の声は静かになった。何分か時間が過ぎた。わたしはロープにつかまり、ボートの方向を修正し、立ち泳ぎを続け、耐える。そのうちに、いきなり、こんな状況がバカバカしく思えてきて、笑ってしまいそうになった。たぶん、頭の中の声はわかっているのだろう。わたしたち、こんなところで何やってんの？　こんなおもちゃみたいなボートで荒れ狂う海に出るなんて。なんで、こんなことになったんだろう？　いつの間に、わたしたちの命はこんなに安くなってしまったの？　ほかに方法はなかったの？　爆弾から逃れる方法は？

すぐに声が答える。一か八かの賭けだったね、と。それとも、家に爆弾が落ちてくるのを待っていたほうがよかった？　屋根が崩れて、ベッドに寝たまま死んじまったほうがよかった？　おまえは一か八かの賭けに出た。それしかなかったんだ。何がなんでも生きのびたかったから、賭けに出たんだろう？　わたしはぎゅっと目を閉じたまま、口を開き、声を大きくして、祈りの言葉に唱和する。

「神よ、助けたまえ」。わたしは声に出して言う。「強さを与えたまえ。勇気を与えたまえ。波を静め、風を静め、ボートを救いたまえ。ヤー・アッラー。苦難を終わらせたまえ」

わたしは目を開けて、暮れゆく空を見あげる。ボートの舳先で気流に乗って上下しながら羽ばたいているのは、翼の先が黒い小さなカモメだ。白いカモメは、まるでわたしたちを先導するかのようにボートのそばを離れない。見てごらん、と、わたしは頭の中の声に呼びかける。神様がわたしたちについていてくださる。わたしたちの祈りを聞いてくださったのだ、と。

「もう無理だ」。ボートの反対側からバーセムの声が聞こえた。「上げてくれ」

アイハムが身を乗り出して、兄を海から引き上げる。バーセムは手足が硬直したように固まってしまい、ボートに引き上げられたまま死体のように船底に倒れて全身を震わせている。しゃべることも動くこともできない。イドリースも片腕を弱々しく上げて、自分ももう無理だと合図した。ムハンナドがイドリースをボートに引き上げる。わたしも両足の感覚がまったくなっているのに気づいた。海にはいって、三時間がたつ。救命胴衣を着けてロープにつかまっていなければ、水面から顔を出していられるような状態ではなかった。

「わたしも上げて」。わたしは言う。

「わたしも」。ボートの反対側からサラの声がした。「誰かかわって」

ムハンナドがボートの上から手を伸ばす。その手をつかむと、ムハンナドがわたしをボートに引き上げてくれた。わたしは疲れはてて、わなわな震えながらボートの底に倒れこんだ。寒さで歯がカチカチ鳴る。アイハムがサラをボートに引き上げた。サラがわたしのとなりに倒れこむ。

わたしたちは這うようにして船べりのチューブに腰をおろす。また大波に襲われてボートが回転する。波を越えるたびに、海水がボートにどっと流れこむ。

ボートの舳先でわたしの横に座っているナビーフがガタガタ震えている。目はうつろで、顔が真っ青だ。息づかいが浅く、ゼイゼイいっている。わたしはナビーフと目を合わせようとしたけど、ナビーフは完全に意識が飛んでいるようだった。ナビーフのとなりに座っているマージドも、ぞっとするような黄色い顔色で、ぼんやりと自分の足もとを見つめている。アフガン人がまたスタータ―・ロープを引いてみる。エンジンが小さな音をたてた。

「わたしのメガネは？」。わたしはマージドに声をかける。

返事がない。わたしは腕を伸ばして、マージドの顔の前で手を振る。マージドが自分の背後の海面を指さす。わたしのメガネを海に捨てたというのだ。

「なんで？」。わたしはどなった。「マージド！　わたし、メガネがなくちゃ見えないんだよ？　預かっててって頼んだのに」

マージドの目はわたしを見ていない。わたしの言っていることも聞いていない。一心にエンジンの音に耳を傾けている。アフガン人がもういちどスタータ―・ロープを引くと、エンジンがかかった。エンジンが息をふきかえすのを聞いて、わたしは大きく息を吸った。ボートの舳先が上がり、白いしぶきをたてて前進しはじめた。藍色の水面に白く小さな澪（みお）を引いて。

「アルハムドゥリッラー」。ムハンナドがつぶやく。「神に讃（たた）えあれ」

希望と喜びと安堵（あんど）が疲れきっていた人々を一気に元気づけた。上空の夜空に見える星がだんだんと増えていく。太陽が沈んでいった右のほうの地平線には、かろうじてまだ細いオレンジ色の光が残っている。その下の海岸線にそって、にじんだような白い光が揺れ、真っ暗な海と真っ暗な島との境目を示している。さっきより少し近くなっただろうか？　ボートのエンジンは快調に動いているけど、誰ひとり手放しで喜ぶ元気は残っていなかった。どっちにしても、このボートのエンジンが信用できないことを、みんな知っている。

「また誰か海にはいってくれたら、もう少しスピードが出るんだけどな」。ムハンナドがみんなの疲れはてた顔を見まわして言う。

誰ひとり口を開く者はいない。みんなの視線が、わたしの横で船べりに腰をおろして震えているサラに集まる。力強い肩と腕、筋肉質の足。わたしにも視線が注がれる。わたしの歯はガチガチ鳴り、肩はどうしようもなく震えている。みんなの視線がまたサラに注がれる。

わたしの勇敢な姉

あんた、泳ぎが得意だって言わなかったか？と、みんなの視線が言っている。ギリシャまで泳いでいけるって言わなかったか？　サラはみんなの顔を見まわし、すがるような視線を受けとめる。わたしはボートに乗っている人たちを見まわす。こんなの、不公平だ。ほかの誰かが手をあげるべきだ。でも、沈黙は続き、視線はますますサラに刺さる。あれだけ大きなことを言ったのだからやってもらおうじゃないか、と、みんなの目が言っている。

とうとう、サラがため息をついて立ちあがった。げっそりと疲れ、絶望的な顔をしている。目は真っ赤に充血し、塩水のせいでまぶたが腫（は）れあがっている。わたしは黙っていたけど、心の中ではサラが気の毒で、でもありがたくて、サラを誇らしく思う気持ちでいっぱいだった。わたしの勇敢な姉。サラはぶるぶる震えながらロープをつかみ、ふたたび真っ暗な海にはいった。

アイハムがサラのほうに向きなおり、船底にひざまずいて、チューブの外へ身を乗り出す。

「ぼくの手につかまって」。アイハムが言う。サラが片手を伸ばす。もう一方の手はボートのロープをつかんでいる。

「肩が……」。エンジン音に重なってサラのうめき声が聞こえる。「肩をストレッチして」

サラはロープを握っていた手を離し、アイハムのもう一方の手をつかむ。そして、胸まで水面から引き上げてもらい、両肩の力を抜いて、ボートの船べりに頭をあずけたまま、だらりとぶらさがる。誰も口を開く者はいなかった。ようやくボートは島に向かって進みだした。わたしたちは、はるかな島影を見つめる。だんだん大きくなってくる。藍色の空の下、真っ黒な島影が迫ってくる。

二〇分ほどたったところで、サラが顔を上げた。

「お願い。もう寒くて、無理。ボートにもどして」

アイハムがサラをボートに引き上げる。サラはわたしの足もとに倒れこみ、背中をわたしの足にくっつけた。歯がガチガチ鳴っている。サラは両膝を胸に抱えこみ、そのあいだに頭を垂れてうずくまった。

島に近づくにつれて風がおさまり、波も小さくなった。エンジンは快調に動き、ボートは穏やかになった波を楽々と越えて進む。ぼんやりとした夜景の中に、灰色に長く伸びる海岸線が近づいてきた。

「あと少しだ」。ムハンナドが言う。「岩に気をつけろ」

サラが顔を上げ、のろのろと立ちあがって、船べりのチューブに腰をおろしているわたしの横に座った。そして、救命胴衣を脱ぎ捨て、船べりのチューブにまたがって、ふたたび真っ暗い海にはいった。わたしは口をあんぐり開けたままサラのすることを見ている。サラは片手でゴムボートのロープを引っぱり、もう一方の手で平泳ぎをしながら進んでいく。そして両手で交互にボートのロープをたぐりながら舳先を右や左へ向けて、水面下に突き出ている岩を足で蹴って遠ざけながらボートを岸へと導いていく。

サラが水にもぐった。水深を調べている。数秒後、サラが水面に顔を出す。わたしは何か合図があるかとサラを見守る。サラはふたたび海にもぐり、こんどはすぐに浮上した。笑顔だ。

「着いたわ、島に」。サラが言った。

11

「あなたはわたしのヒーローよ」

わたしはボートから飛び下りた。水深は膝くらいしかない。ほかの乗客たちも次々にボートから下りてくる。ムスタファーはイドリースの背中におんぶされて、両腕をイドリースの首に回している。アフガン人が最後にボートを下りてきた。モーターを止めなかったので、ゴムボートは浜辺の大きな石に突っこんで止まった。ボートに乗っていた人たちのあいだから、恨み（うら）と安堵（あんど）が半々のため息がもれる。わたしたちを溺死（できし）させかねなかったゴムボートには相応の報い（むく）だ。波打ちぎわを歩くわたしの耳に、感謝の祈りを捧げる（ささ）人々の声が届く。

「神よ、感謝します」。わたしも心の中でつぶやく。しびれたような安堵の気持ち以外、感じる余裕もない。「神よ、感謝します。神よ、感謝します」

こぶしほどの大きさの石がはだしの足の裏に食いこむ。そういえば、ビーチサンダルはどうしたっけ？　最後に見たのは、ゴムボートの中だった。わたしは足を引きずりながら、磯に座礁（ざしょう）しているゴムボートのところまでもどる。ボートの舳先は大きな丸石二つにはさまって、ひしゃげている。船底にたまった水に男物の黒いスニーカーが浮かんでいるのが、かろうじて見えた。ほかには何も。ビーチサンダルは影も形もない。メガネも。わたしは着ていた救命胴衣を脱いで、チェックする。ブラの中に入れておいたパスポートのビニール袋は無事だ。

男たちが何人かゴムボートに引き返してきた。怒りに顔をゆがめ、手に手にナイフを握っている。男たちはボートに襲いかかり、ゴムチューブにナイフを思いきり突き立てた。ボートのゴムチューブは抗議のため息みたいに空気を吐いてしぼんだ。空気が抜けてみると、ゴムボートはとても小さく、灰色の敷物のようにしか見えない。わたしはゴムボートに背を向けた。

少し離れたところにサラが立っている。両手を腰に当てたまま、長いまっすぐな海岸線の先にある光をじっと見つめている。ソマリ人の女性がサラに駆け寄り、ぎゅっと抱きしめる。そのあと、女の人はわたしのほうへ向かってくる。腕を大きく広げ、涙を流している。抱きしめられても、わたしは何も感じなかった。ただ寒くて、疲れはてて、ひどく口が乾いていた。

「あなたはわたしのヒーローよ」。ソマリ人の女性はわたしの耳もとでささやき、わたしの赤く腫れた頬にキスした。

その言葉で、ようやく実感がわいた。わたしたちは助かったのだ。腕も足もどうしようもなく重い。わたしは前かがみになって何度か深呼吸をし、とほうもない幸福感にひたった。やった。終わったのだ。でも、嬉しさにひたっていたのはほんの数秒で、すぐ次に差し迫っていることが頭にうかぶ。水がほしい。食べ物がほしい。寝る場所がほしい。

ナビーフとマージドは、暗闇に転がっている岩やとがった流木に足を取られながら、狭く小さなビーチを歩きはじめている。ほかの人たちも救命胴衣を石ころだらけの浜に脱ぎすてている。携帯を手にしている人が多い。液晶画面の光が波打ちぎわでホタルのように揺れ動いている。

ビーチは狭いので、わたしたちは一列になって歩く。左側は古い石の壁になっていて、チクチクとげのあるツル植物におおわれている。行列の先頭を歩くマージドが携帯で話している。マージドは低い石造りの建物のわきで足を止めて待っている。最初に追いついたサラにマージドが携帯を手渡す。

わたしが追いつくと、サラが携帯を渡してくれた。電話の相手は父だった。でも、わたしは話をする気力さえほとんどなかった。父の声はずいぶん遠く、霧のかなたから伝わってくるように聞こえた。わたしは石の壁の錆びた鉄のゲートを見つめながら父の声に意識を集中しようとする。父の声を聞きながら、母の顔がうかんだ。母はわたしたちが生きていることを知っているのだろうか？

わたしはマージドに携帯を返し、ついでに画面の時間をチェックした。八月一九日、午後九時三八分。まだトルコ時間のままだ。ゴムボートで海に乗り出してから、三時間半がたっていた。一〇時間ほどにも感じたけど。またのどの渇きが襲ってきた。わたしは光のあるほうをめざして、みんなのあとから浜辺を歩きだす。

少し行くと、ブルーのチェックのビニールクロスをかけた木のテーブルがたくさん並んでいるところに出た。玉石を敷きつめた通路の先に、低いレストランの建物が見える。通路の両側は果樹の並木で、木のあいだに渡した電線から裸電球がぶら下がっている。暇そうな店で、テーブルに客の姿はない。わたしは通路の端に立って奥をのぞいた。

テーブルの一つに年配の男が座っている。テーブルクロスと同じ青と白のチェックのシャツを着ている。右腕を椅子の背もたれにかけてふんぞりかえり、手に火のついたタバコを持っている。男は黙ったままわたしを見た。男の右隣には、紺色のTシャツを着た少し年の若い男が座っている。その男は足を開いて前かがみになり、太もものあいだで両手を組んでいる。その男もわたしを見ている。

テーブルの下にうずくまっていた黄色い大きなラブラドール犬が顔を上げた。わたしが通路に一歩踏み出すと、犬がさっと立ちあがって吠えたてる。耳を寝かせ、尾をブンブン振りながら、前足を踏みかえて、こちらをにらんでいる。わたしは足を止める。

「あの、水を買いたいんですけど」。わたしは英語で話しかけた。

年配の男は何かつぶやいただけで、動かない。犬がワンワン吠えたてる。

「あの、すみません」。わたしはもういちど声をかける。「水、ありますか？　ジュースでも、コーラでも。お金はあります」

ようやく若いほうの男が立ちあがり、犬の首輪をつかんだ。そして「ノー」と言うと、野良猫でも追い払うみたいに手を振って、「水はない」と言った。

わたしは男たちに背を向けた。腹にガンと一発食らったような気がした。傷ついた気持ちが怒りに変わる。あの二人は、わたしたちが上陸するところをまちがいなく見ていたはずだ。わたしがびしょ濡れなのも、声が震えているのも、わかったはずだ。目の前の海岸に打ち上げられた女性に水を売ることさえ拒否するなんて、人間のすることか。

わたしがとぼとぼとみんなのところにもどるのを見て、サラが眉を上げた。聞かなくてもわかっているのだ。

「行こう」。わたしは言う。

イドリースは海岸の離れたところからわたしたちを見ていた。片腕でムスタファーを抱えている。ムスタファーはわたしの姿を見て笑い声をあげ、父親の腕から下りようともがく。イドリースが地面に下ろしてやると、ムスタファーは石ころだらけの浜辺を全速力で走ってきて、わたしの腰に抱きついた。わたしは片方の腕でムスタファーの肩を抱き寄せ、浜辺の石に足を取られながらいっしょに歩く。

グループのみんなに続いて浜辺を離れ、舗装してない道に上がる。道ぞいに民家らしい建物が点々と並んでいる。ムスタファーは歯をガチガチ鳴らして震えている。わたしは一軒目の家へ続く小道に足を踏み入れた。ムスタファーはまだわたしの腰にまとわりついている。家に近づいていくと、わたしと同じくらいの年齢の金髪の女の子が門の奥からこちらを見ていた。わたしは足を止める。ムスタファーはわたしの後ろに隠れようとする。

「ハイ」。わたしは英語で声をかけた。

「ヤーサス」。女の子はギリシャ語で挨拶し、わたしのずぶ濡れのジーンズと靴をはいていない足を見て、それからわたしの横で震えている男の子を見る。わたしは深呼吸をして、言う。

「この子に何か乾いた服をもらえませんか？」

「いいよ。ちょっと待ってて」。女の子はそう言うと、家の中へ消えた。そして、すぐまた家から出てきた。底のすり減ったスニーカーと、大きな紺色のプルオーバーを手に持っている。うれしかった。女の子はわたしにスニーカーをくれたあと、両手でプルオーバーを広げて見せた。わたしはにっこり笑い、右手を胸に当てて「ありがとう」と言った。そして、スニーカーを下に置き、プルオーバーを受け取った。

わたしはムスタファーのほうに向きなおり、「ばんざいして」と言って濡れた服を脱がせ、プルオーバーを着せる。厚手の乾いたプルオーバーだけど、ムスタファーには大きすぎて手が出ないので、袖を手首のところで折り返してやる。そのあと、わたしは腰をかがめて、もらったスニーカーをはく。サイズが大きすぎるけど、ひもをきつく締めれば脱げずに歩ける。わたしは腰を伸ばし、女の子に両手でサムズアップをしてみせた。

「ちょっと待ってて」。女の子はまた小走りに家の中へはいっていく。

もどってきた女の子は、両手に水のはいったコップを持っている。わたしは感謝を笑顔であらわして、水を一気に飲みほす。ムスタファーも同じように飲む。木立ごしに暗い道路のほうをふりかえると、イドリースが小道の入口あたりをぶらぶら歩きながらムスタファーを待っている。わたしはもういちど女の子に笑顔で挨拶して、みんなのところへもどった。ムスタファーはわたしの前を走っていって父親の腕に飛びこむ。

「いいものもらったじゃないか」。イドリースが息子の髪をくしゃくしゃにしながら声をかける。

わたしたちはみんなについて道路を歩く。ムスタファーは父親とわたしのあいだを歩いている。

わたしはイドリースが靴をはいていないのに気づいた。

「ね、ムスタファー」。わたしは声をかける。

ムスタファーがわたしを見あげる。

「旅行、楽しかった？」

ムスタファーは顔をしかめる。

「ボートに乗ったの、楽しかった？　また乗りたい？」

「ううん」。ムスタファーがきっぱりと言って、首を左右に振る。

「どうして？」。わたしは笑いながら聞く。

「父ちゃんが水にはいったから」

わたしも顔をしかめて、次々に波が押し寄せる光景を頭の中から払いのけようとする。数百メートルほど進むと、土の道路はコンクリートの道路につながり、左へ急カーブを切って、島の中央へ向かうのぼり坂になった。曲がり角でサラが待っている。サラはわたしがゴムボートの中に浮いていたのを拾ってきた黒い靴をはいている。サラの足には大きすぎるサイズで、歩くたびにガボガボ音がする。

わたしたちは点々と続く小さな農家の前を通りすぎて、とぼとぼ歩きつづける。道の右側は岩だらけの険しい崖（がけ）にへばりつくようにマツの木が生えている。道がのぼりにかかると、そよ風がやんで、浜に打ち寄せる波の音が遠くなり、セミの声が大きくなる。黒々とした丘が行く手にせり上がっている。はるか上のほうへ視線を向けると、どこまでが丘でどこからが夜空なのか、星の光が教えてくれる。あたりには電気の光はまったくない。

サラが沈黙を破る。

「この子のお母さんは？」

イドリースが顔を上げる。硬い表情だ。

「この子の母親も親族も、みんな殺されました。一回の空爆で」

わたしはハッと息をのむ。

「お気の毒に」。サラが言う。

「いままでは息子とわたしだけです」。イドリースが早口でしゃべる。「わたし一人だけなら、イラクに残ったと思います。いい仕事に就いていたし、けっこうな給料をもらっていたので。でも、この子には将来が必要です」

わたしたちは黙ったまま歩く。道が二股に分かれるところで、みんなが待っていてくれた。一方の道は、右手のほうへ曲がりくねりながら下っていく。もう一方の道は、左へ鋭角にカーブして山へのぼっていく。マージドとアイハムが携帯を見つめている。バッテリーが切れかけているらしい。あたりを見まわしてみるけど、あいかわらず光は見えない。いまのぼってきた道をふりかえると、少し下のほうから肌の浅黒い男性が二人近づいてくるのがぼんやり見えた。二人ともオレンジ色の救命胴衣を手に持っている。すれちがったときに、ムハンナドが二人にどこへ行くのかたずねた。二人は肩をすくめ、わたしたちにわからない言葉で何か言った。そして左に曲がり、山のほうへのぼっていった。

「左へ行け、ってことだな」と言って、ムハンナドが歩きはじめる。

わたしもため息をつき、ムハンナドのあとについて歩く。ほかのみんなは安心したのか、笑い声も聞こえる。アイハムとバーセムの兄弟は、サラのギザギザに切れたジョグパンをネタにジョークを言いあって笑っている。

「おまえ、いい腕してるよ、アイハム」。バーセムが弟に話しかける。「ドイツに着いたら、おまえ、仕立て屋を開業するといいよ。この夏の最新ファッションをまとったサラをご覧ください、海難ホットパンツです、ってな！」

山道をのぼっていくうちに、頭がぼうっとして何も考えられなくなった。海のことも、もう考えない。疲れすぎて、のどがカラカラに渇いていることさえ忘れてしまいそうだ。とにかく眠りたい。わたしは自分の呼吸に意識を集中し、同じ速さでとにかく歩きつづける。一歩一歩、踏みしめて。星空の下、わたしたちは曲がりくねった道を重い足取りでのぼりつづける。一時間ばかりたったとき、どこからか、かすかに人の声が聞こえてきた。もう一つカーブを曲がると、上のほうの丘に光が集まっているのが見えた。村だ——。

曲がりくねった道をのぼりつづけ、またカーブを曲がると、音の正体がわかった。道ばたに岩肌を削って作った広くて平らな場所がある。バス停なのだが、今夜は臨時の難民キャンプになっている。何百人もの人たちが小さなグループに分かれて、コンクリートの床に横になったり座ったりしている。わたしたちが前を通ると、何人かがサラのギザギザに切れたジョグパンをじろじろ見たり指さしたりした。サラは無視して歩く。さっきのぼり坂でわたしたちを追い越していった二人のペルシア人の姿もあった。二人は並んで道のすぐ脇に横になり、救命胴衣を枕がわりにしている。

「難民」と呼ばれて

わたしたちは歩きつづける。みんなお腹がペコペコで、とにかく座って休んで食事のできる場所を探していた。道が二手に分かれている。高い石の壁ぞいに人々がしゃがみこんでいる右手の道を進む。道が大きく曲がって山へ上がっていくにつれて、道ぞいにしゃがんでいる人たちの数が減っていく。道の右側は急な下り斜面で、その先はわたしたちが上陸した海岸だ。左側は、のぼり斜面にへばりつくようにして村がある。

ようやく、探していた場所にたどりついた。道の右側にツタのからまるトレリスにおおわれたテラスがあり、人がたくさん座っている。道路をはさんで左手には粗末な平屋の建物があり、ドアの上に看板がかかっている。見慣れないギリシャ文字と並んで「バール」「タベルナ」と読めた。

わたしたちは一列になってテラス席へはいっていく。疲れすぎていて、暖かい夜のテラス席で食事を終えようとしているギリシャ人家族たちの視線を気にする余裕もなかった。わたしたち二〇人は入口からいちばん遠い奥の席で、いくつかの長テーブルを囲んで座った。わたしが座ったベンチからは、ほの暗い谷間が見えた。視線を上に向ければ星が見え、視線を下へ向ければ夜空よりも暗い藍色の海が見える。

くるくるカールした茶色い髪の中年女性が注文を取りにきた。わたしたちに笑顔で接してくれる。サラが水とフライドポテトを注文し、女性についていって店内へはいっていって、わたしたちの携帯を充電させてもらう。わたしも席を立ち、道を渡って、階段をのぼった先にあるトイレへ行った。トイレはレストランの建物の上にある石造りの小屋だった。スイッチを押すと、裸電球の光がついた。脚の長い虫や蚊が白い壁ぎわを飛びまわっている。わたしは鏡をのぞく。

　両肩が救命胴衣でこすれて赤くむけている。左の眉尻から頰にかけて赤く大きなすり傷ができていて、左のこめかみはボートに打ちつけたところが紫色に変色しはじめている。首は、海水にさらされたせいで全体が赤く腫れあがっている。軽いめまいがした。メガネがあれば、と思う。洗面台によりかかって目を閉じると、まぶたの奥で波がうねる。吐き気がおそってくる。わたしは目を開けて両足をふんばり、深呼吸をする。

　テーブルにもどってみると、水の大きなボトルが並んでいた。わたしはボトルを一本つかみ、一気に半分飲みほした。さっきの女性がボウルに盛ったパンとオリーブとフライドポテトを運んできた。みんなものも言わず機械のように食べ物を口に運ぶ。疲れすぎていて、口をきく余裕もない。給仕の女性が食器を下げにきて、わたしを見る。それからサラを見て、ムスタファーを見て、またにっこり笑って、「あなたたち、難民なの？」と聞く。

　その言葉――。あらためて聞くと、その言葉には違和感があった。

「わたしたち、ついさっきボートで着いたんです」。サラが言う。

「今夜寝る場所はあるの？」。女の人が聞く。

　サラが首を横に振る。

「この道にそって下りていくといいわ」。女の人が言う。「小さな教会があるから。鍵はかかっていないから、みんな教会の中で寝たらいいわ」

サラが驚いた顔になる。

「でも、わたしたち、イスラム教徒なんです」。サラが言う。

女の人は眉を上げ、片手をサラの腕に置く。「だから、何？」。気を悪くしたようにも聞こえるくらいの強い口調だった。「誰も文句をつける人なんて、いませんよ」

女の人は、あしたの朝になったらさっきの角をもどったところのバス停へ行くといい、と教えてくれた。ボランティアが運営するバスが、そのバス停から出るのだという。バスは毎朝七時発で、それに乗れば行くべきところへ連れていってもらえる、という話だった。サラは女の人にお礼を言い、黄色い五〇ユーロ札を二枚出した。女の人が目を丸くした。そしてお札を一枚だけ受け取ると、店の中へ消えた。

「お名前を教えてください」。サラはお釣りを持ってもどってきた女の人に言う。

「ニッキよ」。女の人が答える。「あなたは？」

「わたしは、サラ」と答えたあと、サラはわたしを指さして、「妹のユスラです。助けてくれてありがとう、ニッキ」と言った。

わたしたちは重いからだを引きずるようにして立ちあがり、また一〇分ほどとぼとぼ歩く。ようやく教会に着いた。少し高くした土台の上に、山に抱かれるようにして白い小さなチャペルが立っている。建物自体は馬小屋とあまり変わらないくらい小さなものだった。瓦ぶきのとんがり屋根の両側に鉄製の十字架が立っている。教会のドアは道路とは反対側にあった。押してみると、ドアは簡単に開いた。ソマリ人の女性が困ったようにみんなを見まわす。この女性は髪をスカーフで隠し、ヒジャーブを着ていて、親戚ではない男の人と同じ部屋で眠ることはできない、と言う。

ムハンナドがこの場をおさめた。わたしとサラとムスタファーとソマリ人の女性が教会の中で寝ることになった。男の人たちは、ドアを出て左側の石畳の上に作られた長い石のテーブルやベンチの上で寝ることになった。外はかなりの寒さで、わたしたちはみんな海の水で服が濡れていた。男の人たちには悪いと思ったけど、ほかにどうしようもない。

「それにしても、この靴、誰のかな？」。黒いスニーカーを脱ぎながら、サラがつぶやく。

「わたしの靴だ」。イドリースが言う。イドリースはサラのところまで歩いてきて、サラの片手を取り、その手を自分の頬に軽くつけて、「あれだけがんばってくれたのだから、あなたが靴をはいてくれたらいいんだ」と言った。

「何言ってんのよ」。サラが言う。「わたしたち、みんな家族みたいなもんじゃない」

わたしは木の扉を押して、小さな教会の中にはいる。教会の中のあかりは、部屋のすみにある黒い鉄製スタンドに盛った砂に立てられた三本のろうそくの火だけだ。ろうそくの火影がむきだしの石の壁に揺れている。壁に金色と茶色の絵がかかっている。一枚は母親が赤ちゃんを抱いている絵。もう一枚は三人ののっぺりした顔の男たちの絵で、男たちの頭には輪がかかっている。

ムスタファーは奥の壁ぎわに敷かれた古びた柄物(がらもの)のカーペットの上で丸くなって眠った。ソマリ人の女性はスカーフをはずし、それを枕がわりにして寝た。わたしはサラと並んで横になり、おたがい暖かいように背中をくっつけあって寝た。サラのからだが震えているのが伝わってきた。

目を閉じると、まぶたの裏に波が次々と押し寄せてくる。波はどんどん高くなり、からだが持ち上げられ、波間に落ちて吸いこまれそうになる。まだ海に浮かんでいるような気がする。仰向けになって目を開けたら、波のうねりにもてあそばれる感覚は止まった。ふたたび目を閉じると、海岸線に揺れるぼんやりとした白い光が見えた。ムスタファーが歯を見せてニッと笑う。

第五部

罠

The Trap

12

レスボス島からギリシャ本土へ

ハッとして目がさめた。横向きに寝返りを打つと、全身の筋肉が痛んだ。小さなムスタファーがすぐそばの床に座って、わたしを見ている。わたしは立ちあがり、水しっくいで白く塗った壁によりかかる。わたしたちは難関を突破した。海を渡ったのだ。いま、ヨーロッパにいる。そして、生きている。

木の扉を押すと、きしんだ音をたてて開いた。わたしは外に出て、明るい光に目を細めた。八月二〇日。太陽はもう昇っている。バスに乗らなくては。マージドがそばで立ったまま携帯をチェックしている。わたしたちはシカミネアという村のすぐ外にいるという。マージドは携帯の画面を見ながら、地名を音節ごとに区切っててていねいに発音する。わたしはマージドの肩越しに携帯の画面を見る。ここは「レスボス島」という島の北岸らしい。ここから島の県都ミティリニまでは、南へ歩いて丸一日かかる。この島に新たに到着した難民は全員ミティリニの当局に出頭して登録し、そこからギリシャ本土へ渡るフェリーのチケットを買わなくてはならない。

レスボス島に漂着した難民は、わたしたちだけではない。もう何年も前から、この島にはシリアやほかの国々から逃れてきた人々が対岸のトルコから密航業者のボートに乗って流入してきていた。けれども、この夏はちがった。これほどたくさんの難民が押し寄せるとは、誰も予想していなかった。わたしたちがレスボス島に漂着した二〇一五年の八月だけで、八万人以上の難民が海を渡ってギリシャの島々に押し寄せた。ギリシャ当局は対応に追われ、ボランティアの支援に多くを頼っていた。レスボス島は裕福なコミュニティではないけど、島の人たちは懐が大きい。海で救助を必要としている人々を見れば、漁師たちが進んで船を出す。食料や医薬品や衣類を寄付してくれる人たちもいるし、宿泊施設を必要とする難民に自分の家を使わせてくれる人さえいる。

わたしは教会の扉の向かい側にある古い泉から冷たい水をすくって、腫れあがった顔とすりむけた首を冷やしたあと、みんなをふりかえった。バーセムと弟のアイハムは起きて、出発の準備をしている。サラが教会から出てきた。その姿を見て、わたしは笑いをかみ殺す。

「ちょっと、サラ、すごいことになってるよ」

サラの顔は真っ赤で、すり傷や青あざだらけ。髪はおだんごがほつれて、針金みたいにツンツン立っている。切り刻まれたジョグパンは、塩分が乾いて白い縞もようになっている。

「うるさいなぁ」。サラが眠そうに言う。「そっちだって、すごいかっこうだし」

マージドを先頭に、わたしたちはきのう来た道をもどる。きのうの夜に立ち寄ったレストランを通り過ぎ、バスが来るという駐車場へ向かう。角を曲がったところで、わたしたちの足が止まった。めちゃくちゃな混乱状態だ。人々が押しあいへしあいして必死で小さなミニバンに乗りこもうとしている。きょう村から出発するボランティア運営のバスはこれ一台だけなので、みんなこのバスに乗ろうとする。わたしは人だかりを見わたす。反射テープのついた蛍光色のスタッフジャンパーを着た金髪の女の人がバスの乗降口に立っている。この人が責任者らしい。サラはその人のところへ行って、ミティリニまで行きたいんだけどこのバスに乗せてもらえませんか、とたずねる。

「スタンプは押してもらってないの？」。金髪の女の人がサラの手の甲を指さして聞く。

サラは首を横に振る。女の人は集まっている人々を指さして、あの人たちはバスに乗るためにもう何日もここで待っているのだ、と教えてくれた。手の甲につけたスタンプは、行列の順番を確保したしるしなのだ、と。絶望のため息がもれる。わたしたちはみんな疲れはてている。シャワーを浴びて、ベッドで寝たい。とてもミティリニまで四五キロも歩けるような状態ではない。日暮れまでにたどりつけないかもしれないし。そしたら、また野宿？　考えただけでぞっとする。バスの女の人はわたしたちを気の毒と思ったのか、もっと島の奥にあるマンタマドスという町まで行くといい、と教えてくれた。そこからも正午に別のバスが出るのだという。マンタマドスのほうが難民の数が少ないから、バスに乗れる確率が高いというわけだ。

マージドが地図上でマンタマドスの町を見つける。歩いて三時間の距離。わたしはがっかりした。お腹もぐうぐう鳴っている。あちこち痛いし、お腹はペコペコだし、海の水につかったせいでからだじゅうベタベタしている。でも、どうしようもない。先へ進むしかないのだ。わたしたちはマージドを先頭に曲がりくねった山道をたどる。右手の岩だらけの斜面に、段々畑のようなオリーブの果樹園が見える。左手側は岩と土ばかりの谷間で、急斜面の下にキラキラ光る海が見える。海を見たとたん、胸が悪くなった。なるべく海を見ないようにして、足もとの灼熱のコンクリート道路に意識を集中する。太陽が高く昇ったころ、カーブを曲がった先に村が見えた。眼下の谷間に赤っぽい屋根が軒を寄せあっている。建物のあいだから、くすんだピンク色の教会の塔が突き出ている。

「ここだ」。マージドが携帯の画面をチェックしながら言う。「マ、ン、タ、マ、ド、ス」

道路は急な下り坂になったあと、斜面に造られた町の中を曲がりくねりながらのぼっていく。わたしたちは重い足取りで坂道をたどり、バス停に着いた。シリア人やアフガン人がたくさん待っているので、すぐにそれとわかった。わたしたちも近くに腰をおろし、日に照らされながらバスを待つことにする。立ちならぶ民家の屋根を越えて届く教会の鐘が一一時半を告げる。数分後、サラがどっこいしょと立ちあがって、新しいパンツを買いにいくと言いだした。サラに手を引かれてわたしも立ちあがる。わたしたちは横丁にはいり、小さな薄暗い衣料品店をのぞく。店にはいっていくと、奥にいた女の人が顔を上げた。

「ヤーサス」。女の人はそう言って、にっこりする。

サラも笑顔を返し、太もものところでギザギザに切り刻まれたジョグパンを指さす。女の人は眉を上げ、くるりと向きを変えて店の奥へはいっていったと思ったら、黒いスウェットパンツを持って出てきて、それを差し出した。サラはお礼を言って、大きなピンク色のユーロ札を渡す。女の人が目を見開く。高額の紙幣だからだ。

「五〇〇」と、女の人はお札の隅っこに書かれている数字を指さす。「これ、五〇〇ユーロ」

「すみません」。サラが言った。「大きすぎます？」

女の人はため息をつき、わたしたちに待っているよう言ってから、サラが渡したお札を持って店の外へ出ていった。数分後、女の人は黄色いお札の束を持ってもどってきて、テーブルの上にお札を並べながらゆっくりとお釣りを数えはじめた。ちょうどそのとき、はとこのナビーフが店の入口に姿を見せた。

「バスが来たぞ」

サラはお釣りとスウェットパンツをひっつかみ、店から走り出た。バス停にもどってみると、紺色(こんいろ)の旧式なマイクロバスがエンジンをかけたまま停車し、人々がバスの乗降口に群がっている。人混みの先頭のところに男性のボランティアがいた。

「家族が優先です」。ボランティアの男性が声を張りあげ、ムスタファーを指さす。「この子のお母さんは？」

サラがさっと手をあげる。「はい、わたし」

そして、サラは仲間を指さして言う。

「これはわたしの妹、こっちはわたしのいとこ」

ボランティアの人がわたしたちの手の甲にスタンプを押してくれて、わたしたちはバスに乗った。ほんとうに血がつながってるかどうかなんて、この際どうでもいい。いっしょに苦難を乗り越えた者どうしとして、わたしたちのあいだには家族同然の気持ちが育っていた。わたしはマイクロバスの窓に頭をあずけて外の景色を眺(なが)める。バスは海岸ぞいの坂道を上ったり下ったりしながら南へ進んでいく。一時間後、バスはミティリニの港に接する大きな駐車場に着いた。わたしはあたりを見まわす。何百人という人たちがコンクリートの上に野宿している。その多くは、当局での登録を待つ人たちだ。それ以外は、すでに登録を終え、ギリシャ本土へ渡るフェリーのチケットを買うために行列している人たち。登録がおこなわれている港湾当局のおんぼろの建物から無秩序な行列が伸びている。わたしたちも行列に並んで腰をおろし、順番を待つ。数時間後、ようやく建物の中にはいることができた。制服を着た男の人がわたしたちの写真を撮り、英語で質問する。どこから来たのか。どこへ行くのか。サラがみんなの通訳をする。

「ドイツです」。サラがきっぱり言う。「わたしたち、友だちのハーラを訪ねていくんです。ハノーヴァーへ」

係官(かかりかん)は二日後にまた事務所へ来て一時滞在許可証を受け取るように、と言う。EU(欧州連合)内では、難民認定はEU域内の最初の入国地で処理すること、という申し合わせがある。平常時ならば、ほかのEU諸国は、難民認定を受けていない者をEU域内の最初の入国地まで送り返すことになっている。でも、いまは平常時ではない。現状では、難民認定を受けていなくても、ギリシャへ送り返されることはない。ギリシャはすでに難民でパンク寸前の状況だからだ。それに、どのみち、わたしたちはギリシャに滞在する気はない。ドイツへ行こうとしているのだから。一時滞在許可証さえもらえば、ギリシャ本土へ一晩で行けるフェリーのチケットを買うことができる。つまり、その書類さえあれば、事実上、ギリシャよりも北のヨーロッパ諸国へ移動できる通行証を持っているのと同じことになる。

「泊めてくれないの。シリア人だから」

わたしたちは足を引きずりながらまばゆい陽ざしの下へ出て、人混みを見わたした。ダマスカスからいっしょに来たグループ、ムハンナドとブロンディとはとこのナビーフとマージドはまだいっしょにいるし、アイハムとバーセムの兄弟もいっしょにいるけど、同じボートに乗ってきたイドリースと息子のムスタファーやほかの人たちとは、行列に並んでいるあいだにはぐれてしまった。わたしは周囲を見まわす。シャワーを浴びたいし、ゆっくり休んで、きのうの夜の恐ろしい体験を頭の中で整理できる場所もほしい。サラとバーセムがホテルを探しに行くことになった。わたしたちは駐車場の端まで二人についていった。どこもかしこも人があふれている。アスファルトの上にテントを張っている人たちまでいる。午後の太陽は容赦(ようしゃ)ない暑さだ。わたしたちは日陰(ひかげ)を見つけて、街中(まちなか)へ向かうバーセムとサラを見送る。一時間後、二人がもどってきた。サラは泣きはらしたような目をしている。

「どこのホテルも泊めてくれないの。わたしたちがシリア人だから」。サラがそう言いながら、わたしの横の階段にどさっと座りこむ。

「どいつもこいつも、まず例の滞在許可証とやらを見せろって言うんだ」。バーセムもサラの横にどすんと腰をおろす。「どこへ行っても、許可証、許可証、許可証、許可証。街じゅう探しまわったけど、だめだった」

蛍光色のスタッフジャンパーを着た人が通りかかる。わたしは急いで立ちあがり、手を振って、その人に「どこか泊まれる場所はありませんか?」とたずねる。男の人は、難民認定を求める人たちを収容している臨時キャンプへ行くように、と教えてくれる。すぐそこの角から無料バスが出るという。やれやれ、と立ちあがろうとしたとき、知っている声が聞こえた。

「ユスラ! サラ! 生きてたのか。よかった」

声の主はザーヘルだった。密航業者のキャンプでいっしょだった赤ん坊連れの男性だ。ザーヘルは両手を広げてわたしたちのところまでやってきた。ハート形の顔に満面の笑みをうかべている。

「アルハムドゥリッラー」と言って、ザーヘルはわたしたち一人一人の両頰に何度もキスをした。

「きのうの夜は、もうダメかと……。とちゅうで沈んだかと思ったよ」

ザーヘルは、臨時キャンプへ行こうとしているわたしたちに、やめたほうがいいと言う。ザーヘルが聞いた話では、キャンプはもう満杯で、外まで人があふれかえっているというのだ。それより、すぐ近くの公園でみんな野宿しているから、いっしょにおいでよ、と、ザーヘルが言う。近くのプライベート・ビーチでシャワーもトイレも使えるという。わたしはサラの顔を見て、肩をすくめた。友だちといっしょにいられるなら、そのほうがいい。それに、こんなに人がいっぱいでは、けっきょく野宿するしかなさそうだ。近くに寝袋を売っている店があるから教えてあげるよ、と、ザーヘルが言う。わたしたちはザーヘルのあとについて港の駐車場を出て、道路を渡り、角を右に曲がる。すると、「コ」の字形をした大きな港に出た。港は波が穏やかで、緑色の海水がひたひたと静かに岸壁を洗っている。

「きのうの夜、フェイスブックの投稿を見たんだよ」。ザーヘルがムハンナドに言う。「ギリシャの警察に電話したんだけど、きみたちが姿を見せないから……その、最悪のことになったのか、と……」

アイハムがボートから必死で電話していた絶望的な場面を思い出して、わたしはパニックで胃が縮みそうになる。わたしたちは地面を見つめたまま無言で歩く。みんな、まだ昨夜のことを話す気になれない。ザーヘルは港に面した屋台のような店の前で足を止める。店には安っぽいみやげ物が並ぶ一方で、軒下にキャンプ用品など雑多な商品もぶら下がっている。わたしたちは一人一個ずつ寝袋を買い、そのあとザーヘルがさっきの角を曲がって港を通り過ぎ、街のほうへ向かって歩く。右手の海岸に、石の台座に立つブロンズ像が見える。長いドレスを風にたなびかせた女性の像が海に向かって片足を踏み出している。その右手には燃えさかるトーチが掲げられている。

「ねえ、あれって自由の女神じゃない？」。わたしが言う。

「だね」。アイハムが笑顔になる。「ボートで流されて、思ったより遠くまで来ちゃったかな？」

わたしはアイハムの腕をバシッとたたく。

「よく言うわ。それって、ジョーク？」

道路にそって角を曲がると、行く手に皮膚病っぽい毛の長い犬が何頭か見えた。犬たちはボリボリとからだを掻きながら、焼けるように熱いアスファルトの上を歩きまわっている。右側の壁ぞいに錆びた鉄柵が続き、その先に回転ゲートが見える。ゲートの入口に看板がある。「ツアマキア・ビーチ」。ゲートの先へ目をやると、ほんの形ばかりの砂浜が海まで続いている。道路の反対側は芝生の斜面になっていて、その先にまばらなマツ林がある。芝生の上には家族や小さなグループが腰をおろし、座ったり歩きまわったり木陰で寝転んだりしている。わたしたちと同じで、書類ができるのを待っているのだ。みんなギリシャの本土へ、そしてヨーロッパのもっと北のほうへ移動していきたいのだ。わたしたちはザーヘルについてゆるやかな階段をのぼっていく。左右の草地には衣類、ゴミ、毛布などが散らばっている。階段のいちばん上までのぼると、そこは埃(ほこり)っぽい駐車場になっていて、一画に低いレンガ壁で仕切られた子供用の小さな遊園地があった。

「誰を見つけたと思う?」。ザーヘルがにこにこ笑いながらみんなに声をかける。

見おぼえのある顔がいっせいにこちらを見た。密航業者のキャンプで知り合ったグループのみんなだ。年配の〈お母ちゃん〉が落書きだらけのすべり台の横に座りこんでいる。赤ちゃんのカマルは〈お母ちゃん〉の膝(ひざ)ですやすや眠っている。〈お母ちゃん〉が顔じゅう笑顔になった。

「神様、ありがとうございます」と言いながら、〈お母ちゃん〉は赤ちゃんをザーヘルに渡して、よっこいしょと立ちあがる。「無事でほんとによかったよ」

〈お母ちゃん〉はわたしとサラをギュッと抱きしめる。その後ろには二人の子供を連れたウム・ムクタダーが両手を広げて待っている。

「もうだめかと……」と言いながら、ウム・ムクタダーはわたしをきつく抱きしめる。レバノン系シリア人のココが次に前に出て、わたしの両頬にキスしてくれる。ラタキア出身のシリア人で友人や二人の姉妹を連れて旅をしているアフマドは、男どうしで力強い握手をかわしている。わたしは感激した。いっしょに過ごした時間は短いけど、この人たちがわたしたちを家族同様に思ってくれていることは、まちがいない。

「あの、とりあえずシャワー浴びたいんだけど」。ハグや挨拶がひととおり終わったところで、サラが言った。

　ココがシャワーの建物まで案内してくれることになった。ココは斜面を下りて、錆びた鉄の回転ゲートの前まで行き、柵のむこう側にある建物を指さす。ふつうにはいっていって「泳ぎたいんです」と言えばいいらしい。お金もかからない。ココは自分のバッグからシャンプーのボトルを出して、貸してくれた。わたしはにっこり笑ってココにお礼を言い、錆びたゲートを押してプライベートビーチにはいった。イスタンブールを出て以来、五日ぶりのシャワー。全身の汚れを流したら、シャワーの水が黒っぽくなった。わたしは二〇分間タイルを見つめたままシャワーの下に立ちつくし、首すじに冷たい水を浴びた。外に出ると、サラ、ココ、はとこのナビーフが待っていた。アイハムとバーセムの兄弟も回転ゲートのところで待っている。ココに案内されて港のまわりを通って街のほうへもどり、入り組んだ裏通りにはいる。ココがレストランの前で足を止める。表の通りにまで白いテーブルが並べられ、ドアの上の看板に「ダマス」とある。ダマスカスのことだ。

「やっぱりこういう店だよね」。サラが笑顔を見せる。

　レストランはシリア人で大にぎわいだ。食事をする者、大声でおしゃべりする者、テーブルの上でもつれている充電コードに携帯をつないで画面に見入る者。レストランの奥のほうから甲高い声が聞こえて、見ると、ムスタファーだった。父親のイドリースと二人でテーブルについている。ムスタファーはフォークを投げ出し、こっちへ駆けてきて、わたしの腰に両腕を巻きつけた。

「やあ、われらが水泳のヒーローが登場したぞ」。イドリースがにこにこして言う。

近くにいた客たちが顔を上げてわたしたちを見たあと、たがいにつつきあったり指さしたりしはじめた。そのうちに、レストランにいる客が全員わたしたち二人に注目し、笑顔で何かささやきあっている。

「何、これ？」。わたしは小声でサラに言う。

サラは肩をすくめて、「例の話、聞いたんじゃないの」と言う。

夕陽にギラギラ光る大波が次々に押し寄せてくる場面がまた思い出されて、お腹が痛くなりそうだった。

「二人とも、ギリシャじゃすっかり有名人だね」。アイハムがわたしをつついて言う。

「やめてよ」。わたしは顔が真っ赤になる。

わたしたちは肉とコメの料理を受け取り、外のテラス席に出た。そして数分のあいだ、ものも言わずにガツガツ食べた。そのあと、食べ物を口に運ぶ合間にイドリースに話をして、ザーヘルたちが公園で野宿していることを伝え、イドリース親子も合流することになった。ムスタファーが嬉（うれ）しそうに笑って、両手のこぶしでテーブルをバンバンたたく。わたしたちは食事を終え、町のはずれに出て港をぐるりと回り、斜面をのぼって子供遊園地の中にある野宿場所にもどる。道の両側には新しく島に到着した何百という人々が陣取（じんど）り、夏の夜に路上で野宿する準備にかかっている。わたしはココとサラにはさまれて、買ったばかりの寝袋にはいった。でも、すぐには寝つけない。いろんな音が聞こえる。犬たちの吠える声。タベルナ（レストラン）やバーから流れてくる音楽。木の上からは延々と同じリズムで鳴きつづけるセミの声が降ってくるし、通りではオートバイがバックファイヤーを起こす。わたしは目を閉じる。こんなに安心した気分になれたのは、何日ぶりだろう。〈お母ちゃん〉やカマルと合流できてよかった、と思いながら、わたしはようやく眠りに落ちていく。〈お母ちゃん〉とカマルがわたしたちを守ってくれるだろう……。

翌八月二一日の朝、ザーヘルとマージドがこの先の作戦を相談する。ザーヘルたちはレスボス島に着いたのがわたしたちより早かったので、登録の手続きもわたしたちより早く進んでいて、その日の午後には一時滞在許可証が手にはいる予定だった。でも、わたしたちの書類は次の日まで待たなければならない。ザーヘルは、みんなこの先もいっしょに行動できるように、わたしたちの書類が手にはいるまで待っていてくれるという。親切な心遣いに、わたしはほっとした。旅の連れは多いほうがいい。そのほうが安心な気がする。マージドがわたしに話しかける。どうせ時間をつぶさなくちゃならないのだから、失くしてしまったわたしのメガネを買いなおしてくれる、という。わたしはマージドについて港の周囲を回り、タベルナやパン屋やみやげ物屋の前を通りすぎて、曲がりくねった裏小路にはいる。ようやくメガネ店が見つかったけど、わたしのメガネを作るには一週間以上かかるという。そんなに長くは待てない。しばらくメガネなしでがまんするしかなさそうだ。いらいらする。一週間もかかるなんて。シリアだったら一日でできるのに。マージドとわたしは港のほうへとぼとぼと引き返す。とちゅうで駐車場をのぞくと、人の数は前の日よりもっと増えたように見える。ザーヘルたちが人混みの中から出てくるのが見えた。ザーヘルがにこにこと書類を振ってみせたあと、駐車場の反対側にできているすごい人だかりを指さす。ギリシャ本土へ向かうフェリーの切符を買うために並んでいる人たちの列だ。わたしは目を丸くする。フェリーの行列も滞在許可証の行列と同じくらいに長い。

次の日、八月二二日、日に照らされたアスファルトの上で何時間も待たされたあと、わたしたちも一時滞在許可証を手に入れた。わたしは書類に書かれた不思議なギリシャ文字を眺め、どういう意味のことが書いてあるんだろう、と考える。わたしたちにわかるのは、この紙があればレスボス島から出られる、ということだけだ。許可証をもらったその足で、わたしたちはすぐに次の行列に並ぶ。フェリーのチケットを買う行列だ。数時間後、ようやくチケットが買えた。二三日の晩に出航する便だ。もう一晩子供遊園地で野宿したあと、ようやく、わたしたちのグループは全員そろってフェリーに乗り、ギリシャの首都アテネに向かった。三〇〇キロ、一一時間の航海。船の乗客が多すぎて、わたしたちは上甲板にあるカフェテリアのテーブルの上で寝なければならなかった。わたしは一晩じゅう船酔いの吐き気に苦しみながら、船を揺らす波のことをなるべく考えないようにする。翌八月二四日の朝早く、船はアテネのすぐそばにある大規模な工業港ピレウスに到着した。わたしたちはフェリーから下りるとそのまま人の列に続いて、埠頭に並ぶ錆びついた機械類の横を通って進んだ。たちまち密入国業者の口利きが群がってくる。

「どこへ行きたいの?」。密入国業者の一人が、通りすぎるわたしたちに向かってアラビア語で声をかけてくる。

「ドイツ」。マージドが答える。

国境の行列

密入国業者の男が声をあげて笑う——まったく、みんな北へ行きたがるんだよな、ドイツとか、スウェーデンとか。男の話では、次のバスは真夜中の一二時に出発するけど、行き先は国境までだという。そこから先は、徒歩でマケドニアに入国するらしい。マケドニアというのは、ギリシャからハンガリーへ向かうとちゅうにある小さな国だ。わたしたちはほとんど誰も「マケドニア」という国名を聞いたことさえなかったけど、マージドが密入国業者と話をつけて、わたしたち全員ぶんのバスの座席を確保した。わたしたちは夜中じゅうバスに揺られてギリシャ本土を南から北へ縦断し、アテネから五〇〇キロ先のマケドニア国境に着いた。この距離を歩かずにすんでよかった。八月二五日、密入国業者のバスは、夜が明けた直後に道路脇(わき)に立つホテルの廃墟(はいきょ)前でわたしたちを降ろした。わたしたちと同時に、あと三台のバスが着いた。どのバスからも人が続々降りてきて、目標に向かって歩きはじめる。野原の中を、長い行列がくねくねと続く。

「うん、ここで合ってる」。マージドが携帯を見ながら地名を発音してみる。「イドメニと、ゲヴゲリヤ。このあいだが国境だ。この先に線路があって、線路にそって行くと国境だ」

「ウソだろ、国境って行列なの？」。ムハンナドが長々と続く人の列を手で払うようにして言う。

ナビーフとわたしはくすくす笑う。マージドは気がつかない。携帯の画面に集中している。

人々の列について背の高い草のあいだを歩いていくと、線路に出た。ここにちがいない。ギリシャとマケドニアの国境。ものすごい数の人たちが太陽に照らされながら線路に座りこんで順番を待っている。あたりの空気がピリピリしている。前方に警官が並んで、行く手をふさいでいる。わたしたちは人だかりの後ろのほうに腰をおろして順番を待つ。わたしはチョコレートバーをまた一本食べて、それから線路脇の草が茂(しげ)っているところへ行って服を着替えた。三〇分ほどたったころ、前のほうで動きがある。警官が国境を開けて、五〇人ほどを通過させたのだ。わたしたちも立ちあがり、国境に向けて押し寄せる人の群れにはいっていく。あちこちでどなりあいや小(こ)

突きあいが起こる。スーダン人の男がわたしに倒れかかってきて、後ろに吹っ飛ばされたわたしがはとこのナビーフにぶつかる。ナビーフが前に出てスーダン人の男を押し返す。

「その女が割りこんできたんだ」。スーダン人の男がわたしを指さして言う。

アイハムとバーセムの兄弟がスーダン人に向かっていく。

「そうじゃないだろ。そっちが押したんじゃないか」。アイハムが言う。

「おまえらみんなで割りこんできたんじゃないか」。別の男がわたしたちのグループを指さして言い、アイハムとにらみあう。

言いあいはそのうち小突きあいに発展する。混乱のすきに、サラとわたしは行列のもっと前のほうまで進む。争いはそのうちおさまったけど、真昼の太陽に照らされて、待つ人々はますます殺気立つ。ほんの数センチずつ行列が進み、わたしたちは警官の固める国境に近づいていく。行列の先頭まで来て警官と向かいあう形で一五分ほどたったとき、警官たちが脇へよけて、わたしたちをマケドニア側へ通した。わたしたちはグループ全員で手をつなぎあい、ひとまとまりになって国境を越えた。

国境を越えてすぐ、警官から低い建物のほうへ行くよう指示された。その建物で登録をし、マケドニアに三日間だけ滞在できる一時庇護の書類をもらうのだ。三日間あれば、マケドニアを悠々通過できる。書類を発行してもらったら、政府が手配してくれるバスに乗って、次の国境まで行く。急げば、日暮れまでにマケドニアを通過することも可能かもしれない。マケドニアとセルビアの国境までは、ここから北へ車でわずか二時間だ。セルビアにはいったら、首都ベオグラードまで四〇〇キロ。うまくいけば、今夜はベオグラードで一泊して、翌朝には次の国境を越える計画にかかれるかもしれない。次の国境は最大の難関、セルビアからハンガリーへの国境だ。

ザーヘルは建物の外に長くうねうねと伸びる行列を見て、顔をしかめた。父親の腕に抱かれたカマルも泣きだした。ザーヘルは赤ちゃんを奥さんに渡して、首を振る。

「また行列か」。ザーヘルが言う。「書類なんか、もういい。こんなところで永遠に待つわけにはいかないんだ。先へ行こう」

ザーヘルの一行は先を急いでいるようだ。でも、マージドはどっしり構えている。ここにとどまって、順番を待って、マケドニア通過を許可する書類を手に入れてから動くべきだ、と言う。ザーヘルは肩をすくめ、それじゃ次の国境でまた会おう、と言う。わたしはグループが二つに分かれるのはまずいと思ったけど、マージドは譲らず、まず書類を手に入れるのが先決だと主張する。

「くだらないルールかもしれないが、ルールは守ったほうがいい」。マージドは言う。「ここで書類を省略したために先へ行ってトラブルになるのは面倒だからね」

「マージドの言うとおりだ」。ムハンナドも言う。「これはゲームみたいなものだ。ゲームのルールは守らなくちゃならん。書類が必要だと言うんなら、書類を交付してもらうしかない」

わたしたちは行列に並び、うだるような暑さの中で順番を待つ。五時間後、わたしたちは二人の警官に面接を受けた。名前を登録しただけで、指紋はとられずにすんだ。パスポートを見せろとも言われなかったので、サラもわたしもパスポートは例の場所、つまりブラの中にしまったままにしておいた。警察はスタンプを押した通過許可証を発行し、セルビア国境へ向かうバスに乗せてくれた。マケドニア政府がわたしたち難民をできるだけさっさと国から出ていかせようと考えているのは明らかだ。わたしたちも、そのほうが好都合だ。さっさと先へ進めて、ありがたい。セルビア国境へ向かうバスの中で、マージドの携帯にザーヘルからメッセージが届いた。けっきょく逆もどりする破目(はめ)になった、という。通過許可証がなかったので、国境で警察に止められたらしい。ザーヘルからは、ベオグラードで再会しよう、というメッセージだった。

「ほらね」。マージドが得意げに笑いながら言う。「だからさ、これはゲームなんだよ。ゲームにはルールがあるのさ」

わたしはバスの窓から外を見つめながら、いらだつ気持ちを抑える。セルビア国境を越すときに警官に書類を見せなければならず、マージドはまた得意そうに笑う。マージドは何でも正攻法でやるのが好きなのだ。国境を越えたところに、こんどはセルビア政府が手配した無料バスが待っていて、国境からバスで北へ四時間のベオグラードまで運んでくれる。セルビアやマケドニアの政府はわたしたち難民に国内をうろうろされたくないから、バスを用意して難民を北や西のもっと裕福なヨーロッパ諸国へ、ドイツへ、スウェーデンへ、フランスへ、送り出そうとしているのだ。

ベオグラードでバスを降りるころには、夜遅い時間になっていた。わたしたちは他の人たちに続いて、すっかり踏み荒らされた公園へはいっていった。大勢の人たちが草もないむきだしの土の上に野宿している。運のいい人はテントを張っている。あちこちに悪臭を放つゴミの山ができていて、怪(あや)しげな男たちが集団になって暗がりを歩きまわっている。わたしは不安になった。サラにもわたしの不安が伝わったようだ。

「ホテルに泊まろうよ」。サラがあたりを見まわして言う。「みんなとは、またあした合流すればいいから」

わたしたちは重い足取りでベオグラードの中心部へ向かい、ホテルを探した。どのホテルも、シリアのパスポートでは泊めてくれない。これには、へこんだ。レスボス島で水を売ってくれなかったレストランのことを思い出す。お金はちゃんとあるのに、それだけでは足りないと言うの？　夜遅くなり、街角が不穏な感じになってきたころ、やっと書類をうんぬんしないで泊めてくれるホテルが見つかった。宿泊料は相場の倍くらい取られたけど、わたしは泊まれる部屋が見つかった安心感が大きくて、値段のことはほとんど気にならなかった。サラとわたしは部屋のドアに内側からしっかり鍵をかけた。わたしは一時間たっぷりシャワーを浴び、洗いたてでアイロンのかかったシーツにもぐりこんだ。イスタンブールを出てから、ずっと野宿だった。七夜連続で。丸一週間。ベッドでぐっすり安眠をむさぼる快感を忘れてしまったくらいだ。

八月二六日の朝早く、わたしたちは公園でザーヘルたちと合流した。ザーヘルたちは地面にテントを張って一夜を過ごしたのだった。自然発生的にできた難民キャンプには、水道もないし、トイレも非常用の簡易トイレしかない。わたしは自分たちが清潔なシーツにくるまれて眠り、シャワーを浴びたことを後ろめたく感じた。でも、こういうものなのだ、と、自分に言い聞かせる。皆が皆ホテルに泊まれるお金を持っているわけではない。安全な寝場所をお金で買うことができる人はそうする、というだけのこと。わたしは〈お母ちゃん〉とザーヘルの奥さんのあいだに腰をおろす。二人とも赤ちゃんのカマルを溺愛（できあい）している。優しい声で話しかけると、カマルは薄いブルーのお月さんみたいな目で大人たちを見あげる。アイハムと兄のバーセムがさよならを言いにきた。二人は偽造パスポートを使ってベオグラードからドイツまで飛行機で行こうとしている。

もしうまくいけば、旅程を何週間も短縮できることになる。でも、リスクがある。偽造パスポートの使用がバレれば、逮捕されるかもしれないのだ。

「じゃ、またドイツで会おうな」と言って、アイハムがわたしの手を握りしめる。「あんたたちはどこへ行くって？」

「ハノーヴァーよ」。わたしは言う。「サラの友だちのハーラを頼って行くの」

「わかった。じゃ、ハノーヴァーでな」

わたしは兄弟の幸運を祈り、手を振って別れた。

「飛行機なんか乗れやしないさ」。去っていく二人を見送りながら、マージドがつぶやいた。

わたしは茶色い土がむきだしの地面にぼんやりと腰をおろしている。草はすっかりすり切れている。周囲には何百人という人たちが座りこんでいる。若い男性のグループ。祖父母や幼児を連れた家族。みんなここで眠り、食べ、待ち、この先どうするかを考えている。密入国業者の口利きたちが公園の周囲をうろつく。みんな、どうやってハンガリー国境を越えるのがいちばんいいか相談している。国境はハンガリー警察が厳重に警備しているけど、越境は不可能ではないという話だ。わたしたちのグループは、次にどうするかで意見が割れた。ムハンナドは、密入国業者にお金を払って車で国境を越えてそのままハンガリーの首都ブダペストまで行く方法がいい、という考えだ。マージドもその案に賛成だ。一方、ザーヘルたちは、セルビアとハンガリーの国境にあるホルゴシュという小さな村まで行って、そこから歩いて国境を越えるのがよさそうだ、という考えだった。わたしたちにもいっしょに行かないかと誘ってくれる。マージドはわたしとサラとナビーフにどうしたいか聞く。ムハンナドといっしょに密入国業者の車に乗るか、それともザーヘルたちといっしょに歩いて国境を越えるか。

「わたしはザーヘルといっしょに行きたいな」。わたしは言う。「大きいグループといっしょにいたほうがいいと思う。みんな友だちだし。みんなといっしょに歩いて国境を越えようよ。あの人たち、いいと思う。いまじゃ家族みたいなものだし」

実際に言葉に出して言ってみると、ますますそんな気持ちになった。この人たちは、わたしたちのことを心配してくれる。この人たちはレスボス島でわたしたちを待っていてくれた。わたしたちをいろいろ助けてくれたし、ギリシャではいっしょに野宿しようと誘ってくれた。義務からではなく、好意から。サラもナビーフも、にっこりしてうなずく。じゃ、これで決まり。わたしたちはザーヘルのグループといっしょに歩いて国境を越えることになった。

夕闇(ゆうやみ)が迫(せま)り、ふたたび公園の周囲が緊張をはらみはじめる。わたしとサラとはとこのナビーフとマージドは、公園で野宿するみんなから離れて昨夜のホテルへ向かった。翌八月二七日の朝、公園へもどってみると、アイハムと兄のバーセムがみんなといっしょに腰をおろしていた。二人の話では、警備が厳しくてドイツ行きの飛行機には乗れなかったのだと言う。これではっきりした。歩いてハンガリー国境を越えるしかない。

「あの、ちょっと」。背後から男の人が英語で話しかけてきた。「ここ、座らせてもらっていいかな?」

わたしが顔を上げると、男の人がこっちを見おろして笑っていた。カーキ色のシャツ、大きくて人の好(よ)さそうな茶色の瞳(ひとみ)、無精(ぶしょう)ひげ。

「ええ、べつにいいですけど」。わたしは言う。「何のご用ですか?」

男の人はスティーヴンと名乗った。ベルギーの公共放送ＶＲＴでニュース番組を作っているジャーナリストだという。スティーヴンは横に立っているビデオカメラを持った男の人を指さした。その人の後ろには、毛がもふもふのマイクがついた長い棒を持った男の人がいる。この人たちはスティーヴンの取材チームで、カメラマンがルートヴィヒ、音声担当がシュテファンだという。

「あなたたちの旅を取材させてもらいたいんだけど」。スティーヴンが言う。「若者向けの番組で、ベルギーの若い人たちにいま何が起きているのかを知らせる番組なんだ」

わたしは笑顔で応じる。国境だの、密入国だの、ハンガリーだの、そんな話ばかりだったから、ちょうどいい気晴らしになりそうだと思った。わたしは立ちあがって、みんなを見る。大人たちは首を横に振る。カメラに顔が映るとあとで面倒なことになるかもしれない、と心配しているのだ。わたしは周囲を見まわした。太陽が輝いている。なんだか自信がわいてくる。わたしたちは、ここまでたどりついたのだ。悪いことなんか、起こるはずがない。わたしはスティーヴンといっしょに公園の静かな場所へ移動した。高い木々が木陰をつくっているところを選び、わたしは地面にあぐらをかいて座り、スティーヴンがわたしの向かいに腰をおろす。スティーヴンがわたしにピンマイクをつけ、ルートヴィヒがレンズをわたしに向ける。

「で、あなたはここで何をしているのですか？」。カメラが回り、スティーヴンがしゃべりはじめる。「あなたの話を聞かせてください」

わたしは自分のこれまでのことを話した。競泳のシリア代表チームにはいっていたこと。ドイツに行きたいのは、ドイツならいい練習環境があると聞いたし、勉強もできると聞いたから。シリアには安全な場所がなくて、爆弾から逃れるためにしょっちゅう引越ししなければならなかった。シリアにいては将来がない。勉強もできないし、夢を描くこともできない。わたしたちはもっとまともな生活を手にするチャンスがほしいのです、と、わたしは訴えた。ただそこにいて死ぬ日が来るのを待つか、あるいは戦争が終わる日を待つか、どちらが先かわからない、そんな生活はもう耐えられなかったのです、と。スティーヴンは深刻な表情でうなずき、わたしの希望や将来の夢は何かとたずねた。

「プロの競泳選手になりたいんです」。わたしは言った。「いつか、オリンピックに出たいんです」

スティーヴンが話を中断し、何か聞きたそうな表情で周囲を見まわす。ザーヘルやみんながまわりを取り囲むように立っている。スティーヴンは身振りでみんなのほうを示して、旅の連れはどんな人たちなのか、とたずねる。いっしょに旅しているのは、姉と、親戚と、旅のあいだに家族同然に親しくなった友人たちです、と、わたしは答える。それでインタビューは終わり、ルートヴィヒがカメラを回して公園にいる人々を撮影した。わたしは立ちあがり、スティーヴンが「ありがとう」と言って握手の手を差し出す。そこへサラが近づいてきた。

「ここまで来るのは、たいへんだったんですよ」。わたしはそう言って、サラを指さす。「わたしたち、泳がなくちゃならなかったし」

スティーヴンは動きを止めて、わたしたちをじっと見る。

「泳ぐ？　どういう意味？」。スティーヴンが言う。

「そう、泳いだんです。トルコからギリシャまで」。わたしは言う。

スティーヴンは眉を上げ、信じられない、というように頭を振った。

「ほんとうよ」。サラも会話に加わる。「わたしたち水泳選手だから、わたしたちが泳ぐしかなかったの」

スティーヴンがあわててカメラマンを呼びもどす。

「インタビュー撮りなおしだ」

わたしは肩をすくめ、また腰をおろす。ふたたびカメラが回りはじめる。わたしはスティーヴンに向かって、見あげるような大波のこと、人を乗せすぎの小さなゴムボートのこと、ボートが人の重さで海面すれすれまで沈んでいたこと、などを話す。サラとわたしは水泳選手だから、ゴムボートが波に沈まないように自分たちはボートを下りて泳いだのだ、と。三時間半も海水につかっていたこと。寒くて、暗くて、恐ろしかったこと。でも、ありがたいことになんとかギリシャに流れつけたこと……。あのときのことを言葉に出してほかの誰かに話したのは、これが初めてだった。わたしは細かい部分を思い出すのに苦労した。なんだかずいぶん遠いできごとのような、ほんとうに起こったのではないような、そんな気がした。目がさめたら記憶が薄れていく悪夢のような。スティーヴンは笑顔になり、あらためて「ありがとう」と言った。いっしょに自撮り写真を撮ったあと、わたしはスティーヴンに携帯の番号を教える。これからもまた連絡するから、と、スティーヴンが言った。

八月二七日の夜、わたしたちはまたホテルに泊まった。ムハンナドは翌朝早い時刻に密入国業者と落ち合うためにグループを離れた。ムハンナドの友だちのブロンディは、わたしたちといっしょに残った。ムハンナドとの別れに涙はなかった。たぶんこの先またどこかで会えるだろうと思っていたから。でも、彼とはその後二度と会うことはなかった。あとになって父から聞いた話では、ムハンナドは単独でドイツにたどりついたらしい。公園にもどると、ザーヘルが密入国業者と話をつけたと知らせてくれた。二九日の朝に全員をバスに乗せてハンガリーとの国境まで運んでくれるという。そこから先は歩いてハンガリー国境を越える作戦だ。

ハンガリーの警察は、これまでの国で出合った警察とはちがう。国境で警察につかまったら、せいぜいよくても、セルビアへ送還。悪くすれば、逮捕されて刑務所に入れられるかもしれないという。残酷な仕打ちを受けたり殴られたりした話をいろいろ聞いていた。何よりも恐れていたのは、ハンガリー警察にパスポートが見つかり、登録され、指紋をとられること。ドイツにたどりつく前にそんなことになったら、ＥＵの難民保護申請ルールにのっとって、最悪ドイツからハンガリーへ送還されてしまうかもしれない。ルールは複雑で、わたしたちには法的なことはよくわからない。とにかくはっきりしているのは、なんとしても警察につかまるのだけは避けなければならない、ということだ。

公園ではウム・ムクタダーが騒いでいた。小さな二人の子供たちが母親の丈の長いアバーヤにしがみついている。ウム・ムクタダーは同じグループでベールをかぶっているほかの女性たちを見まわした。

「義兄のアリーが言うんです、ハンガリーにはいるときはヨーロッパ人に見えるかっこうをしなくちゃいけない、って」。ウム・ムクタダーが言う。「ハンガリーの人たちはイスラム教徒を怖がるって言うでしょう？　だから目だたないようにしないと。つまりヒジャーブはダメだってことです。かわりに帽子をかぶって髪を隠さないと」

ほかの女の人たちは疑わしそうな顔だったけど、ウム・ムクタダーは譲らない。サラとわたしはウム・ムクタダーたちについていって、公園のそばにある安い衣料品店をのぞいた。これまでベールをかぶっていた女の人たちは、大きな麦わら帽子を買って、それで髪を隠すことになった。サラとわたしはショートパンツとTシャツを買った。わたしたちが買い物に行っているあいだにマージドとナビーフがウエスタンユニオンの支店へ行って、ここから先の旅費を引き出してきた。八月二九日早朝、わたしたちは公園の脇道でザーヘルたちと合流した。バスが待っている。このバスに乗って、二〇〇キロ北方のハンガリー国境へ向かうのだ。

バスから降ろされたのは、道路脇に木立のある場所だった。あたりにはわたしたち以外にもたくさんの人たちがうろうろしている。おびえた顔。途方にくれた顔。警察につかまらないように国境を越えるルートを指示してくれるリーダーを探しているのだ。ザーヘルはわたしたちのグループの先頭に立って道路からはずれ、砂地っぽい小道をたどりはじめた。数分後、ザーヘルは足を止め、木立を指さす。ここから先は斜面をのぼって鉄道の線路に出て、線路にそって進んで国境を越えるのだと言う。でも、そこらじゅうに警察がいる。こんなにたくさんの人たちといっしょに行ったら、警察につかまるに決まっている。だから、ここで少し休んでいるふりをしてほかの連中をやりすごして、どうなるかようすを見よう、という。あの連中で警察が手いっぱいになっているすきをつけば、こっそり気づかれずに通り抜けられるだろう、と。

わたしたちのグループは木立の中の空き地に腰をおろし、待った。ほかの人たちはわたしたちの前を通り過ぎて、警察が待ちかまえているほうへ進んでいく。やがて人の波は消え、わたしたちのグループだけが人目につきにくい場所に残った。作戦どおり、わたしたちだけになった。

13

トウモロコシ畑にひそんで国境を越える

アーモンド形の目をした小柄な男がどこからともなく現れて、近づいてきた。人の好さそうな褐色の顔、もじゃもじゃの半白髪、四角くてごついフレームのメガネ。男の横に女が立っている。こちらはくるくるカールしたショートカットの茶色い髪だ。

「これから国境を越えるんですか？」。男が英語で話しかけてくる。

「何者だ？」。ザーヘルが言う。「金がほしいのか、何だ？」

男は「ラム」と名乗った。女のほうは親しげな笑みをうかべて、「マグダレーナ」と名乗った。ラムはジャケットの下からカメラを出して見せた。巨大なレンズのついたカメラ。

「ぼくたちはジャーナリストなんだ。フォト・ジャーナリスト」。ラムが言う。「きみたちといっしょにハンガリーへの国境を越えて、そのようすを写真に撮らせてほしいんだ」

サラがみんなに説明する。

「俺たちがつかまるようなことにならなければ、何をしてくれてもいいけど」。ザーヘルが言う。

サラがラムを見あげて、にっこり笑う。

「オーケーよ。いっしょに来てもいいって」

わたしたちは腰をあげる。サラは立ちあがって、カマルを母親から預かり、ストラップでからだの前にとめつけた赤い抱っこひもに入れる。ザーヘルの奥さんはサラにピンクのショールを渡す。これをかぶせて赤ちゃんを真昼の太陽から守るのだ。ラムはわたしたち一行のスナップ写真を何枚か撮り、マグダレーナと二人でザーヘルのあとについて砂地の小道を歩きだす。サラとわたしがそのすぐあとを歩き、ほかのみんなも続く。ザーヘルは小道から右へそれて、小さな林の斜面をのぼっていく。ほかのみんなも這うようにして急斜面をのぼり、木立を抜けると、目の前に鉄道の線路があった。二本の線路が真昼の太陽を反射している。線路の下に枕木はなく、むきだしの土の上に直接レールが敷かれている。わたしたちは線路にそってとぼとぼ歩く。

「汽車って来ないの？」。わたしは小声でラムに聞く。

「めったに来ないよ」。ラムはそう言ってウインクし、線路わきにかがんで目の前を通りすぎていくわたしたちを写真に撮る。数分後、ザーヘルが足を止めて片手を後ろに伸ばし、手のひらをわたしたちに向ける。

「静かに」。ザーヘルが小声でささやく。「ひとこともしゃべるな」

わたしはほかのみんなに合図する。ザーヘルが左手の木立の中へ姿を消す。わたしたちもザーヘルに続いて斜面を下りる。斜面を下りきると、木立がそこでとぎれて、正面に大きなトウモロコシ畑が広がっていた。ザーヘルが立ち止まり、手を上げる。わたしはザーヘルのすぐ後ろで固まる。ザーヘルが後ろへのけぞるようにしてわたしの耳にささやく。

「国境はあそこだ」。ザーヘルは携帯を見ながら、右手のほうのトウモロコシ畑がとぎれるところを指さす。「ハンガリー国境――」。

ザーヘルは指で左から右へ線を引いて、国境を越えてハンガリーへ続く幹線道路を示す。幹線道路には警察が待ちかまえている。わたしたちは警官から見えないように手前のトウモロコシ畑の中に隠れて、幹線道路を警戒している警察の横を道路と平行に進んで国境を越えるのだ。もし立ちあがったら、警察に見つかってしまう。

「おしゃべりは厳禁、タバコもダメだ」。ザーヘルがみんなをふりかえって言う。「子供を静かにさせておけ。それから、みんな携帯をオフにして。俺が走れと言ったら、走れ。しゃがめと言ったら、しゃがむんだ。いいな?」

わたしはうなずく。

ザーヘルが進んでいく。腰を低くして、トウモロコシのあいだを小走りで幹線道路に向かって進む。頭がちょうどトウモロコシの先端と同じくらいの高さだ。わたしもあとに続く。頭を低くして。息が荒くなる。ラムとマグダレーナとサラがわたしのすぐあとに続く。畑を二〇メートルほど進んだところでザーヘルがピタリと動きを止め、後ろに向けて手のひらを見せる。わたしもその場でピタッと止まる。ザーヘルが手のひらを地面に向けて、鋭く上下に動かす。

「しゃがめ」。ザーヘルが肩越しに小声で言う。

わたしは地面にしゃがむ。背後で、ほかのみんなも同じようにしゃがむ。そして、そのままじっと待つ。何分も待つ。そのうちザーヘルが立ちあがり、わたしたちに手招き(てまね)きしたあと、トウモロコシのあいだで右へ直角に向きを変える。これで真正面に国境を見る形になった。幹線道路はわたしたちの左側、畑の縁(へり)にそってほんの二〇〇メートルくらいのところを走っている。幹線道路ぞいにはパトカーがびっしり列になって警戒している。もしここで立ちあがれば、トウモロコシ畑を見張っている警官から頭が丸見えだ。ザーヘルがまた動きを止め、みんなにしゃがむよう合図する。

「こっちを見ている。ここで待機しよう」。ザーヘルがささやく。

わたしたちはその場に腰をおろす。沈黙の時間が続く。トウモロコシ畑の中をこちらへ近づいてくる警官の足音が聞こえやしないかと、わたしは耳をそばだてる。何の音も聞こえない。虫が飛びまわる羽音と、頭の上でさえずっている鳥の声。子供たちはおとなしくしている。わたしはじっと地面を見たままでいる。みんなの顔を見るのは耐えられない。こんな状況、情けなさすぎる。わたしたちは人間だ。けものではない。なのに、こうして犯罪者のようにトウモロコシ畑にひそみ、警察に追われている。わたしはやり場のない気持ちで長い草の葉をむしり、ずたずたに裂く。

太陽が金色になり、影が長くなってきたころ、ようやくザーヘルが腰を上げ、わたしたちに合図した。みんなザーヘルのあとについて、トウモロコシに隠れるように腰をかがめながら国境へ向かって進む。そのうちにトウモロコシがまばらになって、あたりは背の高い草におおわれた草原になる。ザーヘルから、また土の上にしゃがむよう合図が出る。カマルが泣き声をあげ、重苦しい沈黙が破られる。サラが急いで赤ちゃんをザーヘルの奥さんに渡し、奥さんが赤ちゃんにおっぱいを飲ませる。ふたたび草原を静けさが支配する。

ウム・ムクタダーの小さな息子が母親の前に立っている。目が充血し、疲れはてたようすで、どこか痛いのか顔をゆがめている。ウム・ムクタダーは息子の黒い前髪をかきあげ、おでこに手を当てて熱を測り、男の子を横に寝かせて頭を自分の膝にのせる。張りつめた沈黙が一時間ほども続いたころ、ザーヘルがみんなに腰を上げるよう合図する。ウム・ムクタダーの幼い息子は疲れて動けない。男の子は顔をゆがめて泣きだし、両腕を上げて母親に抱っこをせがむ。

「しーっ」。ウム・ムクタダーが息子に話しかける。「泣かないで、ハビービー（愛しい子）」

ウム・ムクタダーは息子を抱きあげ、腕に抱いたまま前進を始める。

わたしたちはザーヘルのあとについて、高くしげった草のあいだをそろそろと進んでいく。そのうちに、前方でザーヘルが走りだす。わたしも腰を深くかがめ、荒い息でザーヘルに続く。すぐ後ろをラムとマグダレーナがついてくる。その後ろにはサラがウム・ムクタダーの幼い息子を背負って走ってくる。ウム・ムクタダーは娘の手を握って、みんなのあとから走ってくる。わたしたちは立ち止まったり走ったりしながら、じりじりと音もなく草の中を国境めざして進んでいく。太陽が草原にかなり近いところまで傾いたころ、ザーヘルがようやく腰をおろして、携帯の画面を見つめた。その顔に安堵の笑みがうかぶ。

「よし。国境を越えた。ハンガリーにはいったぞ」。ザーヘルが言う。

ラムがうなずき、わたしに向かって笑顔を見せる。

「がんばったね」

ラムはカメラを上に向けて、背負っている男の子を背中から下ろそうとしているサラのスナップ写真を撮る。

「そして、あなたも。アンタルの再来だね」と言って、ラムは小さく笑う。「なんて勇敢な人なんだ、まさに英雄だよ」

サラもわたしも笑った。アンタルはアラブの伝説の英雄で、その冒険が叙事詩にうたわれている勇士だ。わたしはラムに、なぜそんな人の名前を知っているのかとたずねる。ラムは、イラクに何年も住んでいたことがあるから、と答える。セルビアとハンガリーの国境の草原でアンタルを知っている人と出会うとは。わたしは二人のジャーナリストに笑顔を向ける。わたしたちの一行に、また思いがけない友人が増えた。

ザーヘルは肩越しに六〇メートルほど離れたところにある低い建物を指さす。ザーヘルの話では、あれはガソリンスタンドで、密入国業者が集まる場所なのだという。わたしたちは、そのままここで暗くなるまで待つ。あたりはまだ警官たちが警戒していて、見つかったらたいへんだ。暗くなってから、そっと草原を横切ってガソリンスタンドまで行き、ブダペストへ行ってくれる車を探すのだ。わたしたちは、ふたたび腰をおろして待つ態勢にはいる。

太陽は後方の草原へぐんぐん落ちていく。光はあせて深いピンク色になり、やがて灰色に変わっていく。ガソリンスタンドの白い光がまばゆく輝き、空がしだいに色彩を失って、とうとう何もかもが黒と白と灰色だけの世界になった。パトカーの回転灯が道路に光をまきちらす。青い光の点滅がわたしたちの行く手を阻む。わたしたちはじっと腰をおろしたまま、警察がいなくなるのを待つ。サラはバッシャールやアブドゥッラーの近くに腰をおろしている。男たちは、タバコの火が漏れないように先端を手でおおってタバコを吸う。どうやら、また連れが増えたようだ。トウモロコシ畑に隠れて国境を越えてきた人たちが次々にわたしたちに合流しはじめた。いくらもたたないうちに、草原にひそむ人たちの数は二倍に増えた。

日が暮れてまもなく、ガソリンスタンドのほうから一人の女と二人の男がぶらぶらと草原を横切って近づいてきた。ほのかな明かりで、三人が警官でないことはわかる。女は十代のロマの少女で、ロングスカートにTシャツ。少女の両脇を固める男たちは筋肉質で、黒ずくめの服装。

少女に握られた三〇人の運命

「あんたたち、どこへ行きたいの?」。少女が声をかけてくる。

サラがザーヘルと少女のやりとりを通訳する。

「ブダペスト」。ザーヘルが答える。

「何人?」。少女が聞く。

「三〇人」。ザーヘルが答える。「いくら?」

「一人あたり八〇〇」。少女が答える。「全員を運べるだけの車を用意するよ」

ザーヘルが目をむく。

「一人八〇〇? だめだ、高すぎる」

「警察につかまりたいわけ?」。少女が背後の青い回転灯を指さす。

ザーヘルはため息をつく。ほかに方法はない。とにかくここから脱出しなければならないのだ。

ザーヘルは少女に車の手配を頼み、わたしたちはこの場所で待つことになる。少女は二人のギャングを従えてガソリンスタンドの白い光の中へもどっていく。もしかしたら、あの少女たちは警察とグルかもしれない。わたしたちの運命はあの少女たちに握られている。ザーヘルはここから先の計画を立てはじめる。指を折りながら、わたしたちのグループの中で英語を話せる人間を数える。わたしとサラを含めて、五人。車が来たら、英語を話せる者たちが車一台に一人ずつ乗ることにする。わたしはサラとは別の車に乗ることになるけど、べつに不安はない。グループのみんなを信頼しているから。

ちょうどそのとき、道路のほうで騒ぎが起こった。二人のジャーナリストが顔を上げ、目配せしあう。ラムがわたしたちに向かってうなずき、マグダレーナと二人で腰を低くしたままそろそろと立ちあがる。

「さらば、勇敢なるアンタルよ。ふたたび戦場で会おう」。ラムがサラにウインクする。

サラがにこっと笑う。ラムは草原の中を道路に向かって走りだす。すぐあとにマグダレーナが続く。わたしたちは二人がガソリンスタンドのまぶしい光の中へ消えるまで後ろ姿を見送った。

二人が行ってしまったのは残念だった。二人がいなくなったことで、自分たちの状況がますます危機的になったような気がした。二人のジャーナリストがいてくれたおかげで、警察とのがまんくらべが楽しいゲームのようにさえ思えたのに。さっきの少女がもどってこなかったら、どうなるのだろう？　どうやって警察につかまらずにここから逃げられるのだろう？　わたしは身震いしながら、悲観的な考えを頭の外へ追い出す。

ウム・ムクタダーがベールをかぶっている年配の女性たちを見まわし、そろそろヒジャーブを脱いで着替えておこう、と提案する。頭にスカーフをかぶったかっこうでは、一目でイスラム教徒とわかってしまう。ウム・ムクタダーたちは少し離れた草の深いところへはいっていった。出てきた彼女たちの姿を見たわたしは、笑いをかみころすのに苦労した。ウム・ムクタダーたちは髪を大きな麦わら帽子に押しこみ、丈の長いアバーヤをロングスカートとデニムジャケットに着替え、首もとを隠すためにジャケットの襟を立てている。どう見ても変なかっこう。とくに、こんな夜に、こんな畑の中では。わたしは新しいショートパンツとTシャツに着替え、汚れたグレーのジャンパーを背の高い草の上へ放り投げた。そのことを、すぐに後悔する破目になったのだけど。風が出て、すごく寒くなってきた。でも、あたりは真っ暗だし、いまごろジャンパーを探しまわるのは危険すぎる。時間がじりじり過ぎていく。少女もギャングたちも姿を見せない。

空に月はない。星さえ見えない。低い空に雨をはらんだ紫色の雲が広がっている。眠ろうとしても、神経が高ぶっていて眠れない。青色の回転灯がくるくる回りつづけている。頭痛がしてきた。わたしは光が漏れないように画面を手でおおって携帯を見る。びっくり。八月三〇日、午前三時。ウム・ムクタダーの幼い息子がまた泣きだす。男の子は母親の横に立ったまま、小さな哀(あわ)れっぽい声でしくしく泣いている。ウム・ムクタダーは片腕で息子を抱き寄せ、ペットボトルにはいった水を飲ませようとする。男の子は顔をしかめ、ボトルを押しやる。ウム・ムクタダーは両腕で息子を抱き寄せる。男の子は母親の肩に顔をうずめて泣く。息子を優しくなだめる母親の目にも涙がうかぶ。

「心配ないのよ、ハビービー。だいじょうぶだからね」。そう言って、ウム・ムクタダーは息子の髪をなでる。「泣かないで」

ウム・ムクタダーの娘のほうは、母親と弟のようすをじっと見ているけど、この子も泣きだしそうな顔をしている。

「ねえ」。わたしは女の子に声をかける。

女の子がわたしの顔を見る。

「髪の毛を編(あ)むのって、できる?」。わたしが聞く。

女の子が遠慮がちにうなずく。

「あのね。わたし、新しい美容師さんを探してたところなの」。わたしは言う。「わたしの髪の毛、編んでくれないかな？」

女の子は足を引きずるようにして近づいてきて、わたしの背後に腰をおろし、わたしの長い髪を束(たば)に分けて、ねじったり上にしたり下にしたりしながら編みはじめる。そして編みおえると、編んだ髪を手ぐしでほぐして、また最初から編みはじめる。

「あの連中は来ないな」。とうとうザーヘルが言う。「それに、警察も、まだねばるつもりらしい。もうちょっといい隠れ場所を探して、少し眠ったほうがいい」

アイハムと兄のバーセムが隠れ場所を探しに行くと申し出た。二人は腰を深く落とし、背の高い草のあいだに隠れるようにして、ガソリンスタンドのほうへ消えていった。二〇分後、二人がもどってきた。木立の奥に涸(か)れた川のような溝(みぞ)を見つけた、朝までそこに隠れていれば警察に見つからないだろう、という。ザーヘルが立ちあがり、胸につけた抱っこひもに赤ちゃんのカマルを入れる。赤ちゃんは眠っていて、身動きもしない。ウム・ムクタダーは息子をそっと起こし、立ちあがる。ムクタダーは息子の手を握って、走る態勢になっている。わたしも立ちあがって、女の子の手を握る。そのとき、ビーッ、ビーッ、ビーッと大きな音が空から降ってきた。ガソリンスタンドのむこう側だ。紫色の雲のあいだから白いサーチライトがさしこむ。ヘリコプターだ。

「行け、走れ！」。ザーヘルがグループに向かって声を殺して叫ぶ。

バーセムとアイハムが隠れ場所に向かって草原を走りだす。わたしたちも全速力であとを追う。ウム・ムクタダーの小さな娘は、わたしと手をつないで全力で走る。パニックでひきつけるような息づかいになっている。わたしは背後をふりかえる。左手側の道路ぞいにつらなる青い回転灯の光に照らされて、人々が草原を逃げまどっている。少なくとも六〇人はいるだろう。みんな、前方の小さな木立に隠れようとして、背の高い草のあいだを散り散り（ちぢ）に逃げまどう。空からのサーチライトが増え、ビーッ、ビーッ、という警告音が頭の上でますます大きく鳴り響く。わたしは女の子の手をぎゅっと握りしめる。女の子がしくしく泣きだす。

「だいじょうぶよ」。わたしは走りながら女の子にささやく。「こんなの、ただのゲームだからね」

雨が降りだした。大きな雨粒（あまつぶ）が顔に当たる。ヘリコプターの爆音がどんどん近くなる。背後で叫び声が聞こえる。でも、後ろは見ない。前を走っていくアイハムとバーセム兄弟の姿に視線を集中する。二人が腰をかがめて木立の中へ駆けこむ。そのあとからザーヘル夫婦が飛びこむ。あと三〇メートル。二〇メートル。一〇メートル。着いた——。わたしは女の子を木立の中に放りこんで、数秒のあいだ息をつく。わたしのあとからサラが腰をかがめて木立に走りこんできた。ウム・ムクタダーの息子を背負っている。わたしは残りのメンバーを数える。はとこのナビーフとマージド。ブロンディ。サラの友だちのバッシャールとダイヤモンドの刺青（タトゥー）をしたアブドゥッラー。

わたしたちは林の奥へ向かう。二〇メートルほど進んだところに、目につきにくい溝があった。わたしは息をのむ。この暗闇の中では、溝に落ちても不思議はない。ぬかるんだ急斜面を滑り下りる。溝の幅はかなり広くて、スケートボードのハーフパイプくらいの大きさがある。背後を見あげると、グループのみんなが続々と下りてくる。ガソリンスタンドの近くでわたしたちと合流したほかのグループの人たちは、ほとんどがわたしたちの隠れ場所に気づかない。わたしはぬかるんだ溝の底にしゃがんで、近くを走りぬけていく人々の叫び声に耳をすます。みんな道路のほうへ走っていく。その先には警察が待ちかまえている。わたしは耳をすまし、息を止めて待つ。頭の上をヘリコプターが飛びまわっているけど、わたしたちの姿は木々にさえぎられて上からは見えないはずだ。道路ではパトカーが忙しく走りまわっている。みんな一網打尽だ、逃げ道はない。とにかく朝までここにひそんで、警察がいなくなったすきに逃げ出して、また別の密入国業者を見つけるチャンスに賭けるしかない。ラムや〈お母ちゃん〉やほかのみんなはうまく逃げられただろうか。

溝の中は、外の草原よりもっと寒かった。雨はやんだけど、薄い霧が溝に流れこんできている。わたしはそっと携帯を見る。八月三〇日、午前四時三〇分。少し眠らなければ。ベオグラードで泊まったホテルの部屋が恋しい。ヘリコプターのサーチライトが、また木々のこずえを舐めていく。原っぱに投げ捨ててきたジャンパーのことを思い出す。

「寒くて死にそう」。わたしは小声でサラに言う。歯の根が合わない。「眠りたい……」

アイハムが立ちあがってレザージャケットを脱ぎ、にっこり笑いながらわたしの肩に着せかけてくれる。そして、自分は背中を丸めてむきだしの両腕をさすりながら、溝の底を歩きまわり、数歩ごとにジャンプしたりその場でジョギングしたりしている。

「ズボン、捨てなきゃよかった」。サラがむきだしの足をさすりながら、うめくような声で言う。目から涙がこぼれそうになっている。「なんでショートパンツなんかはいたんだろ?」

ちょうどそのとき、サラの友だちのバッシャールとアブドゥッラーが溝に滑り下りてきた。二人で汚れた寝袋を二個運んできたのだ。アブドゥッラーがポケットナイフを出して寝袋を細長く裂く。わたしはそれを使って寝場所を作ろうとしたけど、寝袋は雨でぐっしょり濡れているし、地面はひどくぬかるんでいて、寝ころべるような状態ではない。サラが立ちあがり、草っ原にもどってジャンパーを取ってくる、と言いだした。わたしは「バカなことしないで」と言ったけど、サラは聞く耳を持たない。溝から出ていってしまった。わたしは疲れすぎていて、サラを止める気力もない。五分後にサラがもどってきた。にこにこしながら、黒くて大きなスウェットパンツを手に持っている。

「見て。むこうにいた男の人がくれたの」。サラがわたしたちと同じように溝に隠れている見知らぬ人たちのほうを指さす。「ぜんぜん知らない人なのに。もう、キスしてあげちゃおうかと思ったわよ！」

みんな、ろくに眠っていない。青い回転灯はあいかわらず光っているし、ヘリコプターも上空を旋回しつづけている。わたしたちはじっと待つ。やがて夜が明けはじめ、道路のほうから聞こえる物音が小さくなり、青い回転灯がいなくなった。ザーヘルは早くここを離れようと言う。この寒さでは赤ちゃんがもたない、と。

警察は引きあげたのか、道路からの物音は聞こえなくなった。誰か英語を話せる者が出ていって密入国業者を探すことになった。アイハムとブロンディが行くと申し出てくれて、溝から這い出して姿を消した。わたしたちは耳をすまして待つ。あたりは静まりかえっている。一〇分後、二人が急斜面を滑り下りてもどってきた。わたしたち全員をブダペストまで運べる台数の車を用意できる業者を見つけたという。密入国業者の話では、行き先はブダペストの「ホテル・ベルリン」で、そこから先は別の密入国業者を見つけてドイツをめざすことになるという。値段は安くない。一人五〇〇ユーロ。ブダペストまで二〇〇キロを車で走る値段としては、とんでもなく高い。でも、値段なんか、かまっていられない。とにかく、この溝から逃げ出さないと。

　わたしたちは溝から這い出し、寒さに震えながら木立の外へ出る。霧雨の降る暗い夜明け。道路ぞいに五台の汚れた黒い乗用車と一台の黒いバンが停まっている。わたしは黒いミニバンに乗りこむ。いっしょに乗るのは、二人の子供を連れたウム・ムクタダーと、アブドゥッラーと、あと二人。わたしは助手席に座る。運転手は中年の背の低い男で、頭に白い野球帽をかぶっている以外は全身黒ずくめだ。

「五〇〇」。運転手が言う。「一人五〇〇だ」

　運転手の息はアルコールとタバコのにおいがする。わたしはみんなから現金を集めて運転手に渡す。車が動きだし、運転手が音楽のボリュームを最大にする。激しいビートのガチャガチャうるさいポップ・ミュージックだったけど、それでもわたしはすぐに爆睡してしまった。溝の中で寝られなくて、疲れはてていたのだ。目がさめると、車は朝の渋滞にはまっていた。高速道路の高架下をのろのろと進んでいる。あいかわらず騒々しい音楽が鳴り響いている。わたしは後ろをふりかえる。ほかのみんなはまだ熟睡している。

　運転手は高速道路から下りて、橋のたもとの待避所に車を停めた。前方に郊外型のショッピング・モールが見える。後ろに乗っているみんなも目をさます。運転手は窓の外に向けて小さく手を振って、ここで別の車に乗りかえろと言う。わたしたちはぞろぞろと車を降りる。黒いバンはスピードを上げて走り去り、わたしたちは道端にぽつんと取り残された。と思ったら、白いミニバンがタイヤをきしませて道路の反対車線からものすごい勢いで突っこんできた。はねられるかと思った直前で、ミニバンがハンドルを切った。運転席のドアが開き、盛りあがった筋肉に刺青をしたスキンヘッドの男が降りてきた。

「ホテル・ベルリン」の罠

「乗れ」。男が言う。

「この車でホテル・ベルリンまで行ってくれるんですか?」。わたしは聞く。

男は黄色い歯を見せてニヤリと笑う。

「ホテル・ベルリンね。ああ、そうさ」

わたしたちはミニバンに乗りこんだ。運転手がわたしのほうを向いて「五〇〇」と言い、窓から外につばを吐く。

「でも、もうさっきの人に払いました」。わたしは言う。

「五〇〇」。男はくりかえし、みんなのほうをふりむいて指をさす。「一人五〇〇だ」

わたしはがっくりした。この男に逆らえる場面じゃない。

「だって、さっきもう払ったじゃないか」。アブドゥッラーが言う。

「そう言ったんだけど……」。わたしは言う。「でも……あの……見てよ、この男を相手にする自信ある?」

アブドゥッラーは不満そうな声を出して、こぶしでドアを殴る。わたしは窓の外を見る。都会の荒廃した地区。こんなところでタクシーを拾うのは無理だ。幹線道路ぞいにとぼとぼ歩くのも、賢いとは思えない。逮捕されてしまうだろう。もういちど五〇〇ユーロを払うしかない。ほかのみんなは後ろの座席でもぞもぞ身動きしたあと、現金を差し出した。わたしはビニールの密閉袋に入れてあった札束の中から自分のぶんを出してみんなのお金に加え、精いっぱいの抗議を込めて運転手の手にお金をたたきつける。運転手はニッと笑って札束をジーンズのポケットに突っこむ。運転手がアクセルを踏みこむと、車はタイヤをきしませて幹線道路に合流した。わたしたちはまた渋滞する車の列に巻きこまれ、ブダペストめざしてのろのろと進んだ。

ホテル・ベルリンは工場の廃墟が目だつブダペストのさびれた一画に立つずんぐりとした三階建ての建物で、ベージュとオレンジ色に塗り分けられ、まるで場違いな雰囲気を放っていた。屋上に立っている看板にはホテルの三つ星マークが描かれているけど、まともな観光客などもう一〇年は訪れていないだろう。玄関に車が着くと、サラの姿が見えた。心配そうな顔でうろうろ歩きまわっている。ザーヘルやナビーフたちはみんな右手のほうにある小さな木立の草むらに腰をおろしている。バンが止まり、わたしは助手席のドアを開けて外に出た。

「ユスラ。ああ、よかった」。サラが声をあげる。「どこ行ってたの？　わたしたちみんな、一時間前にはここに着いてたんだよ」

「さあ……」。わたしは言う。「渋滞に巻きこまれたのかな」

ほかのみんなは、わたしたちが着くのを待ってからホテルで密入国業者を紹介してもらおう、と話しあっていたらしい。噂では、このホテルは密入国業者が頻繁に出入りする場所で、この先のことはここで手引きしてくれる者を探すといい、と聞いていた。ここからオーストリアを経由してドイツまで、車でわずか五時間の距離だ。でも、二つの国境を越えなくてはならない。まず、ハンガリー警察の手をすりぬけてオーストリアに入国する。そのためには、密入国業者の手引きが必要だ。サラとわたしがホテルにはいって話をつけるあいだ、ほかのみんなは外の草むらで待つことになった。わたしたちは赤いカーペットの敷かれた階段を上がって、ホテルの玄関にはいる。フロントの奥にスキンヘッドの男が立っている。この男も筋骨隆々で、しかも刺青(タトゥー)がある。

「何のご用で?」。男が英語で言う。

「ドイツへ行きたいんです」。サラが言う。「ここで車が手配できると……」

「ああ、できるよ」。男がサラの言葉をさえぎる。「こっちへどうぞ」

男はフロントの奥から出てきて、わたしたちを左手のバーへ案内し、テーブルに座っている男のところへ連れていく。テーブルの男は青いシャツにベージュ色のパンツ、黒いぴかぴかのウィングチップの靴をはいている。わたしは自分の泥だらけのショートパンツを見おろして顔が赤くなる。男がアラビア語で挨拶(あいさつ)する。

「何のご用ですかな?」。シリア訛(なま)りだ。

サラは、ドイツへ行きたいのだと伝える。

「ドイツね。ええ、だいじょうぶですよ。車を手配するあいだ、うちのホテルの部屋でゆっくりしてもらいましょう」

サラは男に、わたしたちのグループは外で待っている者たちをいれて三〇名ほどだと説明し、いくらかかるのかとたずねた。

「けっこう、けっこう」。男はにっこり笑う。「金のことは、あとでいいかな？　まずは、お連れのみなさんを呼んであげてください。部屋に案内しますよ」

わたしたちはホテルのフロントにもどる。バーの奥に赤い超ミニスカートに白のぴっちりしたトップを着た女の子が立っていて、グラスを磨く手を止めて、前を通りすぎるわたしたちをじろじろ眺める。わたしもじろじろ眺めかえしてやった。ブリーチしたブロンドの髪を頭の上で一つにまとめて噴水ヘアーにして、ばっちりメイクしている。わたしたちはホテル玄関の階段に出て、サラがみんなにはいってくるよう声をかける。みんなが階段を上がって玄関にはいってくる。そこへ筋骨隆々のハンガリー男たちが現れた。さっきまでの運転手より若くてハンサムな男たちだ。みんなボディビルダーのようなからだつきで、たくましい腕に黒っぽい刺青を入れている。男たちはわたしたちをグループに分けた。男の一人が近づいてきて、わたしとサラとレバノン系シリア人のココとバーセムとアイハムの兄弟を指さす。わたしたちはその男のあとについて玄関脇のエレベーターに乗る。男は三階にわたしたちを案内し、長い廊下を歩いていく。壁によりかかっている筋骨隆々の男たち二人の前を通りすぎる。二人の男たちのあいだには、バーで見たのと同じような服装の女が立っている。案内の男はサラが壁ぎわに立っている男女をじっと見たのを見逃さなかった。

「で、この先どこへ行きたいんだって？」。男が言う。

サラは顔をしかめて「ドイツ」と答える。

「ふーん」。男はサラを上から下までじろじろ眺めたあと、「じゃあ、ドイツへ行ってあんたを探すとするか」と言った。

わたしとサラの目が合う。サラは眉を上げただけで、何も言わない。男はドアの前で足を止め、ノックもせずいきなりドアを開けた。五つのベッドの上から見知らぬ人々が顔を上げる。何かおかしい。この部屋には、少なくともすでに一三人の人がいる。男、女、子供。一つのベッドに二、三人が乗っている。眠っている者もいれば、携帯をじっと見つめている者もいる。ぼんやりと床に視線を落としている者もいる。わたしは唖然とする。ここはどういうホテルなんだろう？　男はわたしたちを部屋に押しこめて、ここで待つようにと言う。

「この部屋、もういっぱいなんじゃないの？」。アイハムが男に話しかける。

男はアイハムを無視して、目の前でバタンとドアを閉めた。アイハムがドアをバンバンたたいて「ちょっと！　何か食べ物を注文したいんだけど！」と声をかけても、外の廊下からは何の返事もない。

「なんか、すごく気味が悪いんだけど」。サラが部屋にいる見知らぬ人たちを見まわして言う。白いヒジャーブをかぶった女の人がわたしたちを見あげる。その横には、もう少し若い女の人二人がおとなしくベッドに座っている。三人とも、おびえた表情だ。女の人は、ここで車を待っているのだと言う。自分と家族を車に乗せて国境を越え、オーストリア経由でドイツへ運んでもらうのだ、と。最初に聞いたときはすごくいい話だと思った、と、その女の人は言う。でも、このホテルに来てからもう一週間も待たされていて、密入国業者たちはいつも「あしたには車が来る」とくりかえすばかり。そのあいだにも、ホテル代がかさんで、お金がなくなりかけている。このホテルの部屋はすごく高い、と。

「このホテル、とんでもないとこみたいよ」。ココがわたしたちの背後で小さな声で言う。ココは、まるで頭の悪い人に話しかけるみたいに、女の人にゆっくりと話しかける。「あなたは、実際に、誰か、このホテルから、出発していった人を、見ましたか？」

　ここへ来て二日目に何人かが出発していったけど、その後その人たちとは連絡が取れていない、と、女の人が答える。ココはその人に背を向け、携帯の画面をわたしたちに見せる。ココの顔は真っ青だ。ショックで、ささやくような小声になっている。ココの話では、三日前に、警察がオーストリア国境を越えてすぐの地点で路肩に停車しているトラックを見つけたという。トラックの中からは七一人の死体が見つかった。全員がシリア人だった。トラックの貨物スペースに押しこめられての窒息死だった。運転手は死体の詰まったトラックを路肩に残したまま逃走した。発見されたとき、死体は死後一週間以上経過していた。そのニュースを頭で理解したとたん、吐き気が襲ってきた。自分たちがいかに危うい立場に置かれているかを実感して、ショックだった。ここから逃げなくては。サラはすでにドアノブに手をかけている。ドアを少し開けて部屋の外をのぞき、わたしをふりかえったサラは、目を大きく見開いていた。

「あの男、まだ廊下にいる。用心棒みたいに番してる」

「このホテル、やばいよ」。わたしは言う。「この人たち、囚人も同然じゃない？　わたしたちも、何をされるか、わかんないよ。殺して臓器を切り売りすることだってできるし。それか、階下にいた女みたいに売春婦にすることもできるし」

「怖いこと言わないでよ」。ココが言う。

「だったら、どうしてわたしたちをここに閉じこめておくわけ？　このホテルの中で待たなくたって、車が用意できたときに町のどこかで落ちあえばいいだけじゃない？」

ココは肩をすくめる。「お金を稼ぎたいんじゃないの？」

サラが携帯に何か打ちこんでいる。部屋の外に出て五分後に一階で合流しよう、とみんなに連絡しているのだ。サラがメッセージを打ちおえて、部屋のドアを開ける。

「中にもどれ」。廊下から声が聞こえた。

「わたしたちを閉じこめることなんかできないから！」。わたしはサラの肩越しに大きな声で言う。

「行くぞ」。アイハムがサラの脇をすりぬけてすごい勢いで部屋から飛び出す。

わたしたちもアイハムに続いて廊下を走る。廊下にいた用心棒はびっくりしたようだったけど、わたしたちを止めはしなかった。わたしたちはエレベーターの前を走って通り過ぎ、階段を見つけて、二段とばしで駆け下りる。ホテルの玄関ではマッチョな用心棒が三人とシリア人の密入国業者が待ちかまえていて、用心棒の一人がアイハムに飛びかかってきたけど、アイハムは用心棒をかわしてホテルの出口へ走る。わたしたちもアイハムに続いて階段を下りて駐車場に出る。

「おい、どういうつもりだ？」。シリア人の声が背後から追ってくる。「このまま帰れると思うなよ」

わたしたちは止まらずに走る。角を左に曲がり、交通量の多い大通りを走る。バス停まで来たところでわたしたちは足を止め、後ろをふりかえる。追手（おって）はいない。その場で待っていると、仲間たちが一人また一人と角を曲がって追いついてきた。ザーヘル一家。マージドとナビーフ。みんなそろった。タクシーが路肩（ろかた）に寄ってきて停まり、助手席側の窓が開く。

「ケレティ？」。運転席からタクシー・ドライバーが声をかけてきた。「鉄道の駅？」

わたしたちは次々とタクシーに乗りこんだ。逃げられたのは、運がよかった。このわずか一週間後、秘密の通報をもとに活動しているハンガリーのボランティア団体が、ホテル・ベルリンから一〇〇人のシリア難民を救出した。難民たちは全員が密入国業者の車でホテル・ベルリンに連れてこられ、ホテルに閉じこめられたまま高い宿泊費を取られ、いつまで待っても来ないドイツ行きの車を待っていたのだった。

14

「やった！　バーガーキングがある」

タクシーから降りたケレティ駅（ブダペスト東駅）前の広場では、ものすごい数の難民が古ぼけた大きな駅舎の日陰で野宿していた。広場の端には下り口が二カ所あり、歩行者専用の下の階へ下りていけるようになっている。地階のコンコースでは、さらに多くの人々が横になったり歩きまわったりしている。どっちを向いても、見わたすかぎりテント、タオル、毛布の海。上の階の広場には臨時トイレが七台置かれていて、いちばん遠くのトイレの横に水の出る蛇口(じゃぐち)が一つある。設備と呼べるものは、これだけ。あたりには人間の排泄物(はいせつぶつ)の悪臭と絶望の空気が漂(ただよ)っている。

わたしは呆然(ぼうぜん)として周囲を見まわした。いままで見た難民キャンプの中で、最悪だ。

難民たちは、もう何日もここで待っている。一週間以上待っている人もいる。密入国業者が見つからないので、みんな列車に乗ろうとして待っているのだ。定期運行の国際列車はここから出発して国境を越えてオーストリアにはいる。ところが、ハンガリー当局がＥＵの規則を盾（たて）にビザを持っていない者を駅から締め出していたので、この時点で難民は駅にはいることができなかった。駅の入口には、警棒を持ち、腰にピストルをつけた警官が列になってバリケードを敷いている。暴動鎮圧（ちんあつ）用ヘルメットに太陽の光が反射する。これではどうしようもない。

わたしは頭がくらくらした。八月三〇日、もう午後もだいぶ過ぎた時刻だ。最後に何か食べたのは、いつだっけ？　ハンガリー国境でラムに会う直前に食べたスニッカーズが最後だった。まともな食事は、ベオグラードの公園で食べた朝食が最後。もう三〇時間も前だ。わたしは周囲を見まわす。やった！　バーガーキングがある。すぐ目の前、駅前広場に面したところ。

「何か食べようよ」。わたしは言う。

マージドがわたしの言葉に顔をしかめる。マージドの頭にあるのは、ハンバーガーじゃなかったみたい。

「あの店へ行けば、ネットがつながるよ」。わたしは誘う。「それに、ええと……これからどうするかも相談できるし」

わたしたちはみんなでぞろぞろと道路を渡り、歩行者専用の商店街を通る。ほかのみんなは店の外に腰をおろし、サラとナビーフとマージドとわたしが店にはいる。ドアが開くと、なつかしいフライドポテトのにおいとエアコンの涼気（りょうき）が押し寄せてきた。壁のスクリーンからはＭＴＶが大音量で流れてくる。わたしたちは二階へ上がって食事をした。ハンバーガー。コーク。Ｗｉ－Ｆｉ。ああ、天国。

マージドはすぐに飽きて、外で待っているみんなのところへ出ていった。何か変化があればわたしたち三人はここにいることがわかっているから、安心だ。わたしたちは赤いビニール張りのボックスシートに座って、窓の外で夕陽が広場のむこうに沈みはじめるころまで時間をつぶした。七時半ごろ、サラの携帯に着信があった。マージドからだ。密入国業者が見つかって、通りの先のマクドナルドで会うことになった、という。わたしたちは一階に下りて、表通りに出た。太陽はもう見えない。蒸し暑い夜で、空気はディーゼル排気のにおいがする。わたしたちはマージドやみんなと合流し、車通りの激しい道を歩いていく。数分ごとにパトカーがサイレンを鳴らして通り過ぎる。暑い中で地元の人たちの言い争う声が聞こえる。

マクドナルドの店内で、モロッコ人の男が待っていた。わたしたち三〇人がどやどやと店にはいってくるのを見て、モロッコ人の男が目をみはる。密入国業者はマージドと握手をかわし、わたしたちに座るよう身振りでうながす。わたしたちは店内のあちこちに散らばって席につく。マージドとザーヘルがモロッコ人の男と同じテーブルについた。サラとわたしはバーセムとアイハム兄弟やはとこのナビーフといっしょに隅っこのテーブルに座る。

「もう一個ハンバーガー食べようかな」。わたしは言う。

サラがわたしの腕をバシッとたたく。

「おまえ、アスリートなんじゃないの?」。アイハムが笑いながら言う。

「うるさいなあ」。わたしは言い返す。「アスリートは体力が必要なの」

一〇分後、マージドがわたしたちのテーブルにやってきて、交渉の内容を説明する。モロッコ人の密入国業者は早々に店を出ていった。わたしたちといっしょにいるところを見られたくないのだ。でも、モロッコ人は今夜わたしたち全員をドイツへ運ぶという条件で合意し、迎えの車をよこすという話だった。わたしたちは合図があるまでこの店で待つことになった。ほっとしたし、意外な感じもした。こんなに簡単にいくなんて。あしたの朝には、ドイツに着ける。

わたしたちは待った。携帯で音楽を聴いたり自撮りしたりして、時間をつぶす。マージドは一〇分ごとに席を立って通りを見にいく。三〇分が過ぎ、四〇分が過ぎる。とうとうマージドがしびれを切らしてモロッコ人に電話をかける。つながらない。マージドは気弱になって、マクドナルドの店員に目をやる。店員はわたしたちをじろじろ見ている。長居しすぎたようだ。わたしたちは店の外に出て、そこで密入国業者を待つことにする。深夜一二時になり、マクドナルドが閉店する。わたしたちは待ちくたびれて計画をあきらめ、とぼとぼとケレティ駅にもどって、寝る場所を探す。

駅の周辺で寝ている何千人という人たちのあいだを通り抜けて、地階コンコースの一角にようやく空いている場所を見つけた。床に衣類を敷きつめた上に、サラと並んで横になる。周囲の音や騒ぎを気にする余裕もないくらい疲れきっていた。わたしは目を閉じて、ダマスカスの曲がりくねった街路を思いうかべる。屋根つきの市場で買い物をしている母とシャヒドの姿が、またまぶたにうかんだ。閉じたまぶたの下から涙がこぼれる。わたしは誰にも気づかれないように、身動きひとつしないでじっと寝ていた。つらくて泣いているなんて、誰にも知られたくない。しっかりしなくては。やがて、眠りが訪れた。ゆるい風が頰の涙を乾かしてくれた。

翌朝目がさめると、子供たちがゴミ箱からあふれたゴミの山を引っかきまわしている。携帯を見る。きょうは八月三一日、月曜日。旅に出て、三週間近くになる。あとどのくらいかかるのだろう？　わたしはサラと二人で階段をのぼって上の駅前広場へ行き、トイレの行列に並ぶ。駅舎の周囲で野宿している人たちも目をさましはじめている。駅の入口にある凝った装飾のゲート前には依然として警官が一列に並び、肌の色のちがう人間をまちがっても汽車には乗せないように見張っている。

　サラの携帯が鳴った。サラは少し離れたところへ行って電話に出る。一〇分後、サラがもどってきた。トイレの行列はほとんど進んでいない。電話はハノーヴァーにいる親友のハーラからだった。前にダマスカスで隣に住んでいた一家の息子でハリールという子がブダペストから出られなくて困っている、という。わたしと同じくまだ子供で、一六歳で、たった一人で旅しているらしい。ハーラは、ハリールを助けてやってくれないかとサラに頼んできた。「家族」があと一人増えたところで、べつに不都合はない。ぜんぜん余裕だ。サラはハリールに連絡を取って、駅前の広場でわたしたちを見つけるよう伝える。

　ちょうどそのとき、ジャーナリストのラムとマグダレーナが人混みの中から姿を現した。二人と再会できて、すごく嬉しかった。この二人ならば、どうすればいいかわかるだろう。

「どうしてこんなに長くかかったの？」。ラムが満面の笑みをうかべてわたしたちに声をかける。そして、サラに向かって「わが勇者アンタルの首尾やいかに？」と聞く。

　サラはニコッと笑って「まあまあかな」と答える。「ここからどうやって脱出すればいいか、何か方法ある？」

「うーん、それは難しいなあ」。ラムが顔をしかめる。

　わたしたちは悪臭漂うトイレを使ったあと、二人のジャーナリストを連れて下の階にいるみんなのところへもどる。仲間たちは目をさましていた。みんなコンコースの壁ぞいに思い思いの場所に座りこんで、必死でブダペストから脱出する方法を探している。ウム・ムクタダーのグループは、いまだに彼女の義弟で密入国業者のアリーを待っている。アリーはこの街でウム・ムクタダーたちと会うことになっているけど、いまのところまだ連絡がない。ザーヘル一家は朝からずっと密入国業者を探して片っ端から連絡を取ろうとしているけど、誰も電話に出てくれないという。ブダペストから脱出しようとしている人は何千人もいるから、密入国業者は人手不足なのだ。

列車に乗ってオーストリアへ向かう方法がいちばん見込みがありそうに思える。ラムが聞いた噂によると、ハンガリー警察は八月三一日の午前中に数時間だけ駅を開放して、国境を越える列車に乗れるようにしてくれるらしい。理屈からいえば、切符を買って列車に乗るだけなのだけど、列車に乗りたいのがわたしたちだけじゃないところが問題だ。切符を買うための行列は、もうすでに数時間待ちになっていた。でも、ほかにどうしようもないから、わたしたちも行列に並ぶことにする。サラとわたしはのろのろと階段を上がり、駅舎の左手のほうへ行ってみた。ラムとマグダレーナもついてくる。行列はすぐにわかった。駅舎の横の入口からうねうねと建物の角まで行列が続いている。

「ひえ〜。これじゃ一週間かかるわ」。サラが言う。

蛍光色のスタッフジャンパーを着た若い女性がサラの言葉を聞きつけて、足を止めた。この行列に並ぶ必要はないのよ、と、その女性が教えてくれる。ブダペストにはほかにも国際列車の切符を買える駅がある、と。いちばん近いのはデリ駅で、バスに乗れば一五分で行けるという。デリ駅なら行列しなくても切符が買える、と、女の人は請け合ってくれた。ほとんどの人がデリ駅のことを知らないからだ。サラは女の人にお礼を言った。ボランティアの女性は人混みに呑みこまれて姿が見えなくなった。別の駅。トライしてみる価値はある。サラは下の階にいる仲間たちに、自分がデリ駅へ行ってみんなの切符を買ってくる、と言いにいった。わたしは駅前広場のコンクリートに腰をおろしてマグダレーナといっしょに待つことにする。ラムは切符を買うために必死で行列する人たちの写真を撮っている。ラムが顔を上げた。どうやら、わたしは目をしかめてラムを見ていたらしい。

「ぼくも難民だったんだよ」。ラムがにっこり笑って言う。「だから、ぼくは難民の写真を撮ってもオーケーなんだよ」

わたしはびっくりした。ラムがわたしたちの写真を撮ることなんて、べつになんとも思っていなかったから。こんな異常事態になっているんだもの、世界に知らせる必要があると思う。

「写真撮るのは、ぜんぜん気にしてないよ。仕事して」。わたしはラムに言う。

ラムがふたたびカメラを構える前に、少し間があった。

「難民だった、ってどういう意味?」。わたしはたずねる。

「ぼくはラオスで育ったんだ」。ラムが言う。「で、フランスへ逃げた。いまでは、ぼくはフランス国民なんだ」

わたしはそれ以上何も聞かなかった。ラムはふたたびカメラを構える。わたしは写真を撮るラムの姿を眺める。そうか、ラムも難民だったのか。「難民」という言葉。いちど難民と呼ばれた者は、生涯それを消すことはできないのか。わたしは心からの尊敬と賞賛を込めてラムを見つめる。この人は、祖国から逃げた経験がある。それなのに、また難民の現場にもどって、わたしたちといっしょにそれを追体験しようとしている。わたしは雷に打たれたようなショックを受けた。しかも、ラムはいい写真を撮りたくてここにいるだけではない。わざわざわたしたちの力になろうとまでしてくれているのだ。

サラが兄弟の一人バーセムとマージドを連れてケレティ駅前の広場にもどってきた。マージドは広場の端にあるウエスタンユニオンへ行く。もどってきたマージドがサラに札束を渡す。わたしたち三人とナビーフの切符を買うのにじゅうぶんなお金だ。サラはTシャツの首もとから手を突っこんで、ブラの中からもっと大きな札束を取り出す。そして、預かった切符代を札束といっしょにして、それをまたブラの中にもどす。

「ねえ、ちょっと」。ラムがカメラを構えている。「いまの、もう一回やってくれない？　写真に撮りたいんだ」

サラはニヤッと笑って、もういちど同じことをやってみせる。そして、バーセムと連れだってデリ駅を探しにいった。わたしは広場を横切っていく二人の姿を見送る。お腹がグーッと鳴った。お腹ペコペコで死にそう。ねえ、何か食べようよ、と言いかけたそのとき、いきなりラムが立ちあがり、駅の入口のほうへ走りだした。すぐあとからマグダレーナが続く。わたしも二人を追って駅のほうへ走る。駅の入口にものすごい数の群衆が押し寄せていた。半狂乱の人たちが叫び、押しあい、突きあっている。警官は端のほうに立ったまま混乱を眺めている。駅が開いたのだ。切符を持っている者がわれ先にオーストリア行きの列車に乗りこもうと殺到している。

わたしはごったがえしている駅前を避け、地階へ下りて、ほかのみんなといっしょに腰をおろした。地階の駅舎入口にも、駅にはいろうとする人たちが殺到している。〈お母ちゃん〉が立ちあがって、腰に手をあてたかっこうで、押し合いへし合いする人たちを眺めている。息子のザーヘルも〈お母ちゃん〉と並んで立っている。二人とも疑いのまなざしで事態を見守っている。わたしたちのグループは、誰もこの電車に乗ろうとはしなかった。列車にたどりつく前に押しつぶされそうで、危険すぎるからだ。もう少し事態が落ち着くまで待とう、というのがわたしたちの考えだった。それに、そのほうが安全かもしれない。この列車を見送れば、列車がほんとうに国境を越えてオーストリアまで行くのかどうか、確かめることができる。もしかしたら、これは大きな罠かもしれないのだ。駅前に集まった難民や路上生活を始めた難民たちを一掃して難民キャンプへ送りこむための。そんな罠にはまったら、一生ハンガリーから出られなくなるかもしれないし、あるいは送還されるかもしれない。いろいろな噂が飛びかっていた。誰もハンガリー当局を信用していない。まずは落ち着いてようすを見たほうがよさそうだ。

一時間後、切符を買ったサラとバーセムがもどってきた。地階のコンコースに殺到した人の波は引いていた。最初の列車は出発した。列車に乗れなかった人々は、駅周辺の臨時キャンプにもどった。サラが得意げな笑顔で長方形の切符の束を高く上げて振る。サラの話では、デリ駅には人がぜんぜんいなくて行列もできていなかったそうだ。翌日、つまり九月一日にケレティ駅を出発する列車の切符をサラがみんなに配る。これは賭けだ。あすになっても駅がまだ開いているかどうか、確かなことは誰にもわからない。

人混みの中からティーンエージャーの少年が姿を見せ、わたしに近づいてきた。色白で、茶色の豊かな髪。袖なしの黒いダウンベストに黒のスウェットパンツ、白いスニーカー。

「あの、サラさんですか?」。少年が声をかけてくる。

「ううん、サラはこっち」。わたしはサラを指さして言う。「もしかして、ハリール？」

少年はパッといたずらっぽい笑顔になる。わたしは一目でこの少年が好きになった。

「どうも」。サラが挨拶する。「わたしたちといっしょに行く？　切符、買ってあるよ、あしたのぶん」

ハリールはわたしたちの横に腰をおろし、あっという間にわたしたち「家族」になじんだ。連れができて、見るからにホッとした顔になっている。わたしたちは、みんな仲間だ。八月三一日の夜、駅前広場に夕闇が降りはじめたころ、わたしたちはバーガーキングの店でインスタグラムに自撮り写真をアップしたり、シリアの友だちとオンラインでチャットしたりしていた。そのときとつぜん、わたしの携帯の画面が明るくなって、大量の通知が届きはじめた。新しいフォロワーだ。ものすごい数。アカウントをスクロールしていくと、全員ベルギーの人たちだ。いったいどういうこと？　そうか、スティーヴンにちがいない。ベオグラードの公園で会ったジャーナリスト。わたしのことがベルギーのテレビに出たのかな？　この人たちはテレビを見て、わたしの旅をインスタグラムでフォローしようと思ってくれたってこと？　きっと、そうにちがいない。わたしは信じられない思いで画面を見つめる。通知が次から次へとはいってくる。これだけの反応は、嬉しい半面、正直とまどう。わたしはシリアからドイツへ行こうとしているふつうの女の子にすぎない。わたしと同じようにドイツをめざして旅をしている子は何千人もいるはず。どうしてわたしに興味を持ってくれたのだろう？

そうだ、スティーヴンに聞けば、この街から脱出する方法をアドバイスしてくれるかもしれない。彼はテレビ・ジャーナリストだから、いろんなことを知っているにちがいない。少なくとも、いま何がどうなっているのかはわかるだろう。わたしはスティーヴンにメールを打ち、いまブダペストにいて翌日の列車に乗ろうと計画していることを伝えた。スティーヴンから返事がきた。これからも連絡を取りあおうと言ってくれて、用心したほうがいいよと警告してくれる。

マージドがわたしたちのいるバーガーキングへ来た。もう一晩ケレティ駅で寝るのは避けたい、という。マージドの言うとおりだ。駅は危険だし、不潔だ。わたしたちはホテルを探すことにする。新しく仲間に加わったハリールもいっしょにホテルに泊まると言う。でも、ほかのみんなは駅で寝泊まりすると言う。たしかに、ホテルはとてもお金がかかる。だけど、わたしたちは安全のためならお金を払うつもりでいた。マクドナルドのあるほうへ向かって交通量の多い道を歩きながら、片っ端からホテルに立ち寄る。どのホテルのフロントも、パスポートを見せろと言う。あるいは、難民は泊めない、と拒絶するホテルもあった。そのうちに、正面に凝った装飾のある古風なホテルの前まで来た。ここみたいに高そうなホテルなら、あれこれ聞かれることもないかも……？　わたしたちは自動ドアを通って堂々とホテルにはいっていき、ごくふつうの観光客みたいな顔をしてフロントへ行った。アメリカ人……とか？　やってみたら、うまくいった。パスポートを見せろとも言われなかったし、書類を見せろとも言われなかった。わたしはロビーの超豪華なシャンデリアを見つめる。ホテル代はものすごく高いけど、あの駅でもう一夜を過ごすくらいなら、もっと払っても惜(お)しくない。

九月一日の朝、わたしたちは早い時刻にホテルをチェックアウトしてケレティ駅にもどる。列車に乗る前にみんなに会っておこうと思って。ところが、駅に着いてみると、とんでもないことになっていた。警察の機動隊が何列も並んで駅の出入口を封鎖しているのだ。しかも、今回は完全封鎖だ。難民であろうと、地元の人間であろうと、観光客であろうと、一人たりとも駅への出入りを許さない態勢になっている。

「ドイツ！　ドイツ！　ドイツ！」のシュプレヒコール

わたしたちはザーヘルを探して駅の地階を埋める人々や毛布やテントのあいだを歩きまわる。いつものように、仲間たちを見つけて近づいていくとき、わたしは後ろめたい気持ちになる。ホテルの部屋は、とても快適だった。もしできることなら、仲間たち全員のホテル代を払ってあげたいくらいだ。ザーヘルは沈んだ表情をしていた。きのうの列車の件を疑ってかかったのは正解だった、と言う。列車はオーストリアまで行かなかった。警察が途中で列車を止め、有効なビザを持っていない乗客を全員留置場(りゅうちじょう)送りにしたのだ。わたしはケレティ駅の出入口を封鎖している無慈悲(むじひ)な機動隊の列に目をやり、そして自分の手に握っている切符に目を落とした。たとえ出発する覚悟があろうとも、きょうの列車に乗ることはできない。何百ユーロものお金が無駄になった。わたしはこみあげる絶望の波と戦う。

上の広場からシュプレヒコールが聞こえてきた。

「ドイツ！　ドイツ！　ドイツ！」

わたしたちはアイハムとバーセム兄弟のあとについて階段を上がり、何が起こっているのか見にいった。怒った群衆がシュプレヒコールをあげている。ほとんどが男性だ。みんな駅の出入口のところに集まって叫んでいる。ラムが群衆のすぐ外側まで近づいてスナップ写真を撮っている。

横にいるマグダレーナがわたしたちに気づいて手を振る。わたしたちはラムとマグダレーナのところまで行く。

「ドイツ！　ドイツ！　ドイツ！」。男たちは握りこぶしを突き上げてシュプレヒコールをくりかえす。ペットボトルを打ち鳴らしている人もいるし、シリアのパスポートを振りまわしている人もいる。

「運賃どろぼう！」。わたしのすぐ横にいた男性が無駄になった列車の切符を振りかざしてアラビア語で叫ぶ。「どろぼう！　列車に乗せろ！」

「駅、開けろ！　駅、開けろ！」。シュプレヒコールは続く。「ドイツ！　ドイツ！　ドイツ！アンゲラ！　アンゲラ！　アンゲラ！」

「アンゲラって誰？」。わたしはサラに聞く。サラは肩をすくめる。

「アンゲラ・メルケルよ」。マグダレーナが言う。「ドイツの首相」

ああ、そのアンゲラね。

機動隊が一列に並んで、抗議する群衆の前に立ちはだかっている。微動だにせず、見るからに威圧的。隊員たちはマスクをしている。まるでわたしたちが空気感染する病原菌でも持っているみたいじゃない？　群衆が機動隊に詰め寄る。男が一人飛び出して、機動隊の列に突っこむ。警官たちが男に飛びかかり、それにつられて群衆全体が波のように押し寄せる。サラがわたしとハリールの腕をつかんで引っぱり、別の機動隊がわたしの左側の道路から隊列を組んで突入する。サラがわたしとハリールの腕をつかんで引っぱり、階段を下りて安全な地階のコンコースに連れもどす。わたしが首を伸ばしてふりかえったとき、ちょうど、アイハムとバーセム兄弟とナビーフがラムのあとについて群衆の中へはいっていくのが見えた。

　地階では、女性たちがグループごとに腰をおろし、黙ったまま頭の上で響くシュプレヒコールを聞いている。隅のほうで、ボランティアが映画用のスクリーンを張って、トムとジェリーのアニメを上映している。スクリーンの前にあぐらをかいて座っているのは、幼い子供たちだ。その中に、アニメにすっかり夢中になっているイドリースの息子ムスタファーの姿があった。ウム・ムクタダーの子供たちもいる。わたしも近くに腰をおろし、携帯を取り出す。連絡先をスクロールしながら、考える。誰が力になってくれるだろう？　もういちどジャーナリストのスティーヴンに連絡してみようか。わたしはスティーヴンの連絡先を開いて、ボイスメッセージを録音する。

「ここには何千人という人たちがいます」。わたしは電話に向かって話す。「騒ぎが起こって、警察が人々を逮捕しています。ここは危険で、わたしたちはどうしたらいいかわかりません。列車の切符は売るのに、駅は封鎖されてはいれないのです。これでは、わたしたちからお金を盗んでいるのと同じです。誰もこの街から出ることができません。ブダペストに来て、わたしたちを助けてください！」

　メッセージを録音したあと、わたしはコンコースの汚い壁によりかかって目を閉じる。上の階では依然としてシュプレヒコールが続いている。怒った男たちの突き上げるこぶしが目にうかぶ。どうしてハンガリーはわたしたちを出国させてくれないのだろう？　わたしたちはハンガリーにとどまりたいわけではないし、ハンガリーもわたしたちなんかいないほうがいいと思っている。なのに、みんな足止めされている。先へ進むこともできないし、もとにもどることもできない。わたしは両手で頭をかかえ、まぶたに手のひらを押しつける。涙がこぼれないように。肩に誰かの手が置かれた。サラだった。サラが手を出して、わたしを引っぱって立たせる。わたしたちは怒れる群衆のシュプレヒコールから逃れてバーガーキングに避難し、そのあとホテルへ行った。

翌九月二日の朝、ケレティ駅にもどってみると、デモの群衆はすでに駅前広場に集まっていて、歌を歌ったり、シュプレヒコールを叫んだり、手を打ち鳴らしたりしている。男たちは段ボールの切れ端に書いたプラカードを掲げている。「ドイツ LOVE」とか、「メルケル♡」とか、あるいはもっとシンプルに「助けて」とか。地階の通路では、ウム・ムクタダーが取り乱していた。義弟で密入国業者のアリーを待っているのに、いまだにアリーが現れないのだ。ウム・ムクタダーといっしょに行動しているグループはイライラをつのらせていた。みんな、このドッボにいつまではまっていなければならないのか、見通しがつかない。わたしたちは一日のほとんどをバーガーキングに入りびたって過ごした。大人たちは駅の地階に座りこんで、この先どうするかを相談しあっている。わたしはもう飽き飽きしていた。ほかのみんなは携帯をさかんにタップしたりスクロールしたり忙しそうだ。わたしはサラに「何してるの?」と聞く。サラは、トルコから密航したときのモーグリにメールを書いているという。モーグリはフェイスブックでサラを「友達」に追加したらしい。

「頭おかしいんじゃない?」。わたしは言う。

「べつにいいじゃん」。サラがコークを一口すすって言う。「モーグリだって何かの役に立つかもしれないし」

「あのさ、忘れたの? あいつ、あんなにたくさんの人間をボートに乗せといて、自分は逃げたんだよ? 溺(おぼ)れるなら勝手にどうぞ、って」。わたしは言う。

サラは眉を上げただけで、また携帯を親指でタップしはじめる。わたしはスティーヴンあてにもういちどボイスメッセージを送る。近いうちに駅の封鎖が解かれて列車に乗れると思いますか？ それとも、密入国業者を見つけて車でオーストリア国境を越えるべきだと思いますか？ わたしたちは警察につかまって指紋をとられてギリシャか、もっと悪ければトルコへ送還されるのを恐れているのです、と。スティーヴンはいまブリュッセルにもどってニュース編集室にいるという話で、画面に出たニュース速報の写真を送ってくれた。駅の封鎖は解かれたけど、国際列車は走っていない、という情報だった。ハンガリーの首相はいまブリュッセルを訪問中で、現状について欧州委員会と協議中らしい。わたしはため息をついて、スティーヴンにありがとうとメールを打つ。どうすればいいのか、これではスティーヴンにもわかるはずがない。

午後になってから駅の地階にもどってみると、密入国業者のアリーが仲間たちの真ん中に腰をおろしていた。ようやく来たわけだ。一目見て、いやな感じの男だと思った。きざで横柄(おうへい)な感じ。シャツにジーンズというスタイルで、日陰なのにサングラスをかけている。アリーがウム・ムクタダーに説明している。ドイツへ向かう一台目の車を今夜出発できるように手配する、そのあとでバンを運転してもどってきて残りのみんなを乗せていく、と。ただし、アリーの話では、バンというのは貨物用のバンで、前に運転席があって、後ろはシートなしのただの貨物室なので、ハンガリーを出てオーストリア経由でドイツの国境を越えるまで丸々五時間、貨物室の床にじかに座っていくしかないという。マージドが立ちあがって手招きする。ナビーフ、ハリール、サラとわたしが立ちあがって、マージドについて物陰へ行く。

「どう思う？」。マージドが言う。

「バンのこと？　それとも、あそこにいるクソ野郎のこと？」。サラが言う。

ハリールがくすくす笑う。

「バンのことだよ」。マージドが顔をしかめる。「俺たちもアリーに頼む？」

「やだ」。サラが言う。「とんでもない。あの話、忘れたの？　先週、シリアの人たちがああいうバンに閉じこめられて窒息死したって話。海の上なら生きのびれても、バンの中で窒息じゃ助からないよ」

わたしも、このアリーという男は信用できないと思ったので、マージドにそう言う。あの男はトラブルになりかけたらさっさとわたしたちを置き去りにするにちがいない、と。気の毒に、ウム・ムクタダーがあの男にどんな思いをさせられたか考えてみてよ、しかも彼女は家族なんだよ？　自分の兄の奥さんなんだよ？　なのに、何日もウム・ムクタダーからのメッセージに返事もよこさないで、小さな子を二人つれて海を渡るっていうのに何の助けもよこさないで、ハンガリー国境を越えるときだって何もしてあげなかった。わたしたちだって追いつめられてるけど、あんな男に頼るほど追いつめられてはいない――わたしは、そう言った。

マージドはため息をつく。オーストリア国境を越える国際列車は、依然として運行されていない。となれば、ほかの、ちゃんと信頼できる密入国業者を見つけるしかない。わたしたちはグループのみんなのところへもどる。アリーがみんなと手はずを最終確認している。今夜遅くに、アリーがウム・ムクタダーと二人の子供たちを車で迎えにくる。そして、ザーヘル一家にはできるだけ早くバンを差し向ける。そのあと三台目の車を出すので、それにココやそのほかの人たちが乗る。ただし、これはいつになるか確約できない、と。そのあと、アリーは大股でコンコースを突っ切って階段のほうへ消えていった。ウム・ムクタダーが立ちあがり、二人の子供の手を引いて、荷物を整理しにいく。

「あの男、だいじょうぶかな?」。ウム・ムクタダーが行ってしまったあとで、マージドがザーヘルに声をかける。

「ほかに選択肢もないしな」。ザーヘルが言う。「走りもしない列車の切符に何百ユーロも払いつづける余裕はないし」

「アリーはおたくらを運ぶだけで手いっぱいって感じだね」。マージドが言う。「俺たちは別の方法を探すよ」

わたしたちはみんなから離れ、夜までずっと密入国業者モーグリの教えてくれた連絡先に接触してみようとした。そして、三人の密入国業者と会うことになった。二人はハンガリー人で、もう一人はモロッコ人だ。でも、実際には三人のうち一人も姿を現さなかった。疲れはて、がっくりきて、わたしたちはホテルにもどった。

翌九月三日の朝、駅へ行ってみると、いつものところにザーヘル一家はいなかった。バーセムとアイハムの兄弟もいなくなっているし、イラク人のウム・ムクタダーと子供たちの姿もない。残っているのはイドリースと息子のムスタファー、ブロンディ、レバノン系シリア人のココ、ラタキア出身のシリア人アフマドとその姉妹たち、それにあと二人くらい。なんだか妙にさみしい気分になる。赤ちゃんのカマルと〈お母ちゃん〉の姿が恋しい。さよならの挨拶もしなかった。

ラムとマグダレーナが人混みの中をのんびり近づいてくる。

「友だち、行っちゃった?」。ラムが言う。

わたしはうなずく。

「で、これからどうするの？」。ラムが言う。

わたしは肩をすくめる。どうするの、と言われても。状況はいっそう絶望的な感じだ。ラムが指さした階段の先には、きょうもあいかわらず駅にはいろうとする人たちがひしめいている。ラムは、きょう警察が国境行きの列車を何本か出発させるらしいという噂を聞いた、と言う。もういちど列車の切符を買って、乗れるかどうか賭けてみるのも一つの手かもしれない、と。アラビア語でやかましくしゃべったりしないように気をつければ、難民だとバレずにオーストリアまでたどりつけるかもしれない、と、ラムは言う。やってみる価値はありそうだ。ほかに手はないのだから。

サラとマージドがデリ駅へ新しい切符を買いに行っているあいだ、わたしとナビーフとハリールはバーガーキングで待つ。店の二階の窓から見おろすと、群衆が争って駅にはいろうとしているのが見える。警官たちは脇に立って、人々の押し合いへし合いを眺めている。広場の端にはテレビの撮影クルーがずらっと並んでいる。めちゃくちゃな混乱だ。

サラとマージドが午後遅くなってもどってきた。今夜八時発の切符が手にはいった。日暮れごろには、駅前の群衆は少なくなっていた。マージドが列車内で食べるサンドイッチを仕入れに行っているあいだに、ラムとマグダレーナがやってきた。二人とも背中に大きな荷物を背負っている。

「ぼくらもきみたちといっしょに行くことにしたよ」。ラムが言う。

わたしはにっこり笑う。二人がいっしょにきてくれるなら、心強い。何か起こったときに、ラムがいれば、どうすればいいかわかるだろう。いよいよ駅にはいるときはドキドキしたけど、警官の姿はなかった。みんなでホームを歩いていく。線路には古い緑色の列車が停まっている。前方を歩いていたマージドが最後尾の客車に乗りこんで、テーブル席に座る。わたしもあとに続き、マージドと向かいあう形で進行方向に向いた窓側の席に座る。ほかのみんなもわたしに続いて列車に乗りこむ。はとこのナビーフ。サラ。ブロンディ。ハリール。ラム。マグダレーナ。いちばん最後に乗ってきたのは友だちのアブドゥッラーで、直前になってわたしたちといっしょに行動することに決めたのだった。携帯で時間をチェックする。八時ちょっと前。あと五分。わたしは周囲を見まわす。この客車に乗っているのは、わたしたちだけだ。と思ったら、前方のドアが開いて金髪の少女がはいってきた。少女はドアのすぐそばの、わたしたちからいちばん離れた席に座った。

とうとう列車が動きだした。九月三日、午後八時。わたしはみんなの顔を見て笑う。ようやくブダペストから脱出できる。窓の外を眺める。貨物列車がさびれた倉庫の前に停まっている。線路は道路の上をまたいでいく。下の通りを走る黄色い路面電車が見える。列車は川にかかる橋をわたる。夕暮れの中に、鈍(にぶ)い緑色をした浅くて広い川が見える。

みんなぐったり疲れていた。アブドゥッラーは席を立ち、わたしたちの横を通って客車のいちばん後方まで行って、すみっこの席にどさっと座りこみ、トレーナーを顔の上まで引き上げる。携帯の画面を見ていたマグダレーナが顔を上げる。オーストリアまで行けるという保証はないのよ、と、マグダレーナが釘をさす。これは罠かもしれないから、と。きょうの早い時刻に国境に向けて出発した列車は、ブダペストを出てすぐのビシュケという町で警察に停車させられた。難民たちを列車から降ろしてキャンプへ連行しようとする警察と難民のあいだでもみあいになり、膠着状態が続いている。やはり噂はほんとうだった。きょう出発した列車も、ブダペスト駅から難民を一掃しようとする警察の罠だったのだ。わたしはマージドの顔を見る。マージドは窓の外を見ている。事態がのみこめていないらしい。

「ってことは、この列車も警察に止められるのかな？」。サラが言う。

「わからないわ。だいじょうぶだと思うけど」。マグダレーナが言う。「警察の思惑は裏目に出たみたいだから。難民が列車から降りることを拒んでいるの。テレビのクルーもいっぱい乗り合わせているし。警察が同じことをまたやるとは思えないわね」

「そのうちわかるよ」。ラムがそう言いながら、サラのほうを向く。「きみたちみんな、パスポート持ってるよね？」

サラがうなずく。地中海を渡るときに買った密閉袋の中に入れたままだ。

「いや、どこかに隠しておいたほうがいいんじゃないかと思って。万が一に備えて」。ラムが言う。

ラムの言うとおりだ。もしわたしたちがつかまって、警察がパスポートを見つけたら、後々ドイツへ着いてから面倒なことになる可能性がある。サラとわたしのパスポートはブラの中に隠してあるから安全だけど、ほかのみんながどうしているかは知らない。サラがラムの助言をみんなに通訳して聞かせる。マージドが肩をすくめて、自分のパスポートをテーブルの上に置く。ほかのみんなも同じようにする。サラがテーブルに出されたパスポートを集め、自分の密閉袋をブラの中から出して、全員のパスポートを密閉袋に入れなおし、それをTシャツの首のところから中へ押しこんだ。

「いいね、それ」。ラムがニヤッと笑う。

　わたしは窓の外をじっと眺める。線路は小さな森を突っ切って走る。列車の両側に木立が続く。森を越えた先に野原が広がり、谷があり、駅や倉庫をいくつも通り過ぎる。列車がきしんだ音をたて、スピードを落としはじめた。止まるようだ。列車がゆっくりと駅にはいる。ホームの駅名は「ケレンフェルド」と読めた。

　ノートに何か書いていたマグダレーナが顔を上げ、客車のドアをにらみつけるように見る。そのままじっと見つめている。数分後、列車はまた動きだし、マグダレーナは書きものにもどった。スピードが上がるにつれて、列車がガタゴト揺れる。窓の外にヒマワリ畑が広がり、暮れなずむ光の中で花首(はなくび)を垂(た)れている。わたしは逆算してみた。八月二九日から九月三日まで、六日間。ハンガリーにいたのは、たったの六日間だった。何カ月というくらい長く感じたけど。

　列車はまた車輪をきしませ、スピードを落として、駅にはいる。駅名は「タタバーニャ」とある。マグダレーナはペンを置いて、また客車のドアをにらみつける。カメラの画面を見ていたラムも顔を上げ、二人のジャーナリストが目配せしあう。ドアが乱暴に開けられ、外の通路でボソボソ話す声が聞こえたけど、わたしたちが乗っている客車のドアはピタリと閉まったままだ。列車はふたたび動きだし、二人のジャーナリストはそれぞれの仕事にもどった。

　わたしたちは黙ったまま座っていた。外はもう暗くなり、客車内のあかりが黒い窓ガラスに反射している。わたしは窓に映るみんなの顔を眺める。ハリールは眠っている。テーブルをはさんで向かいに座っているマージドは携帯を見つめている。窓に映ったサラと目が合う。サラは眠そうな顔で笑う。客車の反対側の端のほうでは金髪の女の子が窓の外を眺めながら小さな声で電話している。ナビーフがあくびをし、伸びをして、マージドに何か食べるものはないかとたずねる。マージドが下のほうへ手をのばして紙袋を引っぱり出す。袋を逆さにすると、テーブルの上にたくさんのサンドイッチの包みがこぼれ出た。サラとわたしは一個ずつもらう。ナビーフは四個をかかえて、反対側のテーブルに座っているハリールとブロンディとラムとマグダレーナのところへ届ける。

「ありがとう」。ラムが言う。「でも、ぼくら、自分たちの食べるものは持ってきてるんだよ」

ナビーフはそれでもいいから、と引かない。二人のジャーナリストは一包みのサンドイッチを二人で分けて食べることにする。ナビーフは余った一個を持って、客車の端で爆睡しているアブドゥッラーのところへ行く。ナビーフが顔の前で手を振っても、アブドゥッラーはぜんぜん反応しない。ナビーフは肩をすくめてもどってきて、わたしたちの横を通り過ぎて、客車の反対側の端に座っている少女のところまで行く。少女は近づいてくるナビーフを警戒した目で見つめている。ナビーフがサンドイッチを差し出して、「食べる?」と英語で話しかける。

少女は首を横に振った。と思ったら、いきなり声をあげて泣きだした。ナビーフはわたしたちのほうをふりかえり、困った顔をしている。少女は両手で顔をおおい、肩を震わせて泣いている。マグダレーナとラムが目配せしあう。

「どうしたの?」。マグダレーナが立ちあがる。「何?」

客車の端からナビーフがゆっくりあとずさりしてくる。マグダレーナが通路を歩いて二人のほうへ近づいていく。ナビーフは動揺した顔で席にもどってきた。

「どうしたの？」。わたしはナビーフにたずねる。「あの子に何を言ったの？」

「何も言ってないってば」。ナビーフが言う。「サンドイッチをあげようとしただけさ」

ラムが席を立って、客車の端のほうへ歩いていく。マグダレーナは小さな声で少女と話をしている。列車がまたスピードを落としはじめた。ブレーキがきしんだ音をたてる。窓から外を見ると、ホームの駅名は「ジェール」とある。

マージドが顔を上げた。「オーストリア国境手前の最後の駅だ」

列車のドアがガチャンと音をたてて開き、外の通路に足音がした。通路の端でラムが声を上げるのが聞こえた。ドアが開き、マグダレーナがさっとふりかえる。わたしは顔を上げ、がっくりした。ドアのところに警官が立っていた——。

15

ハンガリーの留置場

警官が大股で近づいてくる。すぐ後ろに女の警官一人と男の警官二人が続く。紺色の制服を着て、腰にピストルと黒く光る警棒をつけている。警官がわたしたちのテーブルまで来た。

「どこから来た？」。女の警官が荒々しい口調で訊く。

まだ若い女で、黒っぽい髪をひっつめて長いポニーテールにしている。わたしはマージドを見る。マージドは青い顔で吐きそうになっている。かわりにサラが答える。サラは女の警官を真正面から見て、「シリアから来ました」と言う。

「オーケー」。女の警官が言う。「列車から降りろ。全員だ。いますぐ」

わたしはあまりのショックにすぐには動けなかった。気がつくと、ラムがいちばん後ろの警官の肩越しにのぞいている。ラムがわたしにウインクし、わたしもなんとか笑顔でこたえる。わたしたちは持ち物をまとめ、ぞろぞろと列車を降りて、ホームに立つ。警官たちがわたしたちを取り囲む。まるで凶悪犯でも捕獲するみたいに。マグダレーナとラムもホームに降りてきた。

「この人たちをどこへ連れていくんですか？」。マグダレーナが言う。

「あんた、何者だ？」。男の警官が言う。マグダレーナに初めて気がついたようだ。

「わたしたちはジャーナリストです。この人たちを痛めつけたら、メディアに書きますからね」。

マグダレーナが言う。

「脅（おど）しは通用しないぞ」。女の警官が言う。

マグダレーナは女の警官にしかめっ面（つら）をしてみせ、わたしとサラの横に立った。さっきの金髪の女の子のせいよ、と、マグダレーナが小声で教えてくれる。金髪の少女が警察に通報して、わたしたちの座っている場所を知らせたのだという。マグダレーナが聞いたところでは、少女はわたしたちを悪者だと思ったらしい。テロリストのグループが列車を爆破しようとしている、と。ところがナビーフが食べ物をくれようとしたので、少女は自分のしたことを悔（く）やんで泣きだしたのだった。

「なんてバカなやつ！」。サラが大きな声で言う。「わたしたちが自分と同じ人間だってわからないの？」

警官に命じられるままに、わたしたちはホームから自動ドアを通って駅のホールに出て、左手の待合室にはいった。

警官たちは、木のベンチにわたしたちを横一列に座らせた。背後に、駅のホームが見わたせる大きな窓がある。わたしは後ろをふりかえり、乗ってきた列車がオーストリアに向けて発車していくのを見送る。あと少しだったのに……え、ちょっと待って！　アブドゥッラー！　わたしはあたりを見まわす。アブドゥッラーの姿がない。まだ列車に乗っているにちがいない。たぶん、眠りこけているのだろう。そして、知らないうちに国境を越える……。

警官がわたしたちの正面に並ぶ。その背後から、ラムが写真を撮る。マグダレーナはノートに何か書きつけている。わたしの左側、ベンチのいちばん左端にブロンディが座っている。男の警官の一人がブロンディの前に踏み出す。

「立て」。警官が身ぶりをそえて言う。ブロンディが立ちあがり、警官が両手でボディチェックする。次に、警官が所持品を見せろと言う。ブロンディが小さなバックパックを差し出し、警官が中身を床にぶちまける。

胃がキュッと縮んだ。わたしたちのパスポートを見つけたら、警察は何をするだろう？　指紋をとるのだろうか？　わたしたちは望まないのに、この国で難民登録されてしまうのだろうか？警官の対応しだいでは、わたしたちはハンガリーに留置されるかもしれないし、もっと悪くすれば前の国に送還されるかもしれない。わたしは焦って周囲を見まわす。国境を越えなくては。先へ進まなくては。ドイツへたどりつかなくては。

ブロンディが終わると、次に女の警官がわたしの前に出てきて、立てと言う。警官がわたしのボディチェックをする。わたしは携帯を差し出し、女の警官がわたしのバッグを逆さまにして振る。わたしのささやかな所持品が床に散らばる。警官が一枚のカードを拾い上げ、裏返して眺める。ブダペストで泊まったホテルのカードだ。これは何か、と警官が聞く。わたしは肩をすくめる。女の警官は仲間の警官にハンガリー語で何かしゃべりかけ、全員が笑う。

「こいつら、もしかしてイケてる会話のつもりなわけ？」。サラがアラビア語で言う。

ハリールが噴きだす。

「は〜、偉いね、偉いね。怖いわぁ、ちゃっちいプラスチックの警棒なんか持っちゃって」。サラが続ける。「きっと、おうちに帰ったら奥さんにあの警棒でぶたれちゃうのね。おお怖い！」

ナビーフとわたしも噴きだす。まずいとはわかってるし、下手をすれば危険なことになるかもとは思うけど、笑いが止まらない。なんだか、あまりにもバカバカしくて。ブロンディとマージドは足もとを見つめたまま黙ってうなだれている。笑っていない。男の警官がサラに一歩近づいて、何を笑っているのかとただす。サラは相手の目を見て答える。

「べつに警察なんか怖くない、って言ってただけです」

「なぜだ？　甘く見ないほうが身のためだぞ」

「あの、言わせてもらいますけど」。わたしは女の警官に向かって言う。「あなたたちに何ができるって言うんですか？　最悪でも刑務所に放りこむ程度でしょ？」

女の警官は驚いた顔でわたしを見る。

「わたしたち、海で溺れかけたのを生きのびたんですからね」。わたしは言う。「そのうえ、こんどはどういう目に遭わせようって言うんですか？」

　女の警官は何も言わなかった。ラムがにやっと笑いながら写真を撮りつづける。ナビーフとわたしはカメラに向かって変顔をしてみせる。それを見てマグダレーナがあわてている。別の男の警官がマージドの前に立つ。マージドはわたしの右側に座って、じっと床を見つめている。警官がマージドに立てと言う。わたしがひじでちょっと押すと、マージドは立ちあがった。警官がマージドのボディチェックをし、バッグを逆さにして中身を床にぶちまける。マージドが携帯を差し出す。

　次はサラの番だ。サラはみんなのパスポートを持っている。ああ、もう終わりだ。心臓がドキドキする。ああ、もう一巻の終わりだ。シリアに送還されたら、どうしよう？　また爆弾の降ってくる街に送還されたら？　ちょうどそのとき、電話が鳴った。マージドの身体検査をした警官がハンガリー語で何か言って、待合室から出ていった。女の警官が同僚たちのほうを向いた。

　サラはそのチャンスをのがさなかった。バックパックを胸の前に抱き寄せ、首のまわりをゴソゴソ触っていたと思ったら、サラが派手に咳をした。となりでマージドが両腕を上げて、伸びをするみたいなかっこうをする。サラがバックパックの上に顔を伏せ、左手を耳のところまで上げる。信じられない！　サラがパスポートのはいった密閉袋を左手に持っている。マージドがそれを受け取って、自分のポケットに入れる。うまくいった！　誰も気づいていない。

　さっきの警官が待合室にもどってきて、女の警官がサラの身体検査をする。サラを立たせてボディチェックをし、携帯を取り上げ、バッグの中身をぜんぶ出す。パスポートは見つからない。わたしはホッとため息をつく。うまいぞ、サラ！　思わず笑いそうになるのをがまんする。

待合室から外の道路に青い回転灯が見えた。背の高い警官がわたしたちに立つよう命じる。わたしは少しばかりの持ち物をバッグにもどして、みんなのあとから駅のホールを通り、外へ出る。警察の白いトラックが駐車場で待っていた。警官がわたしたちを先導してトラックの後部へ回り、両開きのドアを開ける。トラックの中には、両側から向かいあうように二列の白いプラスチックのシートがついている。いちばん奥にも、運転席とのしきり壁に折りたたみ式のシートがついている。薄暗い中で、奥のシートに男が一人座っているのがかろうじて見えた。わたしたちは次々にトラックに乗りこむ。ラムとマグダレーナがすごく心配そうな顔で見ている。両開きのドアがガチャンと閉められた。

「どーも！」。奥のシートに座っている男が声を出した。暗闇の中で白い歯が光る。

わたしはギョッとして飛びあがった。サラはくすっと笑った。運転席とのあいだののぞき窓からはいる光で、男がいろいろな色の混ざったTシャツを着て赤いパンツをはいているのがわかった。トラックのエンジンがかかる。男は自分の肩越しに運転席と助手席に座る二人の警官を指さす。

「見て、見て、見て！　見て、見て、見て！」。男が強いアフガン訛りで言う。

わたしは笑いをこらえる。トラックは角を曲がって道路を走りはじめた。男は携帯を取り出して、またにやっと笑う。男が携帯をしばらくいじっているうちに、小さなスピーカーからノリのいいポップスがガンガン流れだした。男は両手を上げて、「見て、見て、見て！　見て、見て、見て！」と音楽に合わせて声をあげる。

もう、みんな大笑い。バンの中はめちゃくちゃな大騒ぎで、緊張が一気に解けた。笑ったおかげで、わたしも勇気と力が出て、この先に何が起こっても平気、という気になった。

「あいつに黙れって言えよ」。マージドが言う。「調子に乗ってると面倒なことになるぞ」

男はわたしを指さして、「どっから来たの？」と聞く。

「シリア」。わたしが答える。

「ああ、そう」。男はそう言ってポケットに手を突っこみ、暗赤色のパスポートを引っぱり出す。そして、写真の貼ってあるページを開き、のぞき窓からはいる光にかざして見せる。本人とは似ても似つかない写真。どう見ても、できの悪い偽造パスポートだ。男は自分を指さして、「ぼくね、イタリアン」と言って笑った。

トラックがスピードを落として、止まる。運転席のドアがガシャンと閉まる音がして、後ろの両開きドアが開き、光がさしこむ。女の警官が一人ずつ降りろと命令する。仲間が一人ずつ順に夜の中へ消えていくのを見送ったあと、わたしもトラックから降ろされて、周囲を見まわした。そこは農家の庭のような場所で、まわりに背の高い家畜小屋がいくつも立っている。女の警官はわたしの腕をつかんで、家畜小屋に囲まれた平屋のプレハブ小屋に連行する。中にはいると、そこは狭いオフィスになっていて、机が一つ、ファイルキャビネットが一つ、椅子が二脚あった。部屋の隅にはベージュ色の機械が置いてあって、コピー機のように見える。女の警官が機械を指さす。近づいてみると、それはコピー機ではなかった。機械の上面が四角いガラス板になっていて、その上に小さな液晶画面がついている。

「名前、生年月日、出生地」。警官が言う。

「ユスラ・マルディニ、一九九八年三月五日生まれ、ダマスカス出身」。わたしは言う。「あの、シリアのダマスカスです」

警官が、こいつ、ふざけてんのか、というような顔でわたしを見る。女の警官は機械のほうに向きなおって、何かタイプする。次に、警官はわたしの左手を開いて四本の指先を明るい光に照らされたガラス板に押しつけるよう命令する。四つの黒っぽい斑点が液晶画面に現れる。女の警官はわたしの指を一本ずつ順につかんで、指先をスキャナーにグリグリ押しつける。右手も同じようにされた。指紋をとられた。ハンガリー当局に登録されてしまった。わたしはがっくりきた。あとでどんなことになるのだろう？　警官は机のひきだしからカメラを出して、わたしの写真を撮る。それから灰色のプラスチック・トレイを出してきた。

「靴紐！」。警官がどなる。

わたしは肩をすくめ、スニーカーの靴紐をほどいて、警官に渡す。女の警官はわたしがつけていた紐のようなブレスレットを指さす。わたしはそれもはずして、トレイに置く。警官はわたしのバッグをひったくり、みんなのバッグといっしょに部屋の隅に置いた。もう終わりだ。女の警官はわたしの腕をつかんでオフィスから引きずり出し、左手のほうに立っている家畜小屋に連行する。小屋の中はかすかに動物のにおいがした。両側の壁にそって高さ三メートルくらいの鉄の柵が並んでいて、馬が一頭ずつはいるように仕切られている。鉄柵の上のほうはあいていて、ずっと上のほうに波形の鉄板でできた屋根が見える。

警官はわたしをいちばん奥の仕切りの前まで連れていく。鉄柵の中にはサラやはとこのナビーフとマージドが先にはいっている。警官が柵の扉の鍵を開け、わたしは中にはいる。檻の中にはプールサイドで見かけるような白いプラスチック製のラウンジチェアが六脚置いてあって、それでいっぱいという感じだ。床には干し草のカスが落ちている。警官はわたしを中に入れてから扉に鍵をかけ、大股で去っていった。

「なかなか楽しい経験だったわ」。わたしは警官の姿が消えてから言う。「靴紐よこせって、どういうこと?」

「そう、わたしも取られた」。サラが言う。「靴紐で自殺するとでも思ってんのかね。冗談もいいかげんにしろっての。わたし、あの女に言ってやったんだ、死にたいんならシリアにそのままいましたから、って。わざわざこんな遠くまで来て、こんなしみったれた国で自殺なんかするわけないでしょ」

檻の扉がまた開いて、ハリールとブロンディがはいってきた。二人を放りこんだあと、警官が扉の鍵をしめて、鉄柵ごしに大きな包みを投げてよこした。拾いあげて、重なっている布をはがしてみると、それは灰色のフリースの毛布だった。布を広げると、白い字が書いてある。「UNHCR 国連難民機関」

警官がまたはいってきた。両手で段ボール箱を抱えている。警官は箱の中から小さな楕円形(だえんけい)の包みを出して、柵ごしに檻の中へ投げてよこした。包みはポトンと軽い音をたててコンクリートの床に落ちた。二個目の包みが柵ごしに飛んでくる。三個目。四個目。五個目。最後の六個目が檻の奥のほうにある干し草の上に着地した。わたしは近づいていって包みを拾いあげる。サンドイッチだ。ラップに包んである。ラップを開くと、異臭がした。ぶよぶよのチキンハム・サンド。げっ。こんな腐(くさ)ったもの、食べられるわけないでしょ。ほかのみんなは、見向きもしない。サンドイッチの包みは、落下した場所にそのまま放っておいた。

わたしはナビーフとハリールのあいだにあるラウンジチェアに腰をおろした。ナビーフもハリールも落ちこんでいる。頭の中をいろんな考えがかけめぐる。涙がこぼれそうになる。いまごろ、アブドゥッラーはオーストリアに着いているだろう。もしかしたら、もうドイツ行きの列車に乗ったかもしれない。あの金髪の少女のせいだ。なんで他人のことを放っておいてくれないの？　指紋をとられてしまった。それはつまり、一巻の終わりってこと？　わたしたちはトルコに送還されるのだろうか？　それとも、シリアに？　たとえドイツにたどりつけたとしても、またハンガリーにもどされるのだろうか？　いや、だいじょうぶかもしれない。はとこのナビーフとわたしは一八歳未満だから、未成年者扱いだ。サラとマージドがわたしたちの法的な保護者ということになる。ヨーロッパの国々では未成年者とその保護者は国外追放しないと聞いた。でも、ぜったいそうなの？　わたしたちには、噂と中途半端な法律の知識くらいしか情報がなかった。

サラが近づいてきてわたしを見おろし、それからハリールを見おろす。二人とも泣きそうだった。お腹もペコペコだし、恐ろしいし、混乱してるし。

「あんたたち」。サラが笑顔で話しかけてくる。「心配ないってば。むこうだって、わたしたちをここにずっと置いとくわけにはいかないんだから」

サラは檻の端まで歩いていき、くるりと向きを変えて、もどってくる。

「あのね、いい？」。サラが言う。「こういうときこそ、アルハムドゥリッラー、って言わなくちゃだめよ。神よ感謝します、って。けさ、わたしたちはバーガーキングでごはん食べた。きのうの夜は、高級ホテルでぐっすり眠った。で、今夜は檻の中で寝る破目になって、犬だって食わないようなサンドイッチを投げ与えられて。で、あしたはどうなる？　誰にもわかりゃしない。人生って、そんなもんよ」

「サラの言うとおりだ」。マージドが言った。「俺たちは生きてる。けがもしてない。神様に感謝しなきゃ」

檻の外に男がやってきて、アラビア語で自己紹介した。通訳だという。わたしたちの味方で、わたしたちの力になりたいという。マージドが、これからどうなるのかと聞く。通訳の男の話では、警察は今夜一晩だけわたしたちをここに留置するだろう、ということだった。そのあと、朝になったら、わたしたちの書類が作られて、通行許可証がもらえて、ハンガリーから出られるだろう、という。そのあとは、どこへでも好きなところへ行けるという。わたしは息をのむ。もしかしたら、状況は思ったほど絶望的ではないのかもしれない。マージドは通訳の話を信用していないようだったけど、通訳はまちがいないと請け合う。望むならあしたオーストリア国境を越えることができる、そしてドイツでもどこでも行くことができる、と。通訳は帰っていき、わたしたちは灰色の毛布をかぶってプラスチックのラウンジチェアに横になる。誰も口をきく気になれなかった。とりあえず、あしたになるのを待つしかない。


起きろ！という女の大きな声で目がさめた。

目をあける。朝だ。自分はどこにいるんだっけ？　背中が痛い。

「行くぞ」。女の声が言う。

見あげると、昨日の女警官が檻の扉のところに立っていた。横に二人、男の警官がついている。ほかのみんなはもう立ちあがっている。わたしは足にかかっていた毛布をはねのけて、よろよろと立ちあがる。女の警官が扉の鍵を開け、わたしたちは一列になって檻から出る。警官のあとについて家畜小屋を出て、中庭を横ぎって、別の家畜小屋へ連れていかれる。さっきまでの馬小屋とちがって、こっちの家畜小屋は片側が大きな鉄の檻になっている。檻の中にはたくさんの人たちが入れられている。四〇人くらいだろうか。ざっと見たところ、全員が男性だ。扉の近くにいる男たちが、一列になって檻にはいってきたわたしたちを見あげる。男たちはわたしとサラをじろじろ見る。わたしたちはコンクリートの上に腰をおろして、できるだけ男たちの視線を無視する。

九月四日の午前もだいぶ過ぎたころ、女の警官がまた姿を見せた。通訳を連れている。警官と通訳に連れられて、わたしたちは最初のプレハブ小屋に入り、持ち物を返してもらう。通訳の話では、ここから出るバスに乗せてもらってどこでも行きたいところまで連れていってもらえるという。スニーカーに靴紐を通しながら、心の中で希望がふくらむ。ほんとうに釈放してもらえるのだろうか？　通訳は、もう二度と警察につかまらないように、と警告する。もしつかまって、すでにデータが登録されている人間だとわかれば、本物の刑務所に入れられるかもしれない、という。

女の警官がオフィスの入口に姿を見せて、わたしたちを手招きする。外に出ると、大きな黒いトラックが待っていた。警官はわたしたちをトラックの後ろへ連れていき、両開きのドアを開けた。中は窓ひとつなく、つきあたりの運転席との境に小さなのぞき窓があるだけ。警官が鍵をガチャガチャやっているあいだに、だんだん暗さに目が慣れてきた。警官が一歩下がって、内側の扉を勢いよく開ける。内側にも扉があるとは気づかなかったけど、扉を見てぞっとした。鉄の檻だ。

「通訳はどこでも好きなところへ行けるって言ってましたけど？」。サラが言う。

「乗れ」。女の警官が言う。

「乗れ」

わたしたちはトラックの貨物室に乗りこむ。警官が檻の扉を乱暴に閉め、鍵をかける。さらに外から、後部扉がガチャンと閉まる。中は真っ暗。あかりは前の運転席とのあいだののぞき窓からはいる光だけだ。心臓がドキドキする。こんどはどこへ連れていかれるのだろう？　サラの顔を見る。ほぼ真っ暗な中で、なんとか表情だけが見えた。サラはカンカンに怒っている。警官が運転席に乗りこんで、のぞき窓を閉じた。わたしたちのいるスペースは完全な真っ暗闇になった。エンジンがかかり、トラックが動きだす。こんな屈辱（くつじょく）的な扱いがあるだろうか。なぜ凶悪犯のように扱われなくてはならないの？　あの通訳め。理解できない。なぜ、釈放されるなんて言ったのか。裏切られた思いが怒りに変わる。信じていたのに、あの通訳はわたしたちを裏切った。なぜ正直にありのままを言ってくれなかったのか。

暗闇の中で重苦しく黙りこんだままのわたしたちを乗せて、トラックはカーブを切り、エンジンを吹かして進む。二〇分ほど走ったところでトラックはスピードを落として停車し、エンジンが切れた。まもなく後部扉が開いて、光がはいってきた。わたしは太陽の光に目を細める。女の警官が身を乗り出して檻の扉の鍵を開ける。わたしはみんなに続いてトラックから降り、あたりを見まわした。そこは難民キャンプだった。細長い灰色の建物の前に、オフホワイトの三角テントが何列も並んでいる。それぞれのテントの外に大きなゴミ袋が置いてあって、ゴミがあふれている。ひどい臭いだ。どこもかしこも人だらけ。男や女や子供がテントのあいだを歩きまわっている。洗濯物を運んでいる者もいれば、木陰に座りこんでいる者もいる。わたしたちの背後で警官がトラックに乗りこみ、エンジンをかけた。トラックがビーッ、ビーッとブザーを鳴らしてバックし、方向転換して、開いている鉄のゲートから外へ走り去った。わたしたちはその場に取り残された。スタッフの姿もない。

赤と白のヒジャーブをかぶった女の人がわたしをじろじろ見ている。わたしはその人のところへ近づいていって、たずねる。

「すみません、あなたはいつからここにいらっしゃるのですか？」

「三カ月です」。女の人が言う。

「何を待っていらっしゃるのですか？」

「わかりません。誰も何も教えてくれないのです」。女の人が言う。「わたしはドイツにいる夫のもとへ行きたいのです。でも、ここへ連れてこられて、ここに六カ月いなくてはならないと言われました。わたしは子供を三人連れていいます。だから、ここで待つしかないんです」

わたしは女の人を見つめた。気の毒に。なんてひどい。

「わたしもドイツへ行きたいんです」。あたりを見まわしながら、私は動揺が声に出ないようにがまんする。「いますぐ、きょうのうちに。いまここを出れば、今夜にはドイツに着けるんです」

わたしはみんなのところにもどる。マージドがキャンプで暮らしている人と知りあいになって、近くの村の密入国業者を教えてもらった。その密入国業者に頼めば、オーストリアとの国境を越えられるかもしれない。わたしたちは国境から車でわずか一時間のところにいる。マージドが密入国業者と話をつけて、キャンプまで迎えにきてもらえることになった。わたしたちはキャンプの外に出て、路肩で待つ約束だ。見たところ、難民キャンプはフェンスで囲われているわけではなさそうだから、出ようと思えば簡単に外に出られる。

わたしたちは向きを変えて、鉄のゲートのほうへ歩きはじめる。依然としてスタッフの姿はない。マージドがゲートを引くと、ゲートは簡単に開いた。わたしたちは外の道路に出る。思わず笑顔になる。ここまでは楽勝だった。でも、また警察につかまることだけは避けなくてはならない。ハンガリーの本物の刑務所を体験するなんて、まっぴらだ。わたしたちは急ぎ足で道路ぞいにキャンプから遠ざかる。

ブダペストに逆もどり

「この国の密入国業者は、もうこりごり」。サラが歩きながら言う。「いつもやりますって約束しといて姿を見せないんだから。ブダペストにもどろうよ」

全員が足を止めて、サラを見つめた。オーストリア国境からすぐ近くまで来てるのに？　ここから車でたった一時間で国境なのに？　なんでまたブダペストにもどるの？　でも、サラは譲らない。もういちど国際列車でトライしたいと言うのだ。あてにならない密入国業者を相手にするのはもうたくさんだ、と、サラは言う。ブダペストにもどれば知っている人たちがいるし、泊まれるホテルもある、と。でも、マージドやほかのみんなは、密入国業者に賭けてみたい、このまま国境を越えられるかどうかやってみたい、という意見だ。迎えの車を待つあいだ、議論は続いた。何台か車が通るけど、停止する車はない。一時間以上たったころ、前方の道路にミニバンが現れた。ミニバンはスピードを落としてわたしたちの前を通過し、少し先で停まった。サラが歩いていって、運転席の側へ回る。わたしたちもついていく。運転しているのは三〇代半ばの気の良さそうな顔をした男で、親切そうな笑顔を見るかぎり、悪い人ではなさそうな、ほとんどふつうの人に見えた。サラは運転手に、気が変わった、ブダペストに行きたい、と告げる。運転手が値段を言い、サラがバンのスライドドアを開ける。みんな、呆気にとられてサラを見つめる。

「何？　さ、乗って」。サラが言う。

わたしは肩をすくめて、とりあえず乗る。ほかのみんなも乗りこむ。あっという間に、車はスピードを上げてブダペストに向かっていた。サラの勝ち。ハリールが携帯を取り出して、もう一人使えそうな密入国業者が見つかった、と言う。サラは顔をしかめるけど、マージドは当たってみる価値はありそうだと言う。三〇分後、ハリールの携帯画面がまた明るくなり、着信音が鳴った。密入国業者は、車を二台用意できる、ドイツまで直通で行ける、と言ってきた。でも、まずとにかく急いでブダペストにもどらなければならない、と。

「すぐ行くと伝えてくれ」。マージドがハリールに言う。「全速で向かってるところだ、って」

わたしは車の窓から外を眺めて、次は何が起こるんだろう？と考えていた。この国を脱出する方法が何かあるはずなのに。もう疲れちゃった。逃げることにも、移動を続けることにも。とにかくどこかにたどりついて、安心したい。落ち着きたい。シリアを離れてから初めて、自分が母やダマスカスや自分の愛するすべてのものからどれほど遠く離れてしまったかを実感した。わたしは横を向いて、窓の外をじっと見つめる。誰にも泣いているのを気づかれないように。一時間半ほど走ったあたりで、前方に青い回転灯が見えた。反対側の車線だ。警察のバンが対向車線の真ん中に停まっている。その後方に、ものすごい数の人の群れが見えた。幹線道路をこちらへ向かって、つまりブダペストから遠ざかる方向へ歩いている。先頭で男の人が巨大な旗を振っている。青地に黄色い星が丸く並んでいる旗。欧州連合の旗だ。

「見て、あの人たち」。わたしは言う。「どういうこと?」

誰も答えない。みんな、車の窓から外を見つめている。車は人の群れを左手に見ながら通過する。何千人という男の人、女の人、子供たちがのろのろと疲れはてたようすで幹線道路ぞいを歩いていく。なかには靴をはいていない人さえいる。そのすぐ脇を車がスピードを落とさずに通過していく。行列の後ろのほうでは、路肩に座りこんで休んでいる家族の姿もある。わたしたちの車はブダペストに向かって走る。

ブダペストの駅前広場で車から降りた。人の波は引いたようで、コンクリートの広場に大量のゴミが散らばっている。ケレティ駅の出入口を封鎖していた警官の姿もなくなっている。駅舎の中にはいってみると、低い壁ぞいに寝転がっている人たちの姿が目についた。頭の上の壁にジーンズが干してある。グループのメンバーは、まだ誰か残っているかしら? 眠っている人たちのあいだを歩きまわり、地階のコンコースへ下りていく。いた、いた。前と同じ場所に、ラタキア出身のアフマドと二人の姉妹が座っている。少し離れたところにイドリースが座っていて、父親の膝に頭をのせて息子のムスタファーが横になっている。

「なんだい、もどってきたのか?」。アフマドが言う。「列車に乗ったんじゃなかった?」

マージドが刑務所行き大冒険の話をみんなに聞かせる。

「それで、なんでまたもどってきたわけ?」。アフマドが首を振りながら言う。「ちょっと前に襲撃騒ぎがあったんだよ。ここにたまってる人たちに向かって花火が投げこまれて、みんな、この下に逃げこんだんだ。そのあと、男が一人、オーストリアまで歩くって言いだしてさ。ものすごくたくさんの人がそいつについていったよ。みんな頭がどうかしてるわ。歩いたら少なくとも三日はかかるんだぜ？」

わたしたちが幹線道路で見た人の群れは、それだったのだ。無事に目的地までたどりつけるのだろうか。わたしは荒れはてた駅を見まわす。わたしたちも、いま来た道を歩いてもどったほうがいいのかな？　そう思ったとき、ハリールの携帯に着信があった。密入国業者だ。駅の先にあるマクドナルドで会おうという話。わたしは暗い気分になった。相手はほんとうに来るのだろうか？　いつまで堂々めぐりが続くのだろう？　いつになったら、この罠から抜け出すことができるのか？

わたしたちは駅に残るアフマドと別れ、通行量の多い道路ぞいにマクドナルドへ向かう。店についたとき、密入国業者の姿はなかった。ハリールが何度電話しても、密入国業者は電話に出ない。わたしたちは二時間待ったあげくに、駅にもどった。それから、こんどはモーグリつながりの密入国業者と連絡を取って、バーガーキングで返事を待つ。外の駅前広場に夕闇が降りるにつれて、わたしたちの希望もしぼんだ。夜の九時半になって、みんなとうとうあきらめた。外は雨が降りだしている。みんなでとぼとぼと以前のホテルに向かって歩く。わたしは自分の髪がずぶ濡れになっていることにさえ気がつかなかった。この街から永久に脱出できないいんじゃないかと思った。みんな黙りこくったまま歩く。とにかく眠りたい。

サラの電話に着信があった。

「え、ほんと?」。サラが携帯に向かって声をあげる。「待って。え、ほんとに? わかった、すぐ行く。うん、走っていく。待っててもらって」

サラが電話を切って、わたしのほうを向いた。目が輝いている。

「アフマドからだった」。サラがわたしの両肩をつかむ。「政府が無料のバスを国境まで走らせるんだって。オーストリアまで。今夜。いますぐ。駅から。アフマドもいま聞いたばっかりだって。急げって。駅にもどらなくちゃ。いますぐ!」

「それって確かな話なの?」。わたしは言う。「はっきり言って、とにかく眠りたいんだけど」

「ただの噂かもしれんな」。マージドも半信半疑の顔をしている。「こんどもまた罠かも」

「そんなこと、こうなったらもう、どうだっていいじゃない」。サラが言う。「これ以上、なんの悪いことが起こるっていうのよ? 走ろう!」

サラは駅にもどる方向へ走りだした。わたしもサラのあとについて走る。霧雨の中を、歩行者をかわしながら走る。一歩ごとに背中でバックパックが踊る。前方に駅が見えてきた。足もとには、油の浮いた黒い水たまりに車のテールランプが赤く映っている。駅前の広場に着いてみると、また群衆がふくれあがりはじめていた。ものすごく旧式の紺色と黄色のバスが路肩に二列に並んで停まっている。わたしたちは人混みを縫ってバスのあいだを走りながらアフマドを探す。アフマドの叫ぶ声が聞こえて、見ると、二人の姉妹を連れたアフマドがバスの横に立っていた。もっと近くまで行くと、すぐそばにイドリースが立っているのが見えた。近づいてくるわたしたちを見てイドリースがニコッと笑う。

「ムスタファーは?」

イドリースは頭にスカーフをかぶって長いフレアスカートをはいた女の人のほうを肩越しに指さす。女の人はこちらに背を向けて立っていて、腕にムスタファーを抱いている。ムスタファーは女の人の肩越しにわたしを見て、手を振る。女の人がそれに気づいて、こっちを向く。その顔を見たとたん、わたしは笑いだしてしまった。

「あら、ハーイ！　あなたたちもオーストリアへ行くの？」。マグダレーナが言う。

「そう願いたいわ」。わたしが言う。「うまく変装したね」

「たいしたことないわよ。ラムにくらべたら」

少し離れたところにラムが立っていた。小さな息子を連れたクルド人の女性に他人行儀でよりそっている。夫婦、ということらしい。ラムはわたしに手を振って、一瞬だけ上着を開いて内側を見せた。一万六千ドルのカメラが見えた。

「またいっしょになったね、ハビブティ」。ラムがにこにこ笑いながら言う。そして、こんどはサラのほうを向いて、「勇者アンタルは警察での一夜をくぐりぬけたそうだね。だいじょうぶだった？」と言う。

「オーストリアまで行けたら、万事オーケーってとこかな。いっしょに来るの？」

「こんなチャンスはないからね」。ラムが言う。

運転手がバスのドアを開け、まわりに人が押し寄せる。これも罠かもしれない。今回も、わたしたちを難民キャンプに収容しようとする政府の罠かもしれない。でも、迷っている暇はない。群衆がバスに乗ろうと殺到し、わたしたちも巻きこまれて動きだす。ここは賭けてみるしかない。もしかしたら、今回は当たりかもしれない。わたしはサラの首ったたまに抱きついて、ジャンプしながら「ドイツへ行くのよ！」と叫ぶ。

バスはオンボロで、四〇人乗りくらいだったけど、乗りこんだのは軽く一〇〇人を超していた。一人ぶんの座席に三人が座り、床も通路も人で埋まった。サラとわたしはバスのいちばん奥の後部ドアを背にした床に、知らない人たちに両側からぎゅうぎゅう押されながら座りこんだ。バスはディーゼルの排ガスを大量に吐き出しながらガタゴトと出発する。わたしは振動する後部ドアに頭をもたせかけたまま眠りに落ちた。一時間後、人が叫ぶ声で目がさめた。バスは幹線道路の路肩に停車している。背後のドアが開いて、わたしは路肩に転げ落ちた。バスの後部から毒々しい臭いの真っ黒な煙があがっている。サラもわたしに続いて咳きこみながら降りてきた。わたしは片手をサラの肩に置き、笑いながら言う。

「運がいいよね、サラ。やっとハンガリーから出られると思ったら、こんどはバスの故障だって！」

わたしたちはどしゃ降りの雨の中を路肩で二時間待たされ、後続のバスに乗りかえた。後続のバスもすでに満員状態だったけど、どうやったのか、路肩で待っていた全員がそのバスに乗りこんだ。前よりいっそうひどいぎゅうぎゅう詰めだった。眠るどころか、息をするのもやっとだ。ドアに押しつけられたままの姿勢で、携帯を取り出してジャーナリストのスティーヴンにボイスメッセージを入れる。わたしと仲間たちは全員オーストリア行きのバスに乗っています、と。スティーヴンから返信があった。スティーヴンと撮影クルーも国境へ向かっているところで、たぶん着いた先で会えるだろう、と。わたしは心の中で神様に祈った。お願いです、神様、どうかこれがほんとうになりますように。こんどこそ、ほんとうになりますように……。

バスが車体を震わせて停止し、わたしたちは次々に路肩に降りて歩きだす。九月五日早朝、外はまだ灰色だ。あいかわらず雨が降りつづいていて、少し風も出てきている。ずっと押しつけられていたせいで、両足の感覚がなくなっていた。低い建物に向かって長い行列がくねくねと続いている。国境を越えてオーストリア側へはいったところで、サラが泣きくずれた。立ち止まり、両手で顔をおおって、肩を震わせて泣いている。

「どうしたの？」。わたしはサラに声をかける。

こんなふうに泣きくずれるなんて、ぜんぜんサラらしくない。

「いまごろになって泣くのかい？」。ラムが声をかける。「これまでさんざん、たいへんな目に遭ったのに？　きみは最強の勇者じゃなかった？　ようやく安全なところまで来たのに、ここで泣くのかい？」

「ハンガリーから出られたのが、とにかく嬉しくて」。サラは泣きじゃくりながら言う。

わたしたちはみんな別のほうを向いて、サラが泣きやむのを待つ。建物の前のコンクリートのスペースに新型のバスが何列も並んでいる。オーストリア政府がわたしたちをウィーンまで運ぶために用意してくれたバスだ。あとは乗りこんで席を確保するだけ。横を見ると、サラはまだ安堵の涙にくれている。ラムがバッグを開けてバナナを一房取り出し、一本もぎ取ってくれた。わたしは雨の中でバナナを食べ、サラが泣きやむのを待った。

第六部

夢

The Dream

16

ウィーン中央駅の歓声

バスから降りて、あたりを見まわす。目の前の光景を理解するのに少し時間がかかった。たくさんの人たちがウィーン中央駅の前庭に並んで、笑顔で拍手し、わたしたちに歓声を送ってくれている。カラフルな横断幕や手作りの看板がいっぱい見える。わたしが初めて読んだドイツ語。「Flüchtlinge（フリュヒトリンゲ＝難民）」と「Wilcommen（ヴィルコメン＝歓迎）」。信じられない。この人たちは、わたしたちを助けてくれようとしているのだ。この国へはいってきたわたしたちを歓迎しようと集まってくれているのだ。涙がこみあげてきた。人々の好意が胸を打つ。わたしとサラは、歓声をあげて迎えてくれる見知らぬ人々の前を、もつれそうな足取りで進んでいく。ボランティアの人たちがお茶やサンドイッチや水のボトルを渡してくれる。バラの花を配っている男の人もいる。サラがバラを一本受けとり、わたしを見てにっこり笑う。安堵（あんど）の思いが全身を駆（か）けぬける。ハンガリーから脱出できたのだ。オーストリアに着いたのだ。あす九月六日の朝、わたしたちは列車で最後の国境、ドイツへの国境を越えることになる。

サラの携帯が鳴った。友だちのアブドゥッラーからだ。アブドゥッラーはわたしたちより先に列車でオーストリア入りしていた。そのあと、ウィーンの街でいとこの家に居候中で、今夜わたしたちを泊めてくれるという。小さなアパートで狭苦しいかもしれないけど、ぜひグループ全員で来てほしい、と、アブドゥッラーのいとこは言ってくれた。ラムとマグダレーナは駅に残って取材を続けるという。新しくウィーンに到着した何千人という難民やそれを歓迎する地元の人々の写真を撮り、インタビューをしたいということだった。別れる前に、二人のジャーナリストは、わたしたちがドイツに落ち着いたらどこでも会いにいく、と約束してくれる。人混みに消えていく二人の後ろ姿を見送りながら、ほんとうにまたいつか会えるのだろうか、と思う。

わたしは自分が着ているずぶ濡れの紫色のフード付きトレーナーと泥だらけになった灰色のスウェットパンツを見おろす。新しい服を買わなくちゃ。こんなかっこうでドイツに到着したくない。アブドゥッラーのいとこのアパートへ行くとちゅうで、わたしたちは衣料品店に立ち寄る。土曜日で店内が混雑していて、レジに並んでいたとき、携帯に着信があった。ジャーナリストのスティーヴンからだ。いまウィーンにいると返事をしたら、その日のうちに会ってインタビューを受けることになった。

わたしたちはアブドゥッラーのいとこのアパートにたどりつき、交代でシャワーを使った。新しい服に着がえて、古い服を捨てる。それから母と父にメールを送り、わたしたちは無事にやっている、ハンガリーから出国できてホッとした、と伝えた。スティーヴンから連絡があったのは、夜遅くになってからだった。スティーヴンたちのクルーは国境での取材を終えてウィーンに着いた、という。わたしたちは街の中心部にあるマクドナルドで落ち合うことになった。その晩はさすがに疲れすぎていてインタビューは無理だったけど、翌日ドイツに向かう列車にスティーヴンたちが同乗して撮影することになった。

その夜、わたしたちは狭いアパートのリビングルームでソファや床に折り重なるようにして眠った。でも、誰ひとりそんなことを不満には思わなかった。この二日間、野宿同然で旅してきたことを思えば、はるかに上等な寝心地だ。

翌九月六日、わたしたちは夜明けと同時に起きた。オーストリア政府とドイツ政府が難民をドイツへ移送するために用意してくれた列車に乗るのだ。駅へ行くと、スティーヴンとルートヴィヒとシュテファンがすでに到着してわたしたちを待っていた。わたしたちは混みあう列車に乗りこむ。旧式の車両に乗りこんだわたしたちは、三人がけのシートが向かいあっている個室を独占することができた。列車が駅を出発し、しだいにスピードを上げて、車輪の音を響かせながらウィーンの街を離れていく。わたしは窓の外を眺（なが）める。列車は深い緑のマツ林を通過し、ゆるやかに波打つ畑や小さな町を見ながら進んでいく。

ルートヴィヒがカメラをオンにして撮影を始める。スティーヴンがわたしに質問をする。ヨーロッパでの生活にどう適応していくつもりですか？　意外な質問だった。これまであまり考えたことがなかった。もちろんカルチャーショックはあるだろう。シリアとドイツでは、いろんなことのやり方がちがうだろうと思う。具体的には、まだよくわからないけど。簡単ではないけど、なんとかなると思います、と、わたしは答える。適応するしかないのだ。次は、この旅のあいだに何を学びましたか、という質問だった。これは簡単だ。わたしは、状況を全体的に把握するものの見方を学びました、と答える。シリアにいたころは、つまらないことにくよくよしたりして時間を無駄にしていました。いまは、何がほんとうに大切な問題なのか、わかるようになりました。視野が広がった感じがします、と。

「これだけの旅を経験したわけですから、不可能なことはないという気になりましたか?」。スティーヴンが訊く。「たとえば、オリンピックに行くとか?」

わたしはスティーヴンの目をまっすぐ見て、にっこり笑う。「そうです。きっと実現してみせます。こんなに強く確信したことはありません」

列車は青々とした牧草地の中を進んでいく。かなたの地平には、朝霧の上にそびえる山々が見える。ルートヴィヒがしばらくカメラを止め、わたしは窓の外の風景に見入る。母の顔、シャヒドの顔がうかぶ。失ったダーライヤの家。くねくねと入り組んだダマスカスの通り。父の顔。家族がみんなそろった光景を、わたしは思いうかべる。わたしたちの旅は、もうすぐ終わる。この先は何が待っているのだろう?

ドイツ国境を越えたのは、数時間後だった。ほかの客車から聞こえてきた歓声で、それとわかった。わたしは緊張で落ち着かない気分になった。現実とは思えないような気がする。ついにやったのだ。わたしたちはドイツにいる。もう警察につかまっても心配することはない。ちゃんとめざす国にはいれたのだから。あとは難民として庇護を申請するだけだ。ルートヴィヒがまた撮影を始める。わたしはバヴァリア地方のとんがり屋根の大きな家や緑の丘が通り過ぎていくのを眺める。「ドイツをどう思いますか?」。スティーヴンが質問する。「整然としすぎている?」。わたしはカメラに向かって笑いながら、「いいえ。大好きです」と答える。

「少し退屈な感じはしませんか?」。スティーヴンが質問する。

「だったら、自分たちで楽しくします」。わたしは答える。

おしゃべりしたり笑ったりしているうちに、列車は速度を落としてミュンヘン駅に到着した。サラがわたしたちの席へやってきて、この先の計画を説明する。駅に着いたら、この集団から離れてハノーヴァー行きの列車を探して、友だちのハーラに会いにいくからね、と。列車が車輪をきしませて停止する。わたしたちは客室から出て通路を歩き、乗降口に向かう。スティーヴンたちクルーが先に列車から降りていて、乗降口から出てくるわたしたちの姿を撮影する。列車を降りたところに大柄(おおがら)な男の警官が二人立っていた。サラがわたしより先に列車から降りて、二人の警官の脇(わき)をすりぬけようとしたけど、近くにいた警官が腕を伸ばしてサラをつかまえた。そして、人さし指を立てて、「どこへ行こうとしてるのかな、ハビブティ？」と声をかけ、「こっちだよ」と言って、やさしくサラを人々の列にもどした。

わたしはスティーヴンにさよならと手を振った。ジャーナリスト三人のクルーは警官に付き添われてホームから退去させられようとしている。このぶんでは、どうやらハノーヴァーへ行くのは無理そうだ。言われたところへ行くしかない。でも、それはたいした問題ではなかった。なんといっても、新しく到着した難民はわたしたちのほかに何千人もいるのだ。二〇一五年九月最初の週末だけで、二万人の難民がバスや列車に乗ってハンガリーからオーストリア経由でドイツに到着した。サラとわたしは、その中の二人でしかない。ドイツはわたしたち難民を受け入れてくれた。わたしたち難民の旅は、ようやく終わったのだ。もう国境の心配をする必要もないし、密入国業者を探す必要もないし、野宿もしなくていい。危険もない。戦争もない。わたしたちは人々の列について歩く。バスが何台も列をつくって待機している。駅の出入口では、もっとたくさんの人たちが拍手をし、「難民歓迎」の看板を掲げて迎えてくれる。わたしはサラの顔を見て笑う。なんだか夢みたい。見も知らぬ人たちがわざわざ駅まで出かけてきて、わたしたちに歓声を送り、未来へのチャンスを与えてくれようとしている。なんという人たちだろう。

わたしたちはバスに乗って、難民受け入れキャンプへ向かう。受け入れキャンプには大きなテントが張られ、レストランができていた。料理を受けとる場所の上には、アラビア語で「ようこそ」という看板が出ている。わたしたちは食事をし、メディカル・チェックを受けて、また別のバスに乗せられ、どこへ行くのかわからないまま八時間ほどバスに揺られた。そのうち、ようやくバスがスピードを落として高速道路からはずれ、暗い街路を通って、建物の中庭のような場所にはいって停車した。バスから降りると、ここでもまた人々が歓声で迎えてくれて、アラビア語で「ベルリン・シュパンダウへようこそ」と書いた手作りの看板が見えた。そうか、ここはドイツの首都、ベルリンなのだ。わたしは携帯を見る。すごく遅い時間。この人たちは、わたしたちを歓迎するために起きて待っていてくれたのか。わたしの胸は熱い想いでいっぱいになる。ついにやった。二〇一五年九月七日、月曜日、午前三時。わたしたちは到着した。

わたしたちのあとからも、まだまだたくさんの人たちがバスを降りてくる。同時に到着した人たちは、何百人もいたにちがいない。ここはできたばかりの新しい難民キャンプで、ハンガリーから到着する難民を収容するためにボランティア主導で開設された施設だった。ドイツの人たちは、このような難民キャンプを〈ハイム〉と呼ぶ。「ホーム、家」という意味だけど、ドイツの人たちはこの言葉を難民収容施設の意味でも使う。わたしたちもすぐにその言葉の使い方をおぼえた。

中庭へ続く行列に並ぶ。行列の先をのぞくと、駐車場のような感じの場所に何列も長四角の白いテントが並んでいる。行列の先頭には制服を着た男の人が立っていた。男の人はわたしとサラとナビーフとマージドとハリールを指さして、家族かとたずねる。サラはわたしを指さして、自分たちは姉妹だ、と伝える。男の人はわたしたちの名前と年齢を控え、ハリールを指さす。

「この子は未成年ですね。法的な保護者は同伴していますか？　それとも、一人ですか？　同伴者はいないのですか？」

「ハリールはわたしたちといっしょに旅をしています」。サラが答える。

「ということは、あなたが保護者ですか？」。男の人が聞く。

　サラは肩をすくめる。男の人はそばに控えていた金髪の女性を指さし、その女性がわたしたちを白いテントの一画に連れていってくれた。テントの中には、白いマットレスを敷いた黒い鉄製の二段ベッドが三台。天井からは大きなキャンプ用のランプが吊るされ、床には灰色のビニールマットが敷きつめてある。隅のほうに白い小さな電気ヒーターもある。駅舎の床に寝たり留置場の馬小屋で寝かされたりしたあとだっただけに、ここの二段ベッドはぜいたくに見えるくらいだ。五つ星テント。わたしは二段ベッドの上の段にのぼって横になり、目を閉じた。ここにいていいのだ。もう逃げまわる必要はない。わたしは頭の中で何度も何度もその言葉をくりかえす。なんだか信じられないような気がした。その夜はぐっすり眠った。

　翌朝、テントの写真を両親に送り、自分たちはいまベルリンにいる、と伝える。そのあと、テントを出てトイレを探しにいく。細長い赤レンガの建物がいくつかの棟に分割されていて、それぞれの棟に二カ所のトイレと、トイレとは別の独立したシャワー室がある。シャワー室の外には簡易テーブルがあって、人々から寄付された石けんやシャンプーやシャワー・ジェルやカミソリやタオルや肌着がいっぱい積み上げてある。わたしは必要なものを持ってシャワー室にはいる。汚れた足を洗うと、流れ落ちるお湯が黒い色になった。わたしは自分の姿を鏡で見て、笑った。ずっと着ていたＴシャツのあとが二の腕にくっきりついている。

　食堂へ行くとみんながいて、ロールパンとチーズの朝ごはんを食べていた。誰ひとりとしてベルリンを離れてハノーヴァーへ行こうという話を口にする人はいない。疲れすぎていて、これ以上移動することなんて考えたくない。みんな、とにかく落ち着いて滞在できる場所にたどりつけたことを嬉しく思っていた。サラは友だちのハーラにメールを打ち、昔の隣人ハリールはいまわたしたちといっしょにベルリンにいて無事にしている、と伝える。

　朝食のあと、サラとわたしはベルリン市民が難民のために寄付してくれた古着を見にいく。正直に言おう、誰だって他人の古着なんか着たくはない。でも、ここはプライドをうんぬんしている場合じゃない。わたしはこの状況をありがたいと自分に言い聞かせる。ドイツの人たちは、本当によくしてくれる。それに、古着をもらう以外に選択肢がない。まだ九月だけど、暑かったブダペストにくらべるとベルリンは震えるくらいの寒さだったし、わたしは着たきりスズメなのだ。建物の中にはいってみると、古着の箱を一つ一つ引っかきまわして探さなくてすむように、ボランティアの人たちが寄付された古着をウォークイン・クローゼット風に吊るしてくれてある。サラとわたしはコーディネート無視で吊るされているジャケットやシャツやジャンパーや靴を見てまわった。わたしはピンクのスカーフと、白いＴシャツと、白いジャンパーと、黒い靴と、中古のＵＧＧブーツをもらう。子供向けに寄付されたテディベアが箱に入れられて置いてあったので、これも三つもらった。

その日の午後、サラとハリールとわたしが〈ハイム〉の中を歩きまわっていたら、出入口のゲートのほうで騒ぎが起こった。また新しくバスが到着したのだ。バスから何百人という人たちが降りてきて出入口に押し寄せ、寝る場所を求めている。わたしたちは騒ぎを見にいった。行列の中から大きな声が聞こえて、そっちを見ると、知っている顔があった。友だちがいっぱいいる。アイハムとバーセムの兄弟。ザーヘル一家。ザーヘルは満面の笑みをうかべ、両手を大きく広げながらわたしたちのほうへ近づいてきた。わたしたちはみんなと両頰(ほお)にキスをして再会を喜びあう。みんなは密入国業者アリーの手引きでわたしたちより数日前にドイツに着いていたのだけど、ミュンヘンを出てからベルリンの手前のアイゼンヒュッテンシュタットという町の難民キャンプに移送され、そのあとベルリンのキャンプへ移動してきたのだという。あの苦しい旅をともに乗り越えてきた仲間たちと再会できて、すごく嬉しかった。これで、またみんなと同じ場所から新しい人生を始めることができる。その夜、わたしたちは全員いっしょに食堂でごはんを食べた。

「で、アラブ・ストリートにはもう行ったの?」。食事を口に運んでいるわたしにアイハムが話しかけてくる。

「アラブ・ストリートって?」。わたしは聞く。

「ほかのキャンプじゃ、シリアから来た人たちはみんなアラブ・ストリートの話をしてるよ」。アイハムが言う。「ベルリンの中のどっかにあるんだって。通り全体がアラブのレストランや店やスーパーマーケットになってるんだってさ」

次の日、わたしたちは〈ハイム〉のボランティアにアラブ・ストリートのことをたずねてみた。

どうやら、アラブ・ストリートというのは、ベルリンっ子たちのあいだで「ゾンネンアレー」と呼ばれている場所のことらしい。〈ハイム〉の前を通る道のつきあたりからバスに乗って駅へ行き、駅から地下鉄で四〇分かかるという話だ。わたしたちはみんなホームシック気味だったので、すぐに行ってみることにした。地下鉄から降りて、地上の広場へ出てみると、そこは交通量の多い交差点で、まわりには黒っぽい灰色のコンクリートビルが立ち並んでいた。広場を出てすぐゾンネンアレーにはいり、歩いて行くと、バス停があり、新聞売り場があり、エレクトロニクス関係の店がある。

「これがアラブ・ストリート？」。わたしはサラに言う。「あんまりアラブっぽい感じしないけど」

ようやく、街角に小さなアラブ系スーパーマーケットが見つかった。アイハムや兄のバーセムとほかのみんなはスーパーへはいっていくけど、わたしは入口で足を止め、サラの腕をつっついて、道の向かいにあるピザ屋を指さす。サラもわたしもお腹がペコペコだったので、その店を試してみることにする。わたしたちは店にはいり、英語でピザを注文する。カウンターの奥にいる男は不機嫌に黙りこんでいて、わたしたちは気まずい雰囲気で黙ったままピザが焼けるのを待つ。念願のドイツに到着してはじめて、現実が見えてきた感じだった。

「愛する祖国を捨てて来たのに、これ？」。出てきたピザを眺めながら、サラが言う。「ダマスカスで青春を謳歌してるはずなのに。見てよ、このざま」

わたしも痛いほどの空虚な気持ちを感じていた。ドイツは天国だと思っていたのに。天国はもっとすてきなところじゃないの？　ドイツに来られたことは嬉しいけど、自分が失ったものの大きさを思わずにはいられなかった。サラとわたしは元気を出そうと思って服を買いにいくことにした。問題は、お金がなくなりかけていること。父に電話して、もう少しお金を送ってもらわなくちゃ。わたしたちはピザを食べ終え、広場に歩いてもどるとちゅうでドイツのプリペイド式SIMカードを買った。そのあと、道路を渡ってデパートへ行き、服を見た。何もかもすごく高いけど、黒いスウェットパンツで安いのが見つかった。わたしが買い物を終えたところで、サラがビニールの袋をくれた。中をのぞくと、大きくてふわふわした茶色のテディベアがはいっている。

「ホームシックになったとき用にね」。サラが言う。

わたしは笑顔になる。少なくとも、わたしにはサラがいる。こんどはわたしがサラにテディベアを買ってあげる。〈ハイム〉にもどってから、わたしは父に電話をする。もう少しお金を送ってほしいと頼むと、父は、「もうそっちに着いたのに、なんでまた金がいるんだ？」と言う。

「服を買わなくちゃなの、お父さん」。わたしは言う。「それに、食べ物とか、交通費とか……」

「おまえたち二人をドイツまで行かせるのに一万ドルも使ったばかりなんだぞ」。父は言う。「どうやってそんなに金が使えるのか、俺にはわからん。国からもらえる金でなんとかしなさい」

ドイツ政府からの支給は月一三〇ユーロ

父の言うことは理解できる。わたしたちをドイツまで来させるために、父はたくさんのお金を使ったのだ。それでも、ショックだった。これからどうすればいいのだろう？　難民申請者として登録されれば、ドイツ政府は毎月一三〇ユーロの手当を支給してくれる。わたしたちは食費と宿泊費以外のすべてをその一三〇ユーロでまかなわなければならない。これはきつい。ドイツでは物価が高いのだ。

お金のことについては、いろいろ誤解されている点が多い。納得できない人もいるかと思うけど、ヨーロッパまでたどりつくことのできた人たちは、故国ではそれなりに裕福に暮らしていた人たちだ。シリアからドイツまで来た人たちは、わたしの知るかぎり、少なくとも三〇〇〇ドル以上のお金を使っている。そういう人たちの多くは家を売り、車を売り、何もかも売り払って旅費を工面（くめん）している。ドイツまで来られた人間は、運が良かったと言える。それだけのお金があったのだから。貯金がない人や売り払う家財がない人は、ヨルダンやレバノンやトルコの難民キャンプまでしかたどりつけない。しかも、たどりついた先でいよいよお金がなくなり、他人様（ひとさま）からの援助に頼ることになる。ドイツの人たちがとてもよくしてくれることには感謝しているし、わたしたちを人間らしく扱ってくれて救いの手をさしのべてくれることはありがたいと思っている。それでも、他人からの施し（ほどこし）を受けなければならない境遇はつらい。わたしを含めて多くの人は、他人から恵んでもらおうなんてこれっぽっちも考えたことのない人たちなのだ。

支援手当を得るのは、父が思っているほど簡単ではなかった。まず最初に、難民申請者として登録してもらわなくてはならない。ベルリンでは、登録は社会政策関係の役所に出向いておこなう。西ベルリンにある広大な敷地にビルが集まっている場所で、〈LaGeSo（州保健社会局）〉の略称で知られている役所だ。難民登録しようとしているのは、わたしたちだけではない。毎日、何百人という難民がベルリンに到着する。ところが、手続きを遅らせるボトルネックがある。この役所では、一日に四〇人ぶんの事務しか処理できないのだ。

サラはわたしとハリールの保護者代理として、わたしたち三人ぶんの申請をするためにこの役所に出向いた。役所にはものすごい数の人たちが押し寄せていて、サラは登録申請の順番待ちの番号をもらうだけでも数日間も待たなければならなかった。番号をもらったら、こんどはその番号が役所の外のスクリーンに表示されるのを待たなくてはならない。自分の番号がいつ表示されるのか、予測する手がかりはない。きょうかもしれないし、あしたかもしれないし、三週間後かもしれない。自分の番号が表示されたのを見落としてまた最初からぜんぶやり直しになるのが心配で、サラはほとんど一日じゅう役所の外のスクリーンを見つめて待った。そのうち、サラは待つだけの時間に飽きてしまい、役所前に集まった人々に食料や緊急医薬品を配布するボランティア・グループに加わることにした。忙しくしていたほうが精神的に楽なのだ。毎晩、夜遅くなって〈ハイム〉に帰ってくるサラは、疲れているけど満足そうな顔をしていた。

シリアの人はみんな砂漠に住んでる？

「きょうね、すっごく変なおしゃべりしちゃった」。ある晩、サラがテントの中で二段ベッドに腰をおろして言う。「ボランティアの女の子がいるんだけどさ、その子、わたしが難民だとは信じられないって言うの。わたしが携帯持ってて、髪の毛もきれいにしてて、アクセサリーつけてるから、だって」

「なんて？」。わたしは言う。

「マジな話」。サラが続ける。「シリアで暮らしてたころはノートパソコン使ってたって言ったら、びっくりしてんの。シリアにコンピューターがあるとは知らなかったわ、だって。シリア人はみんな砂漠に住んでるとか思ってたみたい。わたしたちだって前はふつうの生活をしてたんですよ、って教えてやったわよ」

サラもわたしも大笑いした。ヨーロッパには、中東の暮らしをよく知らない人たちもいる。いろいろと説明が必要になりそうだ。わたしもサラについて一度か二度くらい役所に行ったけど、たいていの日は〈ハイム〉にいて、みんなとおしゃべりしたり、ぼんやりと考えごとにふけったりして過ごしていた。そんな日々が続くうちに、わたしはシリアを離れてからいままでのことをあらためて考えてみるようになった。波乱の日々が終わって、いろいろなことが見えてきた。ここ数日、ここ数週間、ここ数年があまりに劇的だったので、それがほんとうに終わりになったのだと実感するのに少し時間が必要だった。わたしはいま安全なところにいる。道に爆弾が飛んでくる心配もないし、屋根を破って爆弾が落ちてくる心配もない。警察から逃げ隠れする必要もないし、知らない人たちの中で野宿することもないし、国境を越えるために犯罪者まがいの密入国業者を相手にする必要もない。でも、危機が遠ざかった半面、わたしは新しく手に入れた安全の代償(だいしょう)を痛感しはじめた。わたしは自分の家を失い、祖国を失い、文化を失い、友人を失い、人生を失った。わたしは〈ハイム〉で時間をつぶしながら、気が抜けたようになっていた。何か、人生の目的を持たなくてはならない。プールにもどる方法を見つけなくては。

ベルリンに着いてから数週間たったころ、サラとわたしは朝から〈LaGeSo〉の入口にめぐらされた柵(さく)の前に詰めかけた人々の中にいた。頭の上のスクリーンに番号が表示され、一人ずつ順に中のオフィスに呼ばれる。男性のボランティアがサンドイッチを積み上げたプラスチックのパレットを運んでいくのが見えた。サラがそのボランティアの男性に手を振る。

「ちょっと挨拶してくるわ」。サラが言って、鉄柵のあいだをくぐりぬける。「ここで待ってて。番号見ててね」

わたしは周囲にいる人たちを見る。なかにはまだ〈ハイム〉を割り当ててもらえてない人たちもいて、そういう人たちは役所の敷地で野宿している。わたしはそういう人たちを気の毒に思った。男の人たち、女の人たち、子供たち、家族連れ。この人たちにとって、旅はまだ終わっていないのだ。あたりで目につく係員といえば、警備員だけだ。ほとんどがアラブ系のベルリン在住者らしい。誰彼かまわずアラビア語でどなり散らしている。わたしたちのような立場の者を相手に、新しく手にした権力をひけらかしているのだ。サラがもどってきた。わたしはトイレに行きたいから番号の見張りを交代して、とサラに言って、人混みを分けて前に出た。そのとき、足が鉄柵にひっかかって、わたしは転んでしまった。

「何やってんだよ、ドジ」。男の声がアラビア語で言った。「目が見えないのか、おねえちゃん?」

わたしはあたりを見まわした。警備員の男だ。ボディビルダーのようなからだつきをしている。

「そっちこそ、何よ」。わたしは口の中でつぶやきながら、大股でトイレのほうへ歩いていった。心が傷ついて、腹がたって、涙がこぼれそうだった。あの警備員たち、いったい何様のつもり? 神様気取り? わたしは深呼吸をして、落ち着け、と自分に言い聞かせる。こんな状況は、いまだけのことだ。永遠に続くわけではない。わたしはまた鉄柵をくぐり抜けて人混みの中にもどり、サラといっしょに順番待ちを続ける。わたしたちは腰をおろし、もどかしい思いで役所のドアを見つめ、無作為の順番でスクリーンに表示される番号を見つめて待つ。建物の中へはいっていく人が決まるたびに、前のほうに詰めかけた人たちから歓声が上がる。

五時間も待ったころ、ようやくわたしたちの番号がスクリーンに表示された。サラがニコッと笑い、わたしの腕を引っぱって立たせる。まわりの人たちが歓声を上げて祝ってくれる。わたしたちは建物の中にはいり、上の階へ上がって、役所の事務室にはいった。部屋の真ん中に机があり、奥に座っている女の人が手招きする。わたしたちは椅子に腰をおろす。女の人が、パスポートはありますか、と聞く。サラがわたしたちのパスポートを机に置く。女の人はパスポートを確かめ、わたしたちの指紋をとり、写真を撮り、名前と生年月日と出生地を聞き、何語をしゃべるかとたずねる。そのあと、女の人はわたしたちそれぞれにA4サイズの紙をくれる。紙の右上に顔写真がついている。これはわたしたちが難民申請者として登録された証拠となる書類である、という説明だった。この書類は正式に難民認定手続きをする場合や支援手当を受けとる場合に必要になる、と聞かされた。ただし、支援手当を受けとるには、またあらためてこの事務所で面接を受けなければならないという。

「ちょっと待って」。サラが言う。「またこれを最初からやるってことですか？」

「ヤー」。女の人がそう返事して、いかめしい顔で笑う。

翌朝、わたしたちが〈ハイム〉で朝ごはんを食べていたとき、一人の男の人がやってきて横に座った。自分はエジプト出身でアブー・アーテフという名前です、と男の人は自己紹介し、何か助けが必要なことはありますか、とたずねてくれた。サラとわたしは、自分たち二人だけの部屋がもらえるとありがたいんですけど、と答えた。当時、わたしたちはマージドやナビーフといっしょのテントで寝起きしていた。でも、わたしたちは女性なので、できればプライバシーの保てる空間がほしかった。アブー・アーテフはいったん姿を消し、一〇分後に難民キャンプの運営関係者を連れてもどってきた。その人は、部屋をあげましょう、と言ってくれて、テントに荷物を取りにもどるわたしたちに同行し、それから赤レンガの建物に案内してくれた。ドアの上にワシのような石のレリーフがある入口から建物にはいり、階段をのぼりながら、わたしはアブー・アーテフに「ここはどういう建物なの？」と質問する。アブー・アーテフは、この建物は「シュミット・クノーベルスドルフ・カゼルネ」と呼ばれている場所だ、と教えてくれた。ドイツ語のへんてこりんな音の響きに、わたしは思わず笑ってしまった。

「ここは昔、兵舎として使われていた建物なんだよ」と、アブー・アーテフが教えてくれる。「イギリス軍が兵舎の一部を監獄（かんごく）として使っていたこともあるんだ。有名なナチスの戦犯がこの近くの建物に収監（しゅうかん）されていたこともある。ルドルフ・ヘスって、聞いたことある？」

「ううん、聞いたことない」。わたしは答える。

建物の二階へ上がり、ベッドが三台と洋服ダンスが一つあるがらんとした部屋にはいる。わたしはもらったばかりのテディベアたちをベッドの上にポンと置いた。サラがくれた大きくてふわふわした茶色のテディベアは、枕の上のいちばんいい場所に置く。アブー・アーテフは部屋の出口で足を止めたまま、「ベルリンは好きになれそう？」と聞く。わたしたちは、いずれここを出てサラの友だちのハーラがいるハノーヴァーへ行くことを考えている、と答える。

「いや、それはやめたほうがいい」。アブー・アーテフが言う。「ベルリンにいたほうがいいよ。きみたちのために、そのほうがいい。勉強はしたくないの？　ベルリンのほうが大学がたくさんあるよ」

わたしは顔を上げた。いまがチャンスだ。

「じゃ、水泳クラブも？」

「もちろん」。アブー・アーテフが言う。「どうして？」

「わたしたち、競泳選手なの」。わたしは言う。「水泳のトレーニングができる場所を探してもらえませんか？」

17

スイミングクラブの入団テスト

「どうぞ。泳いで」。金髪の女の人が言う。

わたしは武者震い（むしゃぶるい）をし、足もとのスターティング・ブロックに上がる。右足を前に出し、足の指をスターティング・ブロックの縁（ふち）にかけ、その両側を両手でつかむ。わたしのとなりでサラも同じ姿勢をとる。わたしは自分の両膝（ひざ）をじっと見つめ、胃のあたりの不安感と戦いながら、スタートの笛を待つ。全身の筋肉を張りつめ、かすかにからだを後方へ引く。がんばれ、ユスラ。何も考えずに泳ぐのだ。笛が鳴り、わたしは右足を蹴（け）ってからだを伸ばし、前方へ、プールの向こう端（はし）へ向かって飛び出す。からだが落ちていく。指先が、腕が、頭が、一直線になって、水中にイメージした輪をくぐるような感じで水に飛びこむ。体幹（たいかん）を締（し）めてドルフィン・キックを打つ。

腰が上がり、足が伸びる。腰が沈み、膝が曲がる。腰から下を一体にしてしならせ、足首で水を後方へ打ちながら、腰を上下にうねらせて水中を進む。上昇し、水面に顔を出し、息を継ぐ。両肩を回し、両腕を前へ伸ばす。頭が水に突っこみ、両手が水を切るように入水する。水をつかんで、両手で鍵穴のような形を作りながら水を腹のほうへ引き寄せる。もう一回、両足で水を打つ。パワーが足りない。筋肉がなまっている。考えるな、ユスラ。泳げ——。

四往復目のとちゅうで笛が鳴る。わたしは残りの距離を泳いでプールの端につかまり、ゴーグルをはずして激しく息をつく。金髪の女性がプールサイドでほほえんでいる。女性のとなりで、メガネをかけた金髪の男性が「よかったよ」というふうにうなずき、「着替えてきていいよ」と言う。

サラとわたしは水から上がり、更衣室へ向かう。わたしたちのテクニックはどう評価されただろう？　サラとわたしはスイミングクラブで入団テストを受けている。このクラブは「ヴァッサーフロインデ・シュパンダウ04」という名称で、ベルリンのオリンピック・パーク（通称「オリンピアパーク」）に本拠を置くスイミングクラブだ。プールサイドで初めて顔を合わせたこの女性と男性の意見に、わたしの未来のすべてがかかっている。わたしとサラは水着と靴を持って、はだしでプールサイドにもどる。難民キャンプからついてきてくれた通訳のアブー・アーテフが二人と話をしている。

「よかったよ」。近づいていくわたしたちに、アブー・アーテフが声をかける。「ほんとうに泳げるんだって、わかったよ」

「そう言ったでしょ」。わたしが言う。「わたしたち、シリア代表としてメダルを取ったんだから」

　わたしは女の人にゴーグルとスイミング・キャップと水着を返す。

「たしかに」。金髪の男性が言う。「水泳選手です、って言ってくる人はたくさんいるんだけど、いざプールにはいると溺れちゃうような人も多いんでね」

　わたしは笑った。男の人は「スヴェン」と名乗って、わたしたち二人と握手をする。そして、女の人を指さして、この人はクラブのヘッドコーチで「レナーテ」という名前だと紹介してくれる。

「レニと呼んでちょうだい」。女の人は温かい笑顔で言う。「あなたたち二人をヴァッサーフロインデに入れてあげられると思うわ」

　嬉しい気持ちがわきあがる。泳げるのだ。とりあえず年齢どおり「一六歳以上」のグループでトレーニングを始めてようすを見ることにしましょう、と、レニが言う。そして、次の金曜日から練習に来られますか？と聞く。わたしは思いっきりうなずく。できることなら、いますぐにも練習を始めたい気分だ。泳げることになって、すごく嬉しい。

「それと、ここでトレーニングを始めるなら、寝泊まりもここでしたほうがいいわね」。レニが言う。「あなたたち、たぶん〈ハイム〉から出たいんじゃないの？　クラブハウスの〈アルフレート〉に部屋があるけど、見てみる？」

　わたしは息をのむ。住む場所まで提供してもらえるとは思ってもみなかった。わたしたちはレニについてプールの建物を出て、角を曲がる。カサコソと音をたてる黄色い落ち葉の小道を歩いていくと、平屋の建物があった。これが〈アルフレート〉という場所だとレニが教えてくれる。

スイミングクラブが競技会などのときに使う小さな宿泊施設で、ときどき水泳選手が宿泊するのだという。建物にはいって左へ曲がると、廊下の両側に昔の競泳チームの写真や額装したメダルが飾ってある。レニのあとについて、カフェテリアにはいる。黒っぽい色の木のベンチが並んでいる。カフェテリアの中を見まわすと、片隅にトロフィーを飾ったキャビネットと、ものすごく旧式なキャッシュレジスターがある。天井からは、ろうそくを象ったあかりが並ぶシャンデリアの横に、おもちゃの木製飛行機が吊り下がっている。左のほうを見ると、赤毛の中年女性が木製カウンターの奥に立っている。

「モルゲン（おはよう）」。赤毛の女性がドイツ語で言う。

「やあ、ジーベル」。スヴェンが声をかけ、ドイツ語で何か話して、わたしたちを指さす。

「ハロー」。ジーベルがこんどは英語で言う。「ウェルカム。ようこそ」

わたしたちはジーベルに笑顔を返す。レニはカウンターの前を通り過ぎ、両開きのドアをいくつか通過して、白いダイニングルームにはいる。四角い木のテーブルが並んでいる。レニは向きを変えて左手の壁にあるドアを開ける。そこから先は部屋が並んでいる。わたしたちは廊下を少し進んで右に曲がり、つきあたりまで行く。レニがドアを開けて、わたしたちを小さな部屋に招き入れた。白木の二段ベッドがあり、整理ダンスが一つ、籐椅子が一脚、戸棚、洗面台。レニが廊下の先にあるトイレを教えてくれる。

「ここに泊まれば、誰にも邪魔されないわ。ここに住み着いている人はいないから」

厳密には、わたしたちは難民キャンプに三カ月滞在したあとでないと、ほかの住居へ移ることは許されていない。でも、ここ数週間で何万人という難民がベルリンに流入していて、難民の宿泊施設は不足していた。キャンプに滞在する人数が二人減れば、当局にとっても願ったりだろう。わたしたちは宿泊用の小さな部屋を出て、廊下をもどる。アブー・アーテフがわたしのほうを向いて、アラビア語でメガネの話を口にする。

「何？」。レニが言う。

わたしはレニの顔を見る。住む場所を提供してもらえただけでも十分以上にありがたいのに、これ以上何かをお願いするなんて、申し訳なくてできない。

「あの……メガネのことなんです。ここまでの旅のあいだに失くしてしまったので」。わたしは言う。「わたし、近眼で、メガネがないとめまいみたいな感じになるから、だから、また水泳を始めるなら……」

レニはすぐに対処してくれた。こんどの土曜日、トレーニングのあとでメガネ店に連れていってくれるという。わたしたちはサッカー場の脇を通り、赤レンガの細長い建物の前を通って、オリンピアパークの入口まで来た。レニとスヴェンはここで足を止め、わたしたちのほうを向く。

「じゃ、次は金曜日でいいわね？」。レニが言う。「あなたたちの新しいトレーニングウエアを手配しておくわ。あと、週末にでも荷物をこっちに移すといいわ」

サラとわたしは笑顔で二人にお礼を言い、バス停まで歩いて〈ハイム〉にもどるバスに乗った。灰色の通りを走るバスの窓から、わたしは外を眺める。スヴェンとレニの親切にとまどい、胸がいっぱいだった。自分に訪れた幸運が信じられない。わたしはただ泳げる場所がほしいと思っただけだったのに、入団テストが部屋の下見にまでつながるなんて。サラとわたしはバスを降り、道路を渡って、黄色く色づいた並木道を歩いた。〈ハイム〉にもどると、わたしたちの部屋がある建物の前の小さな運動場で友だちのアブドゥッラーやアイハムとバーセムの兄弟がシーシャ(水タバコ)を吸っていた。

「よお」。アイハムが帰ってきたわたしたちを見て声をかける。「どこ行ってたの?」

わたしはアイハムたちが部屋から持ち出した椅子に腰をおろし、スイミングクラブの入団テストに行ってきたこと、水泳のトレーニングを再開できるようになったことを話す。そして、少し躊躇したあと、思いきってうちあける。スイミングクラブのクラブハウスに住めることになった、と。みんなは黙ってしまった。

「だってね、あの、ここの〈ハイム〉に住みながらトレーニングに通うのは無理だから」。わたしは早口で言う。「朝すごく早起きしなくちゃいけないし、睡眠もしっかり取れないし。ここは騒がしいでしょ、人がたくさんいるし、警備員が夜中じゅうどなってるし。アスリートにとってはいい環境じゃないから」

アブドゥッラーが鼻を鳴らし、眉を上げる。「アスリートじゃなくたって、いい環境じゃないさ」

アブドゥッラーは腰をかがめて椅子の下に置いてあった古い木製のテニスラケットを取り上げ、「よお、おまえアスリートなんだから、俺が発明した新しいゲームをやってみろよ。石けんテニスさ」と言う。

アブドゥッラーは汚れた石けんを振って見せたあと、わたしに向かって投げる。

「なに子供みたいなことやってんの」と言いながら、わたしは石けんをキャッチする。

「おまえがサーブだよ」。アブドゥッラーは、テニスプレーヤーみたいにからだを小刻みに動かして構える。

わたしは椅子から立ちあがり、アブドゥッラーに向かって石けんを投げる。アブドゥッラーが思いっきりラケットを振り、石けんが粉々になって飛び散る。わたしのスウェットパンツや靴にも石けんの破片が振りかかった。

「ちょっと、ユスラったら。何やってんの」。サラが声をあげる。

わたしは大笑いしすぎて返事できない。過去数週間のプレッシャーが一気に解消した。また泳げるようになる。不可能なことなんて何もないような気がした。

次の金曜日、朝ものすごく早く目がさめた。トレーニング初日ということで神経がたかぶっている。サラとわたしはオリンピアパーク行きのバスに乗る。プールの外でスヴェンとレニが待っていた。二人のそばにアッシュブロンドの髪と短いひげを生やした男の人が立っていて、「ラッセ」という名前だと自己紹介する。ラッセとレニが最年長グループ、つまり一六歳以上のグループのコーチだという。水着は更衣室に用意してあるわよ、と、レニが言う。トレーニング・グループのほかの選手たちはすでにプールサイドに出ている。わたしたちはコーチ二人にお礼を言って、更衣室にはいる。

わたしは不安だった。二カ月も泳いでいないから、調子はどうだろう？　シリアで一年以上水泳から遠ざかっていたあとで復帰したとき、どんなにたいへんだったかを思い出した。それより何より、ここでのトレーニングはシリアよりはるかにきつそうだ。ドイツでは、水泳選手のトレーニングは一日二回だと聞く。わたしたちが小さかったころ、シリアではトレーニングは一日一回だった。たいへんそうだけど、ここでトレーニングを続ければ前よりもっといいタイムが出せるようになるだろう。不安はあるけど、水にはいるのが待ちきれない気持ちだ。わたしたちがプールサイドへ出ていくと、並んでいたティーンエージャーの選手たちがじろじろ見た。わたしも見返してやった。男子選手はみんなすごく肩幅が広くて腹筋が六つに割れているし、女子選手はからだが引き締まって筋肉が発達している。

ラッセがウォーミングアップを指示した。わたしたちのために英語でしゃべってくれている。選手たちがプールに飛びこむ。サラとわたしも飛びこむ。ウォーミングアップだけでも、みんながわたしより速いのがわかった。わたしはほかの選手たちを見ないようにして、自分のストロークだけに集中する。ラッセとレニは、レース形式で五〇メートルと一〇〇メートルのスプリント練習をさせた。サラとわたしはだいたい同じようなスピードだったけど、ほかの選手たちには遠く及ばなかった。練習が終わって着替えたあと、ほかの選手たちはオリンピアパーク内にあるスポーツ・エリート向けの学校へ行く。誰ひとり、わたしたちとは口をきいてくれなかった。夕方の二回めの練習でも、誰ひとりわたしたちに挨拶してくれる子はいなかった。翌日の土曜の午前中のトレーニングでも同じ。練習のあと、レニがわたしを車に乗せて、メガネ店に連れていってくれる。このメガネ店はスイミングクラブの後援者で、クラブのメンバーには値引きしてくれるのだ。店主はわたしの視力を調べ、一週間後に新しいメガネをお渡しできます、と言った。メガネ代はレニが払ってくれた。

「トレーニング・グループのほかの子たち、速いよね」。わたしは〈ハイム〉にもどるバスの中でサラに言う。

「気にしないほうがいいよ。わたしたち、もう長いこと泳いでなかったんだから」。サラが言う。

「そのうち追いつけるよ」

「泳いでなかったあいだ、あんなにシーシャを吸わなきゃよかった」。わたしは言う。「それに、ここへ来るまでにハンバーガーもさんざん食べちゃったし」

「わかる」。サラが言う。「わたしも肩がめちゃ痛い」

サラには古傷がある。かわいそうに。冷たい海につかっていたのも、よくなかったにちがいない。はっきり言って、サラは競泳にはしばらくもどれないだろう。次の日は日曜日でトレーニングは休みなので、わたしたちは〈ハイム〉で少しばかりの身の回り品を荷造りする。ハリールはわたしのベッドに腰をおろして、衣類やテディベアたちをピンクのバックパックに詰めこむわたしを見ている。ここに友人たちを残していかなければならないのはさみしいけど、ときどきもどってくるつもりだった。難民キャンプの運営者には、わたしたちがクラブハウスへ引っ越すことは申告しなかった。それに、もしサラが水泳を続けないことに決めた場合には、またここに寝泊まりすることになるかもしれない。わたしたちがいなくなったことなんか、どうせ誰も気づかないだろう。

「オリンピックに出たいんです」

翌朝早く、わたしたちはバスに乗ってオリンピアパークへ行き、とりあえず荷物をクラブハウスの部屋に放りこんでおいて、トレーニングに参加する。部屋へ行くとき、カウンターの奥でジーベルがにっこり笑って手を振ってくれる。トレーニングでわたしはふつうに泳いだけど、レニとラッセがわたしたちのスピードにがっかりするのではないかと心配だった。ほかの選手たちが小さいころから一日二回のトレーニングをこなしてきているのに、その半分しかやってきていないわたしたちがついていけるはずがない。夕方のトレーニングが終わったあと、わたしは新しい部屋の二段ベッドの上の段に寝転んで、自分をはげます。ぜったいに、あきらめちゃだめ。ぜったいに。何があっても。とにかく泳ぐしかない。

ドアにノックがあった。スヴェンだった。いっしょに夕ごはんを食べようと誘ってくれる。レニは帰らなくてはならないけど、自分はもう少しいられるから、いっしょに食事をしよう、と。わたしたちが新しい環境で困っていないか、親切なスヴェンは気にかけてくれたのだ。サラとスヴェンとわたしは廊下を通って小さなダイニングルームへ行く。丸テーブルを囲んで座ったところへ、ジーベルがチキンとライスの夕ごはんを出してくれた。

「なぜシリアを出てきたのか、聞かせてもらえるかい?」。食事が終わったところで、スヴェンが口を開いた。「内戦が原因だったの?」

「そう」。わたしは答える。「それと、トレーニングを続けるため。ダマスカスでは、もう水泳はできなかったから。爆弾がプールのまわりに落ちてきて」

スヴェンが目をむく。原因は戦争だけじゃなくて……と、わたしは続ける。水泳選手としての将来を考えられるところへ行きたかったのだ、と。シリアでは女性は一定の年齢を超えると水泳選手としてやっていくのが難しくなる、と、わたしはスヴェンに説明する。女は水泳なんかやめて結婚するのがあたりまえと思われているから。わたしの叔母たちは、みんなそうやって水泳をやめざるをえなかった。でも、わたしはやめたくない、水泳を続けたい。

「つまり、水泳をするために国を離れたんだね」。スヴェンが言う。「それで、水泳でどんなことをめざしたいの?」

わたしはスヴェンの目を真正面から見て、答える。

「オリンピックに出たいんです」

スヴェンは驚いた顔になる。

「本気で?」

「本気の本気で」。わたしは答える。

少しのあいだ、みんな黙っていた。そのあと、スヴェンが「目標とする選手は誰?」と聞く。わたしはマイケル・フェルプスが力強い泳ぎでオリンピックの金メダルを次々と取ったのを見て感動したこと、テレーズ・アルシャマーが世界水泳選手権で勝ったのを見てすごいと思ったことを話す。この二人がわたしのヒーローなのだ、と。それから、マララさんに会ってみたいと思う、という話もする。ティーンエージャーのときタリバーンに銃撃されたけど命をとりとめて、その後も女子教育のために旗を振りつづけているパキスタンの女性だ。あの勇気を尊敬している、と。

スヴェンはシリアのことを聞いてきた。でも、何をどう答えたらいいのか、見当がつかない。

「ぼくは中東へは行ったことがないんだ」。スヴェンが言う。「中東のことは、何も知らない。シリアがどんなところか、教えてほしいな」

「うーん、よくわかんない」。わたしは言う。「事実とかを説明すればいいの? ダマスカスは世界で最も古い都の一つです、とか、シリアは綿の輸出で有名です、とか、そういうこと?」

「いやいや、わかったよ」。スヴェンが笑いながら言う。「じゃあ、ここへ着くまでの話を聞かせて」

サラとわたしは、密航業者のこと、海のこと、ゴムボートのエンジンが止まって大波を受けて沈みそうだったこと、国境を越えたときのこと、怪しいホテルのこと、ブダペストのケレティ駅のこと、ハンガリーの留置場のこと、などを話す。そういえば、もう何週間も、そういうことを忘れていた。いまはもう新しい生活が始まっているから。どう説明すればいいのかわからないけど、いま思い出してみると、ここまでの旅路にはいろいろと、強がりじゃなくて笑える場面がいっぱいあった。そんなに悪いことばかりじゃなかった、みたいな。とちゅうでたくさんの人たちと友だちになったし。

「そんな苛酷な話を、よく笑って話せるねえ」。話を聞きおわって目を赤くしたスヴェンが言う。「いい大人だって、そんなたいへんな経験をしたら、ふつうはさめざめと泣くものだと思うのに、笑っていられるなんて」

「わかんないけど」。わたしは言う。「海とハンガリーは、マジでひどかった。でも、ほかはなんか、おもしろかったかも」

「おもしろかった?」。スヴェンは信じられないという顔で首を振る。

わたしは窓の外に目をやる。一〇月の夜は、もうすっかり暗い。ジーベルが帰ったあとのクラブハウスはしんと静まりかえっている。この建物にはわたしとスヴェンとサラの三人しかいない。この先一キロのあいだでも、たぶん、警備の人を別にすれば、ほかに誰もいないだろう。スヴェンが椅子の上で座りなおす。

「たしかに何もかもうまくいったし、無事にここまでたどりつけてよかったけど、でも、これからきみたちは自分の身に起こったことと向きあわなくてはならない。臨床心理士の面接を受けたほうがいいんじゃないかな」

わたしは首を横に振る。シリアでは、そんなふうにはしない。スヴェンは腕時計に目をやり、立ちあがって、椅子の背にかけてあったナップザックをはずして肩にかける。でも心配そうな顔で、誰もいない建物にわたしたち二人だけを残して帰ってもだいじょうぶだろうか、と迷っているようだ。わたしたちが「だいじょうぶですから」と言うと、スヴェンは「じゃあ、おやすみ」と言ってダイニングルームを出ていった。わたしはサラと顔を見あわせた。いま、わたしたちはナチス時代に作られたオリンピック・パークに二人きりでいる。窓の外には、アーリア人種のスポーツ選手の銅像や帝国を象徴する堂々たるワシの像の先に、巨大なスタジアムがのしかかるように見えている。あたりには店もなく、スーパーマーケットもなく、生活のにおいが何もない。ベッドにはいって寝る以外、することがない。わたしたちは廊下に出るドアを開ける。ジーベルが照明をぜんぶ消していったようだ。手で壁をなでてみるけど、スイッチが見つからない。

「なんか気味の悪い場所だね」。サラが言う。「ゾンビ・アポカリプスの学校で寝泊まりする、みたいな感じ」

わたしたちは暗い廊下を自分たちの部屋まで全力疾走する。五、六歩走ったら、センサー付きの照明が頭上で点灯した。わたしたちは部屋の二段ベッドの下の段に倒れこみ、やっと安心して笑いあった。わたしは上の段によじのぼる。

「考えてみてよ」。下の段からサラが言う。「この周囲何キロも、人っ子一人いないってこと。誰かに襲われたら、警察が到着する前に死んでるよね」

「心強いコメント、ありがと」。わたしは横向きに寝返りを打つ。

翌朝は、トレーニングのために早く起きた。サラは次の面会予約を取る手続きをまた一から始めるために、水泳のトレーニングを休んで〈LaGeSo〉へ行く。きょうはラッセのグループはプールのほかにジムでウエイトトレーニングをした。わたしもトレーニングに汗を流す。からだがベストな状態にもどるまでに、まだ長い時間がかかりそうだ。

その夜も、またスヴェンといっしょに夕ごはんを食べた。次の日は水曜日でトレーニングが午前中だけだったので、午後は時間があいた。スヴェンはわたしたちをショッピングに連れていってくれると言う。スヴェンのお母さんやレニやクラブの人たちがお金を出しあって、わたしたちに新しいトレーニングウエアを買ってくれることになったのだという。わたしはうつむいて、お皿の中のパスタをこねまわす。恥ずかしかった。知らない人たちから寄付された古着をもらうのと、知っている人たちからお金をもらうのとでは、何かちがう感じがする。シリアでは、お金でも物でも人に直接あげるようなことはぜったいにしない。慈善団体に寄付をして、その団体が困っている人たちに善意のお金を分配する。そうすれば、誰も惨めな思いを味わわなくてすむから。わたしは、こんなに親切な友だちができて自分たちは幸せなのだ、と考えて居心地の悪い思いを打ち消そうとする。でも、無理だった。施しを受けるのは、やっぱり心が傷つく。

翌日の午後、スヴェンは電車に乗ってアレクサンダー広場近くのスポーツ用品店に連れていってくれた。アレクサンダー広場というのは吹きさらしの灰色の広場で、ベルリンの東部にある。空はぽっかりと広く、ガラスの球体のついた塔が一本、コンクリートのビル群の上にそびえているのが見えるだけだ。スポーツ用品店で、わたしたちはランニングシューズと、スウェットパンツと、あと何着かふだん着を買う。必要なのは、プールの外でトレーニングするときのウエアだけだ。ゴーグルと水着とスイミング・キャップはクラブが寄付してくれることになった、とスヴェンから聞いた。電車の駅にもどるとちゅう、スヴェンが女性向けの衣料品店の前で足を止める。

スヴェンは咳払いをして、困ったような顔でわたしたちを見る。

「その……レニに言われたんだけど……きみたちに、その、聞いてみて、と……」。スヴェンが口ごもる。

「何？」。サラが聞きかえす。

「その、ほかに必要なものはないか、と……。きみたち二人で、ちょっと店の中を見てくれば……」

「はあ」。わたしはすごく恥ずかしかった。

となりでサラが笑いをこらえているのがわかる。わたしはサラと目を合わせないようにする。

スヴェンがわたしの手にお金を握らせ、サラとわたしは店にはいる。角を曲がったとたんにサラが大笑いする。

「あれって、下着のことだよね？」。わたしは言う。

「だと思うよ」。サラが言う。「下着なんかいらないんだけどな」

「だよね」。わたしもスヴェンの顔を思い出して笑っちゃう。「わたしも、いらない」

サラとわたしは一〇分ほど店の中を見てまわって、何も買わずに外に出た。スヴェンはまた咳払いをしたあと、何か食べに行こうか、と言う。わたしたちは電車に乗ってポツダム広場まで行った。ポツダム広場はアレクサンダー広場よりもっと西にあって、ガラス張りの高層ビルがいっぱい立ち並んでいる。わたしたちはイタリアン・レストランで食事をし、そのあと、スヴェンがエレベーターで屋上の展望台に連れていってくれた。檻（おり）のような黒い柵で囲まれた展望台から見わたすと、灰色の平らな街がどこまでも広がっている。ものすごく高いビルもないし、ものすごく古い建物もない。左手のほうへ目をやると、茶色や黄色の木々が集まった大きな林があり、その上に金色の天使が見える。スヴェンが屋上にガラス張りのドームをのせた四角い建物を指さす。「ライヒスターク」つまりドイツの国会議事堂だという。わたしは目をこらし、その建物を好きになろうと努力する。刺（さ）すような風が吹いて、目が痛い。目を閉じると、古風な街路のかなたにそびえるカシオン山がうかぶ。ダマスカスが恋しい。

　翌週、わたしは水泳に打ちこんだ。毎朝六時に起きて、トレーニングが終わるのは夜の八時。サラは役所に出す書類の準備で忙しくて、トレーニングに来られない日もあった。ある朝、サラから連絡があって、きょうは代わってほしい、と言ってきたことがあった。朝まで一晩じゅう〈LaGeSo〉の事務所前に詰めていたから、と。わたしは、トレーニングに行けなくなってしまうと思って焦（あせ）った。なんとしてもトレーニングは休みたくなかった。朝のトレーニングが終わって、ほかの子たちが学校へ行っているあいだ、わたしはオリンピアパークの敷地内をあてもなく歩きまわったり、クラブハウスでひとりぼんやり過ごしたりしていた。スヴェンはほとんど毎日のようにダイニングルームで食事に付きあってくれた。わたしたちは家族のこと、水泳のこと、ドイツのこと、シリアのこと、戦争のことなど、何時間もおしゃべりした。

　サラとわたしは何から何までスヴェンを頼りにしていた。スヴェンとレニは〈アルフレート〉で食べる毎晩の食事代を払ってくれたし、外食に連れ出してくれることもあった。わたしたちに付きあって帰るのが遅くなったスヴェンが廊下ぞいの別の空き部屋に泊まることも珍しくなかった。ときには朝の四時に起きて、コーチの仕事を始める前にサラの書類作りを手伝ってくれることもあった。書類はめちゃくちゃ複雑で、わからないことがあるたびに、スヴェンはクラブのいろんな人たちにたずねまくった。スヴェンの教え子の両親でミヒャエルとガビという夫妻が手伝ってあげると申し出てくれた。二人は仕事の関係から〈LaGeSo〉の事情をよく知っていた。すぐに、スヴェンはサラから質問があるたびにガビに電話して知恵を貸してもらうようになった。

母には数日おきに電話していた。サラとわたしがダマスカスを離れたあと、母とシャヒドはそれまで住んでいたアパートを出て、親戚の家に身を寄せていた。わたしたち家族はなんとかして母とシャヒドをシリアから出国させ、安全にドイツへ来させたいと願っていた。でも、ドイツへ新たに到着する難民たちの数がこんなに膨大(ぼうだい)では、書類が通るのにものすごく時間がかかる。サラとわたしがベルリンに着いてから一カ月以上たっていたけど、まだ難民申請さえ出せていない状態だった。母はわたしたちを恋しがって、電話でよく泣いた。わたしは新しい生活のことや水泳のことやスヴェンのことを話して、母の気をまぎらせようとした。最初、母はわたしが新しいコーチとどうしてそんなにいつもいつもいっしょに過ごしているのか、理解できないようだった。わたし自身も、どうしてスヴェンがわたしたちをこんなに助けてくれるのか、不思議に思っていた。シリアでは、親族でもない人がここまでしてくれることはありえない。親族でなければ、こんなに助けてはくれない。少なくとも、何かの見返りがなければ。ある晩、スヴェンとクラブハウスで夕ごはんを食べているときに、わたしは思いきってたずねた。

「どうしてこんなによくしてくれるんですか？　食事代を払ってくれて、ショッピングに連れていってくれて、書類も手伝ってくれて。その、あなたにとって何か得なことがあるんですか？」

スヴェンは驚いた顔をして、首を振った。

「ぼくにとって得なんか、何もないよ」。スヴェンは言う。「人助けをするといい気分になれるから、してるだけで。そういうふうに教えられて育ったんだ。ぼくが子供のころ、ユーゴスラビアで戦争があって、たくさんの人がベルリンに逃げてきた。ぼくの家族はその人たちのことも助けていた。ぼくの母は、世界は大きいんだ、シュパンダウだけが世界じゃない、ベルリンだけが世界じゃない、と教えてくれた。広い世界に心を開かなくてはいけない、ってね」

わたしはスヴェンをじっと見つめて聞く。スヴェンがほほえむ。

「それに、きみたちを助けるのは簡単なことだ。おたがい同じ水泳選手だからね」

わたしは黙りこんで、スヴェンがわたしたちのためにしてくれたことを考える。スヴェンは、自由になる時間のすべてを使って、エネルギーのすべてを使って、そのうえお金まで使って、わたしたちがドイツに落ち着けるように助けてくれる。わたしは感激した。いつか自分も誰かほかの人に同じようにしてあげよう、と心に誓った。スヴェンから受けた親切をほかの人へ伝えていきたいと思った。

その週もわたしは泳ぎつづけ、ほかのみんなのスピードについていこうとがんばった。もっと速く泳げるはず。それはわかっている。時間の問題だ。その週の土曜日、トレーニングのあとでスヴェンがわたしを探しにきた。担当コーチのレニとラッセから話があるという。わたしたち四人はクラブハウスのカフェテリアで顔を合わせ、木のテーブルを囲んで腰をおろした。ラッセが咳払いをして話を始める。

「きみは今後はスヴェンのもとでトレーニングしたほうがいいと思う」

わたしはショックを受けた。スヴェンの担当は一三歳と一四歳のグループで、わたしは一七歳。二段階も下のグループに落ちることになる。スヴェンはわたしの顔を見て、なぐさめようとする。

「きみのために、そのほうがいいと思うよ」。スヴェンは言う。「だいじな時期にシリアで水泳をやめていたからね。パワーをつけないと。ぼくのグループに来たほうがいいと思うよ、より全般的なトレーニングをしているから」

わたしはテーブルをじっと見つめて涙をこらえる。心が折れた。イスタンブールの世界選手権でシリア新記録を出したときのことを思い出す。あのころの状態にもどすには、もっと追いこまないとだめだ。いまトレーニングのレベルを下げたら、タイムを〇・五秒伸ばすだけでも何年もかかるかもしれない。でも、何回か深呼吸をしたら、パニックがおさまった。どっちにしてもスヴェンはいろいろな面でわたしをすごく助けてくれているんだから、ついでにコーチをしてもらうのも理にかなっているかもしれない。わたしは顔を上げ、なんとか笑顔を作る。それで話は決まりとなった。

次の月曜日の朝から、わたしはスヴェンのグループでトレーニングを始めた。グループの女の子たちが、水着に着替えるわたしのからだをじろじろ見る。グループでいちばん年長の子たちでも、わたしより三歳も年下なのだ。ウォーミングアップのあと、スヴェンが笛を吹いて、ドイツ語で何か言う。グループからうめき声があがる。スヴェンはわたしのほうを向いて英語で言う。

「きょうはタイムトライアルをする。八〇〇メートル自由形を三本連続で」

やってやるわ。待ってました。それならできる——。わたしは水に飛びこんだ。一五〇〇メートル泳いだところで、わたしは少し遅れはじめた。三〇〇メートル泳いだ時点では、完全に遅れていた。信じられない。この小さな子たちがわたしより速いなんて。考えるな。とにかく泳ぐのだ。でも、がんばったけど、ぜんぜんだめだった。ほかの子たちはわたしより二分以上も速いタイムを出していた。わたしはプールサイドにつかまってスヴェンを見あげ、自分のタイムを聞く。一二分三二秒。ショックに打ちのめされた。一一分ちょっとで泳げると思ったのに。前は一〇分〇五秒で泳げたのだ。

二本目のトライアルが始まった。考えるな、泳ぐのだ。息つぎで横を見るたびに、ほかの選手たちにだんだん置いていかれるのがわかる。一〇〇メートル泳いだ時点で、わたしはまた最下位になってしまった。一五〇メートル。とにかくがんばれ！　でも、だめ。二〇〇メートルまで来たところでわたしは泳ぐのをやめ、プールの端をつかんだ。ほかの子たちは折り返してすでにプールの真ん中くらいまで進んでいる。わたしは水から上がる。スヴェンが眉をしかめてわたしを見る。

「どうした？」

「べつに」

わたしはプールサイドへ行って腰をおろし、両手で頭をかかえた。急にものすごく腹が立ってきた。この小さな子たちは、ずっと一日二回のトレーニングをこなしてきているのだ。こんなのフェアじゃない。どんなことがあっても、この子たちより速くなってみせる。わたしはタイルをにらみつけ、ゆっくりと深呼吸する。怒りがおさまり、やる気がこれまで以上にわいてくる。かならず以前のレベルまでもどしてやる、そして、もっと速くなってやる。オリンピックへ行くのだ。スヴェンがグループに三本目をスタートさせたあと、わたしの横に来て腰をおろす。

「つらいのはわかるよ」。スヴェンが言う。「いろんなことがあるし、きみはこれまでたいへんな経験をくぐりぬけてきたんだからね。でも、以前のレベルまでもどすには、続けるしかないんだよ。こんなことでいらいらしてても、はじまらない」

わたしはため息をつく。わかっている。スヴェンの言うとおりだ。どんなにつらくても、やり続けるしかない。わたしは立ちあがり、トレーニングにもどる。スヴェンのクラスの子たちは、感じよく接してくれる。みんな、わたしに対して好奇心がいっぱいなんだけど、笑っちゃうような先入観にも遭遇（そうぐう）した。男の子たちの何人かがトレーニングのあとわたしを呼び止めて、シリアではプールで泳いでいたの？と聞く。わたしは笑いをがまんして、べつに砂漠の真ん中にテントを張って住んでたわけじゃないのよ、と説明する。ちゃんとプールで練習していたのよ。水着もあったし、シリアにいたころはテレビもコンピューターも持ってたのよ、と。男の子たちは目を丸くしてわたしを見る。やれやれ。説明しなくちゃいけないことが、いっぱいありそうだ。

その晩、スヴェンがサラとわたしをお気に入りのイタリアン・レストランに連れていってくれた。注文したピザがテーブルへ来たちょうどそのタイミングでサラが顔を上げ、もうこれっきりで水泳はやめる、と宣言した。

「もうこれ以上は無理」。サラは言う。「肩が痛すぎて。泳ぎたい気持ちはあるけど、これからは遊びで泳ぐだけにしたい」

「これからもっとよくなるよ」。スヴェンが言う。「泳ぎから遠ざかっていた期間が長かっただけで」

「わたし、できるだけがんばってはいるんだけど、泳ぐと肩が痛くて」。サラが言う。「でなきゃ、一三歳の子供なんかに負けるはずないし」

サラにとっても、わたしにとっても、惨めな状況だった。かつては、わたしたちは二人ともトップ選手だった。シリア代表としてメダルを取れる選手だった。それなのに、いまでは年下の子供たちにも勝てない。スヴェンはサラに、医者に診てもらったほうがいい、理学療法を試してみたらどうか、と提案したけど、サラは首を横に振る。医者からもう二度と水泳はできないと言われるのが怖かったのだ。スヴェンはサラに、いつでも泳ぎたくなったらプールに遊びにおいで、と言った。

ちょうどそのとき、店のキッチンのほうからガシャン！と大きな音が響いた。何枚も重ねた皿がタイルの床に落ちて割れたらしい。スヴェンやほかの客たちは、飛び上がるほど驚いていた。サラとわたしだけは、何ごともなかったかのように食事を続けていた。スヴェンはわたしたちをまじまじと見つめる。わたしはサラの顔を見て、二人で大笑いしてしまった。

「何がそんなにおかしいの？」。スヴェンがたずねる。

「シリアにいたころね、武器庫が爆発したことがあったの」。わたしは説明する。「あのときの音は、マジすごかった。空全体が真っ赤になっちゃって」

スヴェンは口をあんぐり開けたまま、わたしたち二人を見つめる。わたしは笑っていたけど、笑いながらあらためて、いま自分は安全なところにいるのだと実感した。外の通りに爆弾が落ちてレストランの窓ガラスがぜんぶ割れるなんてことは、ここでは起こらない。迫撃弾がヒューンと飛んでくる音を聞いて身がまえる必要もない。あれだけのことが起こったのに、なぜそれでも笑っていられるのか、スヴェンやほかの人たちには理解するのがむずかしいらしい。わたしたちだって、平気なわけじゃない。笑うほうが泣くより楽だから、笑うのだ。泣くときは、ひとりで泣くしかない。でも、笑うなら、みんなといっしょに笑える。実際に悲劇が身にふりかかってこないかぎり、自分がどのくらい強くいられるかはわからないものだと思う。

そのあと数週間ほどのあいだ、サラは気が向いたときだけトレーニングに来た。サラは出かけることが多かった。役所へ行って難民申請を進めたり、〈ハイム〉のみんなに会いに行ったり、ボランティア活動でできた友だちとベルリンの街をあちこち探索したり。サラとわたしの生活はぜんぜんちがうパターンになった。サラはしょっちゅう夜遅く帰ってきて、朝遅くまで寝ていたいので、朝六時に起きてトレーニングに行くわたしとは生活時間が合わなかった。できればサラと別々の部屋になりたいんだけど、と、わたしはスヴェンに話をする。スヴェンはレニに話をし、レニがクラブハウスの同じ廊下ぞいに一人一部屋ずつ割り当ててくれた。

どの部屋も、造りは同じだ。簡素で機能的にできている。サッカー場の見える窓があって、食器棚と整理ダンスがあって、シングルベッドが一台とベッドサイド・テーブルがあり、棚があり、洗面台がある。でも、すぐにサラの部屋はアンティーク・ショップのようになった。写真や本や装飾品やメイク用品や香水がごちゃごちゃ散らばっているのだ。サラは毎週のように壁のポスターを張り替え、いろんな色のパレスチナのクーフィーエ（白黒格子のスカーフ。パレスチナ連帯のシンボル）やら、ボランティアが運営する演劇グループで作った新しい仮面なんかを壁に飾っていた。わたしが「よくこんなに散らかすよね」と言うと、サラはわたしの腕をドスッとたたいて「少なくとも、わたしの部屋はスポーツ用品店みたいには見えないからね」と言う。「誰かさんの部屋はあっちもこっちもスポーツウエアだらけで、しかも店で売ってるみたいにきちっとたたんであって」

サラの言うとおり、わたしの部屋はサラの部屋とはぜんぜんちがう。わたしの部屋の壁に貼ってあるのは、スヴェンが作ったトレーニング計画表だけだ。計画表の上の余白部分には、わたしの字で「休むな、前進あるのみ」と書いてあり、下の余白には「いつか勝てる日が来る」と書きこんである。

一一月初旬のある日、昔いっしょに水泳をしていた友だちのラーミーから連絡があった。イスタンブールを離れて、海を渡り、ベルギーのヘント近くの小さな町にいる兄のところまでたどりついた、という連絡だった。すごい！　ラーミーもヨーロッパに来たと聞いて、すごく嬉しかった。これで二人そろって夢の実現のためにがんばることができる。水泳続けてる？と聞いたら、これからスイミングクラブの入団テストを受けるところだという返事だった。うまくいくといいな。ラーミーなら、きっと余裕で合格すると思う。

わたしは水泳ができて嬉しいし、ドイツで安全に暮らせて嬉しいけど、ときどきさみしくなることもあった。スヴェンは可能なかぎりいっしょにいてくれるけど、わたしには同じ年頃の友だちがいなかった。サラはクラブハウスを留守にすることも多い。〈ハイム〉にあるわたしたちの昔の部屋に泊まることもあったし、友だちの家に泊まることもあった。同じトレーニング・クラスの子たちは感じよく接してくれるけど、言葉と年齢の壁は大きい。ラーミーからメールをもらってまもなく、わたしたちのトレーニング・クラスから何人かがベルリン東部で開かれる地域の競技会に出ることになった。スヴェンはわたしとサラを見学に連れていってくれた。プールデッキに腰をおろしていたら、同じトレーニング・グループの女の子が二人やってきて、わたしの横に座り、エリーゼとメッテという名前だと自己紹介した。わたしは二人に笑顔でこたえる。エリーゼは長い金髪に青いキラキラした瞳の女の子で、「どうしてベルリンに来たの？　これからもベルリンにいるの？」と聞いてきた。

「国で戦争があって、でも水泳を続けたかったから、ここへ来たの。ずっといられるといいな、って思ってるの」。わたしは答える。

「わたしたちといっしょに学校に行くの？」。もう一人の女の子メッテが聞く。メッテは灰色がかった茶色の長い髪をおだんごに結っている。

「まだわからないの」。わたしは答える。

おしゃべりはしばらく続いた。わたしたちがしゃべっているところを、グループのほかの子たちも見ていた。会話のおかげで、よそよそしかった空気が解消した。それから数日のあいだに、一人また一人とグループの子たちが声をかけてくれるようになった。わたしがいちばん仲良くなったのは、エリーゼとメッテだった。その週末、エリーゼはわたしを家に招いてくれた。最初は緊張したけど、エリーゼの家族はわたしをまるで親戚のように温かく迎えてくれた。エリーゼにはエメーという名の妹と、フェルナンドという名の兄がいる。三人ともスイミングクラブに所属している。夕ごはんを食べながら、エリーゼのお母さんカトリーンが「クラブハウスでの暮らしはどんな感じなの？」と聞く。サラがいないときは少しさみしいこともあります、と、わたしは答える。次の日、トレーニングのあとにエリーゼがやってきて、しばらくうちに泊まりにこない？と誘ってくれた。温かい気持ちがからだの底からわきあがってきて、わたしはにっこりする。

なんと優しい思いやりだろう。シリアから旅をしてきたあと、〈ハイム〉で暮らし、クラブハウスで暮らしているわたしにとって、ふつうの家族の家で過ごさせてもらえるのはとても嬉しいことだった。翌日、わたしはわずかな荷物を持ってエリーゼの家へ行った。そして、三週間もいさせてもらった。わたしは最大限の努力をして家庭生活にとけこもうとした。エリーゼのお母さんは、わたしを実の娘のように扱ってくれた。

そのあいだも、わたしはプールで練習にはげんだ。トレーニングが終わると、毎日のように筋肉痛になった。競技レベルにからだをもどすことがこんなにたいへんだとは思ってもみなかった。スヴェンは何も言わないけど、いつも注意深くわたしを見ていてくれるのを感じた。週ごとにわたしのからだは無駄な肉が落ち、泳ぎが速くなり、スタミナももどってきた。スヴェンの提案で、シリア時代のコーチから自己ベストの数字を送ってもらうことになった。そうすれば、目標ができる。コーチから返ってきた数字は、二〇〇メートル自由形が二分一二秒、一〇〇メートル自由形が一分〇二秒、一〇〇メートルバタフライが一分〇九秒、八〇〇メートル自由形が一〇分〇五秒だった。このレベルにもどれるのは、まだかなり先になるだろう。

「きみのがんばりを見ると、きみが本気で水泳に取り組んでいるのがよくわかる」。ある晩、スヴェンが言う。「きみはほんとうによくやっていると思う。そこであらためて聞きたいんだけど、きみは単に泳ぐのが好きだから泳いでいるのかい？　それとも、何か目標があって泳いでいる？」

「前にも言ったけど」。わたしは答える。「わたしはオリンピックに行きたいんです」

「わかった。じゃあ、トレーニング計画の話をしよう」。スヴェンが言う。「来年夏のリオは、無理だ。でも、二〇二〇年の東京はじゅうぶん狙える」

わたしはスヴェンを見つめる。本気で言ってくれている。心が躍った。これを待っていたのだ。スヴェンはわたしの本気をわかってくれた。やっと、わたしがすべてを賭けて水泳に取り組もうとしていることをわかってもらえた。そして、スヴェンはわたしといっしょに全力で戦ってくれようとしている。

そうとなったら長期的な目標を見すえて練習することが大切だ、と、スヴェンが言う。夏まではパワーとスタミナを取りもどすことを目標に、基礎的な有酸素運動に重点を置いたトレーニングをし、筋肉量を上げて体脂肪率を落としていく。バタフライでからだの沈みを抑えるためには、体重をあと四キロほど減らす必要がある。スヴェンの言うとおりだ。いまとなってはバーガーキングが恨めしい。当面はまだテクニカルな練習は視野に入れなくていいと思う、と、スヴェンは言う。すでに基礎的なテクニックは身についているからだ。スピードを出すにはテクニックが重要だけど、それがすべてではない。今シーズン中に自己ベストに近いレベルまでタイムをもどすことを目標にする。そのあと、次の年にタイムを五パーセント縮めて、さらにその次の年に三パーセント縮めることができれば、二〇二〇年春には東京オリンピックのBカットの標準記録を突破できる。もちろん、シリア代表に選ばれれば、の話だが。

「そんなの、小さな問題よ」。わたしは笑う。「肝心なのは、東京オリンピックをめざすってこと」

長期計画にもとづいてトレーニングを始めてから一週間後、トレーニングのあとでスヴェンが話をしにきた。表情から、すごく興奮しているのがわかる。わたしにニュースを伝えながら、スヴェンは顔がゆるむのを抑えきれない。そもそもの始まりは、数週間前の夜にテレビでニュースを見ていたときのことだった、という。国際オリンピック委員会（ＩＯＣ）のトーマス・バッハ会長が国連で演説したときに、母国から逃れて難民となったためにオリンピック出場の機会を失ったアスリートたちを救済したい、と言ったのだという。

「それで、ぼくはＩＯＣにメールを送って、きみのことを伝えたんだ」。スヴェンがにこにこしながら説明する。「マルディニさんに救済の手を差し伸べてもらえないでしょうか、って。そしたら、きょう、返事が来たんだよ。なんとかできないか考えてみます、って」

わたしはテーブルをじっと見たまま固まった。すごく混乱していた。ＩＯＣから救済の手を差し伸べてもらえるなんて、アスリートにとっては夢のようなチャンスだ。でも、それはわたしが難民だから？　なんか、お情け（なさ）ちょうだいっぽい感じがする。オリンピックに出るなら、実力で出たい。かわいそうな難民だから、という理由ではなく。

18

ＩＯＣの計画「難民五輪選手団」

到着したとき、空はまだ暗かった。予約は一一時だけど、朝の五時までには役所に着いて行列に並ばないとだめだ、とサラが言う。天井の高い待合室にはいったとたん、鼻をさす悪臭が漂（ただよ）ってきた。誰かが部屋の隅で嘔吐（おうと）したらしい。わたしたちは並んでいるえび茶色の椅子に腰をおろす。六時には、待合室は寒さから逃れて身を寄せあう惨めな人たちでいっぱいになった。筋骨たくましい警備員たちが壁ぎわに立って、わたしたちをにらみつけている。スヴェンは精神的にわたしたちを応援してくれるつもりでいっしょに来ていた。でも、受付のこんなひどい状況は想定していなかったようで、ぎょっとした顔をしている。サラは、だいじょうぶよ、とスヴェンに声をかける。とにかく順番を待って、呼ばれたら部屋にはいっていって、難民申請をして、それでおしまいだから、と。

予約の一一時になっても、何の進展もない。けっきょく、わたしたちの番号が呼ばれたのは午後一時を過ぎてからだった。わたしたちはぞろぞろと事務室へはいっていく。机の奥に座っている男の人がわたしたちに書類を出して、記入するよう言う。そのあと、わたしたちに一枚ずつ書類をくれて、これで難民申請は終了です、と言う。え、どういうこと？　なぜシリアを離れたのですか、とか質問されるんじゃないの？　それはもっとあとです、と、事務官は説明する。面接までは、このあと三カ月から五カ月くらい待つのだという。そのあと四週間から六週間くらいして最終決定が下りる、と。

わたしはショックを受けた。この日の書類提出にこぎつけるまでに、すでにわたしたちは二カ月半も待ったのだ。なのに、ドイツにいられるかどうかはっきりするまで、あと半年もかかるなんて。難民認定が得られなければ、母とシャヒドをシリアから飛行機でドイツへ呼び寄せることはできない。半年後では遅すぎる。家族の統合ルールが適用されるのは未成年の難民に関してのみで、わたしは三月には一八歳になってしまう。いまはもう一一月の末だ。この調子では、わたしが難民認定してもらえるのは夏だろう。夏にはわたしは未成年ではなくなっているから、家族を呼び寄せることはできない。スヴェンは説明をする事務官をにらみつけている。スヴェンが怒っているのが伝わってきた。サラが乱暴に立ちあがって、「わかりました。行きましょ」と言う。

その晩、サラがボランティアの友人たちと外出しているあいだに、わたしは母に電話をしてこのことを伝えた。母とシャヒドをドイツへ呼び寄せようというわたしたちの計画はうまくいきそうにない、と。

「ユスラ、ハビブティ、そんなに時間がかかるとは思わなかったわ」。母が言う。「あなたたちがシリアを出たときにいっしょに行けばよかった。電話で話すだけなんて、さみしくてがまんできないわ。あなたたちに会いたい……」

「でも、もしかしたら、うまくいくかもしれないよ」。わたしは言う。「もしかしたら、申請が予定より早く進むかもしれないし」

「でも、あなたたちがいなければ、わたしは何もする気になれないのよ」。母は涙声になっている。「仕事をしたって、買い物に行ったって、あなたたちがいなければ、なんの甲斐もないんだもの。何もする気になれないわ。もうこれ以上は待てない。わたし、シャヒドを連れてドイツへ行きます。あなたたちにできたんだもの、わたしたちにだってできないはずはないわ」

わたしは母に、泣かないで、なんとか方法を考えるから、と話す。でも、たしかに母の言うとおりだ。わたしたちが再会できる方法は、ほかにない。だからといって、母とシャヒドが二人だけでドイツまで来るのは無理だ。わたしはヨルダンにいる父に電話する。書類の処理にものすごく時間がかかっているから、お父さんがお母さんとシャヒドを連れてドイツへ来て、と。そうすれば、みんなまたいっしょに暮らせるから、と。父は水泳コーチの仕事をやめなければならないのを渋っていたけど、わたしはドイツへ来てまたコーチをやればいいじゃない、と説得する。スヴェンとクラブがわたしたちの力になってくれたみたいに、お父さんの力にもなってくれるんじゃないかしら、と。話しながら、わたしは自分が父をどれだけ必要としているかをあらためて痛感する。トレーニングをするうえで、記録を伸ばしていくうえで、目に見える成果を出すうえで。もっとうまくなるために、もっと速くなるために、わたしに何が必要なのかをほんとうにわかっているのは父だけなのだ。

その夜遅く帰ってきたサラに、わたしは計画を説明する。サラは、わたしたちが乗ってきたみたいなゴムボートにシャヒドが乗って海を渡るなんて考えたくない、と言う。わたしも同じ気持ちだ。シャヒドがゴムボートにしがみついて冷たい海を漂流するなんて、考えるだけでぞっとする。でも、トルコからギリシャまでヨットで渡った人たちがいる、という話も聞いていた。父がもう少しお金を出せば、少しはましな船に乗れるかもしれない。それでも、両親が野宿したり国境を越えるために夜中じゅう隠れて待ったりするなんて、想像するだけでもつらい。とは言うものの、けっきょくサラも同じ結論になった。家族がドイツへ来るには、それ以外に方法がない。

そのあとは、何もかもがすごい速さで進んだ。母と父はトルコのイスタンブールで落ち合うことになり、わたしたちと同じルートをたどってドイツをめざすことになった。両親は仕事を辞め、荷物を前もって郵便で送った。母とシャヒドがダマスカスから飛行機で発つ前の日、スヴェンとわたしはクラブハウスで食事をしていた。料理を口へ運ぶスヴェンの手がなかなか進まない。

「言ってよ。何なの？」。わたしは言う。

「わかった」。スヴェンはフォークを置く。「ＩＯＣがね、二〇一六年のリオ・オリンピックで何かやろうとしているみたいなんだ。どうも『難民五輪選手団』というのを結成しようとしているみたいで、きみが候補になるかもしれない、と言ってきた」

「なんて？　難民五輪選手団？　何それ？」

　ＩＯＣは難民のアスリートでチームを作ろうと計画しているのだ、と、スヴェンが言う。祖国から逃げたためにオリンピックに出場できなくなったアスリートたちを募って。それ以上のことはわからない。ＩＯＣは詳細をいっさい公表していなかった。

「待って。わたしの名前が出てるの？」。わたしは食べかけのパスタのお皿を脇に押しやって、言う。

　スヴェンの話では、ＩＯＣの副事務総長ペレ・ミロ氏が記者会見で難民五輪選手団の件に触れて、ＩＯＣは世界じゅうから難民のアスリートを選考中であると語ったという。すでに三人の難民アスリートが候補にあがっていて、一人はブラジル在住のコンゴ人男性、もう一人はベルギー在住のイラン人女性、そして三人目はドイツ在住のシリア人女性競泳選手だという。わたしは眉を上げた。それって、わたしのことじゃない？　背すじに興奮の震えが走る。すごい。でも、同時に、少しショックでもあった。

　もうあとへは引けない、と、スヴェンは言う。自分たちのことはメディアに知られてしまったから、と。スヴェンのフェイスブック・アカウントは一晩でサーバーダウンを起こしていた。わたしにインタビューしたいという申し込みが八〇件も殺到しているという。そのほとんどは、わたしがすでに難民五輪選手団の一員に決定したという前提で取材してきていて、わたしがこの夏のリオ・オリンピックに出るという話になっているという。めまいがしそうだ。こんな話、どうかしてる。リオに出られる可能性はないと言ったのは、ほかでもないスヴェンだったではないか。そのとき、わたしはハッと気づいた。もしわたしがオリンピックに出られるとしたら、それはわたしが難民だから……？

「わかった。たしかに、わたしは難民よ、それは認める」。わたしは両手を上げてスヴェンを制しながら言う。「でも、難民はわたしのチームじゃない。そうでしょ？　難民って言葉はわたしの本質を表現する言葉じゃない。そうでしょ？　わたしはシリア人で、わたしは水泳選手なのであって、難民チームの代表ではない。その、なんて言うか……それって、ちょっと侮辱されてるような感じがするんだけど」

スヴェンはわたしに横っ面を張られたみたいな顔をした。

「は？」。スヴェンが首を振る。「きみの言うことはわけがわからないよ」

スヴェンはわたしのほうへ身を乗り出して、わたしの目を真正面から見る。

「もういちど聞くけど、きみは何をしたいんだ？」

「水泳をしたいの。オリンピックで泳ぎたいの」

「そう、水泳だ。それに、オリンピックだ」。スヴェンが言う。「だったら、どのチームの代表として泳ぐかなんてことは、大事な問題かな？」

わたしは黙りこんだまま、しばらく自問自答する。問題は、その「難民」という言葉なのだ。爆弾、海、国境、鉄条網、屈辱、官僚主義。そして、施しを受けるということ。

「ユスラ、考えてごらんよ」。スヴェンが言う。「何よりもやりたいことを実現できるチャンスなんだよ？　競泳選手として競技会に出られる。それもただの競技会じゃない。オリンピックなんだ。きみの夢じゃないか」

わたしは、少し考えさせてほしい、とスヴェンに言う。翌日のトレーニングは、まるっきり練習にならなかった。頭の中が難民五輪選手団の話でいっぱい、難民という言葉でいっぱい、オリンピックでいっぱいだったから。考えれば考えるほど、わからなくなった。考えたあげく、やっぱりやめよう、と思う。けれど、そのとたん、また気が変わる。これは現状を、ほんの少しではあっても、いい方向へ変えるチャンスになるかもしれない。もしかしたら、わたしでも何かの手本になれるかも……？　たとえ爆弾が落ちてきて人生がめちゃめちゃになったとしても、また立ちあがり、埃(ほこり)をはたいて、歩きつづけるべきなのだ、と訴えること……。

その日が終わるころには、わたしの頭はぐちゃぐちゃに混乱していた。スヴェンには、やっぱり難民チームというのはちょっと屈辱的な感じがする、と話した。いつかオリンピックに出られるとしたら、わたしは実力で出たい。努力した結果として、出たい。でも、わたしはマララさんのことも思う。女子教育の普及のためにがんばっているマララさん。彼女には伝えたいメッセージがあり、それを訴えて、世界を変えようとしている。わたしはマララさんとはちがうけど。わたしは世界を変えたいと思って生きてきたわけではない。ただ水泳がしたかっただけ。いまはただ泳ぎたいという思いしかない。でも、わたしは人生を新しく立てなおすためにがんばっている。自分の目標に向かって毎日トレーニングを積んでいる。それだって何かしらの意味はあるはずだ。初めて、わたしは自分が人々に勇気を届ける存在になれるかもしれない、と思った。わたしはスヴェンに決心がついたと伝える。やる気になった、と。

スヴェンが嬉しそうに顔を輝かせる。

「それで正解だと思うよ」。スヴェンが言う。
ただし、まだ確定した話ではないからね、と、スヴェンが釘(くぎ)をさす。まだ難民チームについてはっきりと決まった計画があるわけではない。どういう方針で進めるのか、ほかの選手と同じように標準記録をクリアする必要があるのかどうか、わからないことだらけだ。たとえＩＯＣがほんとうにこの話を進めるとしても、まず候補選手が選ばれ、そこから最終的に出場選手が選ばれることになる。当面、東京オリンピックを目標とするわたしたちの計画に変わりはないのだ、と、スヴェンは言う。

その次の日、スヴェンはドイツ・オリンピックスポーツ連盟から二本の電話をもらった。一本目は広報担当のミヒャエル・シルプという人で、メディアからの取材要請の窓口になってくれるという話だった。そのあと、オリンピック・ソリダリティー（連帯）ドイツ支部のサンドラ・ローゲマンという女性からも電話がかかってきて、ドイツ・オリンピックスポーツ連盟から内務省に働きかけてわたしとサラの難民申請を早く通してもらうことが可能かもしれない、という話だった。たしかに、夏にリオデジャネイロへ行くならば、難民申請の処理を急いでもらう必要がありそうだ。

スヴェンからその話を聞いて、わたしは息をのんだ。もしわたしの難民申請が早く通れば、母と父とシャヒドを飛行機でドイツへ呼び寄せられることにならないか？　そうすれば、三人は危険を冒(おか)して海を渡るなんてことをしなくてすむ。翌日、朝のトレーニングが終わったあとで、父からメールが届いた。三人とも無事にトルコ沿岸まで来た、という知らせだった。いまはホテルにいる、波が静まったタイミングを見はからってヨットでギリシャへ渡る予定だ、という。メールを読んだ瞬間、わたしの頭はトルコの海岸に立って荒れる海を見つめていたあの場面に逆もどりした。三人のことが心配でパニックになったわたしは、父にわけのわからないメールを送って、海を渡るのはやめて、引き返して、と訴えた。わたし、オリンピックに行けるかもしれなくて、政府がわたしたちの難民認定を急いでくれるかもしれなくて、そしたらお父さんたちを合法的にドイツに呼び寄せることができるかもしれないから、と。父からは、心配しなくていいというメールが返ってきた。もう手配はできている、そちらへ行くから、と。

翌日の午後、サラとわたしは〈アルフレート〉の部屋に座って、必死に海以外のことを考えようとしていた。気をそらそうとおしゃべりしてみるけど、言葉がとぎれるたびに、夕陽を受けて不気味(ぶきみ)に光る波が次から次へと押し寄せる光景が目の前にうかんだ。何時間も待ったような気がしたころ、わたしの携帯が鳴った。父からだ。ギリシャに着いたというメールだった。サラがすぐ父に電話をかける。

「お父さん？　無事でよかった！」。サラが言う。「お母さんに代わって。声が聞きたいの」

「お母さん？　アルハムドゥリッラー、神よ感謝します。だいじょうぶだった？」。サラがしゃべる。

わたしは一分待ったあと、携帯に手を伸ばす。サラが携帯を渡してくれる。

「だいじょうぶよ、ユスラ。神様に感謝だわ」。母の声だ。「でも、とっても疲れたわ」

「よかったね、お母さん。お祈りしてるからね。わたしのかわりに、シャヒドにキスしてあげて」

翌日また父からメールが届き、無事にレスボス島のミティリニに着いた、いま書類ができるのを待っている、と知らせてきた。それから数日間、父たちは順調にギリシャを北上してセルビアにはいった。父からのメールによると、ハンガリーが国境を封鎖したので、無料のバスでクロアチアを通過する予定だという。その週、サラとわたしを訪ねてジャーナリストのラムとマグダレーナがやってきた。雑誌に掲載する記事を書くためにインタビューして写真を撮りたいという。二人に再会できたのは嬉しかったけど、家族のことが気にかかってどうしようもないそのタイミングでハンガリーの悪夢を思い出すのは、きつかった。スティーヴンからも連絡があった。わたしは最近の自分のことをメールに書いて送り、スティーヴンがそれを記事にしてウェブにアップした。

「ベルギーの人に、そして世界じゅうの人に、メッセージを送りたいと思います」と、わたしは書いた。「夢があるなら、ぜったいあきらめてはだめです。トライして、失敗してもまたトライして、最後の最後までがんばりぬくのです」

　例によって、気をまぎらすにはトレーニングがいちばんだ。最近は八〇〇メートルのタイムトライアルを三本続けて泳いで毎回一〇分三〇秒を切れるようになっていた。水泳をやめていたあいだについた体重も、ほぼ落とせた。たしかに前に進んではいたけど、父から指導や叱咤（しった）激励を受けられる日が待ち遠しかった。トレーニングはクリスマス休暇にはいり、旅路にある家族のことばかり考えて過ごす日が続いた。

　クリスマスイブの前日、サラとわたしが〈アルフレート〉にいたとき、サラの携帯に知らない番号から着信があった。母からだった。他人の携帯を借りて電話をかけてきたのだ。三人はドイツに着いて、いまベルリン行きの列車に乗っているという。一時間もしないうちに、わたしはベルリン中央駅のホームに立って、頭上の明るいブルーの掲示板を見つめていた。列車は定刻だ。もうすぐ駅にはいってくる。胃が興奮で裏返しになりそう。お母さん、お父さん、シャヒドが、ベルリンに来る！　立体交差する上階のホームが頭上に伸びて、巨大なガラスのドーム屋根の先へ続いている。クリスマスの電飾が光る。寒い。息が白い。

　わたしはサラを見る。サラはくちびるを噛んでいる。ドイツ語のアナウンスの音が割れて、ガラスやコンクリートの壁に反響する。オフホワイトの列車がカーブしながらホームにはいってくる。赤い目のようなヘッドランプが光り、とがった鼻先が進んでくる。目の前を通り過ぎる客車の横長の窓に人影を探す。三人の姿は見えない。ブレーキがきしんだ音をたてる。そのとき、ドアの窓に母の顔が見えた。わたしたちに気づいた母が心配そうな表情をパッとほころばせる。列車が停止して、ドアが開く。シャヒドが踊るようにホームに降り、わたしのほうへ走ってきて、腰に抱きつく。そのあとに母がやってきて、わたしの両肩をしっかりとつかみ、両頬とおでこにキスをする。母のあとから父が近づいてくる。わたしは父の腕の中に飛びこむ。父がわたしをぎゅっと抱きしめる。三年ぶりだ。

「ユスラ、ハビブティ」。父が耳もとでささやく。「一時はもうだめかと……海に出て二時間もたって……連絡もなくて。神様に祈ったよ」

　わたしは奇妙に遠くしびれたような感覚を味わっていた。頭上のホームから自分たちを見おろしているような。母も父も疲れた顔だ。目のまわりに黒いくまができている。シャヒドは涙に濡れた顔でわたしとサラを見あげている。

「きょう着けるとは思わなかったのよ」。母が言う。「わたしたち、マンハイムという街に着いて、そこにいなさいって言われたんだけど、いいえ、娘たちがベルリンにおりますから、娘たちのところへ行きます、って言ったの」

　母はほほえんで、もういちどわたしとサラを抱きよせる。わたしは下のほうにいるシャヒドを見る。震えている。三人とも、もっと暖かい服が必要だ。あしたは祝日で店はみんな閉まってしまうから、いまのうちに買い物に行かないと、と、わたしは三人に言う。駅の地上階に上がるエレベーターに乗る。シャヒドがガラスのエレベーターから外をじっと見つめる。中央コンコースには高さ八メートルの人工のクリスマスツリーが立っている。ふわふわで金ピカのクリスマスツリー。母がクリスマスツリーの前でわたしたちの写真を撮る。そのあと、駅ビルの中にある衣料品店にはいって、母たちがジャンパーや帽子(ぼうし)やマフラーを買う。スヴェンのはからいで、クリスマスのあいだ、母と父とシャヒドはクラブハウスにわたしたちといっしょに泊まれることになった。わたしたちは食べ物を買いこんで、オリンピアパークにもどる。とちゅうでスヴェンに電話したので、スヴェンがクラブハウスに来て、両親とシャヒドが部屋に落ち着けるようにしてくれた。三人はゆっくりとシャワーを使い、そのままベッドにはいった。そして、三人とも翌朝遅い時間までぐっすり眠った。

　翌朝、クリスマスイブの日、わたしとサラは人気(ひとけ)のないカフェテリアで待っていた。外は吹雪(ふぶき)で、わたしたちは雪が窓ガラスに降りかかってとけていくのを眺める。母は正午少し前に目をさまし、ふらふらと眠そうな顔でカフェテリアにはいってきた。母はあらためてわたしたちを抱きしめ、木のベンチに腰をおろす。

「ここまでの旅はどんな感じだった？」。わたしは母に聞く。

「そうね、海はひどかったわ」。母が言う。「救命胴衣はむこうで用意してくれるって言ってたのに、行ってみたら、なかったの。ヨットはものすごくたくさんの人が乗ってて。親切な人が席を譲ってくれたおかげで、シャヒドとわたしは座れたけれど」

「海は荒れてた?」。サラが聞く。

「いいえ、穏やかだったわよ」。母が言う。「でも、最後に岩に乗り上げて、一五分くらいのあいだ、みんな溺れ死ぬのかと思ったわ。最後には海岸に下りられたけど。アルハムドゥリッラー、神よ感謝します」

「で、ハンガリーには行かなかったの?」。わたしが聞く。

「行かなかったわ。もう国境にフェンスができていたの」。母が言う。「兵士たちがわたしたちをバスに乗せて、セルビアとクロアチアを通過して、そのあとオーストリアにはいって、それからドイツへ来たのよ。バスを乗り継いで。あっという間だったわ」

「なるほどね」。わたしはサラに意味深な視線を送る。

サラが笑って「上等じゃん」と言う。

オリンピアパークのクリスマスイブは、何もかもが死に絶えたかと思うほどひっそりと静かだった。わたしはエリーゼの家でクリスマスイブを過ごした。すごいごちそうを食べて、プレゼント交換をした。翌日、クリスマスの日、サラは母とシャヒドを連れて自分の友だちの家へ行き、わたしと父はスヴェンに招待されてスヴェンのアパートへ行った。アパートは人でいっぱいだった。スヴェンの家族全員が集まっていた。言葉の壁はまったく問題にならなかった。父はみんなに愛想よく笑顔をふりまき、わたしたちはドイツ風ポテトサラダとチキン・フリカッセを食べた。

わたしはとても幸せな気分だった。数カ月前にドイツへ来たときには、ヨーロッパでの初めてのクリスマスをこんなふうに友人たちに囲まれて過ごせるなんて夢にも思わなかった。

　翌日の夜、サラは出かけてくると言う。カフェテリアで家族に行ってきますを言いにきたサラは、ばっちりメイクを決めて、ミニのドレスを着ている。わたしはひと悶着起きるんじゃないかと思って身を縮めた。でも、母は顔色も変えずにサラを見て、あまり遅くならないようにね、と言っただけだった。わたしは口をあんぐり開けて母を見る。父にいたっては、携帯から目を上げようともしない。信じられない。ドイツに来たというだけで、こんなに変わってしまうの？　それとも、ここまでの旅のせいで、両親のわたしたちを見る目が変わったのだろうか？　そうにちがいない。わたしたちは一人前であることを証明したのだ。わたしたちは勇敢に、いちども道を踏みはずすことなく、自分で自分の身を守った。もう自分のことは自分でできる、自分のやっていることをちゃんとわかっている、と証明した。わたしたちは大人になった。両親に一人前と認めてもらえるようになった。だから、サラが友だちに会いに出かけるくらいで、父も母もうるさいことは言わないのだ。

　数日後、両親は、シャヒドと三人で「出頭」して難民キャンプにはいろうと思う、と言う。サラが友だちのアイハムに電話する。アイハムはいまもまだシュパンダウの〈ハイム〉に住んでいて、サラと同じように新しくベルリンに来た難民の世話をする「モアビット・ヒルフト」という民間組織でボランティア活動をしている。アイハムはわたしの家族があまりひどく混んでいない〈ハイム〉にはいれるよう手配してくれた。三人はベルリンの反対側にある難民キャンプに落ち着いた。わたしたちのところから電車で一時間くらいのところだ。クリスマスの二日後、父が

〈アルフレート〉を訪ねてきた。父はスヴェンやわたしといっしょにプールへ行って泳いだ。スヴェンは父に、わたしのいるトレーニング・グループの指導を手伝ってくれたらありがたい、と声をかけた。わたしはここ何週間かでいちばん幸せな気分だった。家族が近くにいる。みんな安全なところにいる。わたしは泳ぐことができて、父が指導してくれる。

　わたしは大晦日をエリーゼ一家と過ごした。みんな、わたしにドイツ流の大晦日の過ごし方を教えてくれようとはりきっていた。夜中の一二時、わたしたちは窓の外に何百という花火が打ち上げられるのを眺めた。そのあと、鉛の小さな塊を火で溶かして、水を張ったボウルに落とす占いをした。エリーゼの説明では、鉛の形から将来を占うのだという。でも、わたしの将来に何が起こるのか、占いは答えを出してくれなかった。

　年明け早々から、スヴェンはわたしの教育を心配しはじめた。スヴェンは友だちのコリンナにわたしのドイツ語の家庭教師を頼んだ。コリンナは週二回来てくれて、毎回一時間、わたしは〈アルフレート〉でドイツ語を教わる。ドイツ語はむずかしいけど、英語ができることがかなり役立った。一月初旬のある日、ドイツ語のレッスンが終わる直前にスヴェンが顔を出した。わたしは宿題で書いたドイツ語の文章を音読しているところだった。宿題は、いちばん仲良しの友だちのことをドイツ語で書くという課題で、わたしはノートを見ながら読みあげる。

「マイネ・ベステ・フロインデン・イスト・エリーゼ。わたしのベストフレンド（女性）はエリーゼです」。わたしはゆっくりと音読する。「マイン・ベスター・フロイント・イスト・スヴェン。わたしのベストフレンド（男性）はスヴェンです」

　わたしはスヴェンを見あげて、にっこり笑う。スヴェンは戸口に立って、目を赤くしている。

スヴェンは無理に笑顔を作り、咳払いをして、くるりと向きを変えて行ってしまった。

新年だからなのかもしれないけど、誰も彼もがわたしの将来をあれこれ心配してくれる。その晩、スヴェンと夕ごはんを食べていたとき、父がわたしに大学へ進学するつもりはあるのか、と聞いた。もちろん、と、わたしは答える。でも、スヴェンは顔をしかめて、首を横に振る。ドイツで勉強を続けるのは、わたしが思っているほど簡単ではない、と言うのだ。わたしは高校を卒業する前にシリアを離れたから、高校の卒業資格がない。それではドイツではどこの大学にもはいれない、と、スヴェンは言う。オリンピアパークに併設されているスポーツ・エリート向けの学校ペルチャウ・スクールの校長に話をしてみようか、と、スヴェンが提案する。

「最後の一年だけ？」。わたしは聞く。

「いや、ちがう」。スヴェンが言う。「たぶん、ぼくの教えてるグループの子たちと同じ学年から始めることになると思う。授業はドイツ語だから、とにかくまずドイツ語をおぼえないと。それで四年間勉強したあと、アビトゥーアを受けなければならない。アビトゥーアというのは、大学入学の資格試験だ。それでやっと、大学で勉強できることになる」

わたしは目をむく。

「四年も？　バカなこと言わないで。あと四年も高校をやるなんて、冗談じゃないわ。シリアではあと一年で卒業できたのに」

頭がくらくらしそうだった。ほとんど悪夢だ。わたしはとにかく前に進みたいのに、九年生にもどるなんて。いまでさえ一四歳の子たちといっしょにトレーニングさせられてるのに、学校までこの子たちといっしょに行けと言うの？　わたしは父に通訳して聞かせた。もちろん、父だって九年生にもどれとは言わないだろうと思った。ところが、意外なことに、父はスヴェンの言うとおりだと言う。

「水泳はいつまでもできるわけじゃないんだよ、ユスラ」。父は言う。「教育は必要だ」

わたしは目玉をぐるりと回して、ため息をつく。それじゃ、高校に逆もどりってことね。せめてもの慰(なぐさ)めは、アスリートの育成を支援するＩＯＣの下部組織オリンピック・ソリダリティーがわたしに奨学金を出してくれることになったという話だった。奨学金はトレーニング施設の使用料、コーチへの支払い、大会への遠征費用などに使うことができる。しかも、わたしがオリンピックの難民チームにはいるかどうかに関係なく無条件で支給される。それはありがたいことだった。

わたしはプールでのトレーニング再開が待ち遠しかった。クリスマス休暇が明けてトレーニングがまた始まったときは、やる気満々だった。初めての練習には父も来てくれたけど、練習にはほとんど口を出さず、スヴェンのコーチぶりを見ているだけだった。練習が再開されてまもないある日、練習が終わって更衣室にもどるときに、同じグループの男子の一人リッチーが声をかけてきた。リッチーのお父さんはロックバンドのドラマーで、こんどの土曜日にコンサートがあるので、わたしを招待してくれるという。同じグループのトーマスも来るし、リッチーの父親からすでにスヴェンにも話をしてくれてあるという。わたしは感激したし、驚いた。外出して水泳以外のことをするのは、とてもいい気分転換になりそうだ。一週間みっちりトレーニングが続いたあと、ようやく土曜日がやってきた。サラもちょうどその日に出かける予定があったので、わたしたちは二人ともドレスアップした。スヴェンが車でコンサート会場まで連れていってくれて、そこでリッチーやトーマスやトーマスの両親たちと合流した。わたしはリラックスしてゴキゲンだった。外出なんて、数カ月ぶりだ。

わたしたちはドリンクを受け取り、会場の隅に腰をおろしてコンサートが始まるのを待った。そのあいだにフェイスブックをスクロールしていたら、タイムラインに投稿がアップされた。「アラー、安らかに」——まさか、あのアラーじゃないよね？　ダマスカスの学校で親友だったアラーじゃないよね？　腹の底から吐き気が上がってくる。うそ。冗談でしょ。悪い冗談に決まってる。わたしは画面を下へスクロールする。ほかにも投稿がある。「アラー、安らかに」。画面をフリックする。三つ目の投稿。これはアラーのいとこがアップしたものだ。

「スヴェン」。わたしはパニックに襲われて、スヴェンに声をかける。

スヴェンが心配そうに眉をひそめて「どうした？」と言う。

わたしは席を立つ。部屋がぐるぐる回っている。うそでしょ？　アラーが死ぬなんて、そんなはずはない。ほんの数カ月前、マールキーのカフェにいたのに。キュートで、クレージーで、元気いっぱいのアラー。わたしはテーブルから離れ、カーテンのかげにしゃがみこんで、サラに電話をかける。

「サラ、見た？　アラーが死んだ、ってアップされてるんだけど」

サラの返事はよく聞こえなかった。これから〈アルフレート〉にもどると言う。クラブハウスで会うことにして、電話が切れた。四方八方から壁が崩れ落ちてくるような気がした。涙があふれる。わたしはカーテンのかげから出た。スヴェンが立ちあがり、わたしを見ている。

「友だちが死んじゃったの」。わたしは言う。「フェイスブックで見たの。帰らなきゃ」

スヴェンは残っていたコークを飲みほし、クロークへ行ってわたしたちのコートを取ってきてくれた。スヴェンの運転する車で帰るとちゅう、わたしは言葉を口にすることさえできず、フェイスブックを見つめて泣いていた。戦争が原因ではなかった。アラーとお姉さんは、もうシリアを出国したあとだった。海が原因でもなかった。そこまで行き着かなかったのだ。イスタンブールからイズミルに向かうバスが事故を起こして、アラーもお姉さんもその事故で亡くなったらしい。バスが山道でスピードを出しすぎてカーブを曲がりきれず、横転して炎上したという。

わたしたちは二〇分でクラブハウスにもどった。サラはもう帰っていて、ダイニングルームで友だちと二人で待っていた。わたしはとても口をきける状態ではなかった。わたしは二人の前を通り過ぎ、自分の部屋にはいってドアを閉めた。そして、ベッドに突っ伏して泣いた。スヴェンがドアの外に立って、ノックする。わたしは返事をしない。スヴェンがわたしの名前を呼ぶ。でも、わたしは答えない。頼むから一人にしてほしい。

「ユスラ?」。こんどはサラの声。「出ておいで、話をしようよ」

「お願い、放っておいて。あっちへ行って」。わたしは言う。

「ユスラ、ってば」。サラがまた声をかけてくる。「アラーもお姉さんも、いまはもっといい場所へ行ったんだよ。悲しいのはわかるけど、少なくとも二人はいま安らかなんだから」

わたしはサラの言葉を無視する。いまは誰とも話せそうにない。とうとうサラもあきらめて去っていった。わたしは携帯を手に取る。もしかしたら、まちがいかもしれない。もしかしたら、二人とも助かっているかもしれない。ニュースによれば、死者はたった七人で、あとは負傷しただけと報じられている。アラーもトルコのどこかの病院に収容されているのでは? わたしはアラーのいとこにメールを打つ。亡くなったって、ほんとうなの？　バス事故の生存者もいるってニュースで言ってるし。ちゃんとチェックしてみて――わたしはアラーのいとこにそうメールを打った。もしかして、生きているかも……。すぐにメールの返信が来た。ううん、ハビブティ、残念だけどほんとうなのよ、二人とも亡くなったの、と。わたしはまた泣き伏す。

部屋のドアを強くノックする音がした。父だ。放っておいて、と、わたしは言う。悲しみが次から次へ波のように襲ってくる。わたしは何分も泣きじゃくり、泣き疲れてぼんやりと壁を見つめ、深呼吸をして心を落ち着かせようとする。でも、やっぱり考えてしまう。アラーのお母さんは、二人の娘をいっぺんに失って、どんな思いでいるだろう。悲しみがまた胸をえぐり、わたしは泣き伏す。深呼吸をして、落ち着こうとする。また悲しみが襲ってくる。どんなに痛かっただろう。どんなに苦しかっただろう。希望を胸に旅に出ただろうに。どんなに怖かっただろう。わたしはまた涙を流し、二人の魂のために祈る。泣き疲れてベッドに横になるころには、夜が白みはじめていた。眠りに落ちる直前に、アラーの顔が見えた。涙で枕が濡れた。

わたしは母やシャヒドといっしょにダマスカスのアパートにいる。ヒューンと高い音が頭の上に迫ってくる。衝撃が襲ってきて、壁が揺れて崩れ、石の塊がバラバラ降ってくる。建物が崩れる。シャヒドの悲鳴が聞こえる。

真っ暗闇。わたしはがれきの下に埋まっている。ベージュ色のほこりに咳きこみながら、がれきの上に這い出る。母の姿がない。シャヒドの姿もない。石をかきわけて二人を探す。パニックが襲ってくる。崩れたコンクリートの下からうめき声が聞こえる。わたしの名を呼ぶ声が聞こえる。ふりかえると、母が立っている。穏やかな顔にほほえみをうかべ、腕にシャヒドを抱いている。

　また真っ暗になった。ベルリンのプール。わたしはプールサイドにつかまって立ち泳ぎをしている。水の中から深い声がして、プール全体に響きわたる。

「ユスラ、どちらか決めなさい」。声が言う。「ぐずぐず迷っている暇はない。ここで暮らすもよし。あるいは国に帰ってみんなと苦難を共にするもよし。どちらか決めなさい、ユスラ。自分で決める以外にないのだ」

　泣きながら目がさめた——。

第七部

嵐

The Storm

19

ジレンマ、迷い

クリスマスのあと二、三週間のあいだ、父はわたしのトレーニングを毎回欠かさず見にきた。父はわたしの泳ぎを見て、アドバイスをくれて、はげましてくれた。でも、たいていは目立たないところにひっそりと座り、スヴェンに遠慮してコメントも異論も口にしなかった。そのうちに、父は少しずつプールから遠ざかっていった。事情はわかる。父はほかにもしなければならないことをたくさん抱えていたのだ。ベルリンの街になじみ、自分たちの難民申請を提出し、ドイツ語を学び。

二〇一六年一月末、サラとわたしの難民認定の面接があった。スヴェンは面接についてきてくれた。わたしたちを担当した女性のケースワーカーは、スパイや有名人やスポーツ選手など特殊なケースを扱う担当官だった。わたしたちがスヴェンもいっしょに面接室にはいっていいですかとたずねると、担当官はびっくりしていた。女性の申請者で男の人を連れてきたケースは初めてだという。わたしは笑って、スヴェンはそういう男性じゃないんです、と言った。いまではもうスヴェンは家族同然の存在になっていた。インタビュー自体は、簡単なものだった。女性担当官はわたしたちの素性について質問した。シリアで政治活動をしていなかったか。なぜ、どのようにして、ドイツへ来たのか。面接は三〇分ほどで終わった。面接の最後に、担当官は「最終決定は六週間以内に出ます」と言った。これで、難民認定に向けてまた一歩前進したことになる。あと六週間で、これからもドイツにいられるのかどうかがはっきりする。

　ほっとしたけど、オリンピアパークへもどるバスに揺られながら、どうしても後ろめたい気持ちを抱かずにはいられなかった。特別扱いは、心に引っかかる。わたしたちの面接が予定よりずっと早く実現したのは、わたしが難民五輪選手団にはいるかもしれないから、そして、ドイツ・オリンピックスポーツ連盟が内務省に働きかけたからだ。わたしは灰色の街路を眺めながら、一般の人にとって難民認定のプロセスはどんなふうに感じられるのだろう、と考える。すべての決定は政府の手に握られている。役人の思惑ひとつで役所をたらい回しにされることもある。やっとすべての難関をくぐり抜けたと思っても、最後に役人が「ノー」と言えば、それで終わりだ。避難先の国から退去し、もとの場所にもどってふたたび苦境に立ち向かうしかない。封鎖された国境を越えるほうが、まだましなくらいだ。物理的な障壁ならば、知恵をしぼって越えることもできる。でも、難民認定で政府から「ノー」と言われたら、打つ手はほとんどない。

　わたしは自分に言い聞かせようとする。特別扱いは、単にタイミングの問題なのだ、と。ドイツ・オリンピックスポーツ連盟が介入して内務省にわたしの申請処理を急がせたのは、わたしが国外に旅行することになっていたからだ。リオデジャネイロのオリンピックだけでなく、スヴェンはルクセンブルクで四月末に開かれるＣＩＪ競技会にもわたしをエントリーしていた。この大会はリオに向けての公式記録会の一つだ。国際オリンピック委員会（ＩＯＣ）はわたしが難民五輪選手団に参加するためにほかの選手たちと同じように標準記録をクリアする必要があるのかどうか、明言していなかった。でも、記録会に参加するのは悪くない、という返事だった。

その次の月曜日から、わたしは学校に通うことになった。一八歳の誕生日を迎える一カ月前に、九年生に逆もどりというわけだ。スヴェンはすごくよろこんでくれたけど、わたしはそれほど嬉(うれ)しくなかった。学ぶ機会を与えてもらったことには感謝しているし、みんながわたしのためを思ってくれていることはわかるけど、正直言って、トレーニング・グループの一四歳のみんなと日課が同じになるということ以外に、あまりメリットは感じなかった。授業は退屈なだけだった。どれもみんな知っていることばかり。わたしは教室の後ろの席に座って、絵を描いたり文章を書いたり窓の外を眺めたりして、夕方のトレーニングの時間を待ちこがれた。「わたしの名前は難民です」と、練習ノートの裏に書く。「少なくとも、みんなはわたしをその名で呼びます」――。

最初の週が終わるころには、わたしは教師たちからにらまれていた。教師たちはスヴェンに、この生徒は教育を受ける機会をありがたく思っていないようだ、と報告した。みんな、わたしのことをわかってくれていない。わたしは勉強はしたいのだ。ただ、こんな形ではしたくないだけで。

救いは、九年生の退屈な数学の授業にしょっちゅう邪魔がはいったこと。いろんなメディアから取材申し込みがあいついだ。わたしが学校に通いはじめる直前に、ＩＯＣのトーマス・バッハ会長がアテネの難民施設を訪問し、取材記者たちに向かって、リオ・オリンピックで難民五輪選手団を結成する、と明言したのだ。スヴェンの受信トレイはまたまたインタビューの申し込みメールでパンクした。わたしは自分でもその多くを読んだけど、返信はぜんぶスヴェンに任せた。そのうちに、スヴェンのもとには読みきれないほどたくさんのメールが届くようになった。

「なんで、みんなわたしにばかり話をしたいわけ？」。わたしはスヴェンに言う。「ＩＯＣが候補にあげた難民アスリートは、ほかにもいるのに。コンゴの男性選手とか、イランの女性選手とか」

「ジャーナリストがまだ選手を特定できていないんじゃないかな」。スヴェンが言う。「きみは英語がしゃべれるし。それに、シリア出身だし。リポーターたちは戦争の話を聞きたいんだよ。そのうえ、きみには例のすごいエピソードがある」

「何のエピソード？」

「ゴムボートの話だよ、決まってるだろ」。スヴェンが言う。

「ああ、それね。でも、その話は去年リポーターたちに話したよ？　なんでそんな話を何回も聞きたがるのかな」

スヴェンは首を振る。

「きみはわかってないんだよ」

インタビューの申し込みぜんぶに応じるのはとうてい無理なので、ドイツ・オリンピックスポーツ連盟の広報担当ミヒャエル・シルプ氏の提案で記者会見を開くことになった。そうすれば、いちいち水泳のトレーニングや授業を抜け出してマスコミ対応するのでなく、記者たちに一度でまとめて話ができる。当初、わたしたちは三月中旬にクラブハウスで小規模な記者会見を開く予定でいた。たぶん二〇人から三〇人くらいのジャーナリストが来るだけだろうと思っていたのだ。

スヴェンとミヒャエルがプレスリリースを作成して、三月にメディア・デーをもうけるから、それまでは選手をそっとしておいていただきたい、と発表する。わたしはジャーナリストの友人たち、スティーヴンとラムとマグダレーナを記者会見に招待した。三人が来てくれたら、本番も多少は緊張せずにやれるだろう。それに、どっちにしても、この三人はわたしのこれまでの道すじで大きな役割を果たした人たちだ。

プレスリリースを出してからまもなく、競泳仲間のラーミーからメールが届いた。ラーミーは、ベルギーのヘントで水泳のトレーニングを再開した、素晴らしいコーチにもめぐりあった、と知らせてきた。ラーミーは難民五輪選手団について知りたがっていた。スヴェンにIOCとの橋渡しを頼めないか、という。わたしは、ラーミーのコーチが直接IOCと連絡を取ればいいんだよ、と教えてあげた。ラーミーが難民五輪選手団に参加を希望していると聞いて、わたしは心が弾んだ。二人でリオに行けたら、どんなにいいだろう。昔なじみのラーミーがいっしょにいてくれたら、何もかもずっと楽に対処できそうだ。何があっても、二人で笑って切り抜けられる気がする。

日々が過ぎていく。わたしは泳ぐ。昼間は退屈な授業を受ける。ほぼ毎週日曜日に、サラと二人で両親とシャヒドに会いにいく。三人は〈ハイム〉での暮らしに満足していなかった。盗みなど治安上の問題があるし、母は食事がひどくてトイレも汚いと嘆いていた。サラとわたしは、できるだけ早く〈ハイム〉から出られるようにしてあげるからね、と約束する。難民認定が通ったらすぐに、一家五人でいっしょに暮らせるアパートを借りるつもりだった。記者会見の日が近づくにつれて、わたしはまた難民五輪選手団の話をあれこれ思い悩むようになった。わたしはアスリートだ。なぜ、難民であるという理由だけでオリンピックに行けるの？　二月下旬の日曜日、わたしは悩みを母にうちあけた。

「くだらないことを言わないのよ、ハビブティ」。母がどこか上の空で答える。「あなたはオリンピックに出る資格があるわ。小さいころからずっと、こんなにがんばってきたんだもの」

「そうじゃないんだってば、お母さん。こんなことでいいのかどうか、悩んでるの」。わたしは言う。でも、母はわたしの話を真剣に聞いていない。

「考えてもごらんなさいよ。わたし、どれだけの時間をプールサイドに座ってあなたの練習を見守ってきたか。どれだけあなたの試合を応援してきたか。少しは報われてもいいんじゃない？」

家族がわたしの悩みを真剣に受け止めてくれないのも、無理はなかった。母も父も自分たちの問題で手いっぱい、難民認定を受けるための書類申請で忙しかったのだ。三月なかば、サラとわたしは難民認定が下りたという知らせを受け取った。これで少なくとも三年はドイツにいられることになる。すごくほっとした。わたしはスヴェンのこと、メッテのこと、エリーゼ一家のこと、レニのこと、スイミングクラブのこと、学校のことを思った。みんなのおかげで、ここまで新しい生活をやってこられたのだ。これまでの努力は、単なる一時しのぎではなかった。ドイツに腰を落ち着けて、この先も夢に向かって進むことができる。

姉妹の亀裂

最近サラとあまり顔を合わせなくなっていた。サラはサラで忙しく、しょっちゅう出かけていた。ある晩、トレーニングのあとクラブハウスにもどってくると、伝統的なシリア音楽「タラブ」がサラの部屋から漏れて廊下まで聞こえていた。ノックして部屋にはいると、サラは洗面台の前に立ってメイクをしている。これから出かけるらしい。わたしはサラのベッドに腰をおろして、壁一面に貼られたイカれたポスターの最新コレクションを見まわす。

「帰りたいなって思うこと、ある？」。サラが鏡をのぞきこんでアイライナーを引きながら言う。

「シリアへ？」。わたしが聞く。「もちろん。でも、戦乱が終わってからね」

「わたし、帰ろうかな」。サラが言う。

「なんだって？　いま帰るの？　頭どうかしてない？」

「国が恋しいとか、思わないの？」。サラはおしゃべりを中断して上唇と下唇にダークレッドの口紅を塗る。

「シリアから出られない人たちに対して、後ろめたい気持ちにならない？」。サラが言う。

「もちろん」。わたしは言う。「けど、国にもどったとしても、何の助けになれるの？」

サラは最後にもういちど鏡を見てから、わたしのほうを向いていきなり話題を変える。「ユスラの黒いジャケット、貸してくれない？」

わたしは首を横に振る。「やだ。あれ、だいじだもん。お姉ちゃんに貸したら、破くかもしれないし、なくすかもしれないでしょ」

「よく言うわ」。サラが言う。「あんた、ずいぶんと嫌味なヤツになったよね」

「なんで？」。わたしは言う。「ジャケットを貸してあげないから？」

「奨学金もらったくらいで、自分がほかより上等だとか思わないでよね」。サラが言う。「それとも、すっかり有名人気取りですか？」

　わたしはサラをにらみつけ、立ちあがって部屋を出て、ドアを乱暴に閉めた。そして自分の部屋へ行き、ベッドに突っ伏して泣いた。自分の姉でさえわたしのことをそんなふうに思っているのだったら、ほかの人たちは何と言っているだろう？　わたしはフェイスブックを開く。ダマスカスにいる友だちの一人がプロフィール写真を荒れる海の写真に変更していた。その写真の上には、白いイタリック体で、「嵐のあとには平穏な日が訪れる」とある。わたしはその写真を長いこと見つめた。嵐といっても、長すぎる。いつになったら、シリアに平穏な日が訪れるのだろう？　いつになったら、わたしにも穏やかな日々が訪れるのだろう？

「わたし、お情けなんか、ほしくないもん」。わたしは寝室の壁に向かって言う。「有名になんか、なりたくない。平和がほしいだけ。人生を立て直したいだけ」

　三月初め、わたしが一八歳になる誕生日の三日前に、ＩＯＣは正式に難民五輪選手団の構想を発表した。この夏、難民五輪選手団（ＲＯＴ）はオリンピックの五輪旗を団旗として開会式で行進する、とする声明だ。難民五輪選手団は最大一〇人の選手で構成される予定で、現時点では四三人が候補者リストにあがっている、と。わたしもそのリストにはいっていた。友人の競泳選手ラーミーの名前もあった。

　ＩＯＣがわたしの名前を出したのは、このときが初めてだった。スヴェンの電話にはものすごい数の着信が殺到して、携帯を冷蔵庫に閉じこめてやっと一息つく、というありさまだった。わたし個人のＳＮＳアカウントもダウンした。一般の人たちからもメッセージが投稿されるようになった。はげましの言葉もあるけど、侮辱的な投稿もあった。善意のメッセージの中に、とくに心に響く投稿が一つあった。シリア国内に住んでいる若い男性からの投稿だった。母親を戦争で殺されて、いまは自分一人しか家族の面倒を見る人間がいなくなった、食べ物はものすごく値段が上がってしまい、みんなろくに食べていない、と書いてあった。「ぼくの生活は苦しいけれど、あなたの活躍を知って勇気が出ました、ありがとう」――。わたしはそのメッセージを何度も何度も読みかえした。

スヴェンには用心したほうがいい、というメッセージを送ってくる人たちもいた。親切には下心があるのではないか、何を狙っているのか、と。みんな、友情というものがわからないのだろうか。わたしの両親でさえ、スヴェンがどうしてここまでわたしによくしてくれるのか、理解に苦しんでいた。スヴェンには何か目的があるのだろう、と言う。名声とか、お金とか。バカなことを言わないで、と、わたしは笑いとばす。

ジャーナリストの問題もあった。こんなにたくさんのジャーナリストに注目されるとは思ってもみなかった。携帯の着信通知をオフにして、メールもチェックしないほうがいいよ、と、スヴェンが言う。ジャーナリストへの対応は、スヴェンとドイツ・オリンピックスポーツ連盟のミヒャエル・シルプ氏がしてくれることになる。どうやら、ほとんどのジャーナリストは難民五輪選手団の「候補者リスト」というのを理解できていないみたいで、「候補者リスト」に名前があるからわたしがリオに行くのはまちがいない、と思いこんでいるみたいだ。でも、まだ何も決定していない。わたしたちは記者会見がこんなに注目されているのを知って驚いた。本番の数週間前、ミヒャエルからスヴェンに電話がかかってきて、もっと大きな記者会見場が必要になりそうだ、と伝えてきた。記者会見に出席予定のメディアは六〇社もあり、その中には人数の多いテレビ取材班も含まれているという。クラブハウスでは、はいりきらないだろう。

　バースデーが近づいていた。ドイツに来て初めてのバースデー。去年ダマスカスのマールキーでサラとリーンが開いてくれた盛大なバースデー・パーティーを思い出す。シリアの友だちは、いま、みんなどこにいるのだろう？　わたしはバースデー・パーティーを開こうと思いたって、トレーニングのあとスイミングクラブの友人たちを招いて〈アルフレート〉で小さなパーティーをしたいんだけど、と、スヴェンに相談した。スヴェン自身はその日は家の用事でイギリスへ飛ばなくてはならないのでパーティーには出られないけど、バースデーの前日にイギリスから電話をくれた。ドイツでは、みんなバースデーの前日の真夜中にお祝いをするんだよ、と、電話でスヴェンが教えてくれる。電話があったのは、零時五分前だった。スヴェンは携帯画面のむこうでにっこり笑い、「サプライズを用意してあるんだよ。部屋へ行って、木の箱を開けてごらん」と言う。部屋へ行ってみると、ベッドサイド・テーブルの上に箱が置いてあった。箱の中に鍵がはいっている。スヴェンは、「その鍵で廊下に面したいちばん大きな部屋を開けてごらん」と言う。鍵は鍵穴にぴったりはまり、ロックがはずれた。わたしはドアを開けて、息をのむ。スヴェンが部屋全体を鮮やかな色のテープやバースデーの横断幕でパーティー用に飾りつけしてくれてあった。

「わあ、スヴェン、すごいじゃん！」。わたしは満面の笑みで言う。

「プレゼント、見つけた？」。スヴェンが言う。

　わたしは部屋の中を見まわす。ベッドサイド・テーブルに三つのパッケージが置いてある。最初のパッケージを開けて、わたしは息が止まりそうになった。高そうなコンプレッションスーツだ。トレーニングのあとの筋肉疲労を早く回復させるのに役立つ。二つ目のパッケージには、アディダスの白いスニーカーがはいっていた。三つ目はいちばん小さなパッケージで、手に取った感じは本のようだった。包装紙を破ったら、マララさんの自伝が出てきた。わたしは笑顔になる。なんてすてきな友だち。スヴェンがいなかったら、いまごろわたしはどうなっていただろう？ スヴェンのような人がいっぱいいることは、あとになってようやくわたしにもわかった。ドイツの国じゅうで、何千人というボランティアの人たちが新しく流入してきた難民たちを助けてくれていたのだ。わたしたちはドイツにたどりつき、悪夢をのりこえ、幸せなことにこうして支えてくれる友人たちに恵まれた。

バースデーの数日後、国際オリンピック委員会（ＩＯＣ）と国連難民高等弁務官（べんむかん）事務所（ＵＮＨＣＲ）がわたしをインタビューするためにプールへ取材チームを派遣してきた。わたしはオリンピックについておおいに語り、小さいころからオリンピックに出ることをどれほど夢見てきたか、この信じられないようなチャンスを与えてもらってどんなに興奮しているか、と話す。取材チームはスタジアムの外でオリンピックの五輪マークを背景にしてわたしの写真を撮る。ＩＯＣのカメラマンは、わたしが喜びを爆発させてジャンプしているシーンを撮りたいと言って、何度も何度もジャンプさせた。取材チームが帰っていったあと、考えずにはいられなかった。わたしが難民五輪選手団にはいると決まったのでなければ、ＩＯＣがわざわざ取材チームを派遣してくるはずがないじゃない？ スヴェンはできるだけ平静（へいせい）を装（よそお）って、まだ何もはっきり決まったわけではないから、と釘（くぎ）をさす。どっちにしても、難民五輪選手団がどういうものか、まだはっきりしない。わたしの気分は、天にも昇るような高揚（こうよう）感とどうしようもない不安感のあいだを日ごとに行ったり来たりした。

いろいろなことに感謝すべきなのはわかっていたけど、この時期は精神的にきつかった。学校はつまらない。エリーゼやメッテやスヴェンはとてもよくしてくれるけど、自分と同い年の友だちがいない。シリアが恋しくてしかたなかった。それに、メディアから注目されることで、プレッシャーも高まっていた。オリンピックで泳ぎたい気持ちはものすごく強かったけど、お情けはほしくない。泳ぎのタイムはどんどん良くなってきていた。でも、リオ・オリンピックに出る一般選手と同じ標準記録をクリアするのはとうてい無理だ。焦りから、泳ぎにも悪影響が出はじめていた。わたしたちはスヴェンが東京オリンピックに向けて立てた計画をあくまで守ることに徹して、夏までにタイムを自己ベストにもどすことを目標にする。リオの参加標準記録（一〇〇メートルバタフライで一分〇〇秒、二〇〇メートル自由形で二分〇三秒）は考えないことにした。自己ベストまでもどせたとしても、バタフライも自由形も参加標準記録より九秒も遅いのだ。記者会見でこういうことをジャーナリスト相手に話さなければならないのが、すごくいやだった。記録のことも、オリンピックのことも、難民のことも。とくに、ゴムボートのことは、いちばん話したくない。スヴェンはわたしの苦悩をわかってくれて、プレッシャーが大きすぎることを心配してくれる。

「ユスラ、やめたかったら、そう言っていいんだよ」。記者会見を一週間後に控えたある晩、スヴェンが言う。「やりたくないなら、ぼくにそう言って。何もかもキャンセルして、ぜんぶやめにすることもできるんだから。ドイツ・オリンピックスポーツ連盟にも、ＩＯＣにも、ぼくが話をする。いやなら、ぜんぶやめていいんだよ」

わたしはスヴェンの目を見つめる。スヴェンは本気だ。

「ただし、それをやるなら、最終決定だからね。あともどりはできない。オリンピックもなし、夢の実現もなし、ということだ」

わたしは床を見つめ、迷いに迷う。オリンピックの競泳に出ることは、ずっと夢だった。でも、アスリートとしては、まだそのレベルに達していない。その夜、ベッドにはいるときも頭の中は混乱したままだった。部屋の明かりを消したとき、携帯に着信があった。スヴェンからのメールだ。

「ぼくがなぜこういうことをやっているのか、きみに知っておいてもらいたいと思う。ほかの人たちは、ぼくが自分の利益になるからやっていると思っているかもしれない。実際に、そうほのめかされることもあるし、もっとはっきり言葉で言われることもある。でも、きみにはそう思ってほしくない。きみとサラがクラブに来た最初の日から、ぼくはただ力になりたいと思った。何のためでもなく、ただ力になりたかっただけだ。ぼくは、お金も名声も何ひとつほしいとは思っていない」

メッセージを読みながら、わたしは目をみはる。わたしはスヴェンを知っている。スヴェンは見返りを期待するような人ではない。わたしを助けてくれるのは、スヴェンがそういう人だから、そういうふうに育てられたからだ。何の見返りも期待せずに人を助ける――スヴェンはそういう人なのだ。わたしはメッセージの続きを読む。

「きみがクラブへ来て最初にぼくに言ったのは、オリンピックに行きたい、ということだった。そして、いま、そのチャンスが訪れた。今年でなければ、二〇二〇年に。きみの言葉を疑ってかかる連中を見返してやれ。きみに向かって石を投げた連中を見返してやれ。ユスラ、ぼくはきみの夢の実現に力を貸すために、ここにいる。それを忘れないでほしい。おやすみ」

オリンピック出場をめぐる葛藤（かっとう）

わたしはほほえみながら、スヴェンと二人三脚で歩んできた道のりをふりかえる。スヴェンの言うとおりだ。オリンピックの競泳に出ることは、ずっとわたしの夢だった。そしていま、スヴェンのおかげで、夢は手の届きそうなところにある。それでも、どこか居心地の悪い感じが消えない。

記者会見の数日前、ドイツ・オリンピックスポーツ連盟の広報担当ミヒャエル・シルプ氏からスヴェンに電話があって、ＩＯＣ副事務総長のペレ・ミロ氏が記者会見に同席することになった、と知らせてきた。わたしが難民五輪選手団に選ばれたことを正式に通知するために来るのかもしれない、と、スヴェンは考える。でも、わたしの気持ちはまだまとまっていない。自分の実力で勝ち取った結果でなければ、わたしはリオに行きたくなかった。わたしがシリア人だから、難民だから、お情けでオリンピックに出してもらえる、というのでは納得いかなかった。それに、なぜわたしに？　このチャンスを手にしたいと願う人は、たくさんいるはずだ。その瞬間、わたしの心は決まった。今回は出ない。実力で出られるレベルになったら、そのときに出る。わたしはスヴェンに言う。やっぱりできない、と。その夜、わたしは父に電話をして、自分の決断を伝える。お情けの出場はほしくない。憐（あわ）れんでなんか、ほしくない。だいたい、お情けで出場枠をもらってオリンピックに出たいなんていうアスリートがいると思う？

「たぶん、おまえの言うとおりだろうな」。父が電話のむこうで言う。「だが、ちょっと見方がまちがっているかもしれん。自分が水泳にどれだけ打ちこんできたか、考えてごらん。どれだけの時間をかけたか。どれだけのものを犠牲にしたか。このチャンスを逃す手はないんじゃないか？オリンピックに出れば、今後、人助けをするときに発言力を使える」

毎晩、携帯のニュースで目にする恐ろしい話。自爆テロ、毒ガス攻撃、飢餓、血まみれの子供たち。絶望的な密航、波のあいだに響く祈りの声、どこまでも続く鉄条網の国境を越えられずに足止めされている人々。人助け——そうだ、人を助ける力になりたい。でも、どうやって？わたしがオリンピックに出たところで、それで戦争が終わるわけではない、国境の封鎖が解かれるわけでもないし、ベルリンの〈LaGeSo〉の行列が短くなるわけでもない。でも、父は、それとはちがうやり方で人を助けることもできる、と言う。

「シリア人でこうやって声を上げるチャンスをもらえる人は、ほとんどいない」。父が言う。「おまえは、そういう人たちの声になってあげることができる。おまえ自身が経験したことだから、ほかの人たちの現実もよくわかっているだろう。わたしたち皆の声を世界に聞いてもらうチャンスだよ」

ベッドに横になって、もういちど考えてみる。シリアの人たちが苦しんでいるのをなすすべもなく見ているだけ、という状況は、もういやだ。もしリオのオリンピックに出れば、まちがいなく、いまよりもっと大きな発信力を持てるだろう。それに、もう何もかもが動きだしている。数日後には、わたしは世界に向かって話をすることになっている。日本からもブラジルからもジャーナリストやテレビ取材班が来る。アメリカのニュース・ネットワークも、世界じゅうの通信社も、ヨーロッパやアメリカの新聞や雑誌も。父の言うとおりだ。わたしたちの現状を話さなければ。みんなに代わって。

記者会見の前日、スヴェンとわたしは〈アルフレート〉で夕方のトレーニングまでの時間をつぶしていた。もしほんとうにリオに行くことになったら何が起こるかな?と、わたしはスヴェンに聞く。マスコミから注目されるから、ちょっと有名になるだろうね、と、スヴェンは言う。ただし、そんなことはいつまでも続くと思わないほうがいいよ。メディアはいつも新しいものを追いかけて移っていくからね。でも、とりあえず、この機会を利用して、発言の場を得ることはできる。そして、発言を通して若い人たち——上をめざすアスリートとか、学校の子供とか——をはげますことができるんじゃないかな。スヴェンは言葉を止めて、わたしを見る。

「きみはいまでも世の中を変える声になりたいと思っているんだろう? マララさんみたいに」

わたしはスヴェンの目を見る。

「そういう機会をもらったら、やるわ」。わたしは言う。「どっちにしても、オリンピックに行くチャンスがあるなら、行ったほうがいいよね」

「それ、最終決定ってこと?」。スヴェンが言う。「じゃ、決まりだよ。もう、このことで迷わない?」

迷わない、と、わたしは答える。インタビューにも応じる。でも、マスコミに対してちゃんと話せるようにしておきたい。発信するなら、相手にちゃんと声が届いてほしい。ジャーナリストがどんなことを聞きたがるか、スヴェンが一つずつ指を折りながら数える。記者たちは、ゴムボートの話を聞きたがるだろう。シリアのことも聞かれるかもしれない。それから、水泳のこと、なぜ難民五輪選手団に参加したいかも聞かれるだろう。

「わたし、ありのままを話す」。わたしは言う。「わたしのことを聞いた人たちが、何であろうと自分の信じることをめざすんだ、っていう気持ちになってほしいから。あと、困難に直面しても座って泣いてるだけじゃ解決しないんだ、ってこともわかってほしいし。わたしは難民の人たちにわたしのことを誇りに思ってもらいたいし、困難があっても何かをなしとげることは可能なんだってことをわかってほしい」

過熱するメディア

決意を実際に口に出してみると、勇気がわいてきた。自分でもびっくりするくらい心が落ち着いた。シリア人男性からのメッセージを思い出す。ああいう人たちの力になれるだけでも、やってみる価値はあるのかもしれない。

ちょうどそのとき、クラブハウスの外から人の話し声が聞こえた。窓のところまで行って下を見ると、階段の上り口に父が立っている。父のそばにはカメラを持った取材クルーがいて、昔の〈ハイム〉時代の通訳アブー・アーテフが付き添っている。明らかにわたしを探しているらしいけど、きょうインタビューの話は聞いていない。ポケットの携帯に着信があった。見ると、アブー・アーテフからの電話だ。わたしは携帯をベッドに投げ出す。取材クルーに会うつもりはない。あした一〇〇人のジャーナリストの前で話す約束だ。それに、あと一〇分後にはトレーニングが始まる。でも、これではクラブハウスから出られない。取材クルーの横を通らずにはプールへ行けないのだ。窓ぎわにしゃがんで外をうかがっていると、警備員が取材クルーに近づいてくる。わたしは息を詰めて待つ。たぶん、警備員が追い払ってくれるだろう。でも、警備員は通り過ぎてしまい、取材クルーはあいかわらず階段の下でわたしが出てくるのを待っている。また携帯に着信。こんどは父からだ。

「かんべんしてよ」。わたしは言う。「スヴェン、なんとかして。これじゃプールへ行けないわ」

スヴェンはポケットから自分の携帯を出して、スイミングクラブの副会長ペーターに電話する。副会長なら対応してくれるだろう。ペーターは、自分が行って取材クルーの気をそらせておくから、そのすきにトレーニングに出ればいい、と指示してくれる。スヴェンが通話を切って、待つ。窓から見ていると、数分後にペーターが大股(おおまた)で角を曲がってクラブハウスのほうへやってきた。ペーターがアブー・アーテフに何か話しかけ、そこにいた全員がペーターについてオリンピアパークの入口のほうへもどっていく。直後にスヴェンの携帯が鳴る。ペーターからだ。もう出てもだいじょうぶ、という。わたしはナップザックをつかんでスヴェンと二人で廊下を走り、クラブハウスのドアから外へ出て、階段を駆(か)け下りる。そのまま走って角を曲がり、プールに向かう。父の姿はない。アブー・アーテフも取材クルーもいない。と思ったら、スーツを着た黒っぽい髪の背の高い男性が一人、とほうにくれた顔で立っている。

「スヴェンかな?」。男の人のほうから声をかけてきた。

男の人は握手の手を差し出して、ドイツ・オリンピックスポーツ連盟のミヒャエル・シルプです、と自己紹介する。ようやく生身(なまみ)のシルプ氏に会えた。ミヒャエルはスヴェンと心のこもった握手をかわし、わたしのほうを見てほほえむ。

「こちらが有名なユスラさんですね？」

「はい、ユスラです」。わたしはにっこり笑う。

スヴェンはミヒャエルの肩に手をそえて、プールの入口のほうへ案内する。

「いま大急ぎでプールへ行こうとしているところなんです」。スヴェンが言う。「外で取材クルーが待ちかまえていたので、クラブハウスから出られなくて困っていたところでした」

「そりゃ、まずいね」。ミヒャエルが心配そうに顔をしかめる。「もう一本早い電車で来ればよかった。そうすれば、連中を追っ払う助けになれたかもしれない」

翌朝、わたしは早くに目がさめた。記者会見の前に、スヴェンとわたしとIOC副事務総長ペレ・ミロ氏とミヒャエル・シルプ氏の四人で朝食会が予定されていた。わたしは初め緊張したけど、みんなとてもリラックスして親しみやすい雰囲気だった。わたしはシリアで過ごした子供時代のことや、ベルリンに来てからの新しい生活について話した。ペレからは難民五輪選手団に関してのIOCの計画を聞いた。IOCとしては、ほかの選手団と同じようにトレーナーやドクターなどのスタッフやプレス・アタッシェを付け、チームリーダーを決めた選手団を結成しようと考えている、という話だった。IOCの人たちが難民五輪選手団のプロジェクトにすごく乗り気なのが伝わってきた。

朝食後、わたしたちはベルリンスポーツ連盟から借りた大きな部屋へ移動する。この建物もオリンピアパークの敷地内にある。わたしたちは脇（わき）の小さな控え室で待機する。ペレ・ミロ氏やドイツ・オリンピックスポーツ連盟からの来賓（らいひん）もいっしょだ。ラムとマグダレーナが控え室に顔を出す。ラムはごきげんで、ふざけたり冗談を言ったりしながら写真を撮る。おかげで、わたしは少し緊張がほぐれた。時間になった。スヴェンがドアを開けて、わたしたちは人でいっぱいの記者会見場にはいる。最初に目についたのは、ベルギーのジャーナリスト、スティーヴンの姿だった。わたしは笑顔でスティーヴンとハグする。知らない人ばかりの記者会見場で知っている顔に出会えて、すごくほっとする。わたしは並んでいる椅子(いす)の列を見わたす。世界じゅうから一二六人のジャーナリストが集まっている。一八組のカメラ・チームが最後列から映像を撮っている。カメラの視線を集めながら、わたしは一列目の座席へ進み、ペレ・ミロIOC副事務総長と父のあいだに座る。カメラマンがわたしたちの足もとにしゃがみこむ。カメラのシャッター音が続くなかで、トーマス・バッハIOC会長のビデオメッセージが流れる。

「われわれは、優れた難民アスリートの夢を実現するお手伝いをしたいと考えました。たとえ、戦争や暴力から逃れなければならない状況に置かれているとしても」。バッハ会長が言う。

わたしは緊張を封じこめ、これから述べるメッセージに神経を集中する。ミヒャエル・シルプ氏が前方の小さなステージに上がり、短い紹介を始める。そのあと、ペレとスヴェンとわたしがステージに上がることになっている。ミヒャエルの背後のスクリーンに、ラムの撮った写真が次々に映し出される。ハンガリー国境で列車の線路伝(づた)いに歩くサラとわたし。警察に見つからないようトウモロコシ畑にうずくまるわたしたちのグループ。これはみんな実際に起こったことだったのだろうか? 現実とは思えないような気がした。ミヒャエルが紹介を終わり、スヴェンとペレとわたしが立ちあがる。会場がざわめき、パシャパシャとシャッター音が響く。リポーターたちが椅子の上で座りなおし、ペンを握り、ノートパソコンを開く。わたしがステージに上がると、会場がしんと静まった。ジャーナリストたちがわたしに注目する。フード付きのトレーニングウエア、スニーカー、ノーメイクの顔。難民五輪選手団を結成するIOCの計画についてペレが紹介するあいだ、わたしはジャーナリストたちの視線を受けとめる。この記者たちは、どういうつもりでここに集まっているのだろう？　わたしが難民五輪選手団に参加するかどうかも、まだ決定していないのに。そう、その「難民」という言葉がカギにちがいない。見出しには「難民」という言葉が躍るのだろう。

記者たちの顔を順に見ていく。友だちのスティーヴンやラムやマグダレーナの顔がある。三人とも瞳を輝かせ、わたしに応援の視線を送ってくれている。のどが締めつけられて、息が詰まりそう。胃がひっくりかえりそう。一瞬、ここで本心を口にしたらどうなるだろう、と、とんでもない考えが頭をよぎる。「難民」の一言で片付けられてしまう立場になるという境遇が、どんなに惨めなものか。「難民」と呼ばれる立場に落ちた者にとって、その言葉が何を意味するか。「難民」。人間性をほとんど剝ぎ取られた、抜け殻のような存在。お金もなくし、家もなくし、祖国も文化もなくし、歴史もなくし、人格もなくし、夢もなくし、行く先もなくし、感情もなくした人々。わたしたちの過去と、現在と、未来——そのすべてが、「難民」という容赦のないひとことで置き換えられてしまう。カメラのフラッシュを浴びながら、わたしはほほえむ。わたしの心は平静だ。言わなければならないことは、わかっている。

「それでは質問をお受けしたいと思います」。ミヒャエルが言う。

部屋のあちこちで手があがった。

20

ほほえみを貼りつけて、記者会見

　わたしは自分に向けられた無数のカメラレンズを見つめる。リポーターたちは、ゴムボートで何が起こったのか聞きたがる。わたしはほほえみながら、ていねいな口調でこれまでの話を語る。ただし、感情はまじえずに。心を閉じ、次々に押し寄せてくる大波の映像をシャットアウトする。頭だけを働かせて質問に答える。わたしたちはトルコからギリシャまで泳ぎました。一五分たったころにエンジンが止まりました。わたしと姉は水泳選手なので、海にはいってロープにつかまって漂流しました。三時間半かかってギリシャに着きました――。わたしは五つのグループインタビューを次々にこなす。同じことを何度も何度も話す。そのたびに密航の恐怖を追体験するなんて、無理だ。わたしは心を閉じたまま、顔に穏やかなほほえみを貼りつけて、メディアに対応した。

　ＩＯＣ副事務総長のペレ・ミロ氏が先に記者会見場を去ることになった。別れぎわに、ペレは「リオで会いましょう」と言った。わたしはスヴェンの顔を見て、眉（まゆ）を上げる。これって、決まりってこと？　でも、スヴェンは、まだ確実なことはわからない、と言う。まだ誰からも確約する言葉を聞いていない、と。何もかも謎（なぞ）だらけ。すべてはＩＯＣの思（おぼ）し召（め）し次第、ということか。

　記者会見のあと、何百という記事やビデオが発表され、想像の尾ひれをつけた「ボート・ストーリー」があふれかえった。わたしがボートを押したというストーリーもあれば、わたしがボートを引っぱって岸まで泳いだというストーリーもあった。サラの名前を出している記事もあれば、そうでない記事もあった。海にはいったほかの男性たちのことも、書いている記事もあれば、そうでない記事もあった。いちばんありえないストーリーは、わたし一人が腰にロープを巻きつけて自由形で波を切り、一五〇人も乗ったボートを安全な岸まで引っぱっていった、という内容。まるでアニメじゃない？　スーパーウーマン？　でも、ダントツで笑えるのは、アラブ系新聞の見出しだ。「シリア人姉妹、ギリシャからドイツまで泳ぐ」！　わたしのことを「嘘つき」とか「いかさま師」よばわりするメッセージもいくつか目にした。初めてわかった。何をどうしゃべろうと、ジャーナリストは自分たちの好きなようにストーリーを脚色してしまうのだ。たぶん、ヒーロー像がほしかったのだろう。わたしが望むのは、ただ泳ぐことだけなのに。

　記者会見を開けばメディアが満足してくれると思ったら、大まちがいだった。スヴェンの受信トレイには、これまでにも増してメールが殺到した。いまではスヴェンは週に三〇〇通のメールに対処しなければならなくなった。わたしの話を本にしようという計画や、映画にしようという計画まで持ちあがった。そういう提案をもちかけてくる人たちは、ものすごくしつこい。ニューヨークのあるプロデューサーは、すごい映画化の構想があると言って、五分おきにスヴェンに電話をかけてきた。この人は、大きなお金を動かす話やハリウッドとのコネクションの自慢話ばかり。スヴェンはこの男性に、自分たちはいまオリンピックに集中しているから、と話して断った。でも、プロデューサーは、映画にするならいましかない、夏が過ぎたら誰も興味を持たなくなりますよ、とくりかえす。この人の言うとおりかも、という思いも頭をよぎったけど、スヴェンは浮き足だってはダメだ、という姿勢を変えない。リオの準備をするだけでも、やらなければならないことはいっぱいある。それに、わたしは当面お金の心配はしなくてすむ境遇だった。オリンピック・ソリダリティーの奨学金がもらえたから。

トレーニングに集中したいのに、プレッシャーがどんどん大きくなっていく。心の奥底で、いまだにわたしは奇跡を求めていた。参加標準記録を突破して、難民だからではなく、実力があるからオリンピックに出る、という形で難民五輪選手団に加わることを夢見ていた。予選を勝ち抜いて決勝に出る自分を想像していた。オリンピックでメダルを取る自分を思い描いていた。ことしの夏がだめなら、二〇二〇年の東京で。スヴェンは慎重で、四月末にルクセンブルクで開かれる大会で自己ベストを出すことが当面の目標なのだよ、と、わたしに釘をさす。参加標準記録を突破する必要はない、IOCは公式の競技会に出るという形を求めているだけだ、と。

ルクセンブルクの競技会を数週間後に控えたある晩、わたしはベッドに寝転がってフェイスブックを見ていた。ニュースフィードは、恐ろしい映像でいっぱい。反政府勢力が掌握するアレッポへの侵攻が始まったのだ。目をそむけたくなるような映像もある。わたしは目をぎゅっと閉じ、深呼吸をくりかえし、それからメッセージを開く。次から次へと悲惨な話が目に飛びこんでくる。子供が死にそうです、助けて。家族全員が飢え死にしそうです、助けて。シリア在住の若い学生は、わたしのように国から逃げ出せたらいいのに、と書いていた。わたしは恐ろしい思いで携帯をオフにして、部屋の照明を消した。

クラブハウス。母とシャヒドがいっしょにいる。母は遠くを見つめている。うつろな遠い目。頬は腫れあがり、涙に濡れている。わたしは母の顔の前で手を振る。でも、母は身じろぎもしない。

「お母さん！」

母はわたしのほうへ顔を向けるけど、その目はわたしを見ていない。わたしを通りこして、ずっと遠くを見ている。そのうちに母はため息をついて立ちあがり、シャヒドの肩に腕を回して、二人で去っていく。笑い声が聞こえる。父だ。

「お父さん！　どうしてお母さんにはわたしが見えないの？」

「それはおまえが死んだからだよ、ユスラ。おまえとサラは死んだのだ。知らなかったのか？」

真っ暗闇。

列車の中。頭の上のほうで、ブルーの画面をにじんだ文字のようなものが通り過ぎていく。わたしは目を細めて、行き先を読もうとする。

「わたしのメガネ、どこ⁉」。わたしは誰もいない客車に向かって叫ぶ。「わたしたち、どこへ向かっているの⁉」

ふたたび真っ暗闇。

わたしは家の中にひとりぼっちで立っている。そのとき、ヒューンという聞きなれた音が空から降ってくる。衝撃が走り、壁が崩れ、わたしは必死にもがいて、がれきの中から這(は)い出す——。

目がさめた。涙で頬が濡れていた。

翌日のトレーニングで、わたしの泳ぎはぜんぜんよくなかった。頭の中が、がれきと化したアレッポのことでいっぱい。いつまた親友を、親戚を、爆撃で亡くすことになるのだろう？「いったいどうしたの？」。スヴェンが聞く。わたしは夢のことを話す。スヴェンは心配そうな表情になり、寝る前に携帯をチェックするのはやめたほうがいいよ、と言う。でも、戦争に知らんぷりなんかできない。自分の国で何が起こっているのか、知らなくては。メッセージも、恐ろしい話も、助けてという声も、読まずにはいられない。つまるところ、わたしが声を届けたいのは、この人たちのためなのだから。自分だけ安全なところにいて、ほかのみんなが食べ物も電気もない廃墟（はいきょ）の街で飢えているなんて、そんなのまちがっている。わたしは自分の無力が情けない。それは「生存者の罪悪感」というものだ、と、スヴェンは言う。そして、やっぱり臨床心理士に診（み）てもらったほうがいい、と言う。でも、そういうのはわたしのスタイルじゃない。

　心理療法のかわりに、スヴェンはわたしを忙しくしておく。いつも何かしら対応しなければならない課題がある。メディアとの約束、競技会、強化合宿、役所関係のこと、遠征。スヴェンはしょっちゅうわたしを心配そうな顔で見て、プレッシャーがきつすぎないかと聞いてくる。そんなふうに心配されるのは、うんざり。わたしのこと、そんな弱虫だと思ってるの？　もう限界だと思ってるの？　わたしは目標に向けて追いこまれることに慣れている。父の指導スタイルは、高い水準を設定し、高い目標を立て、そのぶん達成できるものも大きい、というやり方だった。苦しむなら自分ひとりで苦しめ、落ちるなら自分ひとりで落ちていけ、ひとりで立つのだ、と。わたしはスヴェンにだいじょうぶと答える。わたしは強いはず。もっとずっと苛酷（かこく）な経験をしたあとも、わたしはつぶれなかったでしょ？と、スヴェンに言う。

　四月なかば、わたしはスヴェンといっしょに役所へ行って、正式な在留許可証を受け取る。この書類は渡航文書の役目も兼ねる。ルクセンブルクでの競技会にぎりぎり間に合った。役人がわたしに小さな青い手帳を渡して、これをパスポートがわりに世界じゅうどの国へでも渡航することができます、と説明する。ただし、祖国のシリアを除いて。わたしはもらった手帳を見つめる。最初の安堵が、やがて深い喪失感に変わる。そうか、どこへでも行けるんだ、でもシリアにだけは帰れないってことね。

その晩、夕ごはんを食べながら、スヴェンがわたしに話す。有名な人たちが何人も、わたしのドキュメンタリーを撮りたいと言ってきているのだそうだ。「何日かカメラ・クルーが密着取材したいって言ってるんだけど、どう思う？」。スヴェンがわたしに聞く。「かまわないよ」。わたしは返事する。でも、スヴェンは疑わしそうな目でわたしを見る。

「ためしに、きみが信頼できるクルーでいちどやってみたらどうかな」。スヴェンが言う。「スティーヴンとルートヴィヒに頼んで、こんどの週末ルクセンブルクの競技会のあいだじゅう撮ってもらう、とか。リアリティ番組みたいに密着取材的な感じで。カメラがずっと付いてまわるけど。どんな感じになるか、ためしにやってみる？」

「いいよ」。わたしは言う。「おもしろそうじゃん」

四月最後の木曜日、わたしたちはルクセンブルクへ飛んだ。国際大会は四年ぶりだ。わたしはバタフライと自由形で金曜、土曜、日曜におこなわれる四つのレースにエントリーしている。スティーヴンとルートヴィヒは土曜の早朝に到着して、そこから週末いっぱいわたしに密着することになっていた。金曜日の夜、わたしは最初のレースに出た。五〇メートル自由形。記録は二九秒、五三人中二八位。まあまあの結果。スヴェンもわたしもそのレースについてはとくに何も言うことはない。翌朝、わたしは下腹部によじれるような痛みを感じて、早い時刻に目がさめた。生理だ。こんなときにかぎって。そのあと一時間、わたしはホテルの部屋の床から立ちあがれなかった。ほとんど動くこともできない。吐き気とえぐられるような激痛が交互に襲ってくる。何度も、何度も。わたしはなんとかがんばってホテルのレストランへ下りていく。朝食の時間だ。スヴェンに向かって、顔をしかめる。きょうはスヴェンのバースデーなのに。

「ハッピー・バースデー」と言って、わたしは小さな包みをテーブルに置く。

スヴェンは包みを開けて、にっこりする。プールで撮ったわたしたち二人の写真を額に入れてプレゼントしたのだ。わたしは水泳の道具を持ち、スヴェンと二人で歩いて一〇分ほどのところにあるプールへ向かう。また下腹部に激痛が走る。わたしは足を止め、からだを二つ折りにして、吐きそうな痛みがおさまるのを待つ。

「どう?」。スヴェンが聞く。

「だいじょうぶ」。わたしは涙をこらえながら答える。

痛みが遠のく。わたしは立ちあがり、深呼吸をして、また歩き出す。プールの入口でスティーヴンとルートヴィヒが待っていた。わたしはできるだけ明るい笑顔で二人をハグする。

「調子はどう? やる気じゅうぶん?」。スティーヴンが聞く。

「もちろん!」。みんなでプールへ向かいながら、わたしは顔をしかめる。

スティーヴンからも、ニューヨークのプロデューサーにしつこく付きまとわれているという話を聞く。プロデューサーはスティーヴンたちがベオグラードとウィーンで撮影したフィルムのセカンド・ロールをぜんぶ、一秒残らずほしい、と言ってきているという。スティーヴンは断りつづけているけど、プロデューサーはあきらめないらしい。しかも、このプロデューサーだけではないのだ、と、スティーヴンが言う。わたしがドイツにたどりつくまでの映像をほしいと言ってきているネットワークが四つも五つもあるという。わたしは自分の話がそんなに注目されていると知って、また驚いた。

「一つだけ言えることはね、ユスラ、いまが絶好のチャンスだってことさ」。スティーヴンが言う。「その……金もうけをしたいと思ってるなら、って意味だけど」

スヴェンが首を横に振る。

「いや、撮影にしろ、ほかのことにしろ、いまの状況では無理だと思う。オリンピックに向けての準備だけでもたいへんだから」

スティーヴンがわたしの顔を見る。

「つまり、リオへ行くってこと？　決まり？」

「まだわからないの」。わたしは答える。「選手団の最終リストは六月発表だから」

「たぶん、行くことになると思う」。スヴェンが言う。「ＩＯＣのプロジェクトにこれだけ協力してるわけだからね」

わたしはみんなを残して更衣室へ行き、ＦＩＮＡ（国際水泳連盟）のマークがついた水着とウォームアップ・ウエアに着替える。プールのある巨大な施設もほとんど目にはいらない。自分のタイムばかり気になる。生理が泳ぎにどう影響するか心配だ。参加標準記録を突破する必要がないことはわかっているけど、もし突破できれば、わたしの頭を悩ませているややこしい話がずっと単純になる。周囲の選手たちがドイツ語、フランス語、オランダ語でしゃべっている。競技会に来ているのに知っている顔が一つもないなんて、へんな感じ。シリアだったら、出場選手は全員が知りあいなのに。

プールサイドにもどると、ルートヴィヒがカメラを回しはじめた。わたしはヘッドフォンをつけ、腕を回してウォーミングアップをしながら、カメラをなるべく意識しないようにする。周囲の選手たちがわたしをじろじろ見る。撮影クルーが付いてまわる選手なんて、ほかにはいないから。わたしはゴーグルをつけ、スイミング・キャップをかぶる。なるべく平然とリラックスしているように見せる。プールにはいってウォームアップをし、レース直前にスヴェンと言葉をかわす。その日の最初のレースは二〇〇メートルバタフライだ。ウォームアップ・ジャケットを脱いでスターティング・ブロックの横にある箱に入れるわたしの姿を、ルートヴィヒが撮影する。スターティング・ブロックに上がるときも、すぐ後方にカメラがいる。胃がよじれて固くなる。

「位置について」

スタート音――。

わたしは水に飛びこむ。ドルフィンキックを打ち、水面に顔を出す。腕を大きく回して水をつかみ、キリキリ痛む下腹部に向けて水をかく。からだがおぼえているように動くだけだ。レースは何が何だかわからないうちに終わってしまった。でも、ゴール板にタッチした瞬間、ああダメだとわかった。水から上がるわたしをカメラが追う。わたしはゴーグルをはずし、スヴェンのところへ歩いていく。

「オーケー。二分三四秒」。スヴェンがクリップボードに書いた数字を読みあげる。もっといい泳ぎができたはず。わたしはがっかりして顔をそむけ、カメラの容赦ない視線を無視する。スイミング・キャップを脱ぎ、ほかの選手たちについてプールサイドから退場する。掲示板を見あげる。二分三四秒。リオの参加標準記録より二一秒も遅い。最悪なのは、この記録でも同じ年齢グループの決勝に残れてしまったことだ。つまり、きょうの午後、また同じレースを泳がなくてはならない。

　場内に反響するアナウンスが遠く聞こえる。わたしは階段を下りてロッカールームへ向かう。スヴェンとスティーヴンとルートヴィヒがロッカールームの入口で待っていた。カメラが回っている。かんべんしてほしい。とてもカメラに向かって話せる心境じゃない。そっとしておいて。

　一時間後には一〇〇メートル自由形のレースがあるのだ。わたしは三人を無視してプールサイドにもどり、次のレースに備える。スヴェンがわたしを追いかけてプールサイドに出てきた。スティーヴンとルートヴィヒは密着取材をやめたようで、わたしはほっとする。二人はカメラを持って観覧席から見ている。

　一〇〇メートル自由形の記録は一分〇五秒だった。自己ベストより三秒遅い。同じ年齢グループ一三人の中で、一一位。わたしより年下のグループでは、二〇位までの選手がわたしより速いタイムを出していた。オリンピックでは、年齢は関係ない。タイムだけだ。厳しい現実だった。リオへ行けたとしても、これでは一次予選さえ突破できないだろう。

喜べない銀メダル

　スヴェンは何か話をしたそうだけど、わたしは口をきく気になれない。ヘッドフォンをつけて自分だけの世界に引きこもり、決勝を待つ。時間が過ぎるのが遅い。下腹部の痛みは、ひどくなったり遠のいたりしている。ようやく二〇〇メートルバタフライの決勝になった。とにかくきょうの日が早く終わってほしい。わたしの年齢グループの決勝は、わたし以外にあと二人しか出ていない。つまり、メダルの色を決めるだけのレースだ。わたしは二分四〇秒で泳いで二位になった。一位の選手は、二分二八秒。銀メダルだけど、こんな勝利は無意味だ。もっとましな泳ぎができるはずなのに。わたしはプールから上がる。涙が止まらない。スヴェンがわたしの両肩に手をかける。でも、わたしはかたくなにスヴェンの手を逃れる。ウォームアップ・ジャケットをはおり、またヘッドフォンを頭にかぶる。プールサイドに腰をおろしたまま、メダル授与式までずっと床のタイルを見つめつづける。スヴェンがやってきて、わたしの前に立つ。わたしはヘッドフォンをしたままスヴェンを無視する。銀メダルを受け取っておいで、という意味だとはわかっている。でも、わたしは座ったまま床を見つめて動かない。

「ユスラ、きみはスポーツウーマンじゃないのか?」。スヴェンが言う。「メダル授与式に行きなさい」

涙が頰を流れ落ちる。スヴェンがわたしの両肩をつかんで、そっと揺さぶる。それでもわたしは動かない。メダル授与式に行かなくちゃだめだ、それもレースの一部なのだから、とスヴェンは言う。とても表彰台に上がる気分じゃないけど、スヴェンは許してくれない。わたしは立ちあがり、表彰台まで歩いていく。表彰台では白髪の男性が待っている。わたしはその人と握手をし、首にメダルをかけてもらう。となりでは金メダルと銅メダルを取った選手がカメラに向かって満面の笑みをうかべている。わたしはゆがんだ笑顔を見せるのが精いっぱいだった。表彰台を下り、メダルをはずし、スヴェンのところへもどる。スヴェンは腰に手を当てて、厳しい表情でわたしを見ている。わたしは荷物をつかみ、プールを出て、タオルで涙をぬぐいながら更衣室にもどる。

終わった。やっと。ロッカールームの前でスヴェンが待っている。今回は撮影クルーはいない。階段を下りてクールダウン用のプールに向かうあいだ、わたしはずっと床を見つめて歩く。

「何が気に入らないんだ?」。スヴェンが言う。「タイムが気に入らないの?」

わたしは階段のとちゅうで足を止め、スヴェンの顔を見つめる。思ってもみない言葉だった。タイムが気に入らない? そんな甘っちょろい話じゃない。

「気に入ると思う? あのタイムで?」。わたしは言う。

スヴェンは心配そうに額(ひたい)にしわを寄せる。思いどおりにいかないイライラで、のどに熱いものがこみあげてくる。

「だいじょうぶなの?」。スヴェンが言う。

「きょうの泳ぎ……」。わたしは涙をこらえながら言う。「もっと速く泳げたはずなのに。もっといいタイムを出したいのに。ほかにも方法があるんじゃない? アメリカでトレーニングしながら勉強する、とか……。こんな……こんなこと、ぜんぶなくなればいい」

スヴェンはまた顔をしかめ、首を横に振る。

「いいよ。じゃあ、そうすればいい。アメリカへ行けばいいよ。これをぜんぶ自分でやってみればいい」

スヴェンは大股で行ってしまった。ショック。スヴェンが怒ったのを初めて見た。わたしは少しのあいだ階段を見つめて立ちつくしたあと、サブ・プールへ下りていく。クールダウンをして、着替える。正面扉の前でスヴェンとスティーヴンが待っていた。カメラがまた回っている。外へ向かって歩きながら、誰も口をきかなかった。スヴェンはひとりでホテルにもどると言い、わたしはスティーヴンの車の後部座席に撮影機材といっしょに乗せてもらう。スヴェンと言い争いをしたショックが尾を引いていて、わたしは泣きだす。助手席のスティーヴンがふりかえって、どうしたの？と聞く。

「わたし、もうぐちゃぐちゃ」。わたしは言う。「話、できない？　二人だけで」

ホテルにもどって、スティーヴンはわたしをバーの片隅（かたすみ）の静かなテーブルに連れていく。席に腰をおろして、わたしは何回か深呼吸をする。自分がどうしたらいいのかわからなくなっているの、と、スティーヴンに話す。アメリカ行きにあこがれることもある、アメリカの大学制度なら勉強をしながら水泳のトレーニングもできるから。わたしは早く先へ進みたくてしかたないのに、スヴェンはドイツにとどまるべきだ、焦らずじっくり取り組んで、学校にも通うべきだ、と言う。スヴェンとクラブには大きな恩があるし。もう、どうしたらいいのかわからない……。

「オリンピックに行きたいのなら、いまの環境にとどまるべきだ」。スティーヴンは言う。「いまだいじなのは、きみの泳ぎではないんだよ、ユスラ。何もかも、すごく政治的な話になってきている。きみが世界に向かって話をすることのほうが、何秒で泳ぐかってことよりも重要なんじゃないかな」

わたしは顔をしかめる。

「でも、わたし、競泳選手だもの」

「ベオグラードの公園で初めて会ったときのこと、おぼえてる？」。スティーヴンが言う。「きみはギリシャまで泳いだと言った。そして、オリンピックで泳ぎたいと言った。ちがう？」

スティーヴンが両手を広げる。

「あのときは、きみがほんとうにオリンピックに行くなんて、考えもしなかった」。スティーヴンが言う。「だけど、あれから七カ月たって、ぼくはきみの記者会見を取材した。夢が実現するところをね。ほんとうに実現するところを。難民の女の子がオリンピックに出る。ユスラ、よく考えて。これは万に一つの奇跡なんだよ」

わたしは頭を振る。自分の話がそんなに特別だとは、いままで思っていなかった。わたしにとっては、ただの旅路にすぎない。でも、スティーヴンは、わたしにはほかの人とはちがう何かがあると言う。わたしが話すとみんなが耳を傾ける、わがことのように受け止める。わたしの話は人を感動させる、そこは大切にするべきだ。わたしが当面やるべきことは、自分の話を語ることだ、オリンピックでメダルを取るのはまだ先でいい。それよりも、自分の声で発信することに集中すべきだ――そうスティーヴンは言う。わたしは黙ったまま聞いている。スティーヴンの言葉が頭の中で渦巻いている。わたしはこれまでずっと水泳だけを目標に生きてきた。それを棚上げして、話すことに集中する――？　考える時間がほしい、頭を整理する時間が必要だ。わたしはスティーヴンにお礼を言い、もう寝るわ、と言った。そして上階の部屋に上がり、ベッドに横になった。くたくたに疲れていた。またお腹が痛くなった。わたしは携帯を手に取ってスヴェンにメールを送り、鎮痛剤がほしいと頼む。一〇分後、スヴェンが部屋のドアをノックして、パラセタモールを一箱手渡してくれる。さっきの口論はもう忘れて、スヴェンは笑顔で「おやすみ」と言い、これからスティーヴンと出かけると言う。わたしとスヴェンは相談して、あしたのレースには出ないことに決めた。

翌朝目がさめると、頭の中でスイッチが切り替わったような感じがした。今日はレースに出なくていい、インタビューだけだ。メダルを取らなくていい、自分の話を語るだけでいいんだ。シャワーをすませてメイクしながら、すごくほっとした気分になった。朝ごはんの席で、わたしはきのうのことなんかなかったようにスヴェンやスティーヴンとジョークを言いあう。スティーヴンのインタビューを受けるのが楽しみ。すごくやる気になっている。わたしたちはバーの片隅の静かな席を取り、ルートヴィヒがカメラをセットして、わたしのTシャツにピンマイクをつける。カメラが回りはじめ、スティーヴンがリオ五輪に何を期待するかとたずねる。

「みんなを誇らしい気持ちにできたらいいな、と思っています」。わたしは答える。「大きな責任ですが、がんばりたいと思います。わたしは小さいころからずっと、たくさんの人々を勇気づける存在になりたいと思っていました。何があっても前へ進みつづけることは可能なのだ、と伝えられる人になりたいと思っていました。こんな機会は誰にでも訪れるものではありませんから、すごく幸運だと思っています」

わたしの心は平静で、自分が何を言いたいのかもわかっている。わたしは自分の声に集中する。これまで何週間もわたしを苦しめてきた混乱は、一晩で解消した。わたしはホテルのロビーでドイツ人ジャーナリストと会って、もうひとつインタビューをこなす。そのあと、ベルリンへ帰る飛行機に乗るまで何時間か余ったので、スティーヴンが街を観光しようと誘ってくれた。わたしたちは車でルクセンブルクの街へ行き、遊園地で遊ぶわたしをルートヴィヒがビデオに撮る。わたしは屋台の風船にダーツを投げて、賞のおもちゃをもらう。心を空（から）っぽにして楽しむ。スティーヴンがホイップクリームを山のように乗っけたワッフルを買ってくれる。スヴェンとわたしの関係も完全にもとどおりになり、ベルリンにもどる飛行機の中で二人きりになっても気まずくなかった。もう迷わない、わたしたちはここにいて、これまでどおりいっしょにやっていく。でも、密着取材のドキュメンタリーの話は立ち消えになった。

ルクセンブルクからもどった翌日、サラとわたしは寝室一つのアパートに引っ越した。オリンピアパークから東へ電車で一駅の場所だ。アパートはペルチャウ・スクールの校長先生のお姉さんのもので、校長先生がわたしたちに貸してくれることになったのだ。とてもありがたかった。シリア人の多くは、ベルリンでアパートを見つけることなんてほとんど不可能だから。スヴェンが書類の作成を手伝ってくれて、ベルリン当局から家賃の補助をしてもらえるように申請する。でも、担当の役人の話では、両親が〈ハイム〉から出たあとでないと国が支援金を払うことはできないという。難民は二六歳になるまで一人暮らしは認められない規則になっている、という説明だった。けっきょく、スヴェンがＩＯＣに掛け合ってくれて、ＩＯＣが家賃を一部支援してくれることになった。これも、すごく幸運だったと思う。

クラブハウスから離れることができて、よかった。クラブでは、ちょっと居心地が悪くなっていたから。ここ一〇年のあいだ、このヴァッサーフロインデからオリンピックに出たアスリートは一人しかいなかったこともあって、難民五輪選手団なんか認めないという人たちもいたし、そういう人たちにわたしがようやく納得したこと――今回のオリンピック出場は自分の声を世界に届けることが目的であって、水泳の実力とは関係がない――を理解してもらうのは無理だった。

ＩＯＣが難民五輪選手団の最終メンバーを発表する日がいよいよ近づいてきた。まだ何ひとつ決まってはいないのに、みんなわたしが選ばれるだろうと思っている。わたしはルクセンブルクで新しいものの見方に気づかされて以来、気持ちが穏やかになっていた。不可能なタイムをめざす必要はない。ただ自分の話を語り、メッセージを発信すればいいのだ。でも、それだって、いつも簡単なわけではなかった。スヴェンとミヒャエルは、アメリカの主要ニュース・ネットワーク二局とのインタビューを組んだ。難民五輪選手団が発表されたあとに流す映像がほしいのだという。インタビューは学校の給食時間にやることになった。わたしは教室をあとにしながら、ふざけて自撮りをしあっている子たちや携帯で音楽を聴いている子たちをうらやましい思いで眺めた。それにひきかえ、自分ときたら、同じ話をもう百万回もくりかえし話しているような気がする。ゴムボートの話をするのは、もう飽き飽きだ。いつもボートの話。たいてい最初にこの話が出る。そんな話をどうして何度も聞きたがるのか、わたしには理解できない。

　発表の数日前、トレーニングのあとでスヴェンがわたしのところへ来て、ＩＯＣのペレ・ミロ副事務総長から発表当日は電話をロックしておくように言われたよ、と言う。つまり、メディアが殺到するだろう、ということだ。それが意味するところは一つしかない、とわたしは確信したけど、スヴェンはそれでも「舞い上がらないように。何も確定したわけじゃないから」と言いつづける。発表の前日、年来の親友ラーミーから電話があった。わたしたちが二人そろって難民五輪選手団に選ばれる夢を見た、と言う。考えてみてよ、二人そろってオリンピックに行けたら、こんな楽しいことないよね、と。わたしはラーミーに言い、何か聞いたらすぐに電話するからね、と約束する。ラーミーも同じように約束する。

　とうとう、その日になった。わたしは意地でいつものように朝のトレーニングをこなした。スヴェンとわたしはその日の夜、ブラウンシュヴァイクで開かれる北部ドイツ選手権へ出発することになっていた。トレーニングが終わったあと、わたしは家に帰って荷物をまとめ、ＩＯＣからの知らせを待った。玄関の呼び鈴が鳴る。ラムとマグダレーナだ。わたしが難民五輪選手団のニュースを聞いた瞬間を撮ろうとやってきたのだ。

「もう何か聞いた？」。マグダレーナが言う。

「ううん」。わたしは答える。

「メールを開いてみたら？」。マグダレーナが言う。

メールはもう何カ月も読んでないの、と、わたしは言う。マグダレーナがニコッと笑って、

「わたしが見てあげようか？」と言う。

わたしはマグダレーナにメール・アカウントのログインを教え、マグダレーナが座りこんでノートパソコンにＩＤを打ちこむ。わたしは息を詰めて待つ。沈黙の音がバチバチ聞こえるような気がする。

マグダレーナが笑顔になった。

「名前があるわよ」

わたしは息をのみ、マグダレーナの肩越しにスクリーン上に並んだ名前を見る。マグダレーナが画面をいちばん上までスクロールする。リストの最初に「ラーミー・アニース」の名前。わたしはキャーッと声をあげ、携帯をつかむ。出て、ラーミー、早く！　お腹の中がひっくりかえりそう。自分のことより、ラーミーのことが嬉しかった。ラーミーはあんなにがんばってきたんだもの、報われてよかった。

「ユスラ？」。ラーミーの声がした。

「ラーミー！　選ばれてるわよ。わたしたち二人とも。リオへ行くのよ！」

第八部 五輪 *The Rings*

21

リオへ！　五輪へ！

玄関の戸が開いて、サラがアパートに帰ってきた。わたしはベッドから飛びあがって、「サラ！わたし、行くのよ！」と声をかける。

サラは黙ったままドアを閉めて、靴を脱ぐ。

「わたし、リオへ行くのよ！　オリンピックに！」。わたしはもういちど言う。

「あ、そ」。サラが言う。

「あ、そ」って、それだけ？　じれったくて、顔が熱くなる。サラはわざとバッグを持ちかえたりしたあと、わたしたち二人の部屋にはいってきて、自分のベッドに腰をおろす。そしてようやく顔を上げて、わたしの目をまっすぐ見る。

「だから何よ？」。サラが言う。「そんなに大騒ぎすることなの？　あんたが競技会で泳ぐとこなんて、何回も見てるじゃない」

わたしは口もきけなかった。ただの競技会ではない、オリンピックなのだ。わたしたちが小さいころから夢見てきたオリンピックなのだ。わたしは泣きそうになる。

「難民五輪選手団だから……なの？」

「バカなこと言わないでよ、ユスラ。わたしだって、すばらしいと思ってるわよ」。サラが言う。

「じゃあ、なんで？　サラだっていっしょに難民五輪選手団に選ばれたかもしれないのに。いっしょにリオに行きたかったのに。だけど、サラは泳ぐのをやめちゃったから……」

サラがわたしをにらみつける。「わたしがなんで水泳をやめたか、わかってるでしょ。もうこれ以上は泳げないのよ。肩のけがで。肩が痛くて泳げないの」

わたしたちは重苦しく黙りこんだまま座っている。いつからこんなに心が離れてしまったのだろう？　そのうちに、サラが口を開く。ベルリンを離れるつもりだ、という。胃がキュッと縮む。まさか、シリアにもどるんじゃないよね？

「ううん、ちがう」。サラが言う。「ギリシャへ行くの。友だちの一人がギリシャで難民を助けるボランティアをやってて、わたしにも来ないかって言うから」。サラはため息をついて、両手を広げる。「わたしはね、この大騒ぎから離れて自分を取りもどしたいの。たくさんのジャーナリストからメールが来るけど、みんなユスラのことを聞きたいだけ。わたしがどういう人間で、何をやっているか、そんなことに興味を持つジャーナリストは一人もいない。なぜ妹ばかり成功して姉のほうは鳴かず飛ばずなのか、なんて聞いてくる人さえいるんだから。このままじゃ、自分がだんだん縮んでいくような気がする。あんたの姉という以外に何者でもなくなっちゃいそう。そういうの、ありえないから。だから、ベルリンを離れるの」

わたしはサラを見つめる。なんで、もっと早くに言ってくれなかったの？　わたしは顔をしかめ、首を振る。理解できない。サラは何を求めているの？　名声？　成功？　有名になること？

「そんなことじゃないわよ、あたりまえでしょ」。サラも涙ぐんでいる。「ただ、ゴムボートの話ばかり聞かれるのは、いやなの。それと、ユスラのことも。わたしにそういうレッテルを貼(は)るの、やめてほしいのよね。わたし、それだけの人間じゃないのに。この話は、わたしたち二人の身に起こったことでしょ、どれもこれも。なのに、いまじゃ、ぜんぶユスラの話になってるし」

　ショックだった。サラがこんなふうに感じてるなんて、思ってもみなかった。わたしが難民五輪選手団に選ばれることがサラをこんなふうに傷つけるなんて、考えてもみなかった。わたし何か力になれるかも、スヴェンに頼んでみようか、と言いかけたわたしを、サラがさえぎる。

「いいから黙って聞いてくれる？　わたし、ギリシャへ行く。ボランティアの仕事、ひとりでやるから。あんたとは別々で」

　サラはベッドの上にあったバッグをひっつかみ、靴をはいて、出ていってしまった。玄関のドアが閉まり、わたしはベッドに突(つ)っ伏(ぷ)す。こんなにひとりぼっちを感じたことはない。ダーライヤの家が頭にうかぶ。サラと父と三人でソファに座って、マイケル・フェルプスが次々に金メダルを取るのを祈るような気持ちで応援していた、あのとき。あのころ、オリンピックはわたしたちの大きな夢だった。サラはぜんぶ忘れてしまったのだろうか？　わたしは立ちあがって、あたりを見まわす。そうだ、旅行の用意しなくちゃ。数時間後にはブラウンシュヴァイクの競技会に向けて出発しなくてはならない。そのとき、あらためて実感がわいてきた。わたしはリオへ行くのだ。興奮と不安が押し寄せる。いろいろ、ややこしいことになってきちゃったけど。

　その週末、わたしの泳ぎはまあまあだった。自己ベストは出なかったけど、それほどひどい気分にもならなかった。プレッシャーがなくなったから。難民五輪選手団入りが決まったし、友だちのラーミーもいっしょだし。サラのことは考えないようにして、難民五輪選手団について心にひっかかっていることも無視するようにした。日曜日、競技会が終わったあと、スヴェンとわたしは大急ぎでベルリンにもどって、初めてのテレビ生出演に臨んだ。スターがいっぱい出演するトーマス・ゴットシャルク司会のトーク番組「メンシュ・ゴットシャルク」に出演を依頼されたのだ。テレビスタジオに到着したときは不安でドキドキしていたけど、サラがついてきてくれたおかげで助かった。サラは、ステージ脇で出番を待つわたしの不安をしずめてくれた。その夜の出演者は二人で、もう一人は欧州議会のマルティン・シュルツ議長（当時）だった。楽屋で会ったけど、とてもフレンドリーな人だった。出演時間になって、わたしはステージ上のソファにシュルツ議長と並んで座る。まぶしい照明やスタジオの観客を見ないようにして、笑顔をうかべ、自分のメッセージを伝えることに集中する。誰もなりたくて難民になる人はいません、わたしたちもみなさんと同じ人間です、わたしたちだって大きなことをなしとげられるのです、と。

　テレビ出演が終わって家にもどったあと、サラは口論なんかまるでなかったみたいにふつうの態度だった。わたしもリオの話題には触れないようにしていたし、サラはギリシャ行きの準備で忙しそうだった。サラは八月にベルリンを離れることになっていた。ちょうどわたしがスヴェンといっしょにブラジルのオリンピックへ出発するころだ。両親も、わたしがオリンピックで泳ぐことについて、ごくごくあたりまえという感じの対応だった。

「よかったわね、ハビブティ」。難民五輪選手団の話を聞いた母は言った。「一所懸命がんばったんだもの、当然だわ」

わたしはプールでも学校でも努力を続けた。エリーゼとメッテは、難民五輪選手団の話をすると、喜んでくれた。でも、まだ何ひとつ実感がわかない。難民五輪選手団のメンバーが発表されて一週間後、オリンピック・パートナーのＶｉｓａからコマーシャルへの出演依頼があった。プロデューサーの説明では、一分間のＣＭでゴムボートのエピソードを紹介し、そのところどころにわたしがプールで飛びこむシーンや泳ぐシーンを入れたい、という。ミヒャエルとスヴェンが窓口になって、翌週にクラブのプールで一日かけて撮影をすることになった。撮影当日、スヴェンとわたしはクラブハウスのダイニングルームでプロデューサーと打ち合わせをした。ＣＭの内容が一〇コマの絵コンテになっていた。わたしがプールで泳いでいるシーンと、わたし役の女優が定員オーバーのゴムボートで海を渡るシーンが、交互に入れ替わる構成。わたしの出演するパートは、プールに飛びこむ場面、泳ぐ場面、ゴーグルをつける場面、だけだった。海のパートは、女優が海にはいる場面と、ボートに乗ってきた人たちがボートを引いて岸へ向かう最後の場面だという。とくにおかしなところはない。わたしには問題なく思われた。撮影は数時間で終わり、その後、わたしはプールサイドでテレビのインタビューを二つこなした。

数週間後、スヴェンは一人でスイスへ飛んだ。選手団のロジスティックスを打ち合わせする国際オリンピック委員会（ＩＯＣ）のコーチ会議に出るためだ。帰ってきたスヴェンは興奮していた。ＩＯＣはひとつの大きなファミリーみたいな感じだった、と、スヴェンが言う。しかも、ランチの席ではスヴェンはＩＯＣのトーマス・バッハ会長のとなりに座ったという。スヴェンとバッハ会長はドイツの話や難民の話をし、難民五輪選手団に関する理念や着想について話しあった。バッハ会長は、難民を支援するドイツの姿勢はすばらしいと言い、それ以外に人道的な選択肢はない、難民五輪選手団の構想はバッハ会長の立場から難民を支援する姿勢を示したものだ、と語った。

少しずついろんなことがまとまりはじめた。わたしたちは七月末にリオに向けて出発することになった。スヴェンとわたしは、難民五輪選手団のほかのメンバーや各国から参加するアスリートたちとともにオリンピック選手村に滞在する。その話をスヴェンから聞いて、わたしは思わず笑顔になる。子供のころから憧れだったマイケル・フェルプス選手に会えるかもしれないと思ったから。スヴェンがちょっと眉をひそめるような表情を見せる。いつも何か言いだすときの顔。スヴェンは少しためらってから、言葉を選ぶようにして話しはじめた。

「きみに聞こうと思っていたんだけど、難民五輪選手団のスポンサーから、きみがサラをリオへ招待したいかどうか聞いてほしい、と言われてね」

「え？　すごいじゃない！　もちろん、招待したい！」

スヴェンが眉を上げる。

「本気で？」

わたしは顔をしかめる。

「したくないはず、ないじゃない？」

スヴェンは肩をすくめる。わたしがリオへ行くことがサラとのあいだで微妙な問題になっていることや、サラがこの夏に向けて別の計画を立てていることを、スヴェンは知っている。でも、わたしはサラだってきっとリオに行きたがる、と思っていた。少なくとも、そうであってほしかった。サラがいっしょにリオへ行くことは、わたしにとってすごく大きな意味がある。サラとわたしは、何もかも二人でいっしょに乗り越えてきた。子供のころから二人いっしょに泳ぎ、二人いっしょにシリアを離れ、二人いっしょに荒波と戦った。サラとわたしは二人で力を合わせて、家族がみんなで新しい生活を始められる安全な場所を見つけた。わたしはサラと二人で世界の人たちの前に立ちたい。リオ行きの話を早くサラに伝えたかった。その晩、家に帰ると、サラはわたしたちの部屋にいた。わたしは笑顔で話しかける。

「サラ、リオへ行きたくない？ スポンサーが飛行機代とホテル代を出してくれるんだって」

サラは顔をしかめて、携帯を置く。

「ちょっと待ってよ。何、その話？ わたしはね、ギリシャへボランティアに行くの。八月に。友だちがもう航空券も買ってくれちゃってあるし」

ねえ、行こうよ。わたしはサラに言う。リオだよ？ ギリシャでボランティアする時間は、そのあとでもたっぷりあるじゃない。いっしょに行ってよ。いっしょにやろうよ。

とうとう、サラが笑顔になる。

「わかった。行くわよ、あんたがそんなに言うんなら」

七月はトレーニングとテレビのインタビューでまたたく間に過ぎていった。スヴェンは東京オリンピックに照準を合わせた有酸素トレーニングをやめて、本番のレースを想定したスピード・トレーニングに切り替えた。わたしは五〇メートルを全力で八本、あいだに長い回復時間をとりながら泳ぐ。その効果が出て、タイムが上がってきた。いまでは一〇〇メートルバタフライを一分〇八秒で泳げるようになった。オリンピックで奇跡の好タイムを出す夢はいまだに捨てきれないけど、ルクセンブルクでスティーヴンから言われた言葉を忘れないように気をつける——当面だいじなのはきみ自身の物語なんだよ、ユスラ、きみの声を発信することだ。泳ぎではなくて。

泳ぐことから話すことへ重点を移した影響は、スヴェンにもおよんだ。リオが終わったあと、わたしは別のコーチにつくことになった。スヴェンとわたしがこれまでと同じように続けていくのは無理だった。スヴェンはわたしの人生においてあまりに多くの役割を一手に引き受けすぎている。親友であり、人生の師であり、マネージャーのような仕事も引き受け、そのうえに優秀なコーチであろうとするのは、無理がある。わたしたちには水泳に邪魔されずに大切なこと――今後の方向とか、スピーチとか、メディア関係とか――を話しあえる環境が必要だった。

スヴェンがわたしと行動をともにすることで、スイミングクラブでのコーチの仕事にも支障が出はじめていた。同じグループでスヴェンの指導を受けている子たちの親のなかには、事情を理解してくれない人もいた。スヴェンがわたしにかかりきりになって、自分の子供のコーチを手抜きしていると思っているのだ。どの子にも同じように指導している、と、スヴェンはくりかえし説明した。トレーニング中はスヴェンがわたしをほかの子たちと同じように扱っていることは、わたしにはわかっている。スヴェンがわたしをいろいろ助けてくれるのは、プールの外の話だ。スヴェンはレニと話をして、リオ以降はクラブの別のコーチがわたしのトレーニングを指導することになった。

サラのブラジル行きのビザがなかなか下りないので、スヴェンとわたしは先に出発して、サラはあとから合流することになった。出発前の夜、わたしはうれしさと興奮の入りまじった気持ちで荷造り（にづくり）をした。エキゾチックなブラジルに、たっぷり一カ月も滞在できるのだ。両親とシャヒドは空港まで見送りに来てくれた。シャヒドはまだ小さすぎて何が起こっているのかよくわかっていなかったけど、母と父は目に涙をうかべていた。

「このためにどれだけ努力してきたか、それを忘れるなよ」。父がわたしをハグして言う。

「そうよ」。母も言う。「神様がこれまでの苦労に報(むく)いてくださったんだわ。ユスラにふさわしい名誉よ。あなたはいつか大きなことをなしとげるにちがいないと思っていたわ」

飛行機の中では、スヴェンとわたしは眠り、食べ、映画を見て、リラックスして過ごすようにつとめた。リオについたあとは、やることが山ほどある。何かを達成したような気分が半分、これから起こることを心待ちにする気分が半分、という感じだった。とりあえず、わたしはレースのことを心配してはいなかった。オリンピックを楽しんで、そしてレースには本気で集中する。

リオには朝早い時刻に到着した。空港には難民五輪選手団のプレス・アタッシェでかつて世界一流の水泳選手だったソフィー・エディントンと、UNHCRのイザベラ・マザンが迎えにきてくれていた。わたしたちは空港からバスで移動した。バスの後方にトーマス・バッハIOC会長の乗った車が続いていることにスヴェンが気づいた。わたしたちと同じ飛行機に乗ってきたようだ。バスの窓から外を見ると、ピンクの家がぎっしり並んでいる。街のかなたの地平線には、ふしぎな形をした緑色の山々がそびえている。バスが選手村に到着した。リオの郊外にある大きな湖のほとりに作られた選手村には、ベージュ色の高層マンションがにょきにょき立っている。わたしたちは一五階建ての宿泊棟に案内された。この建物のいちばん上の二フロアが難民五輪選手団の宿舎だ。建物に向かって歩いていくと、わたしの名前を呼ぶ声が聞こえた。見あげると、なつかしい友だちラーミーがいちばん上階の窓から手を振っていた。ラーミーは携帯を窓から差し出して写真を撮ろうとしている。

「笑って！　サラに写真送るから！」。ラーミーが大声で言う。

わたしはにっこり笑って、ピースサインをしてみせる。建物の中にはいり、スヴェンとわたしはそれぞれの部屋に向かう。わたしは難民五輪選手団の女子選手と二人で部屋をシェアすることになっていた。難民五輪選手団の女子選手はぜんぶで四人いて、広々とした機能的なベッドルームを二人ずつで使う。行ってみると、わたしの部屋には誰もいなかった。ほかの選手たちの姿はまだ見えない。わたしは部屋に荷物を置いて、上の階にあるラーミーの部屋に向かった。ラーミーもほかの男子選手と二人で一部屋をシェアしている。ラーミーがドアを開けた。わたしはにっこり笑って、ラーミーとハイタッチする。夢みたい。わたしたちがリオにいるなんて！　オリンピックに来たなんて！

オリンピック選手村

わたしたちはスヴェンと合流して、選手村を見物に出かけた。敷地の外側をぐるりとめぐる小道にそって歩く。フィットネス・センターがある。浴槽（よくそう）をそなえたリカバリー・エリアがある。テニス・コート。バスケットボール・コート。プール。アスリートにとって夢のような環境だ。選手村の端（はし）に仕切りの柵（さく）があって、そこから外はミックス・ゾーンで、ショップやファストフード店が並んでいる。取材許可証を持つ放送関係者やジャーナリストはミックス・ゾーンまではいることが許されるけど、そこから先へははいれない。選手村は、わたしたちだけのプライベート空間だ。選手村で最高なのは、テント構造の巨大な食堂だ。サッカー場三個分くらいの大きさはあるにちがいない。テントの下には長テーブルが並んでいて、世界じゅうから来たアスリートたちが席についている。わたしたちは五つのビュッフェを見て歩く。ありとあらゆる料理が並んでいる。それぞれのビュッフェにテーマがある。ブラジル料理。アジア料理。インターナショナル料理。ハラール（イスラム教の戒律で許される食物）やコーシャー（ユダヤ教の戒律で許される食物）の料理。わたしの目は最後のビュッフェに釘づけになる。パスタとピッツァのスタンド。やったぁ！

「これ、ぜんぶただなの？」。わたしはスヴェンに聞く。

「そうだよ」。スヴェンが笑う。「食べ放題さ」

わたしは見たこともないフルーツやヨーグルトやシリアルが並ぶテーブルを眺める。壁ぎわには冷蔵庫が並び、ソフトドリンクやエナジードリンクや水がいっぱいはいっている。スヴェンが冷蔵庫を開けるカードをくれて、何でもどうぞ、と言う。わたしはどこまでも続く料理の列に目をみはる。ここに丸一年いたって、ぜんぶの料理を味見するのは無理だろう。

宿舎の部屋にもどると、難民五輪選手団のほかの女子選手たちが到着していた。わたしと部屋をシェアするのは、コンゴ人の柔道選手でいまはブラジルに住んでいるヨランデだ。もう一つの部屋をシェアするのはローズとアンジェリーナで、二人とも南スーダン出身でケニア在住のランナーだ。わたしはこの人たちの略歴を読んでいたので、少し萎縮した。みんなたいへんな苦難を経験してきたアスリートたちなのだ。わたしのルームメイトのヨランデは、コンゴ民主共和国で育ったけど、生まれたときからずっと戦争しか知らなかった。ヨランデは子供のころに家族から離されて、児童養護施設で柔道を習った。ヨランデはコンゴ代表として国際的な競技会に出ていたけど、コンゴ国内はとても柔道のトレーニングをできるような状況ではなかった。数年前、ヨランデともう一人の難民五輪選手団メンバーであるポポルは世界柔道選手権大会にコンゴ代表として出場し、そのままブラジルに亡命（ぼうめい）した。あとの二人、ローズとアンジェリーナは、三人の男子選手イエーシュ、パウロ、ジェームズとともに南スーダンから亡命した陸上選手だ。五人は子供のころに内戦の続く南スーダンから逃れて、ケニア北部の巨大なカクマ難民キャンプで育った。カクマ難民キャンプのみんなが難民五輪選手団を応援している、と、ローズが言う。みんなテレビを見ているそうだ。わたしは、いまだにベルリンの〈ハイム〉で暮らしている友人たちのこと、スイミングクラブのコーチや仲間の選手たちのことを思う。みんな、わたしが泳ぐのを見てくれるだろうか？　応援してくれるだろうか？

　わたしたちは難民五輪選手団のことは話題にしなかった。複雑な問題を話しあうのにふさわしいときではないような気がしたからだ。わたしはローズにカクマ難民キャンプでの暮らしを聞くのも悪いような気がして、何も言えなかった。もしかして相手が侮辱（ぶじょく）された気持ちになりはしないかと心配だったのだ。わたしはもっぱら安全な話題に徹（てっ）することにした。スポーツだ。この場にいること、オリンピックに参加できるということだけで、アスリートにとっては夢の実現なのだから。でも、あとでベッドに横になってから、わたしは難民五輪選手団のみんなのことを考えた。みんな、どれほどの苦難を乗り越えてきたのだろう。自分の物語ばかり語っている場合じゃない。いま、わたしは自分の物語よりもっと大きなものの中に組みこまれている。難民五輪選手団の一員として、わたしは全世界の六千万人の難民を代表しているのだ。とても大きな責任だ。自分がやるべきことはわかっている。世界にメッセージを伝えるのだ。誰だって自分から望んで難民になったわけではないのです、と。難民にだって大きな夢が実現できるのです、と。

次の朝、スヴェンは難民五輪選手団のプレス・アタッシェをつとめるソフィー・エディントンと会って、これから四週間のわたしのスケジュールを話しあった。わたしの最初の予選は土曜日、オリンピックの初日に予定されている。それまでは、毎日スヴェンとトレーニングを続ける。トレーニング以外の時間について、ソフィーは行事満載のスケジュールを組んできた。予選までの一週間、空き時間は記者会見やインタビューやミーティングやスピーチでびっしり埋まっている。これをぜんぶこなすのは無理じゃないか、ソフィーに頼んでどうしてもはずせないものだけに絞ってもらってはどうか、と、スヴェンが言う。でも、わたしは発信するために、難民五輪選手団のために、ＩＯＣのためにリオへ来たのだから、スケジュールはぜんぶこなすべきだと思う、と主張した。

翌日、わたしたちは難民五輪選手団として初めての外出をし、電車に乗って、コルコバードの丘に立つ巨大なキリスト像を見にいった。丘の頂上で、たくさんのジャーナリストやカメラマンがわたしたちを待っていた。みんな、わたしに駆けよってきてコメントを求める。

「ここに来られて、すごく嬉しいです」と、わたしは話した。「わたしたちはみんな、ぜったいにあきらめないという強い気持ちを持っています。ここまで来るために、みんな、たくさんの困難を乗り越えてきましたから」

コルコバードの丘は、ほんの序の口だった。それからの三日間、毎日長時間の記者会見が続いた。記者会見のたびに、居心地の悪い気分が大きくなっていく。わたしばかりが注目されるのだ。ジャーナリストは難民五輪選手団のほかのチームメイトに一つか二つ形ばかりの質問をし、そのあとわたしに向かって五〇もの質問をする。記者会見のあとにも、ソフィーが組んだスケジュールにしたがって四つか五つたてつづけに大手放送局や新聞・雑誌とのインタビューが続く。わたしはオーストラリア、ドイツ、日本、韓国など各国からのジャーナリストに話をした。みんな同じ話を聞きたがる。いつもゴムボートの話だ。わたしは期待されるままに笑顔を作り、心を閉ざし、頭だけを働かせて、何が起こったかを話す。リポーターたちは満足する。でも、記者会見やそのあとのインタビューだけではすまなかった。どこへ行っても、ジャーナリストやカメラマンが追っかけてくるのだ。選手村から出たとたんに、報道陣にもみくちゃにされる。ラーミーといっしょにトレーニングしていると、プールサイドにカメラ・チームが現れる。記者会見の前にも後にも、記者たちがわたしをつかまえようと待ちかまえている。あるイベントでは、ブラジル人ジャーナリストがトイレの中までついてこようとしたこともあった。別のイギリス人ジャーナリストは、どこでわたしの携帯番号を調べたのか、ひっきりなしにメッセージを送ってきて、いまどこにいるの、何をしているの、と聞いてくる。わたしはそのメッセージをスヴェンに見せる。

「この人、わたしと友だちになりたいの？　何なの？」

「無視しとけばいいよ」。スヴェンが言う。

ラムとマグダレーナとスティーヴンに会うのが楽しみだ。三人ともオリンピックの取材でリオ入りしている。もちろん、この三人もジャーナリストだけど、友だちだからプレッシャーはない。ラムとマグダレーナは、数日後におこなわれる難民五輪選手団の入村式を取材してくれることになっている。スティーヴンはいまリオの街で別の取材をしていて、わたしのレースが終わったあとで会うことになっている。

三日目が終わるころには、わたしは取材対応でへとへとになっていた。スヴェンとラーミーとわたしは、選手村の巨大テントの食堂で食事をしながら、まわりをキョロキョロ見まわして、有名アスリートの姿を探した。もうすでにラファエル・ナダルとかノヴァク・ジョコヴィッチは見たけど、ラーミーとわたしは別の大物、わたしたちにとって究極のヒーローであるマイケル・フェルプスの姿を探していた。スヴェンがバッグに手を突っこんで、ソフィーから渡されたスケジュールのプリントアウトを取り出す。

「あしたも一日じゅうインタビューが詰まってるね」

「ひぇー、いくつ？」

スヴェンがページをパラパラめくって見る。

「五、六個かな。だから、多いって言っただろ？」

わたしは首を振る。

「多すぎるわ。ぜんぶは無理だってソフィーに言って」

スヴェンが首を横に振る。それはできない、あとでソフィーに連絡しておくから自分で直接話をしなさい、と言う。気が進まないけど、そうするしかない。ソフィーをがっかりさせるのは申し訳ないけど、朝から晩までノンストップでジャーナリストの相手をするのは無理。ストレスが大きすぎる。数日後には自分のレースが控えているのに。

「あそこ！」。スヴェンが右のほうを指さす。

わたしはよく見ようとして立ちあがり、息をのむ。右のほう、テーブル二、三個先に、ライアン・ロクテをはじめとするアメリカの競泳チームがいる。その周辺に目を走らせると、いた、いた。ものすごい肩の筋肉、太い首。マイケル・フェルプスだ。子供のころからのわたしのヒーロー。胃がキュッとなって、一気に緊張する。ラーミーがニカッと笑って手でテーブルをたたき、「ツーショット撮らしてもらおうよ」と言う。

「ううん」。わたしは言う。「いま、集中してる時期なんじゃない？　オリンピックの真っ最中なんだから。もしわたしだったら、写真撮ってくださいなんて頼まれるの、いやだと思うな」

ラーミーの残念そうな視線の先で、フェルプスが向きを変え、テントから出ていく。

次の日、難民五輪選手団の公式ウエアが届いた。水着ブランドのアリーナのデザインで、ジャージ上下、ウォームアップ用ジャケット、そして何より嬉しいのが白いスイミング・キャップだった。五輪マークの下にくっきりと太くて黒い文字で「R.O.T. Mardini」と、わたしの名前がはいっている（R.O.T. は難民五輪選手団の略称）。わたしは嬉しくて思わず声をあげた。信じられない。マルディニが、いま、こうしてオリンピックの場にいるなんて。

その日の午後、難民五輪選手団はＩＯＣ総会の開会式に出ることになっていた。ＩＯＣ総会は、毎年開かれる会議のようなものだ。わたしは短いスピーチをすることになっていた。スヴェンとわたしは総会へ向かうため選手村の外でタクシーを待つ。そのとき、韓国人の記者が駆けよってきて、わたしに質問しようとした。よさそうな人だったので、わたしは会話に応じようとした。

「ダメだよ、ユスラ」。スヴェンがわたしの腕をつかんで、記者から引き離す。

スヴェンは記者をにらみつけ、やめてくれ、と言った。記者はすごすごと離れていった。わたしはショックを受けた。

「なんで、あんなことするの？」。わたしはスヴェンに言う。「べつに変な人じゃなかったのに」

「いちいち対応しちゃダメだよ」。スヴェンが言う。「ノーと言わなきゃ。いいかい、アポもなしに近づいてきて取材できるなんて思われたら、外に出るたびに記者にもみくちゃにされるぞ」

きっとストレスがたまっていたせいだと思うけど、わたしはスヴェンの言葉にイラついた。いつからスヴェンはわたしが口をきく相手を決めるようになったの？　そんなの、わたしの自由じゃない？　タクシーが来た。わたしはタクシーに乗りこみ、乱暴にドアを閉めて、IOC総会の開かれるホテルに到着するまでずっと腹をたてて黙りこんでいた。会場に着き、難民五輪選手団の出番まで控え室で待機する。気持ちが落ち着いてきたら、スヴェンの言うことが正しいとわかった。メディア攻勢には気をつけなくては。スヴェンはわたしを守ろうとしてくれているだけなのだ。

簡単な紹介に続いて、わたしたち難民五輪選手団がステージに登場する。総会の出席者が総立ちで迎えてくれる。わたしは客席のあちこちを見わたしながら、ベルリンでの記者会見を思い出す。落ち着け。メッセージに集中して。わたしはチームメイトのイエーシュと並んで演台の前に立つ。イエーシュは南スーダン出身のランナーで、いまはケニアに住んでいる。先にイエーシュが話す。

「わたしたちは難民の代表です」。イエーシュがマイクに向かって言う。「みなさんが与えてくださったこのチャンスを、わたしたちは忘れません。わたしたちは悪い人間ではありません。難民とは、単なる呼び名にすぎないのです」

そのとおりだ。呼び名にすぎない。自分たちにはどうしようもない状況のせいで、わが身に付いてまわることになった呼び名。いま、わたしたちは「難民」という呼び名を正しく理解してもらわなくてはならない。イエーシュと交代して、こんどはわたしが演台の前に立つ。

「わたしたちが人間であることに変わりはありません」。わたしは言う。「難民と呼ばれても、わたしたちは世界じゅうの人たちと同じ人間です。わたしたちだって何かができる、何かをなしとげることができるのです。わたしたちは好きこのんで祖国を離れたわけではありません。難民という名を自ら望んだわけではないのです。オリンピックで世界じゅうの人たちに感動を届けるために全力を尽くすことを、ここであらためてお約束します」

マイクの前から退きながら、わたしはエネルギーがわきあがってくるのを感じていた。大きな影響力を持つ人々がたくさん集まっている場でこういう発信をできたことが、すごくうれしかった。世界に向かって、自分たちの真の姿を発信すること。たしかにそれは心が躍ることだけど、でも、わたしがプレス・スケジュールをぜんぶこなすのが無理なことも、はっきりしていた。その日の晩、わたしはソフィーと話をして、インタビューを減らし、いくつかはわたしが二つ目の予選に出る水曜日以降に延期してもらうことにした。

次の行事は、選手村の入村式だ。すべてのオリンピック参加チームは、ミックス・ゾーンで入村式をしてもらう。式は一〇分ほどの短くて形式的なもので、すでに何日も前からチームのアルファベット順におこなわれている。わたしたちの入村式は夜で、ロシア・チームの直前だった。これは取材記者たちには一石二鳥だ。ロシアのドーピング疑惑と、難民五輪選手団と。そのせいで、ミックス・ゾーンには何百人ものリポーターや撮影クルーやカメラマンが集まっていた。わたしたちはミックス・ゾーンの端で待機しながら、大混雑の記者たちを写真に撮ったりしていた。

難民五輪選手団の入村式の時間になった。待ちかまえている記者たちをかき分けながら進む。

わたしたちに向かって記者たちが押し寄せる。スヴェンとラムとラーミーとわたしは人波をかき分けて進んだ。入村式が終わると、取材陣のもみ合いはますますひどくなった。リポーターたちがわたしのまわりに群がり、マイクやカメラをわたしの顔に突きつける。わたしは身動きもできない。ラムとスヴェンが両側からわたしの横にからだをねじこんで、取材陣を押しのける。スヴェンが手をあげて近くの警備員に合図する。警備員がわたしを人だかりの中から引っぱり出して、宿舎のほうへ誘導する。とちゅうで、オリンピック・ソリダリティーのパメラ・ヴィポン局長補がわたしたちと合流した。何カ月も前にスヴェンが初めてＩＯＣにわたしのことでメールを送ったとき以来、ずっとお世話になっている人だ。パメラはにっこり笑ってわたしたちに言葉をかけ、わたしを落ち着かせようとしてくれたけど、部屋に帰ってベッドに横になったあとも、わたしは動揺がおさまらず、くたくたに疲れた。

　翌日、朝ごはんのときに、スヴェンが開会式の話を持ちだす。開会式は夜におこなわれ、その翌日にはわたしの最初の予選がある。開会式に出るかどうか、決めなければならない。

「通常、次の日の朝にレースがある場合、アスリートは開会式には出ないのがふつうだ」。スヴェンはそう言ったあと、ニヤリと笑う。「だけど、今回はちがう。そうだろ？」

　もちろん！と、わたしは言う。開会式には出なくちゃ。一生に一度のチャンスかもしれないんだもの。

「旗手（きしゅ）は誰がやるの？」。わたしはスヴェンに聞く。

「それについては、ＩＯＣの人たちと話をした」。スヴェンが言う。「難民五輪選手団はユスラ一人じゃないんだから、誰かほかの人が旗手をつとめるべきだ、って。で、旗手はローズに決まったよ」

わたしはにっこり笑う。スヴェンの言うとおりだ。どっちにしても、わたしが旗手までやったら、選手団のみんなから袋だたきにされかねない。これまで、わたしはおいしいところばかりやらせてもらってきた。スピーチも、インタビューも。注目もいっぱい浴びた。だから、こんどは誰かほかの人にスポットライトが当たるべきだ。

開会式の日、ラーミーとわたしは午前中にトレーニングをして、そのあと選手村にもどって準備した。選手村の部屋には、開会式で着る難民五輪選手団のユニフォームが届いていた。金ボタンがついたネイビーのジャケットに、ベージュのパンツ、白いシャツと水玉もようのネクタイ。わたしはユニフォームに着替えて外でラーミーやスヴェンやほかのみんなと合流し、バスでマラカナン・スタジアムへ向かう。

わたしたちはスタジアムのすぐそばの屋内アリーナに案内され、そこでほかの選手たちといっしょに入場行進の順番を待つ。難民五輪選手団は最後から二番目、ホスト国ブラジルの直前に行進することになっている。わたしたちはアリーナ内の席に座り、巨大なスクリーンに映し出されるきらびやかな開会式のようすを見守る。スタジアムでは、フロアに何百人ものサンバ・ダンサーが現れて、リオのカーニバルを再現している。楽屋のアリーナでも、アスリートたちが席から立ちあがり、通路に出て踊りはじめる。入場行進が始まった。選手団がアルファベット順に出ていく。とうとう、残るのはわたしたち難民五輪選手団とブラジル選手団だけになった。ブラジルの選手たちが浮かれて踊りまくるなか、わたしたちの小さな難民五輪選手団がアリーナを出る。アリーナから出たところで、わたしたちは何百人という熱狂的なブラジルのファンにもみくちゃにされた。みんな歌い踊りながらわたしたちといっしょにスタジアムへ向かう。選手団はスタジアムの入口を通り、耳をつんざくような歓声の中へ出ていく。難民五輪選手団の入場行進が始まる。

22

オリンピック開会式

「難民五輪選手団の入場です」

アナウンスがスタジアムにこだまする。何万人もの観客がいっせいに立ちあがり、カメラのフラッシュがたかれ、人々が興奮して手を振る。わたしは息をのむ。こんな大観衆を見るのは生まれて初めてだ。目が届くかぎり、スタジアムの屋根のほうまで観客席がびっしり埋まっている。

テレビカメラがそばを通り抜けていく。わたしは笑顔で小さな白い旗を振る。前方でローズがオリンピック旗を高く掲げて振っている。スタンドにIOCのトーマス・バッハ会長と国連のパン・ギムン事務総長の姿が見える。二人とも立ちあがり、拍手をし、声援を送ってくれている。耳の奥で鼓動(こどう)が響く。難民五輪選手団が中央の通路を進んでいく。左右に蛍光色(けいこうしょく)の袖(そで)なしケープのようなものをまとった人たちが並び、点滅(てんめつ)する光を浴びながらカーニバルのはじけるリズムに乗って踊っている。難民五輪選手団がほかのアスリートたちと合流する。スタジアムの上にはドーナツ形の屋根がかかり、真ん中の空間から低い雲のあいだに星が見える。

わたしはローズが持つ旗に描かれた五輪を見つめる。目を閉じると、夕暮れのダマスカスの空が見える。祈りの時間を告げる声。ダーライヤのオリーブ果樹園に降る雨のにおい。シリア。わたしの失った国――。旗なんか、何だっていい。心の中では、わたしはいまでもシリア人であり、シリアの人々の代表なのだから。国を逃れるしかなかった何百万という人たち。爆弾の落ちてこない日常を求めて命がけで海を渡った人たち。

わたしたちの背後で、さらに大きな歓声があがる。ブラジル選手団の入場だ。スタジアム全体が音楽と歌と喝采と踊りで沸きたつ。

「みなさま、二〇一六年リオ・オリンピックのアスリートたちがそろいました！」

また、ものすごい歓声。巨大スクリーンを見上げると、ダンサーたちが鏡張りの背の高い箱を動かしながらスタジアムの中央に集まってきて、箱をくるくる回している。上から見ると、たくさんの箱がオリンピックの五輪の形になるように並びかえられていく。箱の上から緑色の植物が生えて、紙吹雪が噴き上がる。スタジオ上空に花火が上がって、五輪の色を放つ。それに続いて、金色の炎が夜空に尾を引いて伸びていく。やがて炎が消え、スタジアム全体が暗くなって、柔らかな青い光だけがチラチラ揺れる。スタジアムが真っ暗な洞窟みたいに見える。暗闇にカメラのフラッシュが光る。

スヴェンがわたしの肩をたたいて小声で言う。

「スピーチが終わるまで待ってから、出よう」

最初に演台の前に立ったのは、二〇一六年リオデジャネイロ・オリンピック組織委員会のカルロス・アルトゥール・ヌズマン会長だ。ヌズマン会長が観客とアスリートたちに歓迎の言葉を述べる。

「オリンピックの夢は、いま、すばらしい現実となりました。われわれは、けっして夢をあきらめません。けっしてあきらめないのです」

ヌズマン会長の言葉が空中に漂う。「すばらしい現実」。ダーライヤのリビングルームで、いつかトップに立つと誓った幼いわたし。恐怖に震えながらプールに落ちた爆弾を見つめていたわたし。必死に祈る人々の声を背に、海に飛びこんだわたし。ハンガリーの留置場で眠りに落ちたわたし。ベルリンのプールで限界までトレーニングに励んだわたし——。これは、六歳だったわたしへの、一八歳のわたしからの贈り物。幼くて一途で理想に燃えていた六歳のわたし。あのころ、オリンピックは遠い遠い夢だった。いま、わたしはその場所にいる。小さいころからずっとめざしてきた瞬間に。オリンピックという夢の中に。

演台の前で、こんどはＩＯＣのトーマス・バッハ会長がスピーチを始める。

「われわれのこの世界では、いま、利己主義が広がりつつあります。自分たちが他者よりも優れていると主張する人たちがいます。そうした風潮に対するオリンピックの答えが、ここにあります。オリンピックの連帯の精神にのっとり、最大級の敬意をもって、われわれは難民五輪選手団を歓迎いたします」

　スタジアムからふたたび大歓声があがり、カメラがわたしたちを映して通りすぎる。わたしはカメラに向かって笑顔を作り、小旗を振る。

「難民アスリートのみなさん」。ＩＯＣ会長のスピーチが続く。「みなさんは、世界じゅうの何百万という難民たちに希望のメッセージを発信する存在です。あなたがたは暴力から逃れるため、飢餓から逃れるため、あるいは単に他者と異なるという理由で、故国を離れることを余儀なくされました。しかし、いま、みなさんは優れた才能と人間精神をもって、社会に偉大なる貢献をしているのです」

この境遇はわたし一人だけではないのだ、と、あらためて思う。難民五輪選手団のアスリートたちはみんな、何百万という人々を代表してここにいる。わたしよりもっとつらく悲惨な経験をしてきたアスリートもいっぱいいる。でも、わたしたちはこの場に立ち、難民に何ができるかを世界じゅうに見てもらおうとしている。

バッハ会長のスピーチが終わりに近づく。スヴェンがわたしの肩をたたいて、時間だ、行こう、と言う。あすの朝、わたしは予選で泳ぐために早朝に起きなくてはならない。スヴェンとわたしは難民五輪選手団のみんなから離れ、スタジアムを出て、選手村へ行くシャトルバスに乗りこむ。

部屋に戻って、ベッドに腰をおろす。頭の中でいろいろな考えが渦を巻いている。スヴェンのことを思う。スヴェンがわたしのためにどれだけのことをしてくれたかを。ほかのコーチたちのことを思う。みんながどれほど献身的に、寛容に接してくれたかを。そしていま、わたしはオリンピックの場にいる。みんなの力の結実だ。わたしは難民五輪選手団のチームメイトたちのことを思う。一人ひとりがそれぞれのコミュニティを背負い、何百万という人たちの思いを背負って、ここに来ている。シリア国内で苦労して生きのびている男性からのメッセージを思い出す。シリアでの暮らしは厳しいが、あなたが先へ進む勇気を与えてくれました、と、その人は書いてきた。

「ヤー・アッラー」――。わたしは部屋の真っ白な壁に向かって声を出す。「アッラーのほかに神はなし。アッラーより大いなるものなし。許したまえ、われもまた罪人なり」

誰もいないしんと静かな部屋の中で、わたしは少しのあいだ言葉もなく座っていた。それから立ちあがり、ゴーグルやスイミング・キャップや水着やタオルやビーチサンダルをスイミングバッグに詰める。あした着る服も用意する。ようやくベッドに横たわったとき、わたしの心は穏やかに静まっていた。

目ざましが鳴った。目を開ける。きょうだ。いよいよだ。わたしはシャワーを浴びて、服を着る。大食堂へ行くと、スヴェンがいた。

「おはよう」。スヴェンが声をかけてくる。「気分はどう？」

わたしはなんとか笑顔を作って、「だいじょうぶ」と反射的に答える。

席を立ち、ビュッフェを眺めて歩く。食べ物を見たとたん、胃がキュッと縮む。わたしはリンゴ一個とカップケーキを取り、スヴェンと向かいあう席に腰をおろす。スヴェンが眉を上げる。

「もうちょっと食べたほうがいいと思うけど？」。スヴェンが言う。

わたしは顔をしかめる。

「ううん、無理。食べられない」

スヴェンは席を立ち、料理の並ぶスタンドへ歩いていく。五分後、スヴェンはパスタがたっぷりはいった箱を持ってもどってきた。

「朝からパスタは無理。ほんと、無理だから」。わたしは言う。

スヴェンはパスタをわたしの前に置く。

「ここに置いておくよ。炭水化物をとらないと」

わたしは目をそらす。胃の中は蝶の大群が飛びまわっているみたいにザワザワしている。スヴェンが咳払いをして話しだす。

「きょうの予選は、きみのほかに四名だけだ。いいかい、これは自分との戦いだ。ここ数日の泳ぎはすごくよくなっている。短水路のバタフライ・スプリントなんか、二五メートルを一三秒台で来ている。これまで見てきたなかで、いちばんスピードに乗れている」

足に力がはいらない。わたしは何度か深呼吸をする。スヴェンが時計に目をやる。

「時間だ。行こう」

わたしは手つかずのままのパスタをテーブルに残し、スヴェンと二人でバス停まで歩いて、黙ったままシャトルバスに乗りこむ。バスの窓から選手村の高層ビルを見つめ、呼吸をくりかえす。ひと呼吸ごとに心が静まり、胃が落ち着いてくる。アクアティクス・スタジアムに到着するころには、不安は消えて、やる気がみなぎっていた。ウォーミングアップを始める。プールサイドで両腕を大きく回してほぐし、それからプールにはいって軽く流す。からだを動かすと、気持ちが落ち着く。水に身をまかせると、心が静まり、集中できる。レース用の水着に着替え、トレーニングジャケットをはおり、スイミング・キャップとゴーグルをつけ、招集所にはいる。わたしは瞑想する。もう何も考えない。必要なことは、すべてからだがおぼえている。名前が呼ばれた。二〇一六年リオ・オリンピックの最初の競泳種目が始まる。プールへ出ていきながら、わたしはもういちど祈る。

「神が容易にしてくださること以外に、容易なことなどありません」。わたしは口の中でつぶやく。「思し召しがあれば、困難なことも容易になります。どうか、わたしのレースを容易にしてください」

寒い。観客席は三分の一ほどしか埋まっていない。ほかの四人の選手たちとプールサイドに出て、スターティング・ブロックのほうへ歩いていく。観客席からまばらな拍手が起こる。トレーニング・ジャケットを脱ぐ。わたしの名前がアナウンスされる。

「ユスラ・マルディニ選手、難民五輪選手団」

ゆっくりと、徐々に、観客席からの拍手が大きくなる。歓声が大きくなり、緊張が一気に高まる。わたしは頭の中で音のボリュームを絞り、心の平静(へいせい)を保とうとする。考えちゃダメ。考えたら、負けだ。

時間の流れが速くなる。わたしは足もとのスターティング・ブロックに上がる。右足を前に出し、ステンレスのスターティング・ブロックの端につま先をかけ、両手で端をつかむ。頭の中には何もない。見えるのは、目の前の水だけ。聞こえるのは、規則正しい自分の鼓動。スタジアムに反響する音が、ゆっくりと鼓動に同調していく。

位置について――。

わたしは神経を集中させ、からだを後ろへ引く。

「ビッ」。

わたしはきらめく水に飛びこむ。

声

二回目の予選、わたしにとって最後のレースが終わってまもない夜、リオでスティーヴンと会った。スティーヴンとラーミーとスヴェンとわたしはコパカバーナの海岸ぞいに車を走らせ、笑いながら、なんて不思議なめぐりあわせだろうね、と語りあう。スティーヴンの携帯に保存されている写真をフリックして見ていく。ベオグラードで撮った写真だ。

「この写真を撮ったとき、ユスラがいつか有名になるだろうと思ってた？」。ラーミーがたずねる。

「この子はちょっと特別かも、とは思ったよ」。スティーヴンが答える。

わたしは照れくさくて、自分の携帯を見つめながら「そんなことないよ」と言う。

サラの渡航ビザはぎりぎりで間に合い、リオでわたしたちと合流できた。二人そろって記者会見をしたときには、あふれる感情を抑えられなかった。例によってお決まりのゴムボートの質問が出たとき、サラがわたしを手招きした。わたしが顔を寄せると、サラが耳もとでささやく。

「ちょうど一年前のきょうだったね、ボートで海を渡った日」と。わたしは身を引き、サラの顔を見つめる。サラもわたしも涙をこらえることができなかった。絶望的な賭けに出て命を落としかけたあの夜から、きょうで一年。思いもかけなかった岸辺に、わたしたちは打ち上げられた。わたしはサラと抱きあう。わたしたちの顔に向かってカメラのフラッシュがたかれる。

記者会見のあと、サラはわたしにギリシャ行きの計画を話してくれた。ふたたびあの島、レスボス島にもどることにした、という。レスボス島で活動しているエリックという若いボランティアからメールがあって、わたしたちのエピソードがレスボス島にいるシリア人の子供たちを勇気づけていると伝えてきたそうだ。エリックは海をボートで渡ってくる移民を救助するＥＲＣＩという組織で活動していて、ボートを岸まで誘導するのにアラビア語の話せるボランティアがいると助かる、と言ってきたという。わたしは尊敬のまなざしでサラを見つめる。なんと勇気ある行動だろう。

リオでの残りの日々は、ミーティングやインタビューや写真撮影などで、めまぐるしく過ぎていった。サラは、わたしたちがベルリンにもどった直後にギリシャへ旅立った。わたしも、のんびりする時間はなかった。ブラジルが終わって、次の新しい一章が始まったのだ。わたしにも新しい仕事が待っていた。メッセージを世界に広めるという仕事が。ブラジルからもどって数週間後、わたしはニューヨークへ飛び、国連総会の「難民に関するリーダーズ・サミット」でスピーチをした。わたしはアメリカ合衆国のバラク・オバマ大統領を紹介するというたいへん名誉な役割もさせてもらった。ステージに上がったときは、正直言って緊張した。世界の指導者たちに向けてメッセージを伝えるのは、このときが初めてだった。

「この経験によって、わたしはみなさんに声を届ける機会を手にすることができました」。わたしはサミットの出席者たちを前にスピーチをする。「わたしは、難民に対する人々の認識を変える力になりたいと思います。誰も好きこのんで自分の国を捨てるわけではない、難民もふつうの人間であって、機会さえ与えられればすばらしいことを達成できるのだと、みなさんにわかってほしいのです」

スピーチのあと、わたしはオバマ大統領と会談した。緊張したけど、オバマ大統領はすぐにわたしを安心させてくれた。こんなに絶大な力を持つ指導者に会えるなんて、そしてその指導者がわたしを対話の相手として特別に扱ってくれるなんて、信じられないことだ。国連総会でスピーチをした日の夜、わたしは世界の女性の地位向上に功績のあった人々をたたえる国連の行事に出席した。そしてこの席でヨルダンのラーニア王妃に初めて会って、心から感激した。この美しくて力強い女性が、わたしの人生に関心を抱いてくれるなんて。王妃とわたしはとても気が合い、のちに王妃はわたしを雑誌『ピープル』の「世界を変える女性二五人」に推薦してくれた。

それから数カ月後の二〇一六年一一月、わたしはローマへ飛んでフランシスコ法王に謁見し、ドイツのバンビ・メディア賞の「ミレニアム賞」を贈呈した。法王は優しく温厚な方で、世界をよりよくしていくために尽力している偉大な人物に謁見することは心の洗われる経験だった。同じ一一月の下旬、サラとわたしも、スターが多数出席したきらびやかな授賞式でバンビ賞を授与された。二〇一七年一月には、ダヴォスの世界経済フォーラムに招かれて、世界の指導者たちの前でスピーチをした。四月には、国連難民高等弁務官事務所（ＵＮＨＣＲ）の親善大使に就任した。わたしのメッセージは、一貫して変わっていない——難民はほかの人たちと同じ人間なのです、と。

　旅行やスピーチは増えたけど、わたしの毎日はいぜんとして水泳を中心に回っている。スヴェンはわたしのコーチではなくなったけど、いまでも親友だし、頼れる相談相手であることに変わりはない。いま、スヴェンはわたしのためにフルタイムのスポーツ・ディレクターとして動いてくれている。スヴェンの仕事の中には、新しくマネージャーになったマルクがわたしのクレージーなスケジュールをうまく回していけるよう助言する役目も含まれている。ヴァッサーフロインデ・スイミングクラブで新しくわたしのコーチになったアリエルは前向きで生真面目なキューバ人で、パワートレーニングに重点を置いた指導をしてくれる。わたしのタイムを縮めるために、アリエルは厳しいトレーニングを課す。限界を超えられるかどうかは気力の問題だからね、と、アリエルは笑いながら言う。

　スヴェン。マルク。アリエル。わたしのチーム。この三人は、わたしが水泳のためならどんな努力も惜しまないことを知っていて、わたしのオリンピックへの夢を支えてくれる。二〇一七年七月、スヴェンとアリエルはブダペストで開かれた世界水泳選手権に同行してくれた。ハンガリーへ行くのは、気が重かった。ハンガリーの人たちに対しても、ハンガリーという国に対しても、どうしても嫌悪感を抱かずにはいられない。もちろん、今回は誰もがとても友好的にわたしを迎えてくれた。でも、わたしはケレティ駅には近づかないようにした。

　世界水泳の数週間後、マルクとわたしはＵＮＨＣＲの仕事で日本へ行った。わたしは日本オリンピック委員会の人たちに会い、東京大会に向けてトレーニングにはげんでいることを話した。その秋、わたしはスポーツウエアのメーカー「アンダーアーマー」とスポンサー契約を結んだ。

まだ何ひとつ確実なことはないけど、二〇二〇年にぜひもういちどオリンピックに出たいと強く思っている。

オリンピック選手になれてもなれなくても、母国へ帰れないかぎり、わたしには「難民」という名が付いてまわる。リオ・オリンピックのあと、わたしは「難民」という呼び名を受けいれられるようになった。もう屈辱とは思わない。「難民」というのは、祖国から逃れざるをえなかったふつうの人をさす呼称なのだ。わたしのように。わたしの家族のように。

わたしの両親と妹のシャヒドも、難民に認定された。わたしたち家族はベルリンで暮らしたいと願っている。ドイツには二〇一九年まで在留できると言われた。そのあとも、必要ならば在留許可が延長されることを願っているし、ドイツが正しい判断を下してくれるものと信じている。わたしたちは、平和に暮らせる日々をありがたいと思っている。でも、新しい人生をゼロからやりなおすのは、楽ではない。ドイツでの生活は、シリアでの生活とはぜんぜんちがう。わたしの家族は、それぞれが自分の道を模索している。

シャヒドは若いだけに、いちばんすんなりと新しい生活になじんだ。二〇一八年現在、シャヒドは一〇歳で、たくましく頭のいい子に育っている。新しい暮らしにもすぐ慣れて、地元の学校に友だちもたくさんできて、上手にドイツ語をしゃべる。もちろん、わたしたちはそんなシャヒドを見て、嬉しく思う。ただ、ときどき、ドイツにあまりにも長いあいだ滞在すると、シャヒドがシリア人としてのアイデンティティをなくしてしまうのではないかと心配になるときもある。

両親にとっては、困難の多い日々だ。母はドイツ語をおぼえようとしているけど、なかなか友だちができない。ドイツ語教室に通っても、級友の多くは精神的に落ちこんでいるし、言葉の壁があるせいで母もなかなか地域に溶けこめずにいる。母はシリアに残してきた親族を恋しがる。祖母や叔母たち、叔父たち、いとこたちは、いまもダマスカスにいる。でも、母はきっと困難を乗り切るだろう。負けずぎらいな人だから。

　父もドイツ語をおぼえようとしているけど、なかなか進まない。コーチの仕事ができないことにもイライラしているようだ。去年、父は六カ月のトレーニングコースを受講して、ドイツでライフガードの資格を取った。でも、ドイツ語がよく話せないので、仕事に就(つ)けない。以前はときどきシリアにもどりたいと言っていたけど、当面はここにいるほうがいい、と、わたしは父を説得した。いまは父もいくらか落ち着いて、少しずつ家族はいい方向へ向かっているように思う。

　わたし自身は、戦争が終わらないかぎり、シリアにもどるという選択肢はありえない。わたしにはドイツのほうが居心地がいい。ドイツでの新しい生活を支えてくれるたくさんの友人に出会えたことは、ほんとうに幸運だったと思う。でも、ほかの難民仲間は、ドイツまでいっしょに旅してきた人たちも含めて、そんなにうまくいっていない人たちも少なくない。ドイツでの暮らしがあまりに惨(みじ)めなので、シリアにもどって危険にさらされるほうがましだと思っている人たちもいる。でも、ほとんどの人たちはまだドイツにいて、なんとかやっていこうとがんばっている。ナビーフとハリールはベルリンにいて、ドイツの大学入学資格試験アビトゥーアに向けて勉強している。アフマドとイドリースとザーヘル一家は、ドイツ国内のあちこちに住んでいる。婚約した人、結婚した人、子供が生まれた人もいる。

　去年の秋、サラが勉強のためにベルリンにもどってきた。ギリシャでボランティアをして過ごした一年は、サラにもわたしにもいい結果をもたらした。遠く離れたことで、ふたたび姉妹の絆(きずな)

が強まった。おたがいから離れて自分なりの道を見つける時間が必要だったのだと思う。サラもあちこちで講演をしている。これは、わたしの物語でもあると同時にサラの物語でもあり、サラにはサラの視点がある。わたしもサラも、ほかの人たちの力にならなければ、と、責任を強く感じている。でも、講演は精神的にキツいこともある。ボートの話は、どこへ行っても、わたしたちに付いてまわる。

ボートの話を語るたびに、わたしは苦しい気持ちになる。多くの人たちが命を落としたのに自分たちが助かったことを思うと、苦しい。なぜあんな危険な船旅に乗り出さなくてはならなかったのか、なぜ自分たちの命をあんなに軽く見積もったのか、思い出すだけで苦しい。でも、あのときは、賭けに出てみる価値があると思ったのだ。いまふりかえると、どうしてなのか想像もむずかしいけど。

あれ以来、わたしは海で泳いだことはない。海の水にはいったら自分の中にどんな思いがよみがえるか、想像するのが恐ろしい。過ぎたことをいつまでも思いわずらうつもりはないけど、いまでもときどき、荒波が次から次へ襲ってくる光景を思い出してしまう。決死の覚悟で密航をくわだてた人々を満載したボートが海で沈んだというニュースを聞くたびに、ゴムボートのロープにしがみついていた自分、エンジンがやっと動きだしたときの自分たちの姿が目にうかぶ。そのたびに、あのときどれほど死の淵に近いところまで追いつめられていたかを、あらためて思う。あのときモーターが再始動しなかったら、わたしたちは岸までたどりつけなかっただろう。

あなたがボートを引っぱって泳いだ女の子ですか？と、よく聞かれるけど、現実はそんなふうではなかった。人を満載したボートを引っぱって泳ぐなんて、スーパーウーマンにしかできないことだ。いまは世の中が暗いから、みんなヒーローの出現を期待しているのかもしれないけど、わたしはふつうの女の子だ。一人の水泳選手にすぎない。戦争が始まるまでは、ごく平凡な生活を送っていた。ヒーローになるなんて、夢にも思わなかった。でもいまは、オリンピックを経験して、わたしはメッセージを発信する声と使命を得た。わたしは人々に勇気を与え、難民と呼ばれる人たちのほんとうの姿を世界にわかってほしいと思っている。

　では、わたしたち難民とは、どういう存在なのか？　難民は、人間だ。わたしは難民で、サラも難民。母も、父も、シャヒドも難民だ。誰もなりたくて難民になる人はいない。ほかに選択肢がなかったのだ。生きのびるために、母国を離れるしかなかった。たとえそれが命がけの旅だとしても。わたしには、このメッセージを広めつづける使命がある。これからも難民は増えつづけるだろうから。わたしが祖国から逃れたのは、三年前だった。でも、読者のみなさんがこの本を読んでいるあいだにも、若い人たちが危険を冒(おか)して国境を越え、定員超過のちゃちなゴムボートに乗りこみ、あるいは収容所に閉じこめられて動物でさえ食わないような食べ物を投げ与えられている。そういう若者たちも、わたしと同じく、戦争で生活がめちゃめちゃになるまでは、ごく平凡な日常を送るふつうの若者たちだったのだ。彼らも、わたしと同じように、空から死が降ってくることのない未来を求めて難民になったのだ。爆弾の嵐から逃れて、静かに身を寄せることのできる場所を求めて。

　いま、わたしは爆弾の嵐から逃れて、平和な未来を見つめている。幸せというものが何ひとつ困難のない日々を過ごすことだとは思わない。幸せとは、つらいことがあっても笑って耐えられる力だと思う。だから、わたしは否定的な声には耳を貸さず、わたしの未来を信じてくれる人たちの声に耳を傾ける。わたしのまわりには、そんな闘志を共有できるチームがいる。自分は泳ぐためにここまで努力してきたのだ、自分の運命はプールにある、と、これまで以上に強く思っている。困難を克服してがんばってきた結果、わたしの決意はますます固くなった。コーチのアリエルがいつも言うように、限界は自分の頭の中にあるだけなのだ。簡単なこと。わたしはアスリートであり、けっしてあきらめない。いつかきっと、わたしは勝利をつかむ。

もちろん、そんなに簡単な話ではない。全力でがんばっても結果が出ないときもある。そんなとき、わたしは目を閉じて、海でのあの絶望的な場面を心に呼び起こす。希望の光がついえたかに見えた、あの場面を。もうあきらめろ、死んでしまえば楽になる、とささやく声を。でもあきらめずに戦ったことを。そして、打ち勝ったことを。水を蹴(け)り、頭を波の上に出し、生きのびたことを。そうすると、熱いファイトがこみあげてきて、残っている力が疲れた筋肉に流れこむ。わたしは目を開ける。そうだ、いまのわたしは何にも負けない。何が起ころうとも、わたしは立ちあがる。泳ぎつづける。生きのびる。さなぎから蝶(バタフライ)になって、羽ばたくのだ。

謝辞

スヴェン、サラ、ありがとう。あなたたち二人がいなかったら、この本はありえませんでした。二〇一七年の夏、この本を書きはじめたころ、サラはギリシャを離れ、ベルリンにもどってきました。二人の旅路でサラが経験した部分をわたしに話してくれるために。そのあと、サラはつらい記憶の残るレスボス島をふたたび訪れて、わたしたちがヨーロッパの海岸に流れ着いたときの細かい描写に抜け落ちている部分がないかどうか、確認してくれました。ありがとう、サラ。最高のお姉ちゃん。大好きだよ。

スヴェンにも感謝しています。スヴェンはわたしに住むところを与え、プールを与え、未来を与えてくれました。初めて会ったときから、スヴェンはわたしの味方であり、これからもずっとそうあってくれると信じています。スヴェンは何時間もかけてこの本の原稿を細かくチェックして、文章を整理し、手直しし、わたしたちの物語が微妙なところまで鮮明に伝わるよう工夫してくれました。サラ、スヴェン、あなたたち二人はわたしを根底から支えてくれる存在であり、この本にとって何より大切な存在です。

　この本にさまざまなエピソードを提供してくれた人たちにも、心からの感謝を申し上げます。とりわけ、終始変わらない友情と助言をくれ、この本のために記憶の中からエピソードを惜しみなく提供してくれたジャーナリストのスティーヴン・ドゥクリエヌ氏に感謝します。さまざまなコメントを寄せてくださり、わたしのために仕事の枠を超えて時間を割いてくださったミヒャエル・シルプ氏にも、たいへんお世話になりました。いっしょに過ごした時期の記憶を語ってくれた旧友ラーミー・アニースにも感謝しています。

　本の執筆を手伝ってくれたジョジー・ルブロンドさんにも、たいへんお世話になりました。ありがとう。出版社のみなさんにもお礼を申し上げます。この本を編集し、助言と支援をくださったキャロル・トンキンソンさん（ブルーバード）、マルギット・ケターレさん（ドゥルマー）、カレン・ウォルニーさん（セント・マーティンズ）、ありがとう。

　わたしのチームのみなさんにも、お礼を申し上げます。コーチのアリエル・ロドリゲス、たえずモチベーションを保ち、忍耐強くつきあってくれて、ありがとう。マネージャーのマルク・ハインクライン、将来を見すえ、熱意を持ち、いつもわたしの味方になってくれて、ありがとう。

　ドイツまでの旅路で出会った友だちみんな、旅のあいだに起きたことを本に書かせてくれて、ありがとう。ザーヘルをはじめとするみんな、わたしたちを導いてくれてありがとう。わたしたちを守ってくれて、みんなの家族に加えてくれて、ありがとう。アイハムとバーセム、真っ暗な海で勇気とユーモアを見せてくれて、ありがとう。メッテ、エリーゼとカトリーンご一家、ヴァッサーフロインデ・シュパンダウ04の友だちみんなにも、友情と親切と支援に感謝します。レニ、ガビ、ミヒャエル、国も家族も家も失ったサラとわたしに居場所を提供してくれたことに感謝しています。

オリンピックで難民五輪選手団の実現に力を注いでくださった人たちにも、感謝の気持ちでいっぱいです。とりわけＩＯＣ会長トーマス・バッハ氏とＩＯＣ副事務総長ペレ・ミロ氏には、スヴェンとわたしをオリンピック・ファミリーに暖かく迎え入れてくださったことにお礼を申し上げます。オリンピック・ソリダリティーのパメラ・ヴィポン氏とサンドラ・ローゲマン氏、それから難民五輪選手団プレス・アタッシェのソフィー・エディントン氏にも感謝しています。スポーツの理想と難民五輪選手団の目標のためにがんばったチームメイトたちにも、感謝を捧げます。国連難民高等弁務官事務所（ＵＮＨＣＲ）のみなさんにも、支援と応援に感謝を申し上げます。クレア・ルイス氏をはじめとするＵＮＨＣＲ世界親善大使プログラムのみなさんには、難民に関する真実を世界に向けて発信する場と機会を与えていただいたことに、深く感謝します。

最後になりましたが、家族にもありがとうを言わせてください。大切な妹シャヒドへ。大好きな母メルヴァトへ。決意と力と勇気があればきっと向こう岸にたどりつけると教えてくれた父イッザトへ。いつもプールサイドで見守ってくれて、ありがとう。ここまで来られたのは、みんなのおかげです。

訳者あとがき

二〇一六年に開催されたリオデジャネイロ・オリンピックで、メダルを取ったわけでもないのに行く先々で取材記者たちに取り囲まれる競泳選手がいた。小柄で、はじけるように明るく愛らしい笑顔が魅力的な女子選手――ユスラ・マルディニ選手である。マルディニ選手はシリア出身であるが、内戦の続く祖国を逃れ、ドイツで難民認定を受けて、リオ・オリンピックには「難民五輪選手団」の一員として参加した。本書は、シリアに生まれて幼い頃から水泳のトレーニングを積み、シリア代表選手として頭角を顕しながら、内戦の激化によって祖国を逃れなければならず、ヨーロッパへ渡って難民となり、ドイツのスイミングクラブに受け入れてもらって、さまざまな苦難と葛藤を乗り越えたのちに難民アスリートとしてオリンピックに出場するまでの道のりを、ユスラ本人が（英国人ライターの助けを借りて）英語で書いたものである。

ごくあたりまえの日常が内戦によって破壊されていく現実とは、実際にどういうものなのか。生きのびるために祖国を逃れ、おもちゃのようなゴムボートでエーゲ海を渡るのが、どれほど危険な賭けなのか（実際に、ユスラたちの乗ったゴムボートは洋上でエンジン停止となり、一行は溺死の危険にさらされた）。難民となってヨーロッパをさまよい、敵意に満ちた冷ややかな視線を浴びるのが、どんなに惨めなことなのか。日本にいてニュースを見聞きするだけでは、なかなか実感はつかめないが、ティーンエイジャーとしてこの現実を体験したユスラの記述は詳細で臨場感にあふれ、難民問題を難民側の視点から見せてくれる。難民問題というと、とかく難民を受け入れる国々の側に立った報道が多いが、難民側の事情もあわせて理解することによって、よりバランスの取れた見方ができるようになるのではないだろうか。

難民の現実は悲惨だが、ユスラの筆致はどんな苦境にあってもティーンエイジャーらしい明るいユーモアと楽観を失わず、読んでいてあまり深刻な気分にならずにすむ。若さとは、強いものだ。同時に、シリアを出国するときには事態の深刻さをあまりわかっていなかったように見えるユスラが、命がけでエーゲ海を渡り、ギリシャに上陸してヨーロッパ諸国をたどる旅を続けるあいだに精神的に成長していき、最終的に難民の代表としてオリンピックに出ることによってシリアの同胞たちの声になろう、と決心するまでの精神的な成熟の跡もうかがえて、これから先のユスラの活躍が楽しみである。現時点で、ユスラは国連難民高等弁務官事務所（UNHCR）の親善大使として世界に向けてメッセージを発信する一方で、二〇二〇年の東京オリンピックをめざして水泳のトレーニングに励んでいる。

テクニカルな問題にいくつか触れておきたい。

この本の原書は英語だが、最初から最後まで、ほとんどの文章が現在形で書かれている。読んで少し奇異な印象を受けたので、ユスラの執筆を助けた英国人ライターのジョジー・ルブロンドさんに現在形の文章で書いた意図を質問してみたところ、「難民問題はいま現在も続いているから、問題の生々しさを強く訴えるために現在形で書いた」という返事だった。そこで、最初は日本語訳もすべて現在形で書いてみたのだが、どうしても不自然になってしまって読みにくいので、原書の意図した臨場感がなるべく出るよう工夫しながら、過去形と現在形を併用したふつうの文章で訳すことにした。

また、二〇一五年八月一二日にシリアを出国してから九月七日に難民としてドイツのベルリンにたどりつくまでの記述に関しては、行程がわかりやすいように、随所に日付を書き加えた。あわせて、ユスラたち一行の行程を地理的にも把握しやすいように、日本語版のために新しく地図を作成した。

二七四ページから二七六ページにかけて、ユスラたちがハンガリーの鉄道駅で警察につかまってボディチェックをされる場面の描写で、ベンチに座らされているユスラたちの位置関係が巻頭の写真で見られる位置関係と合致していないので、この点について原書の出版社に問い合わせたところ、「警察に調べられているあいだにユスラたちが歩きまわって座る位置が変わったらしい、原書の記述のままでかまわない」との回答だったので、矛盾をそのまま残して訳しておいた。

最後になったが、本書を訳す機会を与えてくださり、長い原稿を読みやすくするために随所に見出しを入れたり、見やすい地図を工夫したり、「本書に登場する主な人々」の一覧を作成したり、と、編集全般に細やかな目を配ってくださった朝日新聞出版の内山美加子さんに、心からの感謝を申し上げる。また、競泳やトレーニングに関する部分で訳者の疑問に答えてくださったパーソナルトレーナーの大内美紀子さんにも、ここにお名前を記して感謝を申し上げる。

二〇一九年七月

土屋京子

■翻訳協力
ドイツ語のカタカナ表記：株式会社リベル
アラビア語のカタカナ表記：岡 真理

※アラビア語の固有名詞をカナ表記するにあたり、長母音に関しては、「ユスラ」「サラ」「マルディニ」など、すでに日本のメディアで広く用いられている表記はそのままとし、それ以外は、読みやすさを考慮し、アクセントのない語末の長母音は省略（例「ダルア」）、また、「ダーライヤー」に関しては、日本では「ダラヤ」の表記が一般的だが、本書では「ダーライヤ」とした。

カバー写真
上：Thomas Duffé
下：Photo/Alexander Hassenstein/
Getty Images for IOC
水：Shutterstock
装丁　金田一亜弥

ユスラ・マルディニ
Yusra Mardini
1998年生まれ、シリア出身の競泳選手。ダマスカスの水泳一家で育つ。シリアオリンピック委員会のサポートの下に幼少期から水泳に親しみ、競技生活を送る。シリア内戦により2015年に姉のサラとともに出国を決意。密航業者が用意したボートでエーゲ海を渡る途中、エンジンが停止。命からがらレスボス島にたどり着き、ヨーロッパ各国を経由してベルリンに到着。ほどなく水泳のトレーニングを開始し、2016年リオデジャネイロ・オリンピックの難民選手団の一員として競泳バタフライ100mに出場した。

土屋京子（つちや・きょうこ）
翻訳家。1956年、愛知県生まれ。東京大学教養学部卒。訳書に『ワイルド・スワン』（チアン）、『EQ～こころの知能指数』（ゴールマン）、『秘密の花園』（バーネット）、『仔鹿物語』（ローリングズ）、『部屋』（ドナヒュー）、『トム・ソーヤーの冒険』（トウェイン）、『ハックルベリー・フィンの冒険』（トウェイン）、『あしながおじさん』（ウェブスター）、『ナルニア国物語』（ルイス）、ほか多数。

BUTTERFLY
by Yusra Mardini, Josie Le Blond
First published 2018 by Bluebird, an imprint of Pan Macmillan, a division of Macmillan Publishers International Limited

Japanese translation published by arrangement with Pan Macmillan, a part of Macmillan Publishers International Limited through The English Agency (Japan) Ltd.

バタフライ
17歳のシリア難民少女がリオ五輪で泳ぐまで

2019年7月30日　第一刷発行

著者　ユスラ・マルディニ／ジョジー・ルブロンド
訳者　土屋京子
発行者　三宮博信
発行所　朝日新聞出版
〒104-8011　東京都中央区築地5-3-2
電話03-5541-8832（編集）
03-5540-7793（販売）
印刷製本　株式会社加藤文明社

Published in Japan by Asahi Shimbun Publications Inc.
ISBN 978-4-02-251621-3
定価はカバーに表示してあります。
落丁・乱丁の場合は弊社業務部（電話03-5540-7800）へご連絡ください。
送料弊社負担にてお取り替えいたします。